The

欲望三部曲 Ⅲ

［美］ 德莱塞 ——著

凌珊 ——译

禁欲者

Theodore
Dreiser

Stoic

中国出版集团　现代出版社

图书在版编目（CIP）数据

禁欲者 /（美）德莱塞著；凌珊译 . -- 北京：现
代出版社，2021.10

ISBN 978-7-5143-9498-6

Ⅰ. ①禁⋯ Ⅱ. ①德⋯ ②凌⋯ Ⅲ. ①长篇小说—美
国—现代 Ⅳ. ①I712.45

中国版本图书馆 CIP 数据核字 (2021) 第 230726 号

禁欲者

著　　者：［美］德莱塞
译　　者：凌　珊
策　　划：王传丽
责任编辑：张　瑾
出版发行：现代出版社
通信地址：北京市安定门外安华里 504 号
邮政编码：100011
电　　话：010-64267325　64245264（传真）
网　　址：www.1980xd.com
电子邮箱：xiandai@vip.sina.com
印　　刷：大厂回族自治县彩虹印刷有限公司
开　　本：880mm×1230mm　1/32
印　　张：12.75
字　　数：306 千字
版　　次：2022 年 1 月第 1 版　　印　　次：2022 年 1 月第 1 次印刷
书　　号：ISBN 978-7-5143-9498-6
定　　价：52.00 元

目录

第一章　幸福从天而降

正当弗兰克·考珀伍德在芝加哥屡遭挫折的时候，正当他在申请延长五十年特许证上表现出那样的无能为力，并且在经过长期的苦苦奋斗，依旧摆脱不了失败的厄运的时候，两个最令人烦恼的问题在他的面前出现了。

一是他的年龄困扰着他。他已年近六旬，虽然表面看上去精力充沛，一如从前，但他相当清楚，与那些年轻气盛而又狡诈多端的金融家相比，要在短期内积累一笔巨额财富，并不容易。那笔财富大约五千万美元，倘若他的特许证能够延期，他对此是信心十足的。

二是依照他的实际经验，他有这样一种切肤之痛，到如今有价值的社会关系依旧是海市蜃楼，或者说他还没有什么社会声望。当然，他早先曾在费城蹲过监狱是对他不利的；还有他与生俱来的乖戾，再加上他和对他的社交几乎毫无益处的爱琳的不幸婚姻，以及他本身那种近乎疯狂的个人主义，都使得那些原来可能与他结交的人对他敬而远之了。

考珀伍德内心深处不愿意同那些不如他坚毅、机敏、干练的人结交。他认为，这没有多大意义，无非是浪费时间而已，且有损自己的形象。还有，他发现那些有势力、狡猾或家族显赫的人物，一般很难高攀，尤其是在芝加哥这个地方。他曾经与他们中的很多人争权夺利，一决高下。他们联合起来对付他，并非由于他表现出的品德或权术与他们所奉行的或能接受的有什么不同，而是由于他这个十足的圈外人，竟然闯入了被他们视为禁区的金融界，而且在不长的时间内就拥有了比他们多的财富。不仅如此，他还引诱过那些在经济上极为嫉恨他的人的太太和小姐，所以他们很早就在社交上排斥他、拒绝他，并且几乎如他们所愿了。

在男女关系上，他一直渴望自由，并且为此不择手段。他不时产生这样的想法：说不定在什么地方，他会遇到一位极为出色的女人，使他别无选择地爱上她，当然，绝对的忠诚他不一定能做到（他从来不愿这样严格要求自己）。只要是感情上的真正结合就足够了。八年以来，他感到他确实已找到了一位理想的姑娘，那就是伯里莱茜·弗雷明，很显然，他的性格或声望并未令其慑服，而且，他那种对女人的惯用伎俩对她毫无作用。也许正是因为这一点，再加上她的魅力和对他施展的媚诱之术，他就自然产生了一种信念：凭着她的年轻漂亮、聪明智慧和她对自己价值的自信，她完全能替他重建权势和财富，并维持一种应有的社交，当然，这需要先顺利地与她结婚。

遗憾的是，不管他下了怎样的决心与爱琳一刀两断，但他依然难以摆脱她。首先，爱琳打定主意不与他离婚。在芝加哥艰苦的铁路斗争以外，倘若还要去争取个人的自由，这样的负担就太沉重了。再说，伯里莱茜的态度，他丝毫看不出她有做出承诺的迹象。她的双眼好像只关注那些比他年轻且具有优越社交地位的人，而这一点他个人的经历无法提供给她。这件事使他第一次尝到了情场失意的滋味，他一连好几小时独自闷坐在房内，不得不相信这一次在追求更大的财富和赢得伯里莱茜爱情的战斗上，真可谓一败涂地，希望全无了。

不久之后，伯里莱茜突然来到他的身边，出人意料地告诉他，她已属于他了，他立即有一种新生的感觉，转瞬之间就彻底恢复了昔日美好的心情。他终于感到他已经得到了一个女人的爱情，她能够在他追求权势、获取名誉和声望的斗争中全身心地支持他了。

另一方面，不管她如何坦诚地解释她来到这儿的原因："我想，你目前也许真的需要我了……我早已下定决心。"可她依然感到有一种在生活和社交上遭受伤害的委屈情绪，从而促使她从各方面去寻求补偿她青春伊始时所忍受的对她的所有欺凌。她实际上所想到的以及因为她的突然亲近而得意忘形的那位考珀伍德百思不得其解的事情就是：你进入不了上流社会，我也同样如此。这个可恶的世界想尽一切办法来挫败你、窒息你。至于我的情况，它也企图想方设法把我从这个上流社会赶走，可从我的性情和其他方面来看，我自认为属于这个上流社会。你对它愤慨，我也一样。那么就让我们结合起来成为一体。因为结合的双方都漂亮而坚强，聪明而勇敢，但结合又是平等的，没有统治与被统治之别。因为你我之间倘若缺乏真诚，那么这种不合法的结合就没有多少持久的可能。这就是她此时来找他的动机所在。

考珀伍德虽然知道她的魄力和机敏，但尚未完全了解她在这一方面的全部想法。不然的话，当他看到她在一个冬夜突然而至（脸被吹得通红，使她显得更美丽），他就不能说她是一个谨慎而坚定地在精神上和他站在一起的人了。对这样一位带着微笑、赏心悦目、具有女性种种优雅仪表的少女来说，这实在令人意想不到。但她就是这样的人。她大胆地，也许内心还有点儿激动地站在他的面前。她对他毫无恶意，倒可以说是满怀着爱意——倘若她带着这些条件想跟他厮守在一起，并献身于他，同他共度他的残年也可以说是爱情的话——她通过他，与他携手并进，那她所企盼的胜利，就有可能成为现实，只要他们两个人全心全意地、彼此同情地精诚合作。

就这样，在第一天的美好夜晚，考珀伍德对她说："贝菲，我对你这样突然的决定确实十分奇怪。在我刚刚遭受第二次重大失败的时候，你居然会来到我的身边，这太出乎我的意料了。"

她那充满柔情的蓝眼睛如同一件温暖的斗篷，像是发散的乙醚，似乎已让他进入了某种状态。

"或许你不知道，多年来我就一直在想象着你是一个什么样的人，我始终关注报上有关你的新闻。只是在上星期天，我才从纽约的《太阳报》上读到整整两页你的近况。我感到这才使我对你有了更进一步的了解。"

"报纸！是吗？"

"可以说是，也可以说不是。不是那种吹毛求疵地谈论你，而是他们东拼西凑的那些事实。倘若那是事实的话，你一直对你的第一位太太没什么好感，是吗？"

"嗯，刚开始的时候我还是爱她的。但与她结婚时，我确实太年轻了。"

"那么现在的考珀伍德太太呢？"

"哦，爱琳？有一段时间我很爱她，"他坦白道，"从前她给了我很多帮助，我不会忘恩负义的，亲爱的。另外，她在那个时候，非常漂亮，至少我这样认为。我当时太年轻，标准也没有现在这样严格。当然这不是爱琳的错，问题在于我缺少经验。"

"你的这种说法，倒使我轻松了一些，"她说，"你并不像别人所说的那样冷酷无情。可我毕竟比爱琳年轻许多，我一直这么想，如果我长得十分难看，那我也许对你一钱不值。"

考珀伍德笑了笑。"完全正确。我确实是这样的人，我不想替自己辩护，"他说，"不管聪明与否，我总是首先想到自己，因为我认为，别无其他标准。或许我错了，可是我想，我们大多数的人都是如此。说不定还有其他比私利更重要的东西，然而在追求个人利益时，人们仍旧总是装作为了别人。"

"我略有同感。"伯里莱茜说。

"我想让你彻底了解，"考珀伍德微笑着说，"那就是我并不想轻视或低估我可能已经带给别人的伤害。痛苦仿佛跟着生活和变化一齐如约而至。我只是将我的情况、我的观点对你讲清，这样你或许能够了解我。"

"谢谢，"伯里莱茜轻松地微笑着，"你完全不必感到你站在被告席上。"

"嗯，几乎就是如此。不过，请允许我把爱琳的情况向你解释一下。富有感情和易动感情是她的天性，可她的才智却平平，从未适应我的需要。我特别感激她在费城给我的一切帮助，即使有损于她的声誉，她还是不抛弃我。就因为这一点，我也不撇下她，虽然我不可能像从前一样爱她。她使用我的姓，居住在我的别墅里。她认为这两者她都有权占有。"他停了一下，像有点儿犹豫不决，不清楚伯里莱茜怎么想。"当然，你对此了解吧？"他问道。

"是的，不错，"伯里莱茜高声说，"我了解。不过，对不起，我无论如何也不想去打扰她。我不是抱着那种想法来到你这儿的。"

"贝菲，可这对你太不公平了，"考珀伍德说，"我特别想让你知道，你对我的意义有多重要。或许你还不明白，但我现在对你坦言。我追求你长达八年，这并不是毫无理由的。因为我爱你，深深地爱你！"

"我明白。"她温柔地说，被他的坦诚深深地感动了。

"整整八年，"他说，"我每时每刻都怀着一个梦想，而这个梦想就是你。"

　　他不再说话，想张开双臂去拥抱她，可他觉得这时不该这样做。接着，他将手伸到西服背心的口袋里，摸出一只扁扁的银圆大小的小金盒，他打开，递给她。盒子里嵌着一帧伯里莱茜的照片，那时她还是一个十二岁的小姑娘，清瘦而傲慢，娇弱而冷漠，就像她现在的神情。

　　她盯着照片，发现那还是她和母亲在路易斯维尔时拍的。那时她母亲是个拥有社会地位和财富的女人，现在已是沧海桑田，变化巨大。她忍受了多少痛苦哇！她注视着这帧照片，沉浸在愉快的回忆之中。

　　"你是从哪里得到它的？"她终于发问了。

　　"我是在路易斯维尔，从你母亲的梳妆台上拿来的，那是我第一次看到它。可照片并未嵌在这盒子里，盒子是我专门配上的。"

　　他小心地合上盒子，又放回到口袋里去。"从那时起，它就一直在我的身边。"他说。

　　伯里莱茜微笑着，"我希望别人没有看见。照片上的我还是一个孩子哩！"

　　"尽管如此，你还是我心中的理想人物。同从前相比，你现在更是我的理想的人物了。当然，我也认识许多女人，我依据当时的想法和冲动来对待她们。不过撇开那些不谈，我对我自己真正需要的人，总有自己的看法。我一直梦想着一个像你这样坚强、灵敏而又富有浪漫情怀的姑娘。对于我，你爱怎么想就怎么想，只是你现在评价我，重在观察我的行为，而不要以我的话为根据。你说你这次来到我这儿是由于你推测我需要你。我确实需要你呀！"

　　她亲昵地挽着他的胳膊。"我早已决定了，"她平静地说，"我一生能做的最大贡献，便是帮助你。可是，我们……我……我们谁也不能随心所欲地办事，这你知道。"

"完全正确。我希望我们在一起生活得相当愉快。当然，倘若你有什么烦恼，那我也不能愉快。在芝加哥，尤其是在这个时候，我必须极为谨小慎微，当然，也必须如此。所以，你要立即回到你的旅馆去。明天那自然又是另外一天了，我希望你十一点钟左右给我打个电话。到那时，我们或许能畅快地交谈。不过，等等。"他挽着她的胳膊，将她带到他的卧室里。他关上门，轻快地走到一只放在房角上的漂亮而精致的大铁箱子前。他打开锁，抽出三只小底托盘，里面放着一些珍藏的古希腊和腓尼基的戒指。他把那些托盘摆好，放在她的面前，说：

"你挑选哪一只作为我们订约的纪念呢？"

一如她一向的举动（一直是接受别人的恳求，而从来不恳求别人），她放纵而又有点冷淡地仔细玩弄着，研究着，偶尔对她感兴趣的一只赞叹一声。最后，她说：

"苏茜也许会选中这只弯曲的银蛇。海伦可能会挑定这只青铜花指环。我想爱芙罗蒂特会爱上这只弯臂和手围着宝石的戒指。当然，我并不仅仅选择漂亮的。从我个人的喜好来说，我更愿意要这只有些暗淡的银指环。它既有力度，又美观大方。"

"你总是出人意料，别出心裁！"考珀伍德兴奋地喊，"亲爱的，谁也比不上你呀！"他狂热而又温柔地吻着她，同时将戒指戴在她白皙的手指上。

第二章　另一位情人

伯里莱茜在考珀伍德失败时来到他身边，她最主要的贡献就是恢复了他对未来的信念，特别是对好运气的信念。他认为，她的个性是自私、持重、好讽刺的，不过比他仁慈，比他更富于浪漫色彩。他需要金钱，目的是能随意发挥金钱的潜能，而伯里莱茜正需要这种特权来表现她那种极易变化的气质，显现她的美丽，并且能满足她风雅高贵的理想。她并不想用一定的艺术形式来表现自己，而仅仅想那样生活下去，使得她的生活和品格成为一种艺术形式。她曾反复想过，如果她拥有巨额财富，权力在手，她一定会极富创造性地运用它。她绝对不会将金钱浪费在豪华排场以及地产上，而宁愿在她的周围造成一种优美的具有灵感的氛围。

但这些想法她从未与谁谈过。更确切地说，这完全是她的天性，这一点考珀伍德一直未能真正理解。他把她看成一位娇弱、敏感、神秘莫测、捉摸不透的人。所以他从不放弃对她的观察，而且远远超过了他对自然现象的观察：新的一天中，那奇特的风，变幻无常的她，明天将会变成什么样子呢？下次他看见她时，她的态度又将如何呢？他说不出来。伯里莱茜深知自己个性的奇特，没有办法使他或别人明白。她天生就是这样。让考珀伍德，或者让其他人就这样来看她吧。

除此以外，他感到她具有一种贵族气质。她那种娴静矜持的神态，使所有接触她的人都会情不自禁地注意她、欣赏她。考珀伍德发现了她在这方面的优势，由衷地感到激动和喜悦，因为这就是他内心深处一直渴望的女人。她年轻、美丽、聪慧、娴静，又有教养。八年前，他从她在路易斯维尔的那帧十二岁的照片中就感到了这一点。

现在，伯里莱茜终于来找他了。还有一件事情正苦恼着他，那就是他在目前十分热情而又非常忠诚地对伯里莱茜产生了一种绝对专一的爱情。他是否真正有这种意思呢？在他第一次结婚后，尤其是在有了孩子，以及有了极为死板和单调的家庭生活的经验后，他早已充分地意识到，他无法遵守爱情和婚姻的法则。这一点已在他与爱琳的恋爱上证明过了，对爱琳的奉献和忠诚，他以最后的结婚做了证明。只是这一行动，道义上的成分最少是与感情上的成分一样多。从此以后，他觉得自己在感情及性欲上都享有相当的自由。

他并不想有一种永恒不变的感情。但是，他追求伯里莱茜已长达八年。现在他不清楚他应该如何坦诚地将自己奉献给她。他知道，她十分聪明，直觉灵敏。对一般女人而言，撒谎即使不能真正欺骗她们，也能够安慰她们，但用在她身上，他却不能获取半点好处。

更为糟糕的是，正在这个时候，在德国的德累斯顿有一位阿丽特·温妮。一年前他与她勾搭上了。阿丽特从前居住在爱荷华的一个小镇上，很想尽快摆脱一种毁灭她才华的命运，她给考珀伍德写信，还附了她的一张迷人的照片。还未收到回信，她就向考珀伍德借钱，还出现在考珀伍德芝加哥的写字间里。她的照片虽然失败了，但阿丽特本人的出现却大获成功，因为她不仅勇敢自信，而且还具有考珀伍德真正喜欢的那种气质。此外，她的目的不仅仅是金钱，她对音乐有着浓厚的兴趣，她有一副相当不错的嗓子。他决定资助她。她还带来了有关她家庭环境的令人信服的证据：一张小房子的照片，她和她的守寡的母亲——一个本地女销售员，以及一些她母亲费尽心机来维持一家生活和极力成全她的理想的十分动人的故事。

　　当然，她所需要的那几百美元，对考珀伍德来说几乎等于零。任何形式的野心都使他同情，现在这位姑娘已深深地打动了他，他开始为她的前程设想。她要去芝加哥接受最好的训练。如果她确有深造的才华，他再安排她出国留学。但为了不使自己在各方面受到牵连纠缠，他专门拨出一笔赡养费以维持她的生活，并且一直支付到现在。他也曾建议把她母亲接到芝加哥来与她住在一起。因此她租了间小小的房子，又派人将她的母亲接来，把自己安顿好。不久，考珀伍德就变成了她家的常客。

　　她聪明，真心想干一番事业，因而他们的友谊就在互相了解、互相爱慕的基础上建立起来了。他并不希望在任何方面使她受到伤害，只是伯里莱茜到芝加哥之前，他才说服阿丽特去德累斯顿，因为他清楚她不会再在芝加哥长久住下去。如果不是为了伯里莱茜，他极有可能现在就会去德国探望阿丽特。

　　不过现在，他比较了一下阿丽特和伯里莱茜，他认为阿丽特对他不再有肉体上的吸引力了，因为在这方面，正像在其他方面一样，伯里莱茜是有能力将他的身心全部吸引住的。虽然阿丽特的音乐天赋还能使他的兴趣倍增，他希望她成名，想继续资助她。但现在他认为最好还是将她从他的生活中完全撇开为妙。她曾享受过幸福的生活，最佳方案是在新的基础上重新开始。如果伯里莱茜要求他在爱情上绝对忠诚，那他会顺从她的愿望。她确实值得他这样做。自青年时代以来，他没有比现在更耽于幻想和希望了。

第三章　爱情创造新的生活

第二天上午刚过十点，伯里莱茜便给考珀伍德打来了电话，并约定在他的俱乐部相见。

沿着一条专用扶梯，她来到他的房间，发现他早已迎候着她。客厅和卧室都摆放着鲜花。然而他还是不太相信这是真的，因而当她从容不迫地登上楼梯，微笑着面对他时，他略带不安地一直盯着她的脸，看是否有变化的迹象。只是在她跨过门槛，被他抱住，两人紧紧搂着时，他才感到眼前的一切不是梦幻。

"你真的来了！"他愉快而热切地说，同时仔细端详起她来。

"你认为我不会来吗？"她问道，面对他的神情她不禁有些好笑。

"哎，我怎么有绝对的把握？"他问，"我以前要求你的事情，你从未兑现过呀！"

"是的，不过你明白那是为什么。可这次却是另外一回事了。"她将红润的嘴唇凑上去。

"只要你清楚你到这儿来对我所起的影响就行了。"他兴奋地说着，"我一晚上都没有合眼，仿佛永远都不需要睡眠似的……你这珍珠似的皓齿……淡蓝色的明眸……玫瑰般的芳唇……"他陶醉般地赞美着。他亲吻着她的眼睛。"还有这满头金红色的头发！"他爱慕地捏弄着她的头发。

"简直像孩子有了新的玩具啦！"

他看到她如此聪颖灵敏，而且又那样充满深情地微笑时，一阵强烈的快感深入到了他的内心深处，于是他俯身将她抱了起来。

"弗兰克！放手！我的头发……还有你把我全身都弄乱了！"

他将她抱到隔壁的卧室。她一面笑着一面抗议，卧室的壁炉有火焰在闪烁。由于他坚决不让步，因而她也就任他剥光衣服。看着他的焦躁性急，她感到十分有趣。

直到他心满意足，恰如她描述的能神志清爽地谈谈时，已是下午很晚的时候了。他们坐在壁炉前的一张茶桌旁。她反复说她渴望留在芝加哥，可以长久和他待在一起，可他们必须将一切都安排妥当，而不致惹人注意。对此他表示同意。他狼藉的名声在当时已到极点，尤其是由于大家都知道爱琳住在纽约，倘若他与任何一位像她这样美丽的女郎双双出现，将会引来社会舆论的猛烈抨击。对此他必须尽可能地避免。

紧接着他告诉她，目前在申请延长特许证的问题上，或者说得更恰当些，如果按照当前的情形，特许证弄不到手的话，并不意味着铁路就停工，也不意味着他舍弃了他的市区铁路。建成这些铁路不知道花了多少时间。股票早已卖给了成千上万的投资者。如果没有相当的法律程序，这些股票不可能从他或者他的投资人手中弄走。

"现在真正该做的，贝菲，"他亲昵地对她说，"是找位金融家或一家金融集团，或者一家公司，依据一个对大家都公平合理的价格将这些财产全部买下。此事当然不是一朝一夕就能完成的。或许得花上好几年工夫。事实上我相当清楚，唯有我挺身而出，并且由我私人请他们帮忙，不然就没有人自愿来到这儿买下它。他们全都明白，要管理好市内铁路，并且要有利可图，是多么困难的事情。即使我的仇人，或者哪家外地的股份公司愿意尝试经营这些铁路，也必须由法院将这一切全都加以核准才行。"

他坐在她的身边与她交谈，就好像她是某位投资者，或一个在金融圈里与他身份相同的人。虽然她对考珀伍德金融事业上的这一切实际的琐碎事务兴趣不大。但是，她却完全能感受到，他在此类事情上表现出的精神上和实际上的兴趣是多么强烈。

"嗯，有一点我是知道的，"这时她插嘴道，"那就是，你一生都决不会真正失败。你确实太聪明，太能干啦！"

"可能吧，"他被她奉承得高兴起来。"总之，这一切都需要时间。想要把这里的几条铁路脱手，也许得要几年的时间。同理，如果这样长期拖下去，可能会将我拖垮。如果我想经营别的企业，我绝对会有些放不开，因为我在这里还有责任。"他那双灰色的大眼目不转睛地对着空中看了片刻。

"现在，因为有了你，我一心想的就是，"他沉思着说，"无论如何，一定要与你一同出去游玩，旅行一段时间，我已经累得不行了。你对我比金钱更重要，具有无法估量的价值，说起来似乎十分可笑，可我突然感到我的一生已工作得太累了。"他笑了笑，抚摩着她。

伯里莱茜听着这番话，一种骄傲、自豪和真正温存的感觉立即遍布全身。

"很对，亲爱的。你就好像一部巨大的引擎或者机车，已开足马力，却又不知道开向哪里。"她边说边捏弄他的头发，抚摩他的脸。"我一直在思索你的一生，以及你迄今为止的成就。我认为你应该到国外待一段时间，譬如说去看看欧洲的情况。我看不出你在这里还能干什么。芝加哥绝对不是一个理想的地方。我认为这里非常可怕。"

"这我倒不十分认同，"考珀伍德替芝加哥辩护道，"芝加哥自然有芝加哥的好处。先前我是到这里来发财的，对此我的确没有什么可抱怨的。"

"哦，我明白，"伯里莱茜说，同时却为他对芝加哥如此辩护感到好笑，尽管他在这里的事业给他带来了很多的苦闷和烦恼。"但是……弗兰克……"她停了停，极为慎重地权衡着该怎么说，"你知道，我认为你本人比你的事业更为重要。我始终这么看。你不觉得你应该休息一下，撇下业务去游玩游玩，看看这个世界吗？或许你能找到一些可以开创的事业，譬如你可以从事一些大规模的公共建设，给你带来金钱，还有荣誉。在英国或法国，说不定有些你能承担起来的事业。我很想跟你到法国去居住。为什么不去那里给他们一些新鲜玩意儿呢？伦敦的交通局势不知道怎样，或者就像那一类的伟大事业！不管怎样，还是离开美国吧。"

他赞许地对她投以微笑。

"哦，贝菲，"他说，"同一个长着迷人的蓝眼睛、有着红宝石似的头发的人大谈生意经，好像有些不近人情。不过，你所说的都有道理。大概在下个月，或许再早一点，你跟我一起出国去，到那时，我想我能找点东西让你高兴；因为一年以前，有人为了给伦敦修建地下铁路曾与我交涉过。可那时我太忙了，没有空隙顾及别的事务。可是，现在嘛……"他轻轻地有节奏地拍着她的手。

伯里莱茜很舒心地笑着。

当她坐上考珀伍德所雇的马车，微笑而矜持地与他告别时，时间已到了傍晚。

此后不久，考珀伍德愉快而充满自信地向前大步走去。他正考虑明天如何先同他的律师商量，去拜会市长和某些市府要员，当然是为了决定用何种方法摆脱大量的股票。从那以后……从那以后……好吧，拥有伯里莱茜，他生命中最光辉的理想就真正实现了。有什么失败呢？没有失败可言哪！是伟大的爱情创造了新的生活，仅仅依靠财富是远远不够的。

第四章　恶行结不出善果

考珀伍德提到的那项来自英国方面的建议，大约是在一年前由英国两位冒险家菲力普·亨肖和蒙塔古·格里瓦斯向他提出的。他们带来了伦敦和纽约的几位著名的银行家和经纪人的信件，以此来证明他们都是承包商，曾在伦敦以及其他地方建造过铁路、市内铁道和工厂。

不久前，他们已向一家英国交通公司投资了一万英镑，计划发起修筑一条从伦敦市中心的查林克劳斯车站，到四五英里[1]以外一个正在发展的住宅区汉普斯德的地下铁路。这项计划有这样一个必要前提：这条路线将使得查林克劳斯车站（东南铁路的终点站，该站可通往英伦的东南及南方沿海地区，是沟通欧洲大陆的干线上的重要一站）与尤斯顿车站之间的交通畅通无阻。尤斯顿车站为伦敦和西北铁路的终点站，连接西北部与苏格兰。

按他们向考珀伍德进行的解释，这家电气交通公司已缴足了三万英镑的资本，还顺利地经上下两院通过了一项"法案"，批准他们建造、经营以及拥有这条特定的地下铁路或路线的主权；但是，正与英国公众对议院的看法相反，要达此目的，必须花上一笔相当可观的钱，虽说不是直接给任何一个集团的，不过，正像格里瓦斯和亨肖先生暗

---

[1] 1 英里合 1.6093 公里。

示过的，以及考珀伍德所完全能理解的那样，必须用各种各样的手段和方法来讨好这帮人；与那些直接申请重要的公共事业特权的局外人相比，他们处于更加有利的位置，可以左右委员会的意见，而在英国，这种特权是永久性的。为了这个目的，就得求助于一家里德、布鲁克、约翰生和钱斯律师联合事务所；这里聚集了一群为大英帝国首都所夸耀的那种机敏干练、颇有声誉和精通法律的英才。这家大名鼎鼎的事务所与各种公司的大股东、董事长们有着千丝万缕的联系。事实上，这家事务所遴选的人才，凭借自身的势力不但劝服了议院的委员会批准了这条从查林克劳斯到汉普斯德铁路线的法案，而且在这项法案刚刚批准，而先前的那三万英镑快要用完的时候，他们就将格里瓦斯和亨肖提了出来，因为这两人为了一个建筑地下铁路为期两年的特权，早在一年前就已付过一万英镑了。

表面上看来，这项法案的规定算得上严格。它规定电气交通公司要缴足六万英镑的统一公债作为担保，以保证这项计划中的铁路工程必须按期或提前完成部分或全部工程。可这两位发起人曾向考珀伍德解释过，只需花上少量佣金，银行或财团就愿意在任何一个指定的保管人手里储存一笔必要金额的统一公债，同时适当疏通议院的委员，毫无疑问，它会将完工的限期加以延长。

尽管这样，他们苦苦努力了一年半，虽然缴了四万英镑，还储备了六万英镑的统一公债，可建造这条地下铁路需要的一百六十万英镑依旧没有着落。这是因为当时虽然有商业中心区和市南铁路这条完全现代化的地下铁路——经这条铁路营得相当成功，却没有什么东西能向英国资本家证明，一条新的，尤其是一条更长更耗费资本的地下铁路也能赚钱。仅有的另外两条正在运行的是半地下铁路，或者说是通过露天坑道和隧道的蒸汽铁路，约有五英里半，另一条城市铁路还不足两英里，双方根据协定可以互相通车。但由于是用蒸汽作动力，隧道和坑道肮脏不堪，总是煤烟充塞，两条铁路都不太赚钱。目前还没有任何先例能证明用几百万英镑建造的铁路可以赚钱，英国的资本家对此都没有什么兴趣。因此就只有到别的地方去筹措资金，这样就使得亨肖和格里瓦斯四处旅行，从柏林到巴黎，从维也纳到纽约，最后他们拜访了考珀伍德。

正像考珀伍德对伯里莱茜所说的，那时他完全陷入芝加哥的各种纠纷中去了，对亨肖和格里瓦斯两位先生所说的一切心不在焉。可现在，从他在特许证的斗争中失败后，尤其是在伯里莱茜提议他离开美国后，他便想到了亨肖和格里瓦斯的计划。当然，此事看来似乎要花费很大的一笔资金，没有哪位像他这样富有经验的企业家愿意接手；不过，或许能用干一番大事业的眼光调查一下伦敦地下铁路的情况，或许在这件事情上，他能避免像在芝加哥市被迫采取的这类欺诈手段，再说也不会有什么不正当的暴利。他早就成了亿万富翁，完全没有什么必要在金钱上钻营。

除此之外，就他从前的历史，以及报纸和他的敌人对他目前的活动所进行的恶毒的攻击而言，倘若能得到公正的颂扬，真是再好不过了，尤其是在伦敦，据说那里一般的商业行为是不会受到非议的。这会给他带来一种良好的社会声誉，这是他在美国无论如何也不会得到的。

这种美好的幻景令他兴奋不已，这是不曾见过什么世面的姑娘伯里莱茜提醒他的。这完全得益于她聪明的天资和悟性，不然她不会意识到这种机会。想想所有这一切也挺有意思的，这项"伦敦计划"，以及将来在和她结伴中可能产生的一切，都是源于大约九年前的那一次纯粹出于偶然的巧遇。那时候，他和肯塔基州的纳撒尼尔·吉里斯上校一同前往当时还有些落魄的海蒂·斯达尔，即伯里莱茜的母亲家。恶行结不出善果来，谁曾说过这句话？

第五章　心有千千结

伯里莱茜感到她与考珀伍德结识后那种最初的兴奋已日渐下降。这时，她就从容地考虑和权衡那些妨碍她的绊脚石和危险。她决定委身于考珀伍德时，就已完全意识到了这些问题。现在，她感到她必须果敢而毫不畏缩地面对这些问题，不能再让时光白白流逝。

首先是爱琳，这位容易嫉妒、感情冲动的太太，如果她发现考珀伍德爱上伯里莱茜的话，她绝对会想尽一切办法来迫害她；其次是记者，如果他们在一起被人家看见，那些报纸记者无疑会对此大肆张扬；再就是自己的母亲，她应该向母亲解释她最近的行动。最后还有她的弟弟罗尔夫，她目前很想通过考珀伍德给他谋一条生路。

所有这一切都说明，她应该一以贯之地表现出谨慎、机智、勇敢和富有外交手腕，并且要甘愿做出某种牺牲和让步。

与此同时，考珀伍德也几乎按照相同的思路在思索。因为伯里莱茜现在已成为他生命中的主要精神支柱，他对她的幸福以及与他有关的她将来的行动极为关注。"伦敦计划"也渐渐在他的心中复活了。因而，在他们第二天见面时，他立刻开始严肃地从各方面来商讨他们的问题。

"贝菲，你知道，"他说，"我一直在思考你关于伦敦的建议，它很合我的心意，实施的可能性也很大。"紧接着，他便详细叙述他的回忆，告诉她曾有两个人来访问他的那段历史。

"现在摆在我面前的事情就是，"经过一番解释后，他说，"派一个人前往伦敦，去看看他们曾向我提出的那个建议是否还有效，如果有效，那对你的提议就打开了大门。"他对伯里莱茜亲昵地微笑着，似乎这一切全是她一人想出来的。"另一方面，据我对目前的情形来看，倒是怕报纸会把我们的事宣扬出去；其次说不定爱琳也会闹出什么乱子来。她是一个特别痴情和感情用事的人，她的行动全由感情控制。多年来，我一直想让她了解我是怎样的性格，一个男人会发生怎样的变化，虽然我本人并不想出现这些变化。但是她对此却视而不见。她坚信男人是故意要变的。"他停了一下，微笑着。"她是一个生就不会背叛她良心的人，是一个从一而终的女人。"

"难道你觉得这不好吗？"伯里莱茜问。

"恰恰相反，我认为这很好。遗憾的是到目前为止，我并不是那种人。"

"我在想，你以后也不会是那种人。"伯里莱茜嘲讽道。

"好了！"他央求着，"不要争辩了！亲爱的，请允许我说完。因为我有一段时间特别爱她，她弄不清楚为什么我不再爱她了。实际上，恐怕她的忧郁早已演变成一种近乎仇恨的情绪了，或许她尽力使自己对此深信不疑。最糟糕的是，这一切都跟她作为我的太太而有某种优越感相关。她渴望在社交上大出风头，我开始也希望她如此，因为我认为这对我们两人都有极大的好处。可是，不久后我就发现爱琳不够聪明伶俐，因而我就放弃了在芝加哥试一试的念头。我想纽约更为重要，对一个亿万富翁而言，那是一个名副其实的大都市。因此我决定在那里试试。当初我曾想，也许我不会永远和爱琳在一起，如果你相信我的话，那种想法是发生在我在路易斯维尔看到你的玉照后产生的。在这之后，我就决定在纽约建造一幢房子，将它装修得既像个美术陈列馆，又像座别墅。然后，如果你最终会对我产生兴趣……"

"照你说来，那幢我永远不会去住的大房子倒是特意为我建造的啰，"伯里莱茜略带沉思地说，"这太奇怪了！"

"可生活就是这样，"考珀伍德说，"请相信，我们会过得幸福的。"

"这我明白，"她说。"我只是感到有些奇怪。不管怎样，我都不会打扰爱琳！"

"我知道你大度又聪明，你办起事来或许比我还要高明。"

"我觉得我还行。"伯里莱茜冷冷地答道。

"可是，除了爱琳还有记者。我走到哪里，记者就跟到哪里。一旦他们得知这份'伦敦计划'，如果我又应承下来了，那他们就要大做文章啦！倘若你的名字与我的名字连在一起，你就会变成被一群老鹰追逐的小鸡。有一个办法或许可以解决这个问题，那就是我收养你，或者到伦敦去时说我是你的监护人。这样的话，就能使我有权同你在一起，并照看你的财产。你觉得如何？"

"嗯，可以，"她慢条斯理地说，"我想不出别的更好的办法。但是，伦敦的事情必须全面权衡，仔细考虑。我并不是仅仅替我个人打算。"

"这没问题，"考珀伍德自信地答道，"只需要一点小小的运气，我们就能应付过去。我认为，在诸多事情中有一件事情我们必须注意，那就是尽可能不让别人看见我们在一起。首先，我们一定要想个办法来转移爱琳的视线。这是因为她完全清楚你的事情。由于我同你和你的母亲在纽约的接触，相当长一段时间，她就一直在猜疑你我之间关系暧昧。我一直未能告诉你这件事情，因为那时你好像还不很喜欢我。"

"确实对你不够了解，"伯里莱茜纠正说，"你是个让人猜不透的谜。"

"现在呢？"

"恐怕还是与从前没有多大区别。"

"我不这样看。不过，对爱琳我没有很好的解决办法。她是一个极其多疑的人。只要我还待在国内，即使偶尔在纽约露露面，她也不太在意。一旦我离开，在伦敦居住，而且报纸议论纷纷……"他停下来，沉思着。

"你担心她会公开发表谈话，或者与你大闹一场吗？"

"她会怎样或不会怎样，这很难预测。要是她有一种足以让她分心的娱乐，或许就不会出什么乱子。另一方面，尤其是近几年她开始酗酒后，说不定她会做出什么事来。早在几年前，有一次她忧郁症发作，喝醉了酒，曾企图自杀。"（伯里莱茜皱起了眉头）"我破门进去才强行阻拦住。"他将那个场面有意渲染了一番，对他自己当时的强硬态度却只字不提。

伯里莱茜用心倾听着，终于明白爱琳的爱火远没有熄灭，她感觉现在又在别无选择的荆冠上加上了一根芒刺。只是在她眼中，她几乎毫无办法来改变考珀伍德。至于她本人，她要报复上流社会……是的，她也确实喜欢他。他如同一剂强烈的麻醉药。他非凡的智慧和强健的体魄有着巨大的魅力，实在令人无法抗拒。最重要的是她想建立一种新型的关系，而又不给爱琳增加任何痛苦。

她停下来，思忖片刻后说："这的确是个问题，不是吗？然而，我们只有极少的时间来考虑它。她的问题确实一直在我脑海里颠来倒去，像是没完没了……"她睁大眼睛，亲热地盯着考珀伍德，嘴角上露出一丝淡淡的却又愉快的微笑。"只要我们在一起，就会应付过去的，这我相当清楚。"

她从火炉边的椅子上站起来，走过去坐在他的大腿上，将他的头发弄得乱糟糟的。

"不是所有的问题都能用金钱解决，是吗？"她挖苦地说，同时亲吻着他的额头。

"的确不是。"他轻描淡写地答道，被她亲昵的动作和鼓励搞得亢奋起来。

最后，为了消遣解闷，他提议，前一天刚下了一场大雪，出去驾驾雪橇倒是件愉快的事情，还能借此消磨这一天剩余的时间，他知道北岸有一家不错的小旅馆，他们完全可以在湖边寒冬的月光下共进晚餐。

那一夜，伯里莱茜很晚才回到家，她独自一人坐在房间的壁炉前，思考着、筹划着。她早已拍电报给她母亲，要她尽快来芝加哥。她想让她母亲住到市北的一家旅馆去，用她们两人的名字登记。有她母亲住在那里，她就能将她和考珀伍德早已描绘好的前途勾勒出一个轮廓来。

可是，令她苦恼不已的是爱琳，她一个人孤独寂寞地住在纽约的深院巨宅里，她的青春和美貌已经离她远去，并且一去不复返了，而且最近，就伯里莱茜所知，她正在忍受着那种日趋肥胖的痛苦，显然她也并未花费心思去改变它。她的服饰装扮虽然奢华却算不上真正的雅致。年龄、姿色、禀赋，这一切都不能使爱琳与一个像伯里莱茜这样的人平分秋色。不过，正像伯里莱茜心里所想的那样，她绝对不会打扰爱琳，不管爱琳怎样仇视她，说得更准确些，她想尽可能宽容豁达，即使考珀伍德对爱琳有最轻微的残忍，甚至漠不关心，她也不会允许，如果她能够及时发觉的话。事实上，她对爱琳备感歉疚，她能体会到爱琳那颗因被遗弃而早已破碎的心是多么难受。尽管她自己还年轻，却已忍受过痛苦，她母亲也一样。她们的创伤似乎仍然记忆犹新。

所以，她现在决定要在考珀伍德生活中尽量扮演一个驯服、不惹人注目的角色，实际上又要追随着他，因为那是他最大的愿望和需要，但又不能太明显地被人看出来。要是有什么办法能让爱琳不去注意眼前的痛苦，还要使她不再怨恨考珀伍德，并且在她了解一切后，也不怨恨伯里莱茜，那就再好不过了。

首先，她想到宗教，说得更准确一点，她想是否需要利用某个神父或者牧师，他虔诚地劝导，说不定对爱琳能有些好处。经常有那种精明而好心的人，为了死后的一点遗产或是有继承遗产的希望，便高兴伺奉她。她记得在纽约有个叫威利斯·斯蒂的人，是纽约主教区圣·斯威辛教堂的牧师。她偶尔也去他的教堂，与其说是为了祈祷上帝，还不如说是为了欣赏那种造型简洁的建筑物和令人满意的仪式。威利斯是个中年人，英俊、温和，看上去令人赏心悦目，虽然他的社交修养极好，但他却不大宽容。她回忆起有一次，他曾想接近她，然而……再回忆下去只会使她自己发笑，她便摒除了这种杂念。但是，爱琳确实需要有个这样的人照顾。

这时，她突然想到了那些殷勤的社交界的浑蛋，这种人在纽约大有人在，只要给他足够的金钱和相应的款待，他绝对能给爱琳组织一个十分欢娱的，虽然不一定完全合乎惯例的社交，这样，暂时能或多或少使她散散心。但是怎样去寻找和收买这样一个人物，并且为这个目的尽力呢?

伯里莱茜觉得这种想法如果由她自己向考珀伍德提出来，那简直太残忍、太阴险了。不过不管怎样，她认为这个办法很实用，不能忽视。或许她母亲可以向他提一下。只要这项措施在他面前略略提及，他就会知道应该怎么行动了。

第六章　伦敦计划

　　考珀伍德很快想到了一个人，可以派他去伦敦，查看一下伦敦地下铁路的地形构造和金融方面的种种可能性，此人就是亨利·德·索托·西彭斯。

　　在好几年前，他就发现了西彭斯，在与芝加哥煤气公司签订合同的谈判中，西彭斯的贡献是无法估量的。利用那次投机赚取的资金，考珀伍德进入了芝加哥市内铁路领域，同时接纳了西彭斯，因为据他所知，此人对开发任何公共事业都具有一种深入调查和全面了解的真才实干。他急躁、有点神经质，容易与人发生口角，因此缺乏外交手腕；但另一方面，他绝对忠诚可靠，有一种不屈不挠的中西部的"美国主义"精神，虽容易惹人发火，却很有用处。

　　在西彭斯看来，目前考珀伍德在当地已遭到了近乎致命的打击。他不知道考珀伍德如何才能在当地的金融家中恢复地位，他们与他一起投资，现在多半要亏损资金了。从考珀伍德失败的那天晚上起，西彭斯总是担心再遇到他。他该说些什么呢？他该怎样同情这位在一星期前还可以说是举世无双的金融巨头呢？

　　可是现在，那次失败后的第三天，西彭斯就收到了一封考珀伍德的秘书发来的电报，请他到他的老上司那里走一趟。西彭斯见到了他，发现他还是那样精神抖擞，心情愉快，他简直不相信自己的眼睛。

"噢，老总，您还好吗？看到您的神情这样好，我真是太高兴了。"

"我比什么时候都好，德·索托。你好吗？想碰碰运气吗？"

"是的，你应该了解我。我随时准备听您的命令，请您吩咐好啦。"

"我明白，德·索托。"考珀伍德微笑着答道。事实上，由于他在伯里莱茜身上大获成功，从而补偿了他在事业上的损失，他感到生命史上最重要的一页就要揭开，并且就要记载上去，所以，他对所有的人不但满怀希望，而且都有着一颗同情的心。"我有事情相托。我之所以请你来，德·索托，因为我要的是可靠的人，我知道你正是最好的人选！"

这时，他的嘴唇紧闭着，眼光中流露出冷酷、坚毅、刚强和高深莫测，这正是那些不信任他却又害怕他的人所深恶痛绝的。西彭斯小心翼翼地站着，显得极为恭敬。他个子小，身高不足五尺四寸，但由于脚穿一双高跟鞋，头戴一顶礼帽，就显得高了许多。那顶礼帽除了见考珀伍德以外，他从来不摘下来。他身着一件双排纽扣的西服外套，他感到这样能使他显得高大威严。

"谢谢您，"他说，"你知道无论何时何地，我都愿意为您赴汤蹈火。"他的嘴唇几乎颤抖起来，极为兴奋，这不仅仅是因为考珀伍德对他信任并相当赏识，还因为多年来在他们的整个合作中他不得不如此。

"德·索托，这一次并不需要拼死拼活，"考珀伍德轻松地微笑着，"我们已在芝加哥大干了一场，我们并没有必要死守在这里。我来向你解释这是为什么。德·索托，现在我要与你谈的是伦敦及伦敦的地下铁路，还有我在那里能干些成绩出来的希望。"

说到这里他停了下来，温和而轻松地指着身边的一张椅子叫西彭斯坐下，这时，西彭斯完全为这种十分别致有趣的可能性（虽说仅仅还只是个可能性）而激动，几乎喘不过气来。

"伦敦！真的？太伟大了！我知道您一定会干点什么的，我知道！哦，您真是让我太高兴啦！"他说话时容光焕发，心里像是点燃了一盏灯，手指不停地抽搐着。他欠身站起来，随即又坐了下去，表明其内心异常激动。他一边捋着他那有点乱糟糟的胡须，一边带着沉思和仰慕的神情看着考珀伍德。

"谢谢你，德·索托，"考珀伍德这时说道，"我觉得这件事你可能有兴趣。"

"的确如此，"西彭斯激动地说，"嘿，您简直是世上的一个奇迹！您看，您还没有同这帮芝加哥的杂种算清账，又准备干这么大的一件事，太了不起了！我一直坚信没有人能搞垮您，可在最近这次事件后，我得承认，我准备看看颓丧时的您。但是您却没有！您的精神本身就与颓丧无关。您太伟大了，这就是答案。如果换成我可就要一蹶不振了，我知道我会这样，我必须承认。可您却不是这样。好吧，我现在要知道的是您要我去干什么，我马上就去干！如果您不想让别人知道，那我保证不会有人知道。"

"好吧，德·索托，这也正是其中的一点，"考珀伍德说，"你是一位严守机密和对市内铁道具有头等知识的高手。如果成功了对我的这项计划将大有裨益，你我自然都会有好处。"

"这没有必要，老总，别提了，"德·索托说着，显得有些紧张。"如果从现在一直到我死去，我拿不到一分钱的话，那么我从您这里得到的好处也已经够多的了。请您快点告诉我，您要干什么，我绝对会尽心尽力为您效劳，否则我就回来向您汇报，我干不了。"

"你还从未向我说过这种泄气的话，德·索托，我希望你以后不要再说这种话。是这么回事，我现在告诉你。一年前，我们正在这里一天到晚为延长特许证的事情奔忙，有两个英国人从伦敦来到这里，他们是伦敦的一家什么跨国公司的代表。以后我再与你谈更详尽具体的情况，这仅仅是个大概……"

他将格里瓦斯和亨肖与他谈过的事情大致说了一下，后来又谈到了他当时的想法。

"花去的钱已经太多了，德·索托，你看。差不多花了五十万美元，除了那个法案，以及一条四英里半长的铁路线的特许证以外，什么成绩也看不出来。这条路线同其他两条路线的权利必须联系起来，然后这份特许证才真正有点价值可言。这一点他们也已经承认。不过，我现在最感兴趣的是，德·索托，不仅仅要去全面了解目前整个伦敦地下铁路的情况，如果可能，还要找出修建更大的铁路网的可行性。当然，你完全懂得我的意思。我是指那些能赚钱的铁路，如果将它们拓展到那些还不遇铁路的地区的话。你明白吗？"

"完全明白了！"

"另外，"他继续说，"我需要几张关于伦敦市的一般地形和特点的地图，还有交通路线，包括地面和地下的，哪里是起点，哪里是终点，还有地质结构图。如果我们能找到的话，还需要各条路线通达的附近地段或区域的地图，现在住在那些地区的是哪一类人，或者以后哪些人有可能住到那里去。你明白吗？"

"完全明白了，完全明白。"

"那么，我还想知道目前伦敦的几条铁路线的特许证的所有情况，包括法案的期限，路线的长度，它们最大的股东是谁，是怎么经营的，他们的股息是多少……事实上，只要你能探听得到的，一切我都希望知道，但是，你不能太惹人耳目，更不能让人家的视线转移到我的身上。你当然是明白这一点的，对不对？"

"是的，老总，完全明白。"

"还有，德·索托，我想弄清伦敦现有铁路的运输费用和线路员工的工资情况。"

"好的，老总。"西彭斯道，他早在考虑他的工作了。

"还有地下铁路的开掘费和设备费，以及从现在的蒸汽铁道改为电气铁路而造成的损耗和新增加的费用，也就是人们正在讨论的纽约新地下铁道采用新的第三条铁轨的计划。你知道，英国人对这些事情有不同的看法，我要掌握所有这些情况。最后，你还要顺便了解一下那里的地价，我们在那儿修建铁路会引起什么变化，是否有必要在哪些地方先把地皮买下来，就像我们在这里的湖景和其他地方干过的那样。你还记得吗？"

"当然记得，老总，"西彭斯肯定地答道，"我全都明白了，您想知道的一切，我都会包您满意，说不定还有些意外的收获呢。哎，这件事简直太伟大了！您安排我去做这件事，我简直无法形容我有多么骄傲、多么快活呀！您打算要我什么时候动身呢？"

"现在就去，"考珀伍德毫不迟疑地答道，"也就是说，你迅速安排好你在郊区的工作后马上就去。"他指的是郊区联合市内铁路公司，西彭斯担任那家公司的经理。"最好是要基特里吉来接替你的工作，你完全可以推说你准备去度寒假，去英国或欧洲其他地方。如果你能避免报纸上提到你的行踪，那就更好了。倘若你办不到，就假装是对其他什么事情产生了兴趣，但是，千万不要流露出自己的兴趣是铁路。如果你探听到那儿的非常活跃的铁路界的人物，就将他们的姓名提供给我。当然，由于这必须是地地道道的英国企业，而非美国的企业，德·索托。这一点你是相当清楚的，那些英国人并不欢迎美国人，当然我也不希望有什么不愉快的事件发生。"

"是的，老总，我清楚。不过，若能效犬马之劳，我希望你还记着我。老总，我跟随您工作已经这么多年了，又是这么密切，如果这一次到头来……"他停了下来，简直是用恳求的神情盯着考珀伍德；考珀伍德温和地看了他一眼，目光显得有些不可捉摸。

"那当然，那当然，德·索托。这我知道，我明白。到那时，我绝对会竭尽全力给你帮助。我永远不会忘记你。"

第七章　多情反被多情误

考珀伍德与西彭斯计划好后，又交代了有关芝加哥的事情，他必须去东部与几个金融家商量一下，看能否从他的事业中尽快抽出一部分资金来。他很自然地想到了伯里莱茜，想到了怎样在旅行和生活方面尽量避免被人们注意到。

毫无疑问，所有事情在他的心目中都比伯里莱茜清楚得多。生活紧紧地把他和爱琳联系在一起，他跟谁也没有过这么密切的关系。这是伯里莱茜没法真正体会到的。但是，他也知道，对爱琳除了采取某些外交手段外，他不知道还能采取其他什么更明智的举动。任何行动都是一种极大的冒险，尤其是当前他准备远走伦敦之时，而且他刚刚在芝加哥又经历了严重的失败，此时危险系数太大。他曾被人指控到处行贿和扰乱社会秩序。现在，如果激起公众的责难，驱使爱琳采取某种形式的公开行动，譬如把他和伯里莱茜的关系透露给记者，那就太糟糕了。

另外还有一点，极可能引发他与伯里莱茜之间的不愉快。那就是他与别的女人的关系。有几件风流韵事还未了结。阿丽特·温妮暂时被打发走了，但是还有别的女人和他藕断丝连。另外还有芝加哥的一位富有的铁路和罐头厂的投资人霍斯麦·汉德的妻子卡罗琳·汉德。考珀伍德第一次与她相见时，卡罗琳还是位年轻的太太。就是因为他的关系，汉德与她离了婚，给了她一笔财产。她仍然爱着考珀伍德，旧情不忘。他在芝加哥送给她一幢房子，在整个芝加哥斗争期间，他曾和她在一起度过了不少浪漫之夜，因为他那时认为伯里莱茜绝对不会来他这里了。

在他最后决定离开芝加哥时，卡罗琳为了能接近他，准备到纽约去。她是个漂亮聪慧的女人，不嫉妒，最起码不把嫉妒显露出来，她的服式也有点与众不同。她擅长说俏皮话，总是有办法为他消愁解闷。她现已三十岁，可看上去只有二十五岁，浑身上下洋溢着二十多岁姑娘的风情。直到伯里莱茜到他身边的时候，甚至于现在（虽然伯里莱茜不知道），卡罗琳始终在为考珀伍德开门纳客，邀请那些他希望在那里款待的人物。芝加哥报纸最恶毒地攻击他时，常提到她那座位于教堂北面的住宅。她经常说，要是他不再爱她了，他就应该解释清楚，她不会故意为难他。

他反复思考着卡罗琳的问题，是不是要按她从前提出的那样去对她说清楚，然后分手。可是这样做似乎没有必要。也许，他可以向她解释一下。不管怎样，他与伯里莱茜的关系是不能破坏的，他答应过伯里莱茜，将对她"忠诚"到底。

但是，他又想到爱琳的问题。他不能不回忆起他的种种遭遇。在费城，第一次强烈而带有戏剧性的狂热使他们融为一体，这是导致他第一次破产的原因。那时候的爱琳是快乐的，不谙世事却富于感情，她将自己的一切全都献给了他，渴望他给她永远的承诺。这种承诺式的爱情，在他全部毁灭性的经历上，从未给过任何人。即使是现在，经过了多年来他们两人都有过的好几次外遇以后，她并未改变初衷，依旧深爱着他。

"你明白，亲爱的，"他对伯里莱茜说，"我确实对爱琳有些抱歉。

她一直住在纽约的那座大宅子里，没有任何一个像样的亲友，一帮粗俗狡诈的家伙专门去找她，别的不干，只是劝她去狂喝豪饮，然后想办法从她手中弄出钱来付账。是那里的仆人告诉我的，他们仍对我一片忠心。"

"实在太可怜了，"伯里莱茜说，"但这也是能够理解的。"

"我并不想对她太过分，"考珀伍德继续说道，"实际上，一切全都是我的错。我想做这样一件事，在纽约的社交界找到一个有魅力的人，或者一个接近社交界的人，给他一笔钱，让他在社交方面指导她、让她娱乐。不过我也不全是这个意思。"他一边说着，一边对伯里莱茜露出一丝伤感的微笑。

然而，她装作对此毫不关心的样子，她茫然地向前凝视着，嘴角轻微地抽搐两下，她听到这个消息很满意。

她谨慎地说："说不定有这样的人。"

"这样的人肯定不少，"考珀伍德很有把握地说，"当然，他必须是美国人。爱琳对外国人没有兴趣，我指的是外国男人。但有一点是可以肯定的，倘若我们要过上平静的生活，能够自由地行动，这个问题就必须马上解决。"

"我想，我认识的一个人或许能胜任这项工作，"伯里莱茜若有所思地插嘴道，"他叫布鲁斯·托立弗，是弗吉尼亚州和南卡罗纳州的托立弗家族的后代，说不定，你早就知道他。"

"不，不知道。他能否与我脑子里想象的那类人物相吻合？"

"噢，他年轻，英俊，如果你指的是那种意思，"伯里莱茜接着往下说，"我本人并不认识他。有一次，我在泽西州的丹尼尔·莫尔斯家观看网球比赛，与他见过一面。那一天埃德加·西尔告诉我，他是一个吃闲饭的人，他靠着有钱的女人维持生活，丹尼尔·莫尔斯太太就是这样的人。"说到这儿她笑了起来，又补充了一句，"我想埃德加也担心我会对他产生兴趣，说实在的，我也的确有些喜欢他那副样子。"她顽皮地笑着，仿佛她对这个人简直什么都不清楚似的。

"听起来很有意思，"考珀伍德说，"也许，在纽约他是一个尽人皆知的角色。"

"是的。我曾记得埃德加说过，他常常在华尔街抛头露面。他在华尔街并没有什么业务，只是装模作样地想惹人注意而已。"

"好极了！"考珀伍德神采飞扬地说，"好，或许我不用费什么劲儿就能找到他，虽然像他这种人也确实不少。我就曾经遇到过许多。"

"我感到有点太过了，"伯里莱茜像是陷入了沉思，"我希望我们不要再谈他了。我认为你做此事要稳妥。不管是谁，如果你决定要这样去利用他，千万不要给爱琳带来烦恼。"

"从各方面来说，我都在为她的快乐和幸福着想，贝菲。这一点你必须理解。我只是想找一个人，能为她做一些我做不到的事情。"此刻他停了下来，若有所思地凝视着伯里莱茜，伯里莱茜有些伤感地看着他。"我希望有一个人能在社交上为她出力，我愿意给他钱，而且数量不少。"

"好的，我们再考虑考虑，"伯里莱茜说道，接着，她好像希望改变一个不愉快的话题似的，便谈到了自己的事情。"我盼望母亲能在明天一点钟前后到达。我已在布兰丁汉旅馆订好了房间。还有，关于罗尔夫的事情我现在要托付给你。"

"他怎么啦？"

"哦，是这样。他是一个毫不务实的人，也从未受过什么训练。我希望我能替他找点什么事做。"

"好吧，不要再操心这件事了。我会让我这里的职员来安排他。

他可以在这儿担任他们中间随便哪一位的秘书。我吩咐基特里奇给他写封信。"

伯里莱茜深情地望着他，为他那样轻易地解决了一切问题，以及对他的慷慨相助感动不已。

"我希望你能明白，我并不是一个无情无义的女人，弗兰克。你对我真是太好了。"

第八章　吃软饭的人

在伯里莱茜大谈布鲁斯·托立弗时，这位英俊的浪荡公子，正待在东五十三大街塞尔玛·霍尔太太出租的一间小卧室里，让他那劳累过度的身体和那机敏的大脑处于休眠状态。这幢公寓位于曾属于那种曾经时髦而现在已败落的纽约高端住宅区。他嘴里有一股难闻的味道，是因为昨夜玩得太晚的缘故。他旁边一张略显陈旧的小凳上放着一瓶威士忌、一瓶苏打水和一包香烟。在那张能够向墙内折藏的床上，有一位非常迷人的年轻女演员躺在他的身边。她的工资、房间和其他财产，他都可以分享一份。

他们两个人一直睡到将近中午十一点钟。过了一会儿，罗莎莉·哈里根睁开眼睛，看着这间毫无美感可言的房间。她打量着原来是奶油色现在却已褪成赭色的墙纸，打量着那有三面镜子的低矮的梳妆台和五屉柜，她决定起床，收拾散在房间里的乱七八糟的衣服。这儿还有一间临时搭就的厨房和浴室，在小凳的右边还有一张写字台，罗莎莉在家吃饭时就用它当饭桌。

罗莎莉虽然身着便装，但依然是一个美丽动人的女人。卷曲而蓬松的黑发、娇小而白皙的脸蛋，细小而锐利的黑眼睛，鲜红的嘴唇，微微上翘的鼻子，浑圆而性感的身段，这一切组合起来，不管怎样，总算将那个放荡不羁、坐立不安的托立弗笼络了一个时期。她正想着应该去给托立弗调一杯混合酒，再递上一支香烟。然后，如果他需要，她可以去冲杯咖啡，煮两个鸡蛋。或者倘若他懒得动，或者根本不理睬她，她就穿上衣服去排戏，十二点钟前必须赶到，排完戏再回到他的身边，等候他清醒过来。谁叫她爱上他了呢？

托立弗生来就是一个追求富贵的太太和小姐的人，他面对所有这种殷勤款待始终是一种不冷不热的态度。他为什么要那样热情呢？托立弗，弗吉尼亚和南卡罗纳州的托立弗家庭的一名成员。他有资格在任何地方与社会上的所谓最高贵的人来往。唯一的苦恼是，除了向罗莎莉，或与她同一种类型的姑娘开口要钱以外，他总是一贫如洗，更糟糕的是，他酗酒装疯，负债累累。尽管如此，对女人来说，他却是一块巨大的磁石。不过，经过了二十多年的荒唐生活，他一直未能与任何一个女人建立起稳定的社会关系。所以现在无论同哪一个女人待在一起，他都显得那样的冷淡、嘲讽和独断专行。

托立弗出身于南部的一个富贵家族，从前那可是一个地位显赫的家庭。此时在查尔斯顿还有一座诱人的老式住宅，从南北战争前一直到现在，那个世家还有一支住在里面。他们手中的价值连城的联邦公债，在内战结束时全都变得一文不值了。那时候他有一个兄弟在军队里，威克斯·托立弗上尉，他也认为布鲁斯是个浪荡子，是社会上的无业游民。

在得克萨斯州的圣安东尼城，他还有一个兄弟是个成功的大牧场主，他早年就去了西部，恋爱结婚，生儿育女，安居乐业，在他认为布鲁斯想同纽约的上流社会建立关系的野心简直太愚蠢了。如果他能有所作为，譬如勾引上一个有财产可以继承的姑娘，为什么他早几年不这样呢？不错，他的大名经常见诸报端，有一次曾传说他很快就要同一个有钱的、初入社交界的纽约姑娘结婚了。但那已是十年前的事了，后来，他完全丧失了信心，彻底完了。他在纽约社交界结识的一般朋友都同意这种看法。他太随心所欲，太不注重他的身份和社会地位了。所以，他们早就不约而同地不再借钱给他。

不过，也还有另外一些人，其中有男有女，有老有少，在他大脑清醒、衣冠楚楚时偶然遇到他，很惋惜他未能同一位富有的女人结婚，那样，他早就进入上流社会了。只要他高兴用他那洋溢着热情的南方口音说话，那口音是十分讨人喜欢的，而且他还有十分迷人的微笑。

他与罗莎莉·哈里根的相识总共只有八个星期，不过他再也坚持不下去了。她只是歌剧中的配角舞女，周薪三十五美元。她热情快活、甜蜜，可在他心中，她缺乏毅力，难以成名。只是她的玉体、色情和爱恋才把他笼络到现在。

今天早晨，罗莎莉愉快地端详了一下他那蓬松的黑发，线条优美的嘴唇和下巴，她的愉快简直有点可怜，因为她心里有一种无可名状的恐惧，她担心他可能被别的女人夺走。她相当清楚，很可能他一觉醒来就会咆哮、粗野地谩骂和发号施令。尽管如此，她还是想与他一直待在一起，即使仅仅摸摸他的头发，也挺好的。

而半睡半醒的托立弗正在沉思默想着他日常生活中遭受的痛苦。因为目前，他除了向罗莎莉要钱外，可以说是一无所有了。现在，他对她早已毫无兴趣了。只要他能找到一个贵妇人，同她在一起任意挥霍，甚至与她结婚，就这样做给那些瞧不起他的当地富豪看看，一个托立弗、一个富有的托立弗是什么样的人！

他到纽约后不久，就企图引诱一个害相思病的女继承人私奔，可她的父母却将她送到国外去了。他发现报纸上公开揭发他是一个想发横财的人，凡是希望自己的女儿能过上快乐而美好生活的、殷实而有名望的家庭，都应该并且也一定会防范他、拒绝他。那一次的失败或者叫失意，再加上酗酒、赌博和放荡不羁，使他这几年梦想跨进的大门，全都对他关闭了。

今天早晨，在他完全清醒过来穿衣服时，他开始为昨天的一场晚会对罗莎莉咆哮起来，因为昨天是她请他去参加晚会的，他在那里喝得酩酊大醉，蔑视嘲笑他周围的人们，一直到他们十分得意地将他轰走。

"这群坏蛋！"他嚷着，"你为什么不告诉我那些新闻记者也要去呢？那些男演员已经够坏了，可是，那些爱管闲事的新闻记者，那些与你们这群女演员厮混，喜欢在报纸上出风头的浑蛋！呸！"

"可我并不知道他们会去呀，布鲁斯，"罗莎莉小心地辩解着，她脸色苍白，正卖力地在煤气炉上烤面包，"我一直以为晚会只是为了招待演出的明星。"

"明星？那帮废物也配叫明星？如果他们都算得上明星，那我就是整个星系了！"（这个比喻弄得罗莎莉莫名其妙，她全然不清楚他说的是什么意思。）"那帮浑蛋！你根本不会辨别什么是明星，什么是油灯！"

接着他打了个哈欠，不知道什么时候他才能鼓足勇气离开这儿。他还要继续堕落到什么程度？花着姑娘们那些赚来还不够自己用的钱，然后与别人去喝酒赌博，可他自己却身无分文！

"上帝呀！我再也受不了啦！"他大叫起来，"我一定要走。我再也不能在这里待下去了。真是丢人现眼！"

他在房间里踱来踱去，怒冲冲地将手插在口袋里。罗莎莉在他身边拘谨地站着，吓得不敢说话。

"哎，你听见没有？"他喊道，"你是不是就打算像个哑巴似的站在那里？哎，你们这些女人如果不是像猫一样地打闹，就是躺下来一声不吭！上帝呀，如果我能找到一个女人，只要略微有些头脑，我就会……我就会……"

罗莎莉抬起头看着他，嘴边现出一阵苦笑。"好吧，你想怎么办？"她平静地说。

"我就会缠住她！我甚至还会爱她！可是，我的上帝呀，那又有什么用呢？我就在这间小屋子里混下去，能混出什么名堂来呢？我是属于另一个世界的，我就要到那里去了！我俩很快就要分手了。没有别的路可走。照这样下去，我一天都受不了！"

他边说边走进衣帽间，随即拿出他的帽子和大衣朝门口走去。可罗莎莉却斜着身子挡在他的面前，伸出双臂用力抱住他，将她的脸紧贴在他的脸上，呜咽着泪如泉涌。

"噢，布鲁斯，请你别走！我做错了什么事吗？你不再爱我了吗？你要我干什么我就干什么，这还不够吗？我可从来没有向你要求过什么，不是吗？求求你，布鲁斯，请不要离开我，行不行？布鲁斯。"

可是托立弗一把将她推开。

"不要这样，罗莎莉，不要这样，"他说得很坚决，"我受不了！你不能就这样把我拖住。我必须走！"

他将门打开，当他继续向前走时，罗莎莉又冲到扶梯和他之间。

"噢，布鲁斯，"她痛哭着，"看在上帝的面上，请千万不要走！听我说，你不能抛下我！我什么都愿意干，真的，什么都愿意干，我告诉你布鲁斯，我要想方设法多挣一些钱，去找一个更好的工作。我相信我能做到。我们可以搬到别的公寓里去。我会安排好一切的。布鲁斯，请你坐下来，求求你别离开我。如果你真的离开我，那我就只好去死！"

可此时托立弗相当坚决。"别说啦，罗茜！不要傻里傻气！我知道你不会去死，你也知道这个。你要振作，好好冷静冷静。今天晚上或者明天，我说不定会来看你。但是，我必须另谋生路，就这样。你懂吗？"

在他冷漠的凝视之下，罗莎莉被彻底击垮了。她明白，现在这个结果是无论如何也逃脱不了了。她清楚，如果他真想走，她是留不住他的。

"哦，布鲁斯，"她又一次恳求着，紧挨着他，"我不让你走！我不让，你不能就这样走呀！"

"我真的不能吗？"他问道，"好，你看我的吧！"他一把将她从门口推开，冲了出去，快速跑下楼。罗莎莉屏声静气，内心充满了恐惧。当大门"砰"的一声被关上时，她两眼无神，呆呆地站着，随后疲惫地掉转身来走入房间，关上房门，浑身瘫软地倚靠在门上。

排戏的时间快到了，可她一想起排戏就全身发抖。现在，她什么都不在乎了，一切都完了……除非……或许，他说不定会回来……他也许会回来拿他的衣服……

第九章　欲壑难填

托立弗想在一家经纪商行或信托公司找份工作，这种商行或公司专为富裕家庭的寡妇或女儿管理财产。现在有些麻烦的是，他早已疏远了那些在社交场上多才多艺的人，当时那些人活跃在纽约上流社会的中心。对于那些富有却没有什么背景，又想跨进社交界大门的人，以及刚刚涉足社交界而年龄较大、希望维持显著地位的老处女们，这些人是不可或缺的。

想成为这样的人需要各个方面的条件，包括上流美国人的家世、容貌、社交才能以及对快艇、马球、网球、骑马、马车（尤其是四匹马的马车）、歌剧、戏院、拳击赛的各种装模作样的兴趣。这些人跟随富豪去巴黎、比亚里兹、蒙特卡罗、尼斯、瑞士、纽波特和棕榈海滩，去南部打鸭子的地方和各地的乡村俱乐部。在纽约，豪华的大饭店、气派的歌剧院和剧场的包厢是他们常常进出的地方。他们必须在所有场合都衣着得体考究；不管是看马戏、网球赛、足球赛，还是流行的著名戏剧，都要大献殷勤，并且有本事去弄到最好的座位。要是他们能参加牌局，并且能对牌局中的微妙处作出解释；偶尔对衣服、首饰，或房间内的布置提出一些意见和建议，那定然会大有裨益。但首要的问题是，他们必须设法让他们主顾的姓名不时刊登在《都市之声》或报纸的社交栏里。

不过，不停做这类事情就意味着，这些多才多艺的人献出的辛劳，连同有时候忍受的牺牲都肯定会在不太丢脸的形式下获得酬劳，尤其是因为他们得不到什么热情和刺激，如果他们能和青春美女结伴，他们原本是能得到这些东西的。因为他们主要注意的是像爱琳那样的中年女人，这类女人对社交中或情感上那些厌烦可怕的时刻总带着一丝恐惧。

作为过来人，托立弗对这一切已司空见惯，大约三十二岁时，他开始厌倦这种生活。他有时对一切都心灰意懒，甚至想销声匿迹，他经常酗酒，找风骚性感的女演员寻欢作乐，她们有着强烈的欲望和如火的爱情，主动献身给他。可是，现在他又想再去光临这种饭店、酒吧、旅馆，以及那些能给他好处的人常常光顾的地方。他很快就振作了起来，清醒头脑，他需要到什么地方去弄点钱来。也许从罗莎莉手里，用那点钱买一套考究的衣服，显出十分阔绰的模样，这样，他又能在社交界多少有点希望了。

随后……好，这一次就看他的了。

第十章　独守空房

这时候，爱琳在纽约正伤尽脑筋想怎样重新安排一下自己的生活。虽然现在的考珀伍德公馆（大家还是这么称呼）是纽约最豪华精致的住宅，可在爱琳心中，那只不过是一个空房子，一座情感上和社交上的坟墓。

爱琳现在认为，她特别对不起考珀伍德的第一位妻子和她的孩子们，她当初不了解他的妻子会遭受到怎样的痛苦。可现在，她对这些痛苦全都明白了。她为考珀伍德丢掉了家庭、朋友、社交和名声，她现在陷入了绝望的深渊里。别的女人去追求他、缠住他，不是因为爱情，而是因为他的金钱和名气。他也迷恋她们，因为她们年轻漂亮。几年前，她在这方面绝对不比她们逊色。她不会让他离开！绝不！绝不允许任何女人自称为弗兰克·阿尔杰农·考珀伍德太太！她们早已凭真挚的爱情和合法的婚姻结成了夫妇关系，她绝不允许别人从她这里将他夺走！他也绝对不敢公开或在法律上攻击她。她太了解他了，要是他想去找别人来替代她，她定会使这个社会不答应他。她怎么也忘不了他公开宣布过他爱上了那个年轻貌美的伯里莱茜·弗雷明。可现在，她在哪里呢？极有可能与他在一起。但是，她绝不可能合法地占有他。绝不能！

可是，现在的她太孤独寂寞了！这幢大厦，这些铺着大理石的房间、精雕细刻的门和天花板，以及这些挂有壁画和装饰得极美的墙壁！而那些仆役，在她看来，都是间谍！她没有什么事情可做，没有什么朋友可以看望，也没有什么人来看她。虽然他们相当富有，可连着这条街的那些深宅大院的人们，谁也不屑于注意她和考珀伍德！

曾经有几个别有用心的人来追求她、讨好她，她都忍耐了。有时还有一两位亲戚来看她，其中包括她的两个住在费城的兄弟。他们都相当有钱，有社会名望，但由于他们笃信宗教，加上又保守，他们的妻儿们都对她不感兴趣，所以她也就极少见到他们。他们偶尔来吃顿中饭或晚饭，或者来纽约时在她家里过夜，但从来不带家眷。他们很少见她，她当然明白这是怎么回事。

世界上再也没有什么人对她有意义。有些男演员和社会上的浑蛋偶尔也来找她玩玩，主要目的是借钱，他们只对那些年轻女人感兴趣。她怎么能在有过考珀伍德之后与那些无聊的、寻欢作乐的人鬼混呢？性欲吗？不错！只有在那些寂寞、痛苦、凄凉而又漫长的夜里，她才去找个人，只要体格强健有吸引力，能与她谈谈话喝喝酒就完全可以啦！哦，美好的生活，美妙的青春，连同一切有价值的东西全都离她而去了！

这座高大的房子，还有其中的绘画、雕塑和各式各样的花毯，对爱琳本身就像是一种讽刺。因为她的丈夫考珀伍德极少光顾这里。他来了，虽然在仆役们面前假装成对她十分钟情的模样，但他总是极其小心谨慎。仆役们对他比她巴结得多，因为事实上他有权支配这里的任何东西，这里的一切都是他的。如果她嘲笑或反抗，他会变得非常殷勤可爱，紧握着她的手，温柔地抚摩着她的手臂说："可是，爱琳，不管怎样你都得记住哇！你现在是，而且将来永远是弗兰克·考珀伍德的太太，既然你是这样的身份，你可要尽到责任！"

如果她要大吵大闹或痛哭不已，嘴唇颤抖，或者一气之下离开他，他就会去追她，经过一段漫长的辩论和虚伪的恳求之后，又将她说服得心平气和。如果这样还不行，他就会送给她很多鲜花，或者建议他们在晚餐后一同去歌剧院，这种让步总是在关键的时候，不知不觉地诱惑了她爱慕虚荣和懦弱的灵魂。因为只要与他在公共场合双双出现，不是就完全可以证明她依然是他的太太、他家里的女主人吗？

第十一章　到伦敦去

德·索托·西彭斯带着他需要的几个助手前往伦敦。到达伦敦后，他在骑士桥附近租了一处房子，紧接着着手收集他认为考珀伍德所需要的所有资料。诸多事情中，两条最老的地下铁路，都城铁路和市区铁路立刻引起了他的关注。那两条铁路也叫内环，有一条商业区的环形路线与之相连，同那条芝加哥的考珀伍德的铁路线相似，当时修建那条铁路对他特别有利，却使他的对手十分生气。在当时这两条伦敦铁路堪称地下铁路的世界创举，都建得十分简陋，全用蒸汽做动力，事实上，这两条铁路包括并且通往全部主要的商业区，因此也就成为整个地下铁路的枢纽。两条路线彼此平行，相距大约一英里。为了行驶权，终点处又彼此连接起来，西边从肯辛登顿和帕丁登站起，东边直到英格兰银行区的阿尔盖特，两条线路四通八达。只要稍微重要的地方，比如所有大街、戏院区、金融区、商业区、大型旅馆、火车站、国会的上下两院全都在这个地区之内。

西彭斯很快发现，这些路线由于设备落后、管理混乱，除开支外剩下的极其有限。但是，他自认为能够把这两条路线经营得有利可图，因为除了公共汽车以外，还没有这样方便的交通线，此外，广大市民对这些铁路线上沿用至今的破旧的蒸汽设备非常不满意，现在有一家刚刚涉及地下铁路领域的、比较新兴的金融集团显然要把它们电气化、现代化。这个集团里有个斯坦爵士，他同时又是代表市区铁路少数股权的一个主要的股东，考珀伍德提起过他。他也是伦敦社交界出色的人物之一，西彭斯极尽详细地把这一切都写进了信里，收到信考珀伍德激动不已。这项中央环形线的计划如果现在被采纳，且有特许证，再加上法案的支持，就可以伸展到更远的地区去，这将使他成为今后发展中的首要人物和核心人物。

他决心投资，但他到哪儿去筹措资金呢？也许需要一个亿！这时候，他有些怀疑他是否能说服一群可以提供资金的金融界的人士追随他，特别是当前的伦敦地下铁路没有一条看上去有钱可赚。投资这桩投机生意是件冒险的事，而且必须事先有一种相当巧妙的宣传与之配合，极尽所能地让他处于一个最有利的地位。

他分析过美国所有的重要金融界巨头以及他们的机构、银行，特别是东部，由于他之前与他们的关系，现在他完全可以请他们资助，这件事情必须讲明白，他追求的是名誉而绝不是什么高额的利润。毫无疑问伯里莱茜是正确的。这是考珀伍德最后的也是最大的一次冒险，如果成功就会超过他从前的所有事业，甚至还可以抵消曾经的讹诈行为的所有罪孽。

当然，他内心深处并没有打算放弃他的那一整套有关组织和经营铁路事业的老骗术。因为在英国，他的阴谋诡计并没有像在国内那样暴露无遗，他比以前任何时候都更专注于为这个或为那个组织公司，每家公司负责一条铁路的支线或现有的路线，把这些路线加以扩展或改善，再把它们的虚股卖给容易上当的公众。这类事情就是这样操作的。普通百姓常常会受骗去购买那些看上去很有潜力的股票。这一切必须依赖于那种恰当关系所能提供的实力和信誉。在这一切计划成熟后，他立即拍电报给西彭斯表示谢意，并让他继续留在伦敦，听候新的指令。

　　与此同时，伯里莱茜的母亲已经来到芝加哥，建了一个临时的家。伯里莱茜和考珀伍德两人以各自的方式告诉她已经发生的一切，以及以后他们几个如何处理这种新的、可能还有些难以相处的关系。尽管当初，卡特尔夫人在伯里莱茜面前流过一阵眼泪，这主要缘于对自己的过去感到愧疚，依照她的想法，只有那样才能促使她女儿走上如今的道路，但是她可绝不会十分沮丧，以致使动摇不定的良心有时使他相信的那样的地步。因为她在心里揣摩着，考珀伍德可是个大人物，就如他对她承诺的那样，伯里莱茜不仅能继承他相当可观的财产，而且如果爱琳死了，或者爱琳答应和他离婚，他一定会同她结婚。可如今呢，一切如常，他还是卡特尔夫人的朋友，是她女儿的保护人。不管发生任何事情，即使谣言四起，也必须一直这样解释下去。因此，他们必须极力避免在公共场合接触，而且要尽可能与平时一样。他和伯里莱茜暗地里怎样安排，那是他们自己的事，但是，他们绝对不能搭同一条船或是乘同一班火车，不管去哪里，也不能住在同一家旅馆。

　　至于去伦敦，考珀伍德设想他们在那里可能会拥有的丰富的社交生活，特别是如果一切都进展顺利的话，他盼望着与上层的金融界人士联手，尽量利用伯里莱茜和她母亲的关系，并以此作为吸引权贵和朋友聚集在她们家里的一种方式和手段，这样对他最为有利，因而他希望卡特尔夫人来维持这个家，这对富裕而有声望的寡妇和女儿来说最为合适。

　　因为伯里莱茜最先提出来这个想法，她当然十分支持。纵使卡特尔夫人了解考珀伍德一遇到有损他个人利益的事时就会变得冷酷无情，甚至残忍得从不退让的，但是，她听着他的解释，倒也相信一切都安排得十分稳妥了。伯里莱茜已经用最现实的态度道出了她自己的处境。

"我真的很爱弗兰克，妈妈，"她说，"我希望尽可能经常和他待在一起。你也了解，他从来没有强迫我做过什么。是我主动去他那里的，这些事情都是我的主意。自从我知道我们生活的费用不是你的而是他给的那一天起，我就意识到这样接受一切而从不去报答好像太不合适了。可我和你一样胆小畏缩，做事都很自私，要是一无所有地过生活，就会没脸见人。如果他对我们弃之不顾，那我们会陷入怎样的窘境啊！"

"哦，我也知道你没错，贝菲，"母亲几乎央求着说，"请你不要责备我，即便如此，也已经够我受的了。请你不要再说了。我一直是在为你的前途打算哪！"

"对不起，妈，对不起，"伯里莱茜温柔地道歉，因为她毕竟深爱着她的母亲，虽然她以前愚昧地走错了道路。在她读书时，她的确有些瞧不起她的母亲，瞧不上她的嗜好、知识和见解。但是，现在她全都能理解了，她用新的眼光来对待她，即使还不能完全原谅她，但就目前的情况她依然对母亲持有着宽容同情的态度。她不再说那些蔑视或难听的话了，反而对她母亲格外亲切、温和，就好像她是在极力补偿母亲所受到的人生苦难。

所以，此时她语气温和地说："您还记得吗？妈妈，我曾尝试着看看自己能干些什么，但我很快发现我从前所受的教育并不能使我对付一切。您太爱我太宠我了。我不怪您，也不怪弗兰克。可在这个国度里，在社交界我根本没有前途可言。我相信我能做的就是去与弗兰克同甘共苦，因为他是唯一真正给我帮助的人。"

卡特尔夫人认同地点着头，若有所思地微笑起来。她明白她必须遵从伯里莱茜的意愿。没有考珀伍德和她的女儿，她几乎无法生活。

第十二章　婚姻契约

在得到一定程度上的互相理解后，考珀伍德、伯里莱茜和她的母亲启程前往纽约。她们先走一步，考珀伍德稍晚些再动身。考珀伍德此行的目的是调查一下美国的投资状况，找一家国家经纪商行，并通过这家商行把原先有关查林克劳斯路线的计划重新交给他来谋划。换句话说，他不打算把自己产生兴趣的想法暴露出来。

当然，他在纽约和伦敦都有自己的经纪人，贾金斯、克洛凡和伦道夫，但是对这种非同小可的生意，他并不能完全信任他们。贾金斯是这家经纪商行美国支行的重要人物，尽管他为人十分狡猾，可在某些方面还有些用处，只是他私心过重，有时话也颇多。然而去一家不熟悉的商行也不一定就好，兴许会更糟。他最后决定找个可以信赖的人，就向贾金斯建议说，格里瓦斯和亨肖可以再来看看。

他记起格里瓦斯和亨肖第一次拜访他时递给他的那几封介绍信中的一封，写信的人叫拉斐尔·科尔，是一位相当富有的退休的纽约银行家，几年前曾努力使考珀伍德对纽约的交通事业产生兴趣。尽管考珀伍德当时正忙于他在芝加哥的事业，无暇顾及科尔的建议，但那次的初步沟通却使他们产生了友谊，后来科尔在考珀伍德的一些芝加哥企业里投了资。

目前考珀伍德不但计划吸引科尔对伦敦投资，而且还打算通过贾金斯建议格里瓦斯和亨肖再来见他。于是他决定在他第五大街的家里宴请科尔。爱琳还做女主人。这么一来，一方面他可以讨好爱琳，另一方面又能给科尔留下一个好印象，以为他是个知足的丈夫，因为科尔的私生活十分规矩。为防止舆论抨击，这项伦敦计划必须要这种传统习惯的背景。事实上伯里莱茜早在前往纽约之前就对他说过："现在，你要记住，弗兰克，你在大庭广众之下越是对爱琳大献殷勤，就越对我们两人有好处。"说这话时，她在他面前表现出了一种平静而忧郁的表情，在暗示中好像表现出了人类自古以来所有的阴险和恶毒。

因而，他在前去纽约的途中，反复地斟酌着伯里莱茜的话，他给爱琳拍了封电报，告诉她他马上回来。同时他也在考虑联系一位在社交上十分活跃的证券推销员爱德华·宾汉，那人曾经常来拜访他，兴许他能提供一些关于托立弗的材料。

依据这项周密全面的计划，首先他打电话到伯里莱茜在公园路的家里，这是他最近送给她的房子。和她约好傍晚时见面。接着他就打电话给科尔。他进入尼得饭店的写字间后才知道在众多的信函和文件中，正好有宾汉来的一封信，他问考珀伍德何时能抽空接见他。最后，他回家去。在爱琳看来，他的心情已经与几个月前她所见到的截然不同了。

实际上在这天清晨，她看见他走进她的卧室时，就马上预感到有什么愉快的事情正在进行当中，仅仅从他的脸色和脚步就能觉察到。

"啊，你好吗？亲爱的，"他几乎脱口而出，表情格外亲切，有很长一段时间他觉得在她面前已不适合流露这种感情了，"你接到我的电报了吧？"

"接到了。"爱琳显得很安静，游移不定地答道。与此同时，她注视着他，因为她对他爱恨交加。

"哦，还在读侦探小说哩！"他边说边看着她床边桌上的那本书，同时在心里比较着她和伯里莱茜的才智。

"是呀，"她有点生气地答道，"你希望我看什么呢？《圣经》，或者你每月一份的资产负债表，还是你的美术品目录？"

她既悲伤又痛心，因为在芝加哥纠纷的整个过程中，他并没有给她写过一封信。

"说实话，亲爱的，"他亲热地说，"我一直打算给你写信，可我却忙得不可开交。我知道你兴许会看看报纸。发生的一切全都刊登在报纸上了。我接到过你的电报，你真是太好了！我想我应该回一封电报，这我知道。"他是指他在芝加哥市参议会惨遭失败的消息到处流传之后，爱琳所发的一封鼓励他的电报。

"嗯，那好吧。"爱琳带着怒气说，中午十一点了她还在懒洋洋地化妆，"就算你拍过电报，现在还有什么可说的呢？"

他的目光被她那雪白的褶边晨衣吸引住了，那是她一直欣赏的一种晨衣，因为它能衬托出她那红色的头发。有一段时间，他对她的红发曾经赞叹有加。同时，他还观察到她的脸上厚厚地上涂了一层粉。这样涂脂抹粉倒使他的心情有些沉重，也许此事也正在折磨着她。时间！时间！时间一直在起着腐蚀和催老的作用。她一天比一天衰老，她的确衰老了。除了忧愁和痛苦，她几乎无计可施，因为她十分清楚，他十分讨厌女人衰老的迹象，尽管他从来没有说过，甚至还装出一副满不在乎的神情。

他猛然意识到她太可怜了，于是刻意温存亲切一些。事实上，端详着她，再琢磨一下伯里莱茜对她宽容的态度，他感觉让他们中间的那种表面的和睦友好再扩大到让爱琳去国外旅行一趟也未必不可以。他无须形影不离地陪伴她左右，只是在同一个时期内出去旅行一次就足以了，这就能给人们留下这样一个印象——他婚后生活的各个方面都美满幸福。她甚至还可以搭乘同一条船，如果能够给托立弗或其他人安排好，把她从他那里引走的话。被选中的那个人必须对她产生兴趣而且在国外也紧紧地纠缠她，这样做的目的就是要把她从伯里莱茜和他的道路上撵走。

"今天晚上你有事吗？"他讨好地问。

"没有什么事情。"她冷笑道，因为他的表情如同以前一样友好，好像隐含着对她有什么要求似的，尽管她没法猜到是些什么事情。"你是否打算在这里住上一段时间呢？"

"是的，是这样。至少我要在这里进进出出。我有个想法，可能要去国外几个星期，这件事我还要与你详谈。"他停了下来，有点犹豫，不知道怎样继续说。一切都显得非常困难和复杂。"我在这里的时候，希望你能给我做些接待工作。你同意吗？"

"我不反对。"她说得很简短，察觉出他对她有点敬而远之的意味。她感到他并没有把她放在心上，即使就在长久分开后的现在。转眼间她变得十分倦乏而沮丧，不想再和他争论下去。

"今天晚上你愿意去看一场歌剧吗？"接着他问。

"嗯，好的，如果你真的想去的话。"有了他毕竟是个安慰，哪怕只有片刻也好。

"那是当然的，我想去，"他答道，"而且我希望你和我一起去。毕竟你是我的太太，是这里的女主人，无论你对我怎样评价，我们还是需要在公开场合中维系一种良好的形象。这对我们两人都不会有什么坏处。事实就是这样，爱琳，"他友好地说下去，"现在，我在芝加哥遇到了很多困难，我认为我必须在两件事情中选择一件：要么停止国内的一切事业活动退休，眼下我还不太想这样做，要么去别的地方做点其他的事情。确切地说，我并不想这样老去。"他停了下来。

"你？老去？"爱琳说道，有趣地盯着他，"真的，怎么都不像！在我看来，你倒是返老还童了！"

这句话把考珀伍德逗得眉开眼笑。

"迄今为止，"他继续说下去，"据我所知，只有两件事还让我有点兴趣，那就是有人提议在巴黎修建一条地下铁路的计划，可这条铁路对我的吸引力并不大，还有……"说到这里他暂停下来，现出沉思的样子，同时，爱琳认真端详着他，不知道这是否是真的……"或者在伦敦有什么事业能大干一场。我很想去伦敦看看那里地下铁路的情况。"

听到这番话后，因为她无法解释的一些理由，比如心灵的感应，精神的影响，爱琳顿时为之一振，好像在想象着一些有趣的事情。

"真的！"她几乎有喊出了声，"听起来真是充满了希望。可是，如果你真的要做些其他的事业，这一次我希望你安排得稳妥些，以免以后又惹出麻烦。看起来好像你到哪里就在哪里惹麻烦，或者说是麻烦自己找上门来。"

"嗯，我一直琢磨着，"考珀伍德继续说着，没有理会她最后的话，"要是没有突发事件，我也许能在伦敦干出一番事业来，尽管我听说英国人对任何美国人所办的企业都采取一种不友好的态度。如果是这样的话，那我在那里就无法立足了，特别是在我的芝加哥事件后。"

"哦，可怕的芝加哥！"爱琳惊叹了一声，马上为他辩护，对他表示真诚。"不要再去想芝加哥的事情了。只要稍微有点头脑的人都清楚，他们是一群嫉妒的豺狼。我认为，伦敦对你应该说是一个东山再起的理想之地。你当然明白如何去把事情安排稳妥，这样就能避免你在芝加哥已遭遇到的关于特许证的纠纷。我总认为，弗兰克，"她依靠多年来和他共同生活的经验大胆地说，"你很不喜欢听取别人的意见。无论他们是谁，在你心中，他们都像不存在似的。难怪你会挑起如此多的纷争，除非你肯用点心思稍微体谅一下别人，否则你将来还可能遇到这些麻烦。当然，我不知道你到底是怎么打算的，然而我相信，如果你现在想大干一番事业，就得对人流露出哪怕一点亲切感，哎，只要你愿意，像你这样聪明而又善于处理事情的人，你想怎么做都不会有太多阻碍。好吧，这就是我想要说的。"说到这里，她停顿下来，看他做何反应。

"谢谢，"他说，"而且也许你是正确的。我不知道。不过无论如何，我都要仔细地斟酌伦敦的事情。"

她觉察出他必然要在某一方面采取行动，便接着说："当然就我们两人来说，我知道你不再喜欢我了，而且你将永远也不会再喜欢我。这一点，我还是觉察得到的。可同时，我觉得我在你的生活中曾经起过作用，在费城和芝加哥我曾与你共患难，即使这不算什么，但是你不应该把我当作旧鞋一脚甩开。那太不公平了。这对你也没有什么好处。我一直这样认为，并且目前还这样认为：至少你要在公众前面装作对我很好的样子，至少要对我多少献点殷勤，别让我孤独寂寞地一个星期又一个星期、一个月又一月地坐在这里，度日如年，没有一句话，没有一封信，音信全无。"说到这里，就和已往无数次那样，他又一次看见她的喉咙颤动，泪水模糊了双眼。她转过身去，似乎没法再说下去。他同时理解到这就是自从伯里莱茜到达芝加哥后，他一直在琢磨的那种妥协。十分明显，爱琳打算让步了，尽管他还不能判断能让步到何种程度。

"我需要做的是，"他说，"找点其他事情做做，并且得为这事去筹集些资金。同时，我还要把这里的住宅保留下来，使一切看上去与以前没有两样。这样就会给别人留下一个好印象。你知道，有段时间我想离婚，但如果你能自己考虑清楚，过去的就算了，我只需要继续保持一种表面上的关系，别再因为我的私生活而与我吵闹。哎，我想，这样我们也许能合作下去。事实上，我也相信我们完全做得到。我的年纪大了，另一方面，我也需要保留私生活来满足我个人的需要，我们还能像以前那样生活下去，甚至还可以使以后的一切看起来比现在更好，你认同这种做法吗？"

由于爱琳除了希望继续做他的妻子外，别无他求，而且即使他对她薄情寡义，她还是希望看到他所从事的事业获得成功，于是她答道：

"好吧，我还能有别的选择吗？整副牌全都握在你的手里。我有什么呢？真的，我到底有什么呢？"

说到此处，考珀伍德就提出建议，如果他有必要去其他地方，爱琳认为和他一起前往更合适的话，他是不会反对的，甚至还可以发表消息登报，以展示他们的婚姻美满和谐，只要她不坚持某些日常的接触就行，因为那样的话可能有碍于他的私生活。

"好吧，如果你想那样做的话，"她说，"这样不会比我现在的状况更差，"可她同时又想到，在这一切的背后可能隐藏着另外一个女人，或许就是那个名叫伯里莱茜·弗雷明的姑娘。果真如此的话，在这方面她就决不让步。对于伯里莱茜，她坚决不让他用任何一种与那个虚荣自私的女人的公开关系来羞辱她！决不，决不！

这样的话，尤其有趣的就是，当考珀伍德正在暗喜，他已经很顺利地沿着他梦想的方向前进，获得进展的时候，爱琳却认为她多少也有了一点收获；无论她在感情上要做出多大的牺牲，只要她能让考珀伍德公开照顾她，她就能继续拥有他。即使只是表面上的胜利。

第十三章　爱情陷阱

在一次晚宴上，鼓动科尔把格里瓦斯和亨肖再次邀请来见他这件事，考珀伍德顷刻间就办妥了。科尔同时还阐明他的观点，认为考珀伍德在伦敦可能比在芝加哥更能大展宏图，在这方面拟订了任何投资计划，他都乐于进一步了解。

在和爱德华·宾汉的交流中，考珀伍德同样感到满意，他了解到有关布鲁斯·托立弗的一些耐人琢磨的信息。据宾汉介绍，现在托立弗的处境非常狼狈。尽管以前他具有较好的社会关系，多少还有几个钱，不过现在他早已坐吃山空了。

他依然十分英俊，但看上去很沮丧，衣服也不十分考究。直到最近，他一直与那些赌棍和声誉不好的人鬼混在一起；他以前的许多老朋友以及和他合得来的人都早已不再与他来往了。

另一方面，宾汉也不得不承认，托立弗最近几个月似乎有卷土重来的意图。因为他现在单身住在第五十三大街的艾尔柯夫公寓，那是一家简朴的单身汉俱乐部，偶尔看见他在上等饭馆里用餐。他认为托立弗正面临着抉择：要么勾搭上一位有钱的女人，为了他的迎合奉承，而乐于献出她的一切；要么在一家经纪商行里找份工作，商行也许会从他过去的社会关系中考虑，给他较高的工资。听到宾汉的这个鉴定性的结论，考珀伍德不由自主地微笑起来，因为托立弗此时的这种状况，正是他所需。

他向宾汉表达谢意。宾汉离开后，他就打电话给在艾尔柯夫的托立弗。此时那位先生正衣衫不整地躺着，抑郁地等候下午五点钟的到来。到那时他打算出去进行他所谓的"搜罗"；为了在与别人偶然的一个打招呼中，恢复旧的，或建立新的友谊，他就在俱乐部、餐馆、剧院、酒吧寻找线索。这时已经三点钟了，这是一个多风的日子，他走到走廊接电话，头发蓬乱，手里夹着一根吸了一半的香烟，脚穿一双有点破旧的卧室拖鞋。

刚听到"我是弗兰克·阿尔杰农·考珀伍德"时，托立弗马上怔了一下，然后定定神，因为几个月以来，这个名字一直刊载在报纸的头版头条上。

"噢，是的，考珀伍德先生，你有什么需要我做的吗？"托立弗的声音显得格外殷勤、谦卑和心甘情愿，似乎无论对方要他做什么，他都乐意效劳。

"有件事情，我认为或许能让你产生兴趣，托立弗先生。明天上午十点半，如果你乐意来到尼德兰饭店我的写字间，我将非常高兴地欢迎你。我可以在那等候您的光临吗？"

托立弗完全没有忽略对方的口吻，尽管那不是上司对下属的语气，但却显然带有一种权威和命令的意味。即使托立弗自以为社会经验丰富，但对此事也颇为好奇，而且兴奋不已。

"一定去，考珀伍德先生，我一定会去的。"他马上答复。

这究竟是怎么回事呢？也许是推销股票或证券。如果这样的话，他非常愿意接受这份工作。他坐在房间里琢磨着这次意外的召唤，开始追忆他在报上读到的关于考珀伍德夫妇的消息，报上说了他们极力想跻身纽约上流社会的那段事情以及他们怎样被人冷淡、处境困难的状况。接着他又想到了自己的工作和社交，这样会得到什么呢，他有些欣喜过望。他开始端详自己的容貌、身材及衣橱里的衣服。他要刮刮胡子，洗洗头发，把衣服刷净，熨平。为了明天，他要好好地恢复精神，今天晚上就不出去了。

第二天一早，他就来到考珀伍德的写字间。很久以来他都没有像今天这样镇静、这样温顺。不知道为什么，他感觉这一次似乎是新生活的开始。至少在他走进房间，看到那位了不起的人物坐在那张占据房间中心用花梨木做的大写字台后面的时候，他是这样想的。但是，他马上有些退缩，觉得有些心虚，因为在他面前的这个人，尽管表现得彬彬有礼、热情包容，但却仍然是可望而不可即的。他认为考珀伍德是一个英俊、有魄力和卓尔不群的人，他那双充满魅力的蓝色大眼睛深不可测，他那双优美有力的手轻轻地放在他面前的写字台上，右手小指头上戴着一只普通的金戒指。

这只戒指是很多年前他在费城坐牢时（是他一帆风顺前最糟糕的一次），爱琳作为对他不朽爱情的纪念物而赠送给他的，他从不取下它。此刻在这里，他马上就要同一个有点落魄的社交界的纨绔子弟商谈一下，为了自己能与别的女人无所顾忌地寻欢作乐，让他用一种消愁解忧的手段缠住爱琳。这真是道德沦丧到了极点！这一点他也十分明白。可是，他别无良策。他现在必须按照原计划进行，因为这是从生活本身所形成的环境中产生的，无论如何都不能改变。这确实太晚了。他必须冷漠无情，胆大妄为，抛开一切地去做这些事情，好让别人接受他的办法和要求，还认为是难以避免的，他现在镇静而冷漠地看着托立弗，他指着一张椅子说：

"请坐吧，托立弗先生。昨天给你打了电话，因为我想办件事，需要一位相当精明而又富有社交经验的人。过一会儿我和你详谈，我坦率地告诉你，如果对你个人的历史和私生活不了解的话，我是不会给你打电话的，但我对你没有丝毫恶意，我可以向你保证。实际上，恰好相反。也许可以为你效点力，如果你也能对我这样的话。"说到这里，他爽快地笑了起来，托立弗犹疑不定却依然友好地对考珀伍德微笑着。

"我不希望你对我有什么反感，以致让这场谈话没有什么收效，"他有点担心地说，"我承认我没有过规矩的日子。恐怕我天生就不是那类人。"

"太有可能了，"考珀伍德显得十分开心地说，"不过在我们正式交谈前，我希望你直率地把所有事情都告诉我，我预想中的这件事需要我对你有一个全面的了解。"

他用一种期许的眼光注视着托立弗，后者即刻领悟，言简意赅地且十分真诚地把他个人的历史从童年起描述了一番，因而考珀伍德对这番谈话很感兴趣，断定此人比他所期望的还要干练，没有太多心机，他直率、随和、喜欢寻欢作乐的成分远远超过阴险狡诈和自私自利。最后，他觉得完全可以比他起初的设想说得更为直白和详细。

"那么你的经济状况是不是十分拮据呢？"

"嗯，大概是这样，"托立弗苦笑着答道，"我想，我的确从没有宽裕过。"

"我相信总是有很多穷人。不过请你如实相告，最近你是不是想重整旗鼓，如果可能的话，再与你经常来往的那个圈子恢复关系呢？"

在他问话时，他发现一丝不快的阴影清晰地闪现在托立弗的脸上。"对的，没错，我打算这样。"他再一次流露出那种带着自嘲，绝望却又迷人的微笑。

"你认为你的前景如何呢？

"就我目前的状况来说，不是很理想。我过去厮混的那个圈子需要的钱比我目前所有的钱多很多，我曾经想去纽约和我所认识的一些人和有关系的银行或经纪商行再次联系，因为我可能会给我自己，也给银行赚点钱，而且还可以重新与那些真正能对我有利的人接触……"

"我明白了，"考珀伍德说，"可你已失去了你的社会关系，我认为，事情有一些为难吧。你是否真的这样认为，只要你得到你所说的那种位置，你就能赢得你所希望的一切呢？"

"我说不准，因为我不知道，"托立弗说，"当然我希望是这样的。"

考珀伍德语气中含有一点让他不安的不信任的口气，或者起码有点质疑，使托立弗刚才抱着的那种希望消失了半截。不管怎样，他鼓足勇气继续说。

"我还年轻，当然并不比许多失败过却又重整旗鼓的人更为失意。我唯一的难处是没有足够的钱。如果我有钱的话，我绝对不至于脱离上流社会。总之，我并不认为我就此完蛋了，即使现在也不。我不会放弃追求和努力，今天过去了，总还有明天。"

"我欣赏这种精神，"考珀伍德说，"我希望你是正确的，无论如何，你在经纪商行里找一份工作是不会太难的。"

托立弗热情而充满希望地挪动了一下。"但愿如此，"他恳诚而又略带忧伤地说，"对我来说，这肯定是一个好的开始。"

考珀伍德笑了笑。

"好吧，那么，"他继续说下去，"我想我能给你安排好，无论有多少困难。但是有一个条件，那就是目前你要摆脱所有的纠缠。我这样说，是源于有一件与我有利害关系的社交上的事务，我可能让你去替我承担起来。这件事不会影响到你目前单身汉的自由，但可能需要你在一个时期之内，必须只对一个人大献殷勤，做你刚才与我谈到的那类事情，也就是对一位还十分漂亮、仅稍微比你大点的女人献出特别的热情。"

考珀伍德说到这件事情时，托立弗就意识到考珀伍德肯定有一位富有而年纪大一点的女朋友打算在经济上打他的主意，而他就要变成一个被利用的工具了。

"可以，"他说，"如果有什么我能为您效劳的话，考珀伍德先生。"

说到这里，考珀伍德悠然地靠在椅背上，双手扭在一起，平静而富有心计地审视着托立弗。

"我指的那个女人不是别人，就是我的太太，托立弗先生，"他严肃地厚着脸皮说，"很多年以来，考珀伍德太太与我在情感上已经或多或少有了一些距离。我不想说是性格不合，因为事实上并不全是那样。"

这时候托立弗点了点头，好像他早已完全知道了似的，考珀伍德继续说下去。

"我并不是说我们永远都会这样，如果我说希望获得任何一种对她不利的法律上的证据，那并非出于我的本意，她可以按照她自己的想法选择生活，当然，也只能是在一定范围之内。我绝不容忍任何公开的丑闻，我也绝不允许任何人把她牵涉到任何一件丢脸的事件当中去。"

"对此我能理解。"托立弗说，他觉察到，如果他能从这个机会中获得好处，他必须对这些要求做得恰到好处，并且要谨慎从事。

"你还没有完全弄清楚，"考珀伍德淡定地反驳道，"让我来讲得更为明白一点。考珀伍德太太以前是一位特别漂亮的女人，是我一生中遇到的最漂亮的女人。尽管已人到中年，但她仍然十分漂亮，如果不是她意志消沉和多少有点病态的话，她完全可以让自己变得更加迷人。这一切全都是缘于我们感情的破裂。这一点我要负全部责任，我一点也不怪罪她。我希望你真正明白这一点……"

"我明白。"托立弗说，显得谦卑而又兴致盎然。

"考珀伍德太太一直希望自己在身心和社交方面走到这样一条道路上去，而这条道路她自己也许认为很有道理，但事实上并不对。无论她如何，她还年轻，还应该活下去。"

"不过，我可以去了解她的感情。"托立弗插了一句，他的语气中含有一点很被考珀伍德欣赏的那种有涵养的反抗。这表明他对爱琳是同情的。

"可以，"考珀伍德镇静而直率地说，"我交给你的这项任务就是千方百计地去插身其间，当然，为了这项任务，我会给你钱，可表面上看与我丝毫不相干。毫无疑问，我们的这次谈话一点也不能让她知道。我是想让她的生活比现在更加有趣，更加精彩。她确实太孤独了。同她交往的人太少了，而且那些人又不很适合。我请你到这儿来的目的，是要你看看能否想出办法来拓展她的兴趣范围，介绍一些与她的财富和智慧相匹配的人物去接近她。当然我要给你钱，但绝对不允许你有任何不轨行为。现在我可以说，我并不想为她或为我去接触上流社会，可是，有些处在中间地带的社交我想或许可以去接触接触，这对她有好处，对我也多少有些好处。如果你明白我的意思，你也可以提出你的意见。"

托立弗遵照考珀伍德的暗示，尽量准确地勾勒出爱琳的生活，考珀伍德静静地倾听着，好像对托立弗能领悟到这一步而感到非常高兴。

"还有件事，托立弗先生，"他接着说，"我希望你清楚我会为你选择一家经纪商行，你与这家经纪商行相关的工作由我亲自安排。

我希望我们能对此彼此了解。"他从椅子里站起来，意思是这次会晤马上结束。

"好的，考珀伍德先生。"托立弗边说边微笑着站起来。

"那就这样。现在，也许我不能很快再次见到你，但是，你不会无事可做。我会想办法给你开一个银行户头。我想，已没有其他的了。早安！"

这种客套话，再加上他那种使人敬而远之的威严神情，再次给托立弗留下了深刻的印象，他敏感地觉察到，在他和考珀伍德之间，横着一条难以逾越的鸿沟。

第十四章　掌握控制权

　　这次意外会面使托立弗兴奋不已。走出考珀伍德的写字间，他就沿着第五大街向北走，想去欣赏一下考珀伍德那座瑰丽气派的大厦，在仔细品味了那让人难忘的意大利宫殿式的线条和装饰后，他回转身来，以一种奇遇的心情在第五大街和第二十七大街拐角的地方叫了一辆两轮马车，驶向德尔蒙尼科餐馆。每当午餐时分，纽约社交界那些最自命不凡和野心勃勃的人物都在这里拥挤着，还有那些戏剧、艺术、法律方面的知名人士，都会到这里来凑凑热闹。在离开餐馆前，他至少与六位较有名气的人交流过。精神振奋、威风凛凛的托立弗，已在许多人的脑海里留下了鲜明而深刻的印象。

　　与此同时，考珀伍德指示中央信托公司去通知住在第五十三大街紧挨公园路的艾尔科夫公寓里的一位布鲁斯·托立弗，说特别账户部已经给他准备了一个职位，如果他同意就立刻去，他会得到指导。事情在当天很快就安排妥当了，按每星期二百美元预付费用一个月，托立弗顿时乐开了花，他感到飘飘然。他马上着手了解考珀伍德一家在纽约的历史，还尽量假装是偶尔提起的样子。他不仅在新闻记者中，而且在市内放荡的酒吧、饭店中的那些林林总总无所不知的人中去打听，在百老汇大街和第四十二大街交叉地方的吉尔赛宫、马提尼克、马尔波罗和都城饭店去打探，这几个地方都是当年那些赌徒、酒鬼的聚集地。

他发现爱琳与这个或那个男演员厮混在一起，在几家饭店里，或是在跑马场内，或是在其他公开的重要的比赛中，她都和各式各样的人物待在一起，他下定决心千方百计地挤进她一定会去的那些场所里。当然，一次正式而合适的介绍是他进去的最好办法。

在给爱琳寻找社交伴侣的事安排好后，考珀伍德就不受任何约束地去安排他的事务了，他决定至少卖掉他在芝加哥的一部分财产。同时，他正关注科尔与查林克劳斯铁路的代表们谈判的进展状况，当前他的主要目标就是把他们收服到这种地步，只等和他们见面，他们就会死心塌地地提出一个合情合理的方案来。

因而当贾金斯到来时，说格里瓦斯和亨肖希望再次与他会晤的时候，考珀伍德就做出一副不感兴趣的神情来。如果他们的确会提出一个有利的建议，而不像之前那样讨价还价，并且如果他们在十天之内就前来谈判……

于是贾金斯马上就给他在伦敦的合伙人克洛凡发了份电报，强调必须迅速行动。在二十四小时内，格里瓦斯和亨肖先生已经踏上了开往纽约的轮船。在到达纽约后的几天里，他们一直在同贾金斯和伦道夫秘密商谈，商议他们准备向考珀伍德提供资料。在筹划好第一次见面后，由于他们并不知晓考珀伍德本人就是这次会议的幕后策划者，他们最后还是邀请贾金斯和伦道夫陪同去拜见考珀伍德，而这两个人对自己在这件事情中所担任的角色也同样一无所知。

按照考珀伍德掌握的消息，格里瓦斯和亨肖是英国在承包和建筑工程方面的重要人物。据西彭斯介绍，他们比较富有。而且除了他们与电气交通公司签订建筑新的地下铁道的隧道和车站的合同外，最近他们又支出一笔三万英镑的资金，为了进一步取得特权将整个"法案"

接收过来。

　　然而相当明显，电气交通公司在经济上已经不景气了，这家公司的股东中，有里德、斯坦爵士、约翰生和他们的几位朋友。他们的优势是这些人具有丰富的法律知识和金融知识，可他们当中却没有一位真正了解如何筹措资金，或者如何行之有效地去运营铁路，而且他们本人也拿不出什么钱来。斯坦在这两条中区的环形铁路和都城线路上已投入巨额资金，但并没有得到多少回报。所以他情愿放弃查林克劳斯铁路而将其卖给格里瓦斯和亨肖，只要他们在先前为取得筑路权而付出的一万英镑以外再付出三万英镑。实际上，自从考珀伍德心中有了这条更大的环形铁路计划后，他兴趣极大，因为他认为如果他能取得市区或都城的控制权，使这条路线既能单独经营，又可以和这些铁路并起来作为一条支线，那么对他而言这就是一条极其理想的进军之路。

　　但是，当格里瓦斯和亨肖在贾金斯和伦道夫的鼓励支持之下走进他的写字间时，考珀伍德并不是十分真挚热情。格里瓦斯身材高大，面色红润，是一个相当自信的中产阶级。亨肖尽管也很高，却瘦削而又苍白，很有绅士风度。考珀伍德任由他们打开地图、取出文件，又一次倾听所有细节，就好像他之前一无所知似的，其间他只提出了很少的几个问题。

　　"首先，诸位，"他宣布，"如果我对这项计划产生了兴趣，想做进一步的研究，我能有多长的时间来做一次调查呢？假设，当然，你们真正想要做的是把这项计划的全部控制权和建筑这条路线的合同一起出让给我。我说得对不对？"

　　这时的格里瓦斯和亨肖显然变得不自然起来，因为这完全不符合他们的要求。他们真正要求的，按照他们现在的解释，是将百分之五十的股权作价三万英镑卖给他。另外的百分之五十的股权和建筑铁路合同，他们打算继续保留在自己手中。可对这份股金，他们说得十分天真，他们愿意用他们的努力来帮助推销每股一百美元的价值八百万美元的股票，电气交通公司早把这些股票印好了，但始终没有卖出去，于是愿意把他们的百分之五十的股权转让出来。但是就如他们补充说明的那样，像考珀伍德这样的人物可以在资金上提供支持，并且能将这条铁路运营得盈利。这种建议使考珀伍德不由得微笑起来，因为修建或经营这条路线并不是最重要的，他的目标是要控制整个地下铁道网。

"可就现在我们的谈话来看，你们想为你们的母公司在建筑铁路中争取合理的利润，至少不低于百分之十，我是这么认为的。"考珀伍德说。

"啊，是的，我们希望赚取一些通常承包商能得到的利润，也不想多要。"格里瓦斯答道。

"那可能是实情，"考珀伍德谦和地说，"不过，如果我理解准确的话，你们两位计划在修建这条铁路上起码净赚五十万美元，这还不包括你们作为公司的合伙人所应得的报酬，因为你们现在是为这家公司工作的。"

"不过，为了我们百分之五十的股权，我们决定去拉一部分英国的资金进来。"亨肖解释说。

"可是有多少英国的资金呢？"考珀伍德谨慎地询问道，因为他在想，如果他能得到这条铁路百分之五十一的股权，那也许值得考虑。

此刻他认为，他们对此有些含糊其词。如果他加入进来，承购许多的统一公债，使工程表面上看起来很有把握，公开销售的股票额没准能达到全部成本的百分之二十五。

"问题是你愿意保证那样做吗？"考珀伍德问，他对这项计划产生了兴趣。

　　"也就是说，你们是否同意在你们收到股票之前能筹集到多少资金，就在公司里占有多少股额？"

　　"不会，他们当然不能那么干，可是，如果他们失败了，他们也许愿意只拿不到百分之五十的股权，比方说拿百分之三十或百分之三十五，只要允许他们保留他们修路的合同就可以。"

　　考珀伍德这时又笑了起来。

　　"诸位，让我产生兴趣的是，"他继续说，"你们在工程方面好像懂得颇多，也就以为在筹措资金方面没有困难可言。实际上并不如此。就好像是必须经过多年的学习，再加上工作实践，你们才能争取到现在这个职位，也就是说你们的信誉能替你们赢得目前的合同，我也是如此，作为一个金融家，的确也下过同样的功夫。而且，你们当然也不能幻想哪个富人会迎难而上，慷慨解囊来修建和经营这么长的一条铁路。不可能那么做，因为风险太大了。他也只能按照你们的计划去实施，吸引别人来投资。如果不能首先给他留出一部分利润，其次再给那些为他提供资金的股东也留一部分利润，他是不会替任何企业筹措资金的，为此，他必须在他承担的事业中获得百分之五十以上的股权。"

　　格里瓦斯和亨肖一言不发，听他继续说。

　　"现在，你们不仅需要我筹措资金，而且还打算让我同意你们去修那条铁路，修建好以后，再由你们去共同经营。如果你们果真是这样计划的，那就没有必要再谈下去了，因为我对此毫无兴趣。我能做得到的，就是买下你们的三万英镑的优先承购权，如果这条铁路的全部控制权归我所有，那么也许让你们保留那笔已付过的一万英镑及你们的修路合同，然而也只好到此为止了，不能再提出更进一步的要求了。因为除此之外就我所了解的，还有年息四厘的六万英镑的统一公债需要应付。"

现在，贾金斯和伦道夫开始意识到他们把这一切弄得有些复杂了。格里瓦斯和亨肖同时还感到在原来还可能得到一些好处的情况下，他们做得有些过分了，他们踌躇不定地四目相对。

"好吧，"格里瓦斯终于说话了，"您能作出最好的判断，考珀伍德先生。但是，我们希望您知道，世界上再没有比这更稳妥的企业了，而伦敦又是地下铁路的理想之地。目前那里还没有联营的铁路网，像这种路线是不可或缺的，也一定会修好，所需资金也一定能找到。"

"极有可能，"考珀伍德说，"就我而言，如果你们把情况再调查一下之后，仍然不能把你们的计划付诸实际，而又同意接受我的意见，你们可以写信给我，那时我会再作考虑的。无论如何，一旦我决定接手，那就必须按我的条件来行事。但这并不意味着，我会影响你们的修建合同。合同仍然有效，如果你们的条件令人满意的话。"

他用手指弹着写字台，好像是在提醒这场会谈已经结束了。接着，他又补充了一句，说目前还没有一种他可以接受的建议，如果不向外透露他刚才所谈的内容，他会认为这是一种关照。随后他对贾金斯递了个眼色，让他留下来。那两位刚刚离开，考珀伍德就掉转身来对他说：

"贾金斯，你糟糕的地方是，你从来不能很好地抓住机会，尽管这种机会就在你的手里。你回忆一下今天发生在这里的事情。你带两个人来我这里，按照你和他们的意思，他们已控制了伦敦的一项重要铁路事业，如果处理得当，非常有可能轻松地让我们每个人都获得更多的好处。可他们来到这里，根本不了解我的经营模式。你知道是什么模式吗？就是让我一个人来将控制全部。甚至到现在我还在怀疑，他们完全了解我在这方面的经验以及我将怎样实行这项计划。他们想从他们以及他们的朋友控制的企业中出售一半股权给我。我对你说，贾金斯，"说到这里他用毫不犹豫的眼光盯着他，贾金斯的脊背上感到一阵寒凉，"如果你在这件事情上打算帮我，我劝你不要在这些问题上太劳神，而是要深入地研究整个伦敦地下铁路的状况，然后考虑一下我们的对策，还有，我希望你把你个人对我以及对我的事情的揣测，严格保密。如果你在把这帮人带到我这里来之前，已去过伦敦，调查清楚了关于他们的所有事情，那你也就不会白白浪费我和他们的时间了。"

"是，先生。"贾金斯说道。他四十来岁，有些肥胖，穿着一身十分讲究的西服。现在他因为心神不安，浑身冒着虚汗。他没有多少生气和活力，仿佛蜡人一般，一双贪婪的黑眼睛，鼻子细小而尖削，厚厚的嘴唇软绵绵的。他一直憧憬着通过一次成功的投机变成大富翁，成为剧院、马球场、跑狗场以及其他社交界的知名人物。他在伦敦就像在纽约一样，有很多朋友。

后来，考珀伍德产生了这样一种感觉，贾金斯兴许还有点用处，可在目前，除了给他一点模糊的提示以外，他不愿再与他多说什么了，他清楚这些暗示很有可能使他紧紧盯着格里瓦斯和亨肖，调和他与他们之间的关系，谁知道呢？他也许会去伦敦，在那里……好吧……他到哪里去找个比贾金斯更干练更优秀的宣传员呢？

第十五章　陶醉与淹没

果然，格里瓦斯和亨肖离开纽约返回伦敦不久，贾金斯也乘船离开了美国。他充满希望，计划在一项巨大的投机事业中扮演相对重要的角色，这项投机事业也许使他梦想的几百万美元得以实现。

格里瓦斯和亨肖在查林克斯铁路相关的事情上，进展结果似乎没有考珀伍德所期望的那么好，但这并不会使考珀伍德的决心动摇。因为了解了西彭斯提供的材料，他发誓一定要控制一条地下铁路，即使不是查林克劳斯铁路，他也要做别的铁路。因为他在家里不仅多次与人商讨，而且也为此多次举行了宴会，这些宴会使爱琳产生了一种感觉，就是她的丈夫至少对以前的生活产生了一点兴趣，她与他在芝加哥的早期生活是她最快乐和最精彩的回忆。于是她开始揣测，是不是因为命运的多次转机，那场芝加哥的失败也许已使他明白过来，所以他决定接受（即使未必喜欢）那种往日外表上的夫妇关系，尽管这种关系对他无所谓，但对于她却是相当大的慰藉。

但现实却是考珀伍德对伯里莱茜越来越着迷。她喜欢标新立异，加上她现实的、富有诗意而狂热的激情，都令他兴奋不已。事实上，他不停地探究她，自从她来到芝加哥后，他从她那里就产生了精神上的热恋。

一天傍晚，他们驾车去一家旅馆用晚餐。一两天之前他们曾去过那里。但进去之前她带他来到了附近的森林里，在矮橡树和松树中间的一小块白雪皑皑的地上，站着一个和他一模一样的雪人，它一半儿装出鬼脸，一半儿酷肖他本人。那天清晨，她单独驾车出去把它堆起来。她用两枚明亮的、灰蓝色的石子当作眼睛，把大小不一的小松球当作鼻子和嘴巴。她还把他的一顶帽子拿来，颇有风度地戴在雪人头上，越发使它栩栩如生。一阵寒风正在树林间簌簌作响，血红的夕阳的最后余晖透射进来，在一片暮色中突然看到这样一个形象，考珀伍德大为吃惊，怔住了。

"哎哟，贝菲，你看你开的玩笑实在有些古怪！你什么时候做的雪人，你这个小调皮？"他端详着雪人那副滑稽的模样大笑起来，因为她故意把一只眼睛摆歪了一点，鼻子又夸张地大了一些。

"今天早晨堆的。我单独驾车来这里，堆起我可爱的雪人！"

"看上去太像我了，上帝呀！"他惊讶地喊道，"不过，贝菲，那一共花了多少时间呢？"

"哦，大约一个钟头。"她向后退了几步，用欣赏的表情打量着它。接着从他的手里把手杖拿过来，放在雪人的一个口袋上，那口袋是用几颗小石子做成的。"现在，你看看，你是多么潇洒呀！全是雪，松球和石子！"她跑上前去吻着它的嘴。

"贝菲！如果你真要亲吻，快到我这里来！"他把她紧紧搂在怀里，觉得他身边的这个小东西真是个古怪的淘气鬼。"伯里莱茜，亲爱的，我祈求你因为我被你迷住了，我是拥有一位真正有血有肉的姑娘呢，还是拥有一个妖精或是巫婆？"

"你还不清楚吗？"她转过身去向他张开手指，"我是一个巫婆，而且我能把你变成雪，变成冰。"她装神弄鬼地向他靠过来。

"伯里莱茜，看在上帝的分儿上不要胡闹了！有时，我想，你是被人迷惑住了。但是只要你愿意，你可以迷惑我，但别离开我。他狂吻着她，把她搂得更紧了。

她挣开了，跑到雪人那里。"这里，你看！"她大叫起来，"你已把这里全弄坏了。毕竟它是假的，亲爱的，可我却把它堆得这样形象，它又大又冷，特别需要我。现在我就要把它弄坏了，我的可怜的雪人哪！这样，除了我之外，再也没有什么人真正了解它了。"紧接着，她就用考珀伍德的手杖将雪人击打得粉碎。"看，我把你创造出来现在又亲手把你毁了！"她一边说，一边用她戴着手套的手指把雪捏碎。这时，他惊奇地注视着她。

"喂，喂！亲爱的贝菲。你胡说些什么呀？无论创造还是毁灭，你什么都可以做，只是不要离开我，你把我带到这个奇怪地方，这种属于你自己的新奇的世界，我高兴来。你相信吗？"

"当然，亲爱的，我相信。"此时，她开心地、有些奇怪地答道，好像不曾有刚才的事情发生过似的。"早该如此，也必然如此。"她挽着他的手臂。好像刚刚从她自己的梦境或幻想中清醒过来似的，对此他特别想问问她却又觉得不应该问。可此时她比以前任何时候都更加令他兴奋，因为他感觉到以前只能看看她，碰碰她，而现在却和以前不一样了，他可以和她边走边聊，并且与她生活在一起。这是真正的人间幸福和欢乐的事。的确，他根本不想与她分开，因为他从未遇到过这样善变、这样与众不同、这样富于理智而又直面现实的人，但同时，她又是这样的沉于幻想和难以捉摸。是的，仿佛在演戏，但她是以前他所结识的女人之中最机智和最有情调的。

一开始，仅在单纯的性感方面，她就有些地方不但让他感到惊奇，而且还把他迷住了。一般的男人吸引不了她。她不是为他或为其他人满足性欲的工具。相反，无论她怎样一往情深或热情如火，她都维持着相当的自知之明：她那掠过面颊上的金红色头发，她那含蓄而可人的蓝眼睛，她那可爱的嘴唇以及那种蛊惑性极强的、谜也似的微笑。

实际上，当他在销魂之后，他坚信他的陶醉绝对不只是一种豪放的性欲的满足，而是对她的美丽的一种崇高而强烈的直觉和认可，是用挑逗技巧和艺术来强化她的魅力，从而产生的一种截然不同的有别于他以前体会到的感觉。因为在精神上和性欲上被占有的并非伯里莱茜，而恰恰是他本人。她对他们这种关系深藏的意义有一种不平常的感觉，说实话，他几乎淹没在这种感觉里了。

第十六章　略施小计

　　为了有效解决爱琳的问题，考珀伍德必须与托立弗合作，起码得在一些细微的地方合作。他决定告诉爱琳，在几周之内他计划去伦敦旅行，如果她感兴趣可以一起前往。他把这件事情告诉托立弗，并对他讲清楚他要做的事，这样，她就不会像以前那样因为丈夫的轻浮而陷于苦恼之中了。此时，他的心情好极了。他们经过长久的感情破裂的压抑后，他终于使她减轻了痛苦，并且维持了表面的和睦。

　　看到他那红润的脸庞，自信而亲切的神情，上衣的翻领上插着一枝栀子花，戴着灰色的呢帽和灰色的手套，手里挂着一根手杖，爱琳控制自己，使自己不要开心地笑出来，这不是他配得到的。他对她讲起工作上的事，问她是否从报上看到他在芝加哥的一个最凶险的敌人刚刚死去的消息。好啦，那方面的烦恼终于结束了！他们晚餐该吃些什么菜呢？他让艾德里安去准备条鱼。顺便说一下，他一直忙忙碌碌，他曾去过波士顿，到过巴尔的摩，近期他还要去芝加哥。不过，这个伦敦问题……他始终在考虑这件事情，也许最近他就会前往伦敦。她乐意一同前往吗？当然，他在那里也肯定是特别忙碌的，但她可以到巴黎或比亚利兹去，说不定在周末他可以与她在一起。

　　听到这些新的发展，爱琳暗暗吃惊，坐在椅子里向前探着身子，眼睛愉快地闪着光芒。她很快清醒过来，意识到丈夫和自己的真正关系，她又颓然陷到椅子里去了。他太狡猾太虚伪了，她对他已丧失信心。尽管如此，她还是决定最好把这当成他的真诚邀请。

"太好啦！你当真需要我吗？"她有些激动地问道。

"是的，要不我为什么要来问你呢，亲爱的，不要怀疑，我需要你。对我来说，这是一次重要的行动。也许成功，也许失败。"说到这里，他带着一贯的温和的功利主义开始撒谎，对准爱琳的要害部位戳下去，"我们的冒险事业刚起步时，咱俩必须待在一起，不是吗？"

"是的，弗兰克，如果你确实那么想，我当然乐意奉陪。真是棒极了！无论你决定何时动身，我都随时恭候。我们什么时候上船？上哪条船呢？"

"我让詹姆逊去问一下，然后再告诉你。"他指的是他的私人秘书。

她走到门口，摁了一下电铃让卡尔准备开饭，她兴奋不已，仿佛恢复了往日生活的乐趣。在那些日子里，她曾经多么有力量、多么有智慧呀！她又吩咐卡尔取出行李，顺便检查一下。

接着，考珀伍德建议去欣赏他在温室中养着的那批热带鸟，这些鸟是从外国进口的，爱琳兴致勃勃，脚步轻快地走在他的旁边，他观察着那两只从奥林洛科来的机灵的热带鸟，吹着口哨以引诱雄鸟发出清脆的叫声，她一直注视着他。他突然转过身对爱琳说：

"你看，爱琳，我一直梦想把这幢房子变成一座真正漂亮而气派的博物馆，为此我不停地购买这些东西，最后终于把它变成了一座最精致的私人收藏馆。最近我想的最多的事情，就是怎样把你安置好，这样我死后，因为我迟早都要离开的，保存这幢房子不仅仅为了纪念，更重要的是给那些喜欢这些珍品的太太提供消遣娱乐：我准备写一份新遗嘱。这是我考虑的事情之一。"

听了这些话，爱琳有点疑惑不解。这究竟是什么意思呢？

"我已年近六十了，"他平静地说着，"尽管我还没有想到死，可我的确感到有些事情我要交代清楚。作为我五个遗嘱执行人中的三个，我计划指定费城的杜南和科尔先生以及这里的中央信托公司。杜南和科尔两位都相当熟悉金融方面和执行方面的事务。我坚信他们会按照我的愿望去做。可自从我计划把这座房子留给你终身使用后，我就一直在琢磨让你和杜南以及科尔联手合作，这样你既可以对公众开放这幢房子，也可以安排别人这样做。我的愿望是让这幢房子变得越来越漂亮，在我死后依然引人注目。"

　　现在爱琳更加兴奋了，她想象不出来，到底是什么促使她的丈夫认真思量她和他的事务之间的关系，但她却感到十分得意和满足，肯定是他终于清醒了。

　　"你要清楚，弗兰克，"她边说边努力控制自己的情绪，"凡是与你相关的事情，我一直是这么认为的，我从米没有爱过其他人，除你之外，我不会爱上其他人，虽然你好像已没有那份心情了。但是就这幢房子来说，如果你把它交给我，或者指定我成为你的遗嘱执行人之一，你大可放心，不管怎样我也不会去改变它，我从不奢望有你那种鉴赏能力和渊博的知识，可你清楚你的愿望在我心中永远是神圣的。"

　　爱琳不停地说着，考珀伍德用手指拨弄着一只绿色的金刚鹦鹉，它粗哑的声音和它夺目的颜色十分和谐，似乎在讥笑他那副一本正经的神气。但是，爱琳的话把他感动了，他伸手拍了拍她的肩膀。

　　"这一点我当然清楚，爱琳。我只是希望我们两人能持相同的观点。无论过去如何，将来又如何，我知道你始终关心我，而且还会继续下去。不管你相信与否，如果我能对你的好意尽到半点心意，我都一定会报答的。房子的事情，还有不久后我将和你谈的几件事情，都是我迫切要做的。"

餐桌上，他接着告诉她，自己决定捐建一家设备齐全的医院，还谈到如何处理其他遗产。基于这种原因，他表示需要经常回到纽约和这座房子里。这时，他喜欢她待在这里。当然，她也可以偶尔去海外旅行。

看到她如此快活和满足，考珀伍德暗自庆幸自己的做法还是不错的。她已经接受了他的条件，只要能继续维持下去，那么所有的一切都会称心如意的。

第十七章 你争我夺

与此同时，贾金斯在伦敦正急着把这个消息转告给合伙人克洛凡：这位了不起的考珀伍德对伦敦整个地下铁路产生了浓厚的兴趣！他尽力形象地转述了考珀伍德的态度和语言，同时补充说，他们根本没有预料到，拥有如此巨额资产的人居然会为一条小小的地下铁路而操心。在这一点上，他们酿成了大错。格里瓦斯和亨肖自以为他们可以用他们路线的百分之五十的股权来使他上钩，实在太可笑了！毋庸置疑，他不可能接受类似的条件，除了百分之五十一以上的股权以外，其他都免谈！克洛凡是否认为格里瓦斯和亨肖有可能在英国筹措到修建铁路的资金呢？

巧舌如簧的克洛凡身材肥胖，他是个荷兰人，在细节上显得十分干练，但却缺少金融上的眼光和胆识。针对这些问题，他回答：

"根本没有任何把握！现在的'法案'总是这么多。仅仅为了一条路线竟然有那么多的公司在你争我夺，却没有一家公司真心诚意地与别人合作，愿意给公众修建一条直达的交通线，同时票价又能合理。我早就发现了这一点，因为我在伦敦乘车跑来跑去已经有好几年了。哎，只要想一想，这两条中心区的都城线和市区线，合起来就正好控制了环绕伦敦整个商业中心的环行线……"他进一步指出这两条路线在运营和财政上所犯的错误以及因它们造成的困境。他们从不希望合并和修建支线，甚至也不愿意把他们已有的铁路加以电气化和现代化。他们仍旧用蒸汽引擎在隧道和露天坑道里行驶。只有一家公司多少有点常识，它就是商业中心区和市南铁路，往返于纪念碑和克莱普翰公地之间，这是一条电气化的路线，除此之外修了一条第三道轨，行车十分平稳，照明设施也不错，这是市区里唯一的一条好路线。但是这条路线还是有些短，乘坐这条路线的乘客们还得换车，还需要支付额外的票钱给伦敦环行线。确实，伦敦需要像考珀伍德这样的人物或者一群能彼此携手合作的英国金融家，筹措资金，延伸路线。

在已申请修建的路线中，考珀伍德有可能弄到手的是贝克街—滑铁卢线，那是伦敦人阿平顿·斯卡发起修建的。十六个月前斯卡就获得了他的修路权，可一事无成。又有人谈起市区铁路要延长路线，但在这两件事情都缺乏资金。

"实际上，"克洛凡肯定地说，"如果考珀伍德的确想要那条查林克劳斯铁路，我觉得他并不会遇到太多的困难，早在两年前电气交通公司就放弃尝试筹集资金了。自那以后，那两位工程师就取得了这条铁路线的所有权，可直到考珀伍德的建议提出之前，我敢保证他们一直无计可施。再说，他们并不是铁路界的人，除非他们能找到一个像考珀伍德那样的富豪，否则我认为不能取得成就。"

"这么说的话，就不必替他们操心了，是吗？"贾金斯说。

"我认为是这样的，"克洛凡说道，"不过我觉得，我们应该去拜见几位与市区和都城这两条古老的中区环行线相关的人物，或者去拜访斯内尼得尔街那边的几位银行家，打探一下，我们也许会有新的发现和收获。你知道克劳夏—沃克斯公司的克劳夏吧。自从他们弄到了修路权后，曾经千方百计地为格里瓦斯和亨肖筹措资金。当然，他们最终没能成功，就和电气交通公司的那伙人一样。他们太贪心了。"

"电气交通公司吗？"贾金斯问道，"那可是最早得到这条路线的公司呀。他们是何许人也呢？"

克洛凡立马想起与电气交通公司那帮人相关的一连串的事情，这些还不是西彭斯发现的全部，但已足够使这两位产生兴趣了。

因为此刻，在克洛凡的脑海里浮现出了斯坦、里德、贝洛克和约翰生的形象，特别是约翰生和斯坦，查林克劳斯和汉普斯德两条铁路的重要发起人就是他们。斯坦出身贵族，是市区以及商业中心区和市南铁路的一位大股东；约翰生是斯坦的法律顾问，同时也是市区和都城铁路的法律顾问，又是两条铁路的股东。

"哎，那为什么不去尝试一下呢，去拜访这位约翰生呀？"贾金斯全神贯注地倾听着，因为考珀伍德曾责备过他，"他一定是十分了解整个经过的。"

克洛凡站在窗边俯视着大街。"棒极啦！"他高声叫道，转过身来面对贾金斯，"就是这个主意！为什么不呢？只是……"他停顿了一下，将信将疑地注视着贾金斯。"这一切是否都很符合道义呢？我认为，我们无权代表考珀伍德。依据你提供的信息，他只同意在纽约接见格里瓦斯和亨肖，因为我们向他请求过。可他并没有指派我们去做任何一项与他们相关的工作。"

"无论如何，去打探一下约翰生这个家伙的口气也许是有好处的，"贾金斯答道，"向他引荐考珀伍德，或某个我们熟悉的对合并这几条铁路线的计划产浓厚生兴趣的美国的百万富翁，然后建议如果他们能收回查林克劳斯铁路线，就可以把它卖给考珀伍德。在那种情况下，作为经纪人，我们就能得到一笔不小的酬金，我们也有资格分红。此外，如果现在能顺便买进一点股票替他们或者替考珀伍德推销，我们没准儿能充当购销经纪人的角色。为什么不呢？"

"这个主意的确不错，"克洛凡更加有激情了，"我看是否能给他打个电话。"

他笨重地走进里面的写字间，正要打电话时，他又停下来看着贾金斯。

"我觉得，最简单易行的办法就是把我们面前的这个金融问题和他商量一下，而这个问题是不能在电话里解释清楚的。他可能以为他在这里面能捞到一笔服务费呢，我们就让他这么去想吧，直到我们解释清楚为止。"

"好的！"贾金斯说道，"现在我们就给他打电话。"

随后，就在电话里克洛凡对约翰生作了一番谨慎的解释，随后转过身来说，"他明天十一点钟接见我们。"

"太好啦！"贾金斯大叫起来，"我想我们现在已经进入正轨了，无论如何，我们行动起来了。如果他没有兴趣，也许他了解有谁对此感兴趣。"

"十分正确，十分正确。"克洛凡不停地说着，这时他最关心的是，他在这件事上一定会有一份功劳。"我真为自己想起了他而感到高兴，在我们所做的一切事情中，这一件可能是最伟大的。"

"完全正确，完全正确。"贾金斯附和道，他骄傲自负，如果所有问题都是由他一人解决的话，他会更自鸣得意，因为贾金斯一直自认为是这个团体中的重要参谋。

第十八章　霸主同盟

里德—贝洛克—约翰生—钱斯的事务所和斯坦爵士的写字间，位于斯托里街最肮脏的地段，紧邻司法学协会。事实上，在美国人眼里，除了司法学协会之外，整个地区都不是杰出的法律人才该待的地方，那些狭窄的翻新的三层或四层楼的住宅或者栈房，现在摇身一变成了写字间、图书室和接待室，供十二个律师和他们的速记员、职员、工友及其他助理员使用。

斯托里街非常狭窄，两个人手挽着手并排行走都不能通过。至于正式的道路，两辆手推车并排勉强过得去，但两辆再大一点的车子就难以通行了。经常路过这条街道的是工人，还有那些把这条路作为通往斯特兰街与附近大街的捷径的人。

斯托里街三十三号全部的四层楼房都被里德—贝洛克—约翰生—贾金这家事务所占据了，这幢房子的进深大概十七米，可宽度却不足八米。底层本是上一代的一个非常不爱交际的法官的接待室和起居室，现在已作为一般的接待室和图书室。在一楼后面是斯坦爵士的一个小小的写字间；二楼属于这家事务所的四个最重要的成员，即里德、约翰生、贝洛克和钱斯；各级助理员占了整个三楼。埃尔弗森·约翰生的写字间位于二楼的最后面，可以俯瞰一个小小的庭院。庭院里的地面由圆石子铺成，曾是一种古罗马式庭院的一部分，可它那历史的光辉，已经因年深日久而黯淡无光了。

这里没有电梯，或者借用英国的名词来说，没有升降机。一根硕大的换气柱从二楼的中心直达屋顶。写字间也安装了一种十分古老的通风滚筒，据说可以调节室内的空气。另外每个房间都安装一个壁炉（在多雾多雨的冬季，一直烧着白煤），这就使这些房间内部很舒适、温暖。每位律师的房间里都有宽大而精制的写字台和椅子，几本书籍或几尊塑像放在白色大理石的壁炉架子上，墙上挂着落满灰尘的、英国前辈著名律师的雕像，或几幅英国风景画。

在这家事务所里约翰生权力最大，经济上也最有野心，一般来说，他是个十分看重实际的人，总是按照对他本人私人利益最有利的路线做事。但他有种变态的想法，指引他考虑宗教的价值，甚至同情那种非英国国教教义的传播者。他在冥思苦想着教会的伪善表象和精神上的静止状态，同时也在仔细琢磨着那些著名的宗教家比如约翰·诺克斯、威廉·潘思、乔治·福克斯、约翰·韦斯利这些人的存在对人世和上帝具有何种意义。在他那复杂而独特的心灵深处，显然隐藏着一种与世人格格不入、难以调和的观点。他认为一定存在着一个统治阶级，这个阶级为了保持和提升自己的地位，完全有可能采取一种不正当的欺骗手段。因为在英国，很早就有财产法、遗产法和长子继承法作为这个阶级的坚强后盾了，这个阶级是重要的、正确的甚至是不可更改的。因此，那些在思想和物质上双重贫困的人，最好还是把命运寄托于顺从、苦役和对上帝的信仰上。或许，上帝最终会照顾到他们，另外，横在勤劳的穷人和不劳而获的富豪之间的一道鸿沟，在他看来仿佛是冷漠无情的，甚至是罪恶的。这个观点有利于产生他更为急迫的宗教情感，这种情感近似一种伪装的虔诚。

尽管出身于软弱无能的下等门第，他却一直渴盼着能爬到上流社会，如果那样，他本人和他的两个儿子和一个女儿，就可以摇身一变如他自己十分钦羡的而又加以指责的人那样高枕无忧了。事实上，他热切地希望给自己弄个头衔，至少弄个爵士称号，以后，如果运气不错的话，也许能得到皇家进一步的斟酌而被重视起来。他十分明白，要实现此目标，他不但要拥有更多的金钱，而且还要博得那些有钱有势的人的好感。因而直觉告诉他，自己的言行举止必须满足那个阶级的要求。

这个权威人物身材矮小、神态高傲、肌肉发达。他的父亲是沃克的一个酒鬼，依靠做工匠活儿勉强维持一家七口人的生活。小约翰生跟随一个面包司务做学徒，帮他送面包。他的勤快引起了一位印刷商的注意，在印刷商的帮助下小约翰生成了他的徒弟。他不断鼓励他读书，使他专注于一些实际的方向并为之努力，这样就能使他摆脱他那种乏味而黯淡的生活。约翰生是个进取心相当强的学生。他把印刷品送给工商界的人士，在此过程中他偶然结识了一个叫作卢瑟·弗莱彻的年轻律师，他当时在四处活动想取得伦敦市参议会中南沃克地区的代表席位。他发现小约翰生是一个在法律界大有前途的人，那时约翰生还不到二十岁，弗莱彻被他的钻研和勤奋精神所感动，就把他送到夜校专门攻读法律。

自此以后，约翰生的人生可谓一帆风顺。最后他辞掉了印刷商的助手工作，他坚信自己具有不同寻常的法律知识和办事能力，于是很快他就承担起这家事务所办理的大部分法律方面的具体业务，包括合同产权、遗嘱以及组织公司行号。二十二岁时，他通过了几次必要的考试，成了一名律师。在二十三岁时，他遇到了拜伦·钱斯，成为贝洛克—钱斯的律师事务所的合伙人。

贝洛克是司法学协会颇具名望的律师，他有一个朋友叫韦林顿·里德，是个在社会关系上手眼通天的律师，里德处理过很多大产业的法律事务，其中包括斯坦伯爵和市区铁路的法律上的事务。里德对约翰生也产生了浓厚兴趣，他十分想说服约翰生脱离贝洛克和他合作。但因顾忌与贝洛克的交情里德只好采取其他方式来得到约翰生的帮助。

和里德一起加入进来的还有戈登·罗德里克即斯坦伯爵的长子斯坦爵士。那时斯坦从剑桥大学毕业，他父亲认为，他已具备一定的常识，完全可以继承父亲的高官厚禄了。但事实上，由于意志不坚和独特的个性，这位年轻人更关注他周围的现实和当前正在演变的社会形态。当他步入社会时，他继承贵族头衔出现了问题，在许多时候这个头衔远远比不上金融界的名望。在剑桥大学读书时，他刻苦研读经济、政治和社会学，同时他也丝毫没有放松对未来的遗产的关注。里德的兴趣几乎都集中在那些大公司上，那些公司经常聘请他做代表，斯坦遇到了里德，轻易地听信了里德的话改变了自己的观点，对未来真正的贵族一定都是金融家的观点深信不疑。这个世界需要先进的物质装备和生产力，而金融家们正竭尽全力地满足这种需要，他们是社会进步中的一个最伟大的因素。

带着这种思想，斯坦来到里德—贝洛克—约翰生—钱斯律师事务所钻研英国的公司法。他最好的朋友就是埃尔弗森·约翰生。从约翰生身上，斯坦看到了一个下定决心向上爬的敏锐的平民；而在斯坦身上，约翰生察觉他就是一个社会上和金融上的特权继承人，但是他必须在实际工作中振作精神和丰富自己的阅历。

从一开始约翰生和斯坦就对伦敦地下铁路事业的美好前景了解得清清楚楚，他们的志趣绝不仅仅局限在组建电气交通公司，在筹备刚刚起步时，他们就结成同盟。当商业中心区和市南铁路以及它的现代化的建设工程初次被人提起时，他们和他们的朋友就立即投资，当时他们看好都城和市区这两条穿进伦敦中心区的老路线的合并项目。就正如德谟瑟斯向雅典人演讲似的，约翰生一直坚持自己的观点，谁获得这两条路线普通股票百分之五十一的控制权，谁就能有十分的把握宣称他就是霸主，以后对这两条路线想怎么处理就怎么处理。

父亲去世后，斯坦和他的几个朋友，还有约翰生，都试图收购市区铁路普通股票的控制权，并利用这种方法再去获得那两条铁路的控制权，但是他们做不到。一定数量的股票还掌握在别人的手里，他们没有足够的资金购买。由于经营方式没有任何起色，加上股票获利甚少，所以他们就把买来的大部分股票又抛售出去了。

为了修建那条查林克劳斯铁路，他们首先组建了电气交通公司，但却始终没能筹够资金，或者把已经印好的股票卖出去，以给所需的一百六十六万英镑的建设提供费用。最终，他们打算通过格里瓦斯和亨肖去物色一位金融家，或一家金融集团，从他们手中买走这条查林克劳斯铁路或者与他们共同合作，目的是实现他们想把都城和市区两条铁路操控在自己手里的梦想。

然而，到目前为止却没有任何结果。这时约翰生已经四十七岁，斯坦爵士也有四十岁了，两人都有些疲倦和厌烦，而且对这项伟大的事业几乎失去了信心。

第十九章　实力与丑闻

　　贾金斯先生和克洛凡先生走进埃尔弗森·约翰生的事务所，计划与约翰生商量一件极其重要的事情。此事关系到格里瓦斯和亨肖先生，也许约翰生先生已经了解，最近他们去了一趟纽约，和他们的主顾考珀伍德先生谈判，当然，约翰生先生早已耳闻考珀伍德的大名。但是该如何为这两位客人效劳呢？

　　伦敦，一个最晴朗的春天的清晨，阳光洒在圆石子铺的罗马式路面上。他们走进来的时候，约翰生正在浏览一份关于有损商业中心区的市南铁路控诉案的文件摘要。因为天气晴暖，他兴致盎然，心情也很好。市区铁路的股票稍微涨了一点。那天他对国际爱泼伍斯同盟所发表的一席相当热烈而精彩的演讲又在两三家晨报上受到好评。

　　"我尽量说得简短一些。"钱斯开始了他的谈话。他身着一套十分整洁的灰色西服，系了一条醒目的蓝白色领带，手里托着礼帽和手杖，用质疑的眼光审视着约翰生，断定自己的任务绝非轻松易行。显然，约翰生是个狡猾的家伙。

　　"您当然了解，约翰生先生，"钱斯和蔼可亲地说，"我们的这次拜访，并没有得到考珀伍德的同意，但是我相信，无论如何，您还是会认同这件事情的重要性，您也知道，格里瓦斯和亨肖同电气交通公司常有往来，就我所知，您目前担任这家公司的法律顾问。"

"只能算是法律顾问之一，"约翰生先生更正说，"但是上次他们与我商量此事，已有一段时间了。"

"对的，的确如此。"贾金斯答道，"不过，我觉得您还是会产生兴趣的。您看，就是我们的公司把考珀伍德先生与格里瓦斯和亨肖联系到了一起。您也明白，考珀伍德先生是一个相当富有的人。他在美国的各种事业表现得非常活跃。有一种传闻，说他在结束芝加哥股权时能到手的钱不少于2000万美元。"

提及这笔巨款时，约翰生聚精会神地倾听着。交通是交通，无论在芝加哥、伦敦，还是其他任何地方，只要有人精通交通业务，并且已经从中获得2000万美元，那他对他所经营的事业就会有绝对的真知灼见。贾金斯很快觉察到对方流露出的兴趣。

"那也许是事实，"约翰生直言不讳地说，虽然他稍微有些着急，表面上却表现出若无其事的样子，"不过那与我有什么关系呢？你不要忘记我只是一个电气交通公司的法律顾问而已，我与格里瓦斯或者亨肖先生没有丝毫关系。"

"但是，您对伦敦的地下铁路也许还是有兴趣的，克洛凡先生曾这样告诉过我，"贾金斯坚持说，"那就是，"他用外交辞令补充了一句，"您代表了那些对地下铁路的发展非常关心的人。"

"我冒昧地说明一个事实，约翰生先生，"克洛凡这时插嘴道，"在报纸上，您经常被看作是都城、市区、商业中心区和市南以及伦敦中心铁路的代表人物。"

"那倒的确属实，"约翰生貌似平静、坦率地答道，"在法律方面我确实代表这几家公司。可是，我对你们两位的真正意图还不甚清楚，如果是有关查林克劳斯和汉普斯德铁路的买卖事务，那你们就真的找错了人。"

"请您再耐心一点儿，听我说明白，"贾金斯固执地说，进一步靠近约翰生，"情况是这样的，考珀伍德正在放手他在芝加哥全部市内铁路的股权，脱手后他就无事可做了。而他又不是那种甘愿闲下来的人。您也了解，他在芝加哥一干就是二十五年。这并不是说他急于寻找某项投资。这一点，格里瓦斯和亨肖先生早就发现了，是我们的公司向考珀伍德先生引荐他们的。斯·克洛凡和伦道夫是我们公司的主要成员，其中克洛凡先生在这里主持我们的伦敦分公司。"

约翰生点点头，听得非常认真。

"当然，"贾金斯继续说，"克洛凡和我都没有从考珀伍德那儿得到一点权力来代表他说话。但是我们意识到伦敦当前的局面是大有可为的，如果由合适的人物采取一种稳妥的方式向考珀伍德先生提出来，就一定能给予此事有关联的人带来很大的好处，因为我了解这件事情的来龙去脉，考珀伍德拒绝查林克劳斯铁路并不是因为觉得无利可图，而是因为别人没有让给他百分之五十一的控制权。这一点是他始终坚持不变的。而且在他心里，这条铁路不过是一条不长的支线罢了，与整个地下铁路网并没有多大关系，因此只能当作一项小而单调的产业来经营，而他的兴趣在整个城市的交通事业上。"

贾金斯的话语带有一点阿谀奉承的味道了。

"我请克洛凡先生，"他圆滑地说，"带我去拜访这样一个人，他对伦敦地下铁道的状况一清二楚，又能明白考珀伍德先生产生兴趣的重要性。因为如果我们对此事的了解没有失误的话，"说到这里，他对约翰生先生几乎是预示什么似的盯着看，"我们认为，把整个铁路线合并，并将其现代化的时候已经来临了。而考珀伍德先生又是交通事业中的一位天才，这是有目共睹的。他很快就会来到伦敦了，我们认为应该有个人去拜访他，与他交流交流，而这个人又能使考珀伍德认识到他正是目前伦敦所需要的人。"

"如果您不愿意插手，约翰生先生，"贾金斯即刻想到了斯坦以及传说中他们的种种关系，"您也许了解会有什么人会愿意去引荐，请您把那个人推荐给我们。当然，我们都是中介人，我们希望看到考珀伍德先生对此产生兴趣，目的就是将来我们能拿到一份酬金。这么大的事情，当然也不能缺少中介人。"

约翰生坐在他的写字台前，聚精会神地注视着地板。

"嗯，"他说，"考珀伍德先生是美国的富豪。我相信，在经营市内铁路和高架铁路方面，无论在芝加哥还是在其他地方，他都有极其丰富的经验。我要使他产生兴趣来解决伦敦地下铁路的问题。如果我当真能够做到，我应该酬谢你们，或者至少要想办法让你们得到报酬，因为你们让考珀伍德先生来帮助其他对交通事业有兴趣的伦敦人赚到了钱。"他抬头看看，眉毛向上一扬，贾金斯也故意凝视着他，但不屑于加以评论。

"我说一句十分现实的话，"约翰生继续说，"我丝毫不怀疑，的确有一些人会得到好处，也有一些人什么也得不到。伦敦地下铁路的问题过于复杂。已经设计的路线又很多，各种各样的公司多到了难以协调的地步，投机家和发起人到手的特许证也太多了，可他们口袋里却分文没有。"他扫兴地看着这两个人，"需要非常多的钱，无数万英镑，应该说，不少于 2500 万英镑。"他愁容满面地把两只手紧紧握在一起，这个数目确实太大了。"当然，我们这里并非不了解考珀伍德先生。如果我没有弄错，他在芝加哥受到过各种各样的非难。我承认，这些非难在像你们二位先生刚才提出的巨大的公共事业上是不存在的，可是，还必须要考虑到英国民众的保守性……"

"哦，你指的是芝加哥那些针对他的政治性诽谤，"贾金斯这时大胆地插嘴说，"只不过是政党之间的斗争，是经济上的敌人玩的把戏而已，再加上对手对他的嫉妒。"

"这我理解，我能理解，"约翰生先生不太高兴地打断他的话，"金融界人士当然都了解，并且不怎么重视那一类的敌对行动。再说，他在这里也会遇到敌人。因为这里是一个十分保守和封闭的小岛。我们不喜欢别人来这里替我们管理事务。不过正如你们所说，显然考珀伍德先生极有手腕和策略。我不确定这里是否有人愿意同他合作。当然，即使有的话，也很少有人愿意答应给他像你们刚才所讲的那条铁路的经济控制权。"说到这里，他站了起来，在他的裤子和背心上拂掉几点他想象中的灰尘。"告诉我，他曾经拒绝过格里瓦斯和亨肖的建议吗？"他追问了一句。

"他拒绝了。"贾金斯和克洛凡几乎不约而同地回答。

"但是，究竟什么才是他想要的呢？"

贾金斯对此做了一番解释。

"我知道了。这么说来他们打算保留合同，还是打算保留他们的百分之五十的股权？那好吧，我还没有空考虑这个问题，在没有与我的两位同事商量以前，我不会提出什么意见。"他又补充一句，"无论如何，等他到伦敦后，让几位重要的投资人与他谈谈，这可能有些好处。"

事实上，现在约翰生认定这两个人就是考珀伍德派来打探局面的。而且不管怎样，这个美国人考珀伍德，无论他拥有多少财富，能否从当前的董事会手中夺得百分之五十一的股份还是个问题。他很难跻身英国交通界。与此同时，约翰生也顾及了他自己和斯坦的投资，查林克劳斯铁路仍然大有可能归还电气交通公司所有，这样一来就会给投资人带来更多的损失，那么……

最后他以结束的口吻对两个人说："先生们，我会认真考虑这件事情的。请你们下周二或周三再来我这里一趟，我会最终决定能否帮助你们。"

话一说完，他把他们带到门口，按了一下电铃，进来一个办事员把他们带到临街的大门。等他们离开后，他踱步到窗口，这里可以俯视古老的庭院。四月的阳光依然明晃晃地照耀着。他养成一种习惯，在冥思苦想的时候，喜欢把舌头放到一边面颊内，双手握紧做出一种祈祷的姿势，手指朝下。他就这样站了半晌，注视着窗外。

在外面的斯托里街上，克洛凡和贾金斯正交流着："太好了！好精明的家伙……但是，他是真正产生了兴趣……如果他们有远见，就会发现这对他们真的是一条出路……"

"可芝加哥的那些丑闻！我早就知道会提起的！"贾金斯高声嚷着，"一直是这样的。他坐牢的那段历史，还有他对女色的兴趣……好像对这件事情都有很大影响。"

"太愚蠢！太愚蠢了！"克洛凡附和道。

"不过，必须想个办法出来。我们必须想方设法向报社打个招呼。"贾金斯说。

"我来告诉你一件事情，"克洛凡颇为自信地说，"如果这里有个财主愿意与考珀伍德合作，他们自然会快速封锁一切不利的宣传。我们的法律和你们的有所不同，你知道在这里，丑闻越真实，诽谤罪就越大。除非有那些头号大亨指使一个人那样讲，不然随意说话本身就是一件十分危险的事。而你们的国家却恰恰相反，不过我熟悉这里报界的大部分金融栏编辑，如果有必要让他们掩盖一下，我认为还是能够办到的。

第二十章　法律圈套

贾金斯和克洛凡向约翰生提出的建议于当天下午就被接受了，在斯托里街大厦底层斯坦的写字间内，约翰生和斯坦爵士正在进行一场会谈。

可以说在商业上的诚实以及相当现实的想法使约翰生得到了斯坦的赞赏。因为正如流传的那样，约翰生天生具备某种自觉的宗教和道德上的正直品质，不允许他太过狡诈圆滑，也不会玩弄法律，尽管功成名就对他的诱惑力非常大。但一个严守法律的人，为了自身的利益，或为了击败对手，他仍然能在法律上找到一切可钻的空子，并加以利用。有人曾这样描述过他——"他的声望迫使他记好账册，但也允许他开出巨额的账单。"这被认为是一个公正的评价。与此同时，斯坦对他的那些怪癖也颇为喜欢，也会嘲笑他太过恪守信条和滴酒不沾。但他并不吝啬，他曾非常慷慨地把他不多的收入中的一部分捐给教堂、医院和南沃克的一所盲人学校，他是这所学校董事会的董事之一，也是义务的法律顾问。

对斯坦来说，约翰生只收取微薄的手续费，却经管着他的各种投资、保险以及使他难办的法律问题。他们也共同商讨政治和国际问题，斯坦注意到约翰生经常把问题谈得非常现实，但是，他却对艺术、建筑、诗歌、文学、女人以及一切无利可图的纯属社交上的娱乐丝毫不懂。

多年前，在他们两人都比较年轻的时候，有一次他向斯坦承认，他根本没有想过这些事情。"我小时候生长的环境根本不允许我接触这类事情，"他说道，"当然，我看到我的几个儿子去伊登中学，我的女儿去贝德福德读书，我十分高兴，我会给他们一切机会去学会社交礼仪。至于我自己，哎，我是一个律师，当前这样好的状况，我已十分知足了。"

斯坦笑了起来，因为他欣赏这段直率的谈话体现出来的现实主义精神。同时他也相当满意，他们应该和不同阶层的人交朋友，斯坦时而邀请约翰生去看看他在特里格塞尔的家产或者参观他在贝克莱广场古老而精致的房屋，但几乎每次都是因为业务上的事情。

特别是这次，约翰生看到斯坦躺在一张有圆形扶手、高高的靠背的契盘德耳式座椅里，腿伸得很长，两只脚放在他面前笨重的桃花心木写字台上。他身着一套精致的沙黄色的苏格兰呢西服，一件浅咖啡色的衬衫，系着一条深橘色的领带，还偶尔心不在焉地弹弹烟灰。他正研读一份德·贝斯南非金刚钻矿山的报告，在这家公司他大概有百分之二十的股份，每年差不多有两百英镑的红利。他淡黄色的脸庞呈长方形，略带钩形的鼻子显得非常高耸，他的前额较低，漆黑的眼睛十分锐利，和蔼的嘴巴较大，下巴稍微有些突出。

"哟，你来了！"在约翰生敲门进来时，他嚷了起来，"嘿，有何贵干，你这个不苟言笑的家伙，我今天早晨读了你的那篇演说，我认为你是在斯蒂克纳发表的。"

"哦，那个，"约翰生回答着，对斯坦已看了这篇演说感到非常高兴，同时，他略显紧张地摸着他那件办公时穿的皱皱的黑羊驼毛衣服上的纽扣，"在那里，我们几个不同的教堂的牧师发生了小小的争执，我前去对他们进行仲裁。事后，他们要我说点什么，我就借此教训了他们一顿。"在他回忆起此事时，他非常骄傲地挺起胸膛，斯坦看到了这一点。

"问题就是，约翰生，"他轻松地说，"你或者去下议院，或者去做法官。但是如果你听从我的建议，你应该先去下议院，然后再做法官。我们这里极其需要你，不愿意让你去做法官。"他友好地微笑着，他对约翰生印象的确不错。约翰生被他的话说得既高兴又暖心，越发显得精神焕发。

"是呀，你了解我想做下议院的议员。那里有许多事情和我们这里的工作相关，如果我在下议院对你或多或少有点帮助。里德和贝洛克也一直在讨论此事。实际上，里德一直让我九月份的时候在他的地区补缺选举中当候选人。他认为，我只要进行几场演讲就能够获胜。"

"为什么不呢？有谁比你更适合呢？你也明白里德在那里的势力非常强，我建议你去干。如果我或我的朋友能对你有帮助，你只要和我打声招呼就可以了。我肯定会帮助你的。"

"你对我的照顾太周到了，对此我十分感激，"约翰生说道，"此外，"他的语气变得越发亲切起来，"今天早晨我的写字间发生了一件事情，可能与此有关。"他停了下来，掏出手帕，擤了擤鼻子，斯坦奇怪地望着他。

"说吧，怎么回事？"

"刚才有两个人来到我的写字间，他们是美国人威拉德·贾金斯和荷兰人威伦·克洛凡。两人都是经纪人，克洛凡在伦敦，贾金斯在纽约。他们和我谈了一些非常有意思的事情。我们给了格里瓦斯和亨肖三万英镑的优先承购权，这事你了解吧？"

斯坦十分好奇，同时又觉得约翰生的表情特别有意思，于是把两条脚从写字台上缩回来，丢开他正在审阅的报告，注视着约翰生说：

"电气交通公司！怎么回事？"

"看来，"约翰生继续说，"最近他们去纽约与那位亿万富翁考珀伍德会过面。似乎他们提出给他三万英镑优先承购权的一半权益，以酬谢他在筹措建设铁路资金上的功劳，"约翰生咯咯地笑起来，发出干燥单调的声音。"以后，他要付给他们一笔十万英镑的工程师的服务费。"两人对此情不自禁地大笑起来，"当然，"约翰生继续说，"他当即回绝了。看起来他的确打算把全部的控制权紧紧抓在手里，否则一切免谈。看上去，或者就如他们所说，他对几条铁路线的合并有兴趣，就和你我过去十年来一直在这里谋划的那样，你也了解，他在芝加哥被人赶了出来。"

"是的，我知道。"斯坦说道。

"不仅如此，我正在研读一篇关于考珀伍德的纪事新闻，就是刚才那两个家伙留下来的，就是这个。"他从口袋里抽出一张纽约的《太阳报》，报纸的中央有一幅又大又酷的考珀伍德的钢笔画。

斯坦摊开报纸，注视着这幅肖像画。端详片刻，随后抬头看着约翰生。"这家伙长得倒不难看，是吧？还很有点魅力哩！"他认真研究刊印出来的考珀伍德的一些产业图表。"两百五十英里……都是在二十年之内修建的。"接着，他格外留意一段描写考珀伍德在纽约的公馆的文章，看完后他又补充了一句："看上去又有点像一位艺术鉴赏家。"

"那儿还有一部分，"约翰生插嘴说，"描述他在芝加哥纠纷的原因：我认为大都是政治和社交上的原因。"他等着斯坦读完那一段。

"我的上帝，好激烈的一场斗争！"在读了几句后斯坦惊叹道，"他们估计他的总财产有 2000 万美元。"

"照那两个经纪人的说法，肯定有那么多。可是，他们说的最让人感兴趣的是一两周内考珀伍德就要来这里。他们让我去拜访他，不仅仅要商讨一下这条查林克劳斯铁路，他们恐怕已经意识到我们不得不收回这条铁路线了，而且还要商谈一下我们心里想的这个全面的铁路网。"

"但贾金斯和克洛凡这两个家伙究竟是什么人呢？是考珀伍德的朋友吗？"斯坦问道。

"绝对不是，绝对不是。"约翰生解释道，"恰恰相反，就如他们所说，他们仅仅是银行家的经纪人，打算从格里瓦斯和亨肖身上，或者从考珀伍德身上赚点酬金。无论从哪一个方面讲，他们都不代表考珀伍德。"

斯坦嘲讽地耸耸肩。

"这样看来，"约翰生接着说道，"他们已从某些渠道得知我们对统一铁路的计划感兴趣，他们希望我召集一批投资人，并且对他们奔走游说，推荐考珀伍德做头儿，然后采取这种方式把这个统一计划提出来，吸引考珀伍德的兴趣。为此，他们索取一笔酬金是很自然的。"

斯坦有些嘲弄地注视着他，"这对每一个人来说都是一件相当大的喜事！"

"当然，我会拒绝这种合作，"约翰生谨小慎微地继续说道，"我一直在琢磨，除了表象上的东西外，这里面是不是还有别的什么。考珀伍德也许隐藏着某种更深的企图，这是你我都要考虑的。因为那条查林克劳斯铁路的重担至今还压在我们的肩上。当然，我十分明白，绝不会让一个美国的百万富翁来此插足，来管理我们的地下铁路。但是，或许还是可以吸引他加入我们这里的联合公司，比如你、埃尔丁格爵士和哈多费尔可以组成一种联合控制的模式。"他停了下来，静观斯坦对这段话的反应。

"对啦，埃尔弗森，"斯坦兴奋地叫着，"假如一些投资人还和几年前一样有兴趣，也许我们能使他们回来参加这场斗争。没有这些人，考珀伍德就无法插足。"

他站了起来，踱到窗前，眺望远处。约翰生又开始解释说贾金斯和克洛凡几天后就要回来听他最后的决定，那倒是一个好主意，要警告他们，必须绝对保守秘密，一切由他安排。

"好！"斯坦说。

约翰生又补充了一句，说此项计划必须不仅包括查林克劳斯铁路，而且还包括电气交通公司，实质上这家公司才是这条铁路唯一的所有者，或者至少是它的代理人。然后，只要斯坦和他探明埃尔丁格、哈多费尔以及别人的态度，他们就能最终确定是否可以签订一项试验性质的协定。这样一来，考珀伍德就非常可能愿意和斯坦、约翰生以及别的投资人交往，而不愿与贾金斯和克洛凡或者格里瓦斯和亨肖打交道，这些人自己什么也不会干，因而就该把他们像行尸走肉似的一脚踢开。

斯坦完全赞同这一点。他们还没有谈完，天色已黑了下来，伦敦到处都被大雾笼罩着。斯坦记起还有个茶会，约翰生也要去开会，因此两人分手，他们的心情都非常愉快。

三天后，为了让他们意识到他的重要，约翰生派人去请贾金斯和克洛凡来，他说他已把此事向他的几个朋友提了出来，并且他们并不反对进一步了解考珀伍德，如果考珀伍德邀请他，他同意去和他见个面，说说话，如果不邀请也就只好作罢。可是有一个条件，不允许他和其他任何人有任何事先的联系或安排。因为约翰生计划努力去拉拢的那些人都是股东，他们不想被人愚弄。

约翰生以此声明作为结束，贾金斯和克洛凡匆忙跑到附近的一家邮局，把他们已达成的重要结果给考珀伍德发电报过去，催促他无论如何都要到伦敦来，其他事情都暂时先放一放，因为即将到来的会谈很重要，包括英国的几条铁路。

这封电报令考珀伍德喜笑颜开，他想到了他对贾金斯严厉的训斥。但他拍回电说现在很忙，准备在 4 月 15 日左右乘船启程，他到达时，一定会很高兴地接见他们，进一步听取更为详细的汇报。他又拍了一份密电给西彭斯，说他即将前往伦敦，并且通知说他已拒绝了格里瓦斯和亨肖的建议。无论如何，西彭斯或许能把此事这样安排一下：让他们都知道他马上要来伦敦，是为了接洽一项他们以外的某个人向他提出的规模巨大、无所不包的建议，而此项建议又与查林克劳斯铁路没有丝毫关系。这个消息或许会促使他们的头脑清醒过来，让他们能在别人向他提出任何别的计划前，提出一个他能接受的建议。那种形势下，他手里好像握着一件武器，完全可以制服那些新的法律顾问。

在此期间，他也能安排好伯里莱茜、爱琳和托立弗。

第二十一章　虚情假意

　　尽管爱琳仍然将信将疑，但在这段时间，考珀伍德态度的巨大变化使她不得不受些感动。因伦敦计划、伯里莱茜即将到来以及其他原因，考珀伍德或多或少有点热情奔放，对爱琳的态度也亲密很多。他要和她一起前往伦敦。他的遗嘱、他的房产管理权、他反复考虑的遗产的监理，所有一切早就深深地刻在脑海里了，好像芝加哥的失败对他产生了非常显著的影响。按照她目前的理解，生活注定要给他一次清醒的打击，而且在他一生的经历中，这次打击尤为重大。他已重回自己身边来了，或者马上就要回来了。仅仅这一桩事实，已令她恢复对爱情和人类感情的信心。

　　因此，她一门心思为这趟旅行做种种奢华的准备。她购买了很多日用品。她去了服装公司、帽子商店和女衬衣商店，买了最时尚的旅行皮箱。她一次又一次地装扮自己，她太相信浓妆艳服的效果了。她自己十分满意，可对考珀伍德而言，他有些尴尬，却也已经适应了。自从得知他们预订了"威廉大帝号"邮船的一套最豪华的客舱，并将在本星期五开船后，她就一直穿着那套适合于新娘的服装，尽管她也十分明白她与丈夫之间的亲密关系早已一去不复返。

　　与此同时，托立弗会见爱琳的计划一直没有实施，突然，他颇为兴奋地发现他的信箱里有一封挂号信，还附有一艘邮船的仓位图和他的船票，更令他喜不自禁的是，还有 3000 美元现款，于是托立弗对这次新任务的兴趣越来越浓厚了。此时他下定决心一定要给考珀伍德留下一个好印象，他觉得考珀伍德十分懂得从生活中获取需要的东西。他迅速地翻阅报纸，于是很快证实了他刚才的猜测：考珀伍德夫妇也搭乘那艘星期五起航的"威廉大帝号"邮船。

从考珀伍德那儿伯里莱茜得知到目前为止的全部情况后，就准备和她母亲乘一艘卡那定期班轮"萨克桑尼亚号"邮船，比"威廉大帝号"早两天开船。她们会在伦敦的一家克拉里奇旅馆里等他。她们早就熟悉这家旅馆了。

对这个计划记者做了很多采访，他对记者们说，他和夫人要去欧洲大陆度过一个漫长的暑假；他对芝加哥已失去兴趣了。实际上，他并不想很快就着手某些商业活动。因此这样的宣布导致报纸对他的事业和天才的诸多批评，以及从他的财富、才干和势力上来对他的退休做出愚笨的评论。他欢迎公开的宣传，因为除了意料之中的赞誉外，同时还能混淆视听，对他充分地付诸行动更加有利，也给他足够的时间去制订新的方案。

登船那天爱琳以一副高高在上的表情在甲板上散步，她显示出她的高人一等的神态并不足为奇。

托立弗现在已登船了，面对自己真正的任务，他身心都很紧张。考珀伍德处处都在注意他，却对他没有流露出一丝关注，根本就没有表现出认识他的神情。对此，托立弗当然能领悟，他在甲板上随意溜达着，不露痕迹地关注着爱琳，他觉察到爱琳也在留意他，而且相当感兴趣。在他看来，她过于奢华，太缺乏审美力，太无拘无束了。他住在 B 层甲板上的一间小小的特等客舱，和船长一起进餐，而爱琳和考珀伍德在他们自己的套房里进餐。这位船长对考珀伍德夫妇搭乘这艘船非常热情，极力希望借此为他和这艘船弄点好处，他很快就发现托立弗是一位最惹人喜欢的人物，就对他说明这些贵宾的重大意义，并且提出把他介绍给考珀伍德夫妇。

于是次日清晨，亨里奇·斯纳贝船长派人问候考珀伍德夫妇，询问是否有什么地方需要效劳。或许在他的陪伴下在船上漫步，考珀伍德先生会很高兴和他一起的，还有几位仰慕他的人，船长也愿意向他们介绍，当然，这还要取决于考珀伍德先生是否方便。

考珀伍德认为这极有可能是托立弗的主意，就同意了爱琳的意见，觉得招待那些有兴趣的旅客也是件愉悦的事情，于是欢迎船长的到来，还有剧作家威尔逊·斯泰尔先生、阿肯色州州长 C. B. 柯特莱、纽约社交界名流布鲁斯·托立弗先生、纽约的亚历山大·拉·吉文斯。吉文斯小姐她乘船去伦敦看望她的姐姐。托立弗记起她的父亲是个相当有社会地位的人物，又发现吉文斯小姐长得美丽动人，于是就对她自我介绍说是她的熟人的朋友，而吉文斯小姐也被他迷住了，当然乐意相信他撒的谎。

对于这个临时的招待会，爱琳变得高兴起来。他们走进那间套房时，她原本正坐着看杂志，这时她站了起来，和丈夫紧紧挨在一起共迎宾客。考珀伍德的目光立马被托立弗的女伴吉文斯小姐吸引了，她漂亮的外表和有教养的气质给了他非常深刻的印象。爱琳也很快看中了托立弗，而托立弗本人向考珀伍德夫妇自我介绍时，仿佛是初次见面。

"能见到考珀伍德先生的太太，实在是荣幸之至，"他对爱琳说，"我想，你是前往欧洲大陆的吧。"

"我们先去伦敦，"爱琳回答，"然后去巴黎和欧洲大陆。我的先生无论去什么地方，都是要处理一大堆金融上的事务。"

"按照报上说的，确实是这样的。"他颇具魅力地微笑着，"与这样一位著名人士生活在一起，绝对有了不起的体验，考珀伍德太太，说实话吧，这的确是件大事！"

"果真让你说对了，"爱琳说，"是件大事。"受到这般的阿谀奉承，她变成了重要人物，她堆起一个亲密的微笑作为回答。

"你打算在巴黎玩几天呢？"他问。

"噢！我不知道到伦敦后我先生的计划是如何安排的，不过我真是想去玩几天。"

"我是去巴黎看赛马的。也许在那里我能遇到你呢。如果你恰巧也在那里，而且又有空的话，我们可以一起玩一个下午。"

"哦，那可真让人开心！"面对他的殷勤，爱琳眼里闪出光来，得到这样一位英俊男人的关注，一定能抬高她在考珀伍德心目中的地位。"但是，你还没有同我先生说过话呢。我们过去看看，好吗？"

托立弗走在她的身后，穿过房间来到考珀伍德面前，他正与船长和柯特莱先生谈话。

"喂，弗兰克，"她愉快地喊道，"这里又有一位你的崇拜者。"她又对托立弗说，"我根本没有办法叫其他人不围绕在他的身边，托立弗先生。"

考珀伍德用一种最为殷勤的眼光看着他说："好哇，可一个人不能拥有这么多的崇拜者。你莫非就是那个赴欧洲大陆旅行的托立弗先生？"他的表现毫无破绽，顺着考珀伍德的问话随机应变，托立弗微笑起来，轻松地答道：

"是的，正是在下。伦敦和巴黎我都有朋友，我一直想去海滨浴场玩一玩。我的一个朋友在布列塔尼有个浴场。"他转过身来对爱琳说，"顺便说一句，你的确应该去看看，考珀伍德太太。实在太美了。"

"哎哟，我也确实想去，"爱琳看着考珀伍德说，"你说，这个夏天，我们的计划也包括布列塔尼之行吗，弗兰克？"

"太可能了。可话又得说回来，对我来说也有一定的麻烦，因为我有太多的事情要做。但是，我们也许能想办法用很短的时间去一下，"他又怂恿地补充一句，"你在伦敦要待多长时间呢，托立弗先生？"

"目前我的计划还不能全部确定下来，"托立弗平静地答道，"也许一个星期，也许还要稍长一点。"

就在此时，那位想极力给人家留下好印象的斯泰尔先生把吉文斯小姐弄得不耐烦了，她走过来，决定结束这次交谈。她直接走到托立弗身边，说："也许你没有忘记我们的约会吧，布鲁斯？"

"啊，是的。你能原谅我吗？我们真的要走了。"他转过身来对爱琳说，"希望我们能多见几次面，考珀伍德太太。"

这位非常动人的少女的傲娇矜持的态度把爱琳惹怒了，她有些恼怒地大叫着回答，"噢，是的，托立弗先生，那当然，非常荣幸！"接着，她转眼又看到了吉文斯小姐脸上那种目空一切的微笑，又补充一句，"你一定要走，真是太遗憾了……小姐……哎……小姐……"托立弗这时马上插嘴说，"这位是吉文斯小姐。"

"哦，对了，"爱琳继续说，"我没能听清你的名字。"

但吉文斯小姐把眉毛一扬，丝毫不理会对方有意的奚落，挽着托立弗的臂膀，对考珀伍德笑了一下作为告别，就离开了房间。

只剩下他们两人时，爱琳立刻开始发泄她的不满。"我就痛恨这些社交场上年轻而又倨傲的东西，除了家世以外，什么都没有，就这样对别人大摆架子。"她高声叫道。

"不过，爱琳，"考珀伍德安慰她说，"我经常对你说，每个人都要尽量发挥自身的优势。就她的这种情况来说，她格外重视她的社会地位，因此她的脾气很坏。其实她什么都不是，只是有些愚蠢罢了。

何必因为她而使自己生气呢？没必要放在心上。"

这时，他在内心里把爱琳和伯里莱茜作了一番比较。伯里莱茜该会多么圆满地对付吉文斯小姐呀。

"哎，无论如何，"爱琳不服气地道，"托立弗先生是够英俊亲和的了，我断定他的身份不会比她的差。你觉得呢？"

"我的确没有什么理由不这么认为。"考珀伍德安静地答道，内心不由得高兴起来，由于爱琳的单纯和无知，与其说他是高兴还不如说是伤心。"吉文斯小姐显然对托立弗先生特别倾心。所以，如果你觉得她算得上是一个社交界的人物，我想你也应该同样地认为他不错。"他说。

"嗯，他很讲礼貌。比她要强。"

"爱琳，女人的悲哀就在于都只关心那一套。男人有更广泛的兴趣。"

"无论如何，我还是欣赏托立弗先生，我就是不喜欢那个小姑娘！"

"算了，你不一定去结交她。至于托立弗先生，只要你愿意，我们没有理由不和他做朋友。请记住，我希望这次旅行中，快乐一直陪伴你。"他对她迷人地微笑着说。

一小时后，当她换好衣服准备去甲板上散步时，他居心叵测地琢磨着她。非常明显，现在她对生活产生了极大的兴趣。的确太妙了，他想，抓住她的弱点、嗜好和欲望，摆布她简直是轻而易举的。

但是，伯里莱茜不也有可能用完全相同的办法来对付他吗？她绝对有这套本事。在这点上，他佩服她，就如他现在也有点儿愉悦地在佩服他自己一样。

第二十二章　成为钓饵

在船上的最后几天里，托立弗一直在用心策划方案，使自己在不知不觉中得到爱琳的青目。在他所做的诸多事情中，他安排了两次牌局，有意不邀请吉文斯小姐参加。但是，他约请了一位颇具名气的女明星，一位年轻的西部银行家，这位银行家绝对不会反对会见考珀伍德太太，还有一位从巴法罗来的年轻寡妇，她觉得，和托立弗这样品貌过人的人交朋友或许能改善她的社会关系，于是，只要托立弗认为有价值结识的人，她都愿意结识。

这次出乎意料的社交上的进展使爱琳十分开心，特别是托立弗使她重新燃起了生活的热情。尽管考珀伍德没有介入其中，但他特别满意这种关系，这更使爱琳高兴。实际上，他建议，或许在抵达伦敦，在西塞尔旅馆住下后，她都可以邀请托立弗和他的几位朋友来吃茶点或共进晚餐。如果他有空，也会来玩玩，对此爱琳特别高兴，马上抓住他，在态度或心情上并不想极力发展成一种暧昧的关系，而更像是急于证明，只要能使考珀伍德高兴，她对这样的社交活动能自如应对。

考珀伍德一定在想，由托立弗按照他自己的计划进行下去吧。因为显然他非常机智和圆滑，在社交上是个老手。如果他真的进一步与爱琳恋爱，纠缠住她，用结婚的方式来攫取她个人的一部分财富，那会如何呢？他并不相信他能成功，爱琳绝对不会认真地与任何人恋爱。

至于托立弗，有时他被这个卑劣枯燥的阴谋折磨着，同时，又觉得到现在为止，在他颠簸动荡的一生中，这也许是最幸运的转机。因为如果他能分享女演员的工资，就如最近他所做的那样，那么现在他作为这个女人的社交顾问、向导和伴侣，他理所应当地领受这笔钱。她的确太笨拙，有时候会做点错事，太过于急着讨好别人，她完全可以穿得更精致些，接受一些对她大有裨益的关于仪态的指导。但是，至少她对他是友好和感激的，他可以为她做点事情。

这次旅行之前，他曾四处打探，发现考珀伍德不在家时，爱琳一直习惯于沉溺在明显是庸俗的男女之间的打情骂俏上，尽管她并无社会地位可言。但这只能更加贬低考珀伍德和她的地位，托立弗想，考珀伍德怎么能容忍这种情况发生呢？但是，自从与她会面后，再想想她丈夫过去的历史，他就意识到考珀伍德采取的是最聪明的办法。因为她的确是个坚毅果断的女人，对她丈夫可能采取的任何一种争取自由的斗争，她都非常可能采取一切手段来击垮他，如果她想心怀仇视的态度故意伤害他的话。

另外，当然，有一天考珀伍德转过来对付他的可能性也非常大，无论是因为真实的还是编造的理由，控告他和她通奸，这就为他提供了一个抛弃她的借口。但是，如果他能证明是考珀伍德唆使他按照这个计划做事的，这种揭发对于考珀伍德毋庸置疑会比对自己更不愉快。就托立弗个人来说，他会损失什么呢？可以确定的是，他可以巧妙地把自己和爱琳的行动安排得稳妥适当，避免被她的丈夫控诉。

他可以很好地为她效劳。在这次旅行中他已观察到她喜欢随意喝酒。他绝对不能忘记她的这个弱点，其次，还有她的服装问题。巴黎有很多的裁缝，他们为了能取得替她剪裁合适的服装的特权，一定会对他感激不已。最后，如果她对他信任的话，可以用她的钱安排她到比亚里茨、坎内斯、尼斯、蒙特卡罗等地进行极具情趣的旅行。他还可以邀请一些老朋友来，还清旧债，建立新的关系。

他躺在特等客舱里，悠然地抽着烟，喝着一瓶冰镇威士忌苏，胡乱地设想着这一切。这间客舱！每个星期两百美元工资的"工作"！还有那张 3000 美元的支票！

第二十三章　胸有成竹

四月的清晨,烟雾弥漫,淡淡的阳光透过英国的大雾,"威廉大帝号"在苏珊普顿靠上码头,把旅客们送上岸。考珀伍德身着漂亮的灰色西服,在上层的甲板上远眺安静的海港和岸上远处的平静的建筑物。爱琳穿着最华丽的春装和他并肩而立。在那里来回走动的是她的女佣威廉斯、考珀伍德的随从和他的私人秘书詹姆逊。下面码头上站着贾金斯和克洛凡以及一群记者,迫切地打听有关考珀伍德的谣言(由贾金斯捏造),贾金斯声称他来英国的目的是购买一套著名的艺术珍品,这是一位英国贵族的财产,而对此考珀伍德却从未听说过。

在最后时刻,托立弗宣布,他并不下船而是继续航行到切堡,然后再去巴黎。考珀伍德认为,这是托立弗最机智的一个环节。但是,托立弗也用了他最随便的态度进行解释,为了说给爱琳听,他会在下周一或周二到伦敦,到时他希望考珀伍德夫妇还未动身去欧洲大陆,那样就能与他们见面。这时,爱琳望着考珀伍德,希望他不反对,当她看到考珀伍德同意的目光后就对托立弗说,他们会十分高兴地在西塞尔等他。

这时,考珀伍德正在充分享受那种高贵和幸福的气氛。上岸后,对付完了爱琳,剩下的就是正在克拉里奇等着伯里莱茜和她的母亲了。他由衷感到自己年轻了,尤利西斯开始了一次新鲜而神秘的航行。正当一切处在忙碌之中时，忽然来了位邮递员，送来一份西班牙文的电报，他立马又亢奋起来。"阳光普照在你脚下的英伦岛上。在你最伟大的成就和崇高的荣誉面前，一扇银色的大门敞开着。倘若没有你，海洋只能是阴沉苍白的一片。你真是金中之精品。"这当然是伯里莱茜发来的，一想到就要见到她了，他就不由自主地微笑起来。

现在记者们来了，"他要去哪里呢？""是否他已把他芝加哥的财产全部卖光了呢？""据说他来英国来是为了购买一套私人收藏的著名的艺术珍品，情况属实吗？"对所有问题，他只是谨慎地缄口不言，用微笑作为答复。说得准确些，他想在此度假一段时间。因为自从上次假期以来，已经很久没有度假了。他这样解释。他并没有卖掉芝加哥的股权，他只是对它们另有安排罢了。不，并不是来购买费尔班克斯的收藏的。他曾经见过一次，很是欣赏。可从未听说那东西是要卖的。

在所有采访过程中，爱琳一直妩媚地与他并肩而立，为恢复了昔日的尊严而备感欣喜。《插画新闻》派了一个人替她画像。

等喧闹的对话第一次平静下来时，克洛凡跟随贾金斯挤到前面寒暄几句后，请求考珀伍德在有机会与他正式谈话之前不要做任何声明。考珀伍德答道："好的，如果你希望这样的话。"

此后，在旅馆里，詹姆逊向他汇报收到的各种各样的电报。此外，西彭斯先生待在741号房间里等待召见。还有哈多费尔爵士的一封信，好几年前，考珀伍德曾在芝加哥见到过他。那时他想利用周末招待考珀伍德夫妇。一位犹太绅士，同时也是一位很有名望的南非洲的银行家此时也在伦敦，为了商谈有关南非洲的重要事务，邀请他共进午餐。德国大使也写信致以问候，表示如果考珀伍德先生能有空到大使馆与他共同用餐，他会感激不尽，费城银行家杜南先生从巴黎寄来一封信，上面写道："如果你路过这个城市却不来同我玩玩，我一定要在边境拦住你，请不要忘记，我了解你就像你了解我一样。"

可以听到幸福的翅膀在他头顶上呼呼作响。

此后，他看见爱琳已在自己的套房里舒服地安顿好，就派人去请西彭斯，听取他的汇报。西彭斯十分热切，像个十分高贵的人物，身着一套崭新的春装。"毋庸置疑，"他说，"格里瓦斯和亨肖已是无计可施了。但是，除了他们操控的那条路线外，考珀伍德没有其他更好的方法打开局面。他希望在明天和他去看看那条计划中的路线。但更为重要的是那条中心环线的最后控制权，因为建造全面性的铁路网必须依靠它。查林克劳斯铁路与这条环线连接起来最为有利，一旦他占有或控制这条路线。他就处在一个极其优越的地位了，可以为环线和别的几条路线进行活动。此外，还有诸多铁路线找不到资本家投资，它们由投机商申请，希望批准后能找到经营和投资的人。这一切都要进行全面调查。

"是的，这是寻找突破口的问题，"考珀伍德深谋远虑地说，"你说格里瓦斯和亨肖境遇非常艰难，可他们却并没有来向我求救。此外，贾金斯可能已经同电气交通公司的约翰生沟通过了，约翰生已和他达成共识。如果有机会他会把一群显然对中环线感兴趣的人物集中到一起，我估摸你的人物斯坦就是其中之一，而我又并不想进行任何活动，他愿意给我安排与他们见面，就此事进行协商，我估计是整个环线的计划，但是，我认为那意味着，我不必去理会格里瓦斯和亨肖，就让那条查林克劳斯铁路由于过期不履行合同而重新回到电气交通公司手中，虽然那不是我期待的。

听到这里西彭斯立马跳了起来。

"老总，你绝对不能那样做呀！"他尖声大喊起来，"你绝对不能那样做呀！如果你做了，你一定会后悔的。这里的一帮人就像胶水似的紧紧黏结在一起！在各自为政的时候，他们彼此倾轧，但遇上外国人，他们就会紧密联合起来，除非你手里拿着武器与他们较量一下，否则，你就要付出巨大的代价。最好等到明天或后天看格里瓦斯和亨肖是否来与你联系。从今天的报纸上，他们当然会看到你抵达伦敦的消息，他们一定会与你联系的，因为等待对他们来说是没有一点儿好处的。通知贾金斯避开约翰生，去做你该做的，可首先，你要和我一起去看看那条查林克劳斯路线。"

就在此时，住在隔壁房间的詹姆逊手捧一封专人送来的信走了进来。考珀伍德看看信封上的姓名，就微笑起来，看完后，他将信递给了西彭斯。

"你的估计是准确的，德·索托！可现在我们应该怎么办呢？"他友好地问道。

这封信是格里瓦斯和亨肖写的，上面写着：

亲爱的考珀伍德先生：

我从今天的报纸获悉您光临伦敦。如果您方便而且高兴的话，我们希望与您会面，最好是下星期一或星期二。当然，我们的目的是商谈3月15日左右那一次在纽约向您提出的问题。恭贺您的平安驾到并祝您在旅行期间幸福愉快。

格里瓦斯

亨肖

蒙塔古·格里瓦斯公司

西彭斯扬扬得意地用手指头弹了一下。"哎！你看我的估计如何？"他咯咯地大笑了起来。"会按照你的条件把它奉献给你的。这是全伦敦最好的一条路线。得到了这条路线，老总，你就可以稳坐一边敬候佳音了，特别是如果你想收购现在还没有着落的其他几条路线的优先承建权的话，因为他们全都会知晓这一消息，肯定会主动找上门来。约翰生这个家伙！他倒还有点胆量，请你在与他见面前什么也不要做。"他又补充几句，表情略带忧愁，因为他早就听闻约翰先生是个执拗而倨傲的人，考珀伍德很有可能不喜欢他。"当然，不过，如果没有你的金钱、才干和经验，他们又能干出什么来呢？他们甚至没有办法支配这条查林克劳斯铁路，更不用提其他的了！没有你，他们寸步难行！"

"也许你说得对，德·索托，"考珀伍德对他忠诚的属下和蔼地笑着。"大概在下星期二我要会见格里瓦斯和亨肖，你尽可放心，任何东西都休想从我的指缝里漏掉。明天下午坐汽车沿着查林克劳斯路线去瞧瞧，怎么样？我要同时去看看那条铁路和其他几条环线。"

"棒极了，老总！下午一点钟如何？我什么都可以指给你看，五点钟再送你回来。"

"那就一言为定，但是，等一下。你还记得哈多费尔爵士吗？几年前他曾在芝加哥闹得满城风雨。参拜圣地的人和游猎者全都追随着他，还记得吗？在我的家里曾经招待过他。他属于豪爽、快乐的那一类人。"

"当然，我当然记得，"西彭斯答道，"他计划在罐头工业上投资，这我了解。"

"还要在我的企业上投资呢。我可能从未告诉过你。"

"是的，你从未告诉过我。"西彭斯很伤心地说。

"好了，无论如何，我今天早晨收到了他的一封电报邀请我到他的乡下去度过这个周末。"他从写字台上拿起一封电报，"舒洛普郡，贝立顿庄园。"

"的确有趣。他是一个和商业中心区和市南铁路有关系的人物。他是股东，或许是董事，指不定还是其他什么。明天我就能把此人了解得一清二楚了。也许他对地下铁路的发展感兴趣，需要为此与你见见面。如果真是这样，他是很友好的，对你肯定有用处的。一个陌生人在一片陌生的国土上需要朋友，这你比我更清楚。"

"是的，我清楚，"考珀伍德说道，"这个主意也许不错。我是要去的。你看看还能得到一些什么信息，一点钟我们在这里见面。"

西彭斯匆忙离开时，詹姆逊捧了一沓文件走进来，考珀伍德却摆摆手让他走开。"下周一以前，我不处理任何文件，詹姆逊，你给格里瓦斯和亨肖写封信，通知说下星期二上午十一点钟，我在这里恭候他们。去找贾金斯，告诉他除非接到我的指令，否则不要做任何事情。再去给这位哈多费尔爵士拍封电报说考珀伍德夫妇非常开心地接受他的盛情邀请，然后问清路线，买两张车票。如果还有什么事情，就放在我的写字台上，明天我来看。"

他迈开健步走出去踏进电梯，他刚走出门就雇了一辆双轮小马车。尽管他说是去牛津街，可他还没经过两条马路就掀开顶上的篷盖，大声告诉车夫："牛津街和耶贝里街，左边的拐角上。"

一到那里，他就迅速跳下马车，转过一个弯就到了克拉里奇旅馆。

第二十四章　贝立顿庄园

考珀伍德此时对伯里莱茜的感情，可以说既包含父亲般的怜爱又包含着爱人般的情爱。他由衷地爱慕她的智力和美貌，用审美的角度来保护她、栽培她。与此同时，他感到了她的欲望之火，尽管有时他意识到这种关系的不伦不类，他没有办法把自己六十岁的年龄和她的青春妙龄协调起来。另一方面，在一定范围之内，她对现实的预见能力好像并不比他差，这就给了他更大的力量和自豪的感觉。她的自傲和魄力使她不去关注他积蓄的财富，而是关心她可能会利用这些财富达到的目的，以及争取社会地位的目标。这正是他来伦敦的原因，而且格外重视这件事。此时他发现她和以前一样轻松、热情，当他把她搂在怀里时，实际上，他深深地被她的欢乐和自信感染了。

"欢迎你来伦敦！"这是她充满热情的第一句话，"讲真的，恺撒已经跨过了鲁比坎了！"

"谢谢你，贝菲，"他边说，边松开了双手，"我也收到了你的电报，欣喜至极。让我来好好看看你。你在房间里走走看！"

他十分满意地端详着她。她露出一种得意的微笑，接连走了几步，摆出一副时装表演的样子，最后行了一个请安礼，说："这是直接从萨莉太太那里买来的，但价格是一个秘密！"她噘起了嘴巴。

她身穿一件深蓝色的丝绒连衣裙，颈项和腰间缀着一些小小的珍珠。

考珀伍德牵着她的手，带她走到小沙发前，小沙发刚好够他们俩坐。"实在太好了！"他亢奋地说，"我没法向你描述又能和你在一起我是多么快乐。"他接着问起她母亲，继续说下去，"这对我简直就是一种全新的体会，贝菲。以前我从来没有真正喜欢过伦敦，但这次就因为你在这里，我觉得我一看见它就兴奋不已。"

"还有其他什么吗？"她问。

"当然，还有看到了你，"他看上去神采奕奕，用嘴唇和手指吻着、抚摸着她的眼睛、头发和嘴巴，一直到最后她警告他不许调情，要再等一会儿。他只得被迫接受，开始有声有色地描述他的航程以及发生的所有事情。

"爱琳和我一起住在西塞尔，"他接着往下说，"刚才报社给她画了一幅写生画。还有你的朋友托立弗，应该说，他竭力让她称心如意。"

"我的朋友？我可不认识他！"

"当然，你不认识他，但无论如何，他是一个十分睿智的角色。他在船上来找我时，你真应该看看，他简直太有趣了。顺便提一句，他去巴黎了，我估计是为了掩饰他的行迹。当然，我也发现，现在他的口袋装满了。"

"你与他是在船上偶遇吗？"伯里莱茜追问道。

"是的，是船长把他引荐给我们的。他就是那一种人，能给自己安排妥当那一类事情。显而易见，他绝对是一个讨好女人的天才。事实上，他把所有可爱的特点全都独占了。"

"有你在场他也成吗？你认为我会相信吗？"

"我不得不承认是个奇迹，不过此人的确不可小觑。他似乎对应该做什么事情了然于心。我很少和他见面，但他却有手段使爱琳动心，她已经邀请他来和我们一起吃饭。"

他仔细地注视着伯里莱茜，而她则祝贺似的凝望着他，一会儿她说："我特别开心，我真的特别开心。她确实需要像这样换一个环境，她早就应该如此了。"

"我完全赞同，"考珀伍德说，"虽然我不能做到她所希望的那样，但别人可以。不管怎样，我希望他能保持冷静的头脑，我想他会做到的。爱琳早就打算去巴黎买点东西，所以我认为，事情会进展得十分顺利。"

"不错，"伯里莱茜微笑着说，"看来我们的计划也许能够实现，这该怪谁呢？"

"不是你，当然也不是我。这绝对是自然发生的事情，就正如去年圣诞节你到我那里来一样，那时候，我根本没有想到你会到来。"

他又开始抚摩她，可她却专注于自己的计划。她拒绝他说："喂，喂，我要听听关于伦敦的事情，随后我还有几件事情要告诉你呢。"

"伦敦？到现在为止，看来事事都大有希望。在纽约，我告诉过你格里瓦斯和亨肖这两个人的事情，以及我怎样回绝了他们。嗯，刚才就在旅馆里，在我离开前，他们送来了第一封信。他们准备来拜访我。我已与他们约定了时间。至于大一点的计划，我准备和这里的相关人士商谈一下。一旦有什么具体的战果，我会再告诉你的。但是，我希望偷偷地与你躲到其他地方去。在我把全部精力致力于这些事务中以前，我们一定要争取个短暂的假期。当然，还有爱琳。除非她不影响我的计划，当然，要鼓动她去巴黎，然后我们可以坐船去北角，或者前往地中海。我的一位经纪人告诉我，他知道夏天可以租游艇。"

"游艇啊，游艇！"伯里莱茜激动得大叫起来，同时一只手指头按在他的嘴唇上，"噢，不，不！现在你把我的计划打乱了。要按照我的想法去做。你看……"

但没等她说完，他就一把抓住她狂吻起来，使她无法开口。

"你片刻都等不及了！"她轻声地说，"但是，你等一等。"她牵着他来到隔壁房间里的一张桌子旁，这张桌子放在一扇敞开着的窗户边上。"你看，我的上帝，这是给我们两人准备的宴席。这是你的仆人请你的。要是你肯坐下来，乖乖地干一杯，我会把我自己的事情告诉你。信不信由你，我把所有的事情全都解决了！"

"所有的事情？"考珀伍德有些怀疑地问道，"这么快？但愿我知道是怎样解决的。"

"哦，差不多是所有的事情，"她说下去，拿起一只有玻璃塞子的圆酒瓶，里面盛有他喜欢喝的酒，给两人各斟了一杯。"你看，尽管看起来有些奇怪，可我一直在想，在想……"她停了下来，抬起头仰望天花板。他抓住她端着酒杯的手，亲吻着她，正如她清楚他会做的那样。

"回去，恺撒！"她带着揶揄的口气命令说，"我们还不能喝酒哪。你到那边去坐，我坐在这里。然后我把一切都告诉你。我会不打自招的。"

"调皮的小东西！认真一点，贝菲。"

"我当然再认真不过了，"她说，"现在你给我听着，弗兰克。事情是这样的。在我们的那艘船上，共有六个英国人，老的，少的，全都十分漂亮，至少我与他们开玩笑的那些人都是很漂亮的。"

"我相信，"考珀伍德说道，仍然有点儿将信将疑，"怎么样？"

"好的，如果你能包容这一切，我就告诉你，一切玩笑都是为了你，而且也是无辜的，尽管你也许不相信。比如说，我发现泰晤士河边上有一片叫波维纳的小小的农庄，离伦敦不到三十英里。这地方是那位相当动人的单身汉阿瑟·塔维斯托克告诉我的。他和他的母亲，塔维斯托克太太住在一起。他认为我会爱上他。我母亲对他非常欣赏。所以，你看……"

"所以，我全明白了，我们在波维纳住下来，当然包括你的母亲。"考珀伍德几乎带着嘲讽的语气说。

"相当正确！"伯里莱茜学他的样子嘲讽着说，"那是另外一个重要的关键，我的意思是说你和我母亲。从现在起，你必须很好地照顾她，少来照顾我。当然，除了作为我的保护人以外。"她用力拧了拧他的耳朵。

"也就是说，考珀伍德是位保护人和世交。"他沮丧地笑了一下。

"确实如此！"伯里莱茜固执地说道，"而且不久以后，我跟阿瑟就要用竹篙撑船去。还有更好的呢，"说到此处，她咯咯地大笑起来，"他知道有一只非常可爱而又仿佛是家一样的船，对母亲和我来说的确是一个理想的去处。就这样，在月光皎洁的夜晚，在阳光普照的下午，在享受茶点的时候，我母亲和他母亲一起坐下来编结绒线，或在花园里漫步，你抽烟或看书，阿瑟与我……"

"是的，我懂了，一种大家聚在一起的美好生活：船屋，爱人，泉水，保护人，母亲。千真万确是个十分惬意的夏天。

"没有比这更好的了，"伯里莱茜热情而固执地说，"他甚至描绘了各种各样的船篷，红的，绿的，不胜枚举，还提起他所有的朋友。"

"我猜，也是红的，绿的。"考珀伍德自信地说。

"是的，差不多。法兰绒的衬衫和运动衣，你了解。全都十分合适。他对我母亲就是这么说的。他有一大帮客人需要向我母亲和我介绍。"

"还有结婚的请柬吧？"

"最晚不超过七月，我向你保证。"

"那我能当代理主婚人吗？"

"你当然可以。"伯里莱茜冷漠地答道。

"太有意思了！"考珀伍德大笑起来，"我会认为这是一次格外成功的航行。"

"你刚刚听到的就是一点点，"她高声嚷着，几乎像吵架似的说下去，还不到一点点！还有梅登赫，我一说就脸红……"

"是吗？我记下这个地方。"

"还有那个皇家的哈克斯柏莱上校呢，我还没告诉你，"她故作呆萌地说。

"是某个团的家伙，他结识了一位军官朋友，这军官朋友又有一个堂兄弟，在泰晤士河边的某个公园或某个地方有座别墅。"

"有两座别墅和两只船屋呢？还是你从一只船屋上看到了两个影子呢？"

"无论如何，这座别墅要租到手十分不易。今年春天，可以说还是头一回闲着呢。那是一个十分完美的理想之地，经常是借给朋友的。可对母亲和我而言……"

"我们现在都变成团的儿女了！"

"得了，关于那位上校我就说这些。另外还有威尔顿·布拉斯威特里·奥斯雷，他的一撮小胡子最别致，他身高六英尺[1]，还有……"

"哎，贝菲！多么亲热的交情啊！我几乎要怀疑啦！"

"不是和威尔顿！我可以赌咒，绝对不是！或许是那个上校，但绝对不是威尔顿。"她哧哧地大笑起来，"不管怎样，要把事情再说仔细一些，我已经清楚了，顺着泰晤士河不但有四只船屋，而且还有

---

[1] 1 英尺合 0.3048 米。

四所设施完善的房子，就在伦敦最高贵的住宅区或附近，按季，或者按年，或者永远出租，如果我们打算要永远居住在这里。"

"亲爱的，只要你吩咐一句话，"考珀伍德打断了她的话，"但是，你真是个格外可爱而出色的女演员哪！"

"所有那些人，"伯里莱茜并不理会他的赞扬，"如果我不嫌麻烦就把我的地址给他们，当然我并没给，我的那些崇拜者，一位或全体都会来带我去看看的。"

"棒极了！哎哟！"考珀伍德也嚷起来。

"但是，我还没答应他们什么，也并没有任何纠缠。"她又补充了一句。"但是，母亲和我已同意去看看格罗夫纳广场的那处房子，另外还有贝克莱广场的一处房子，喏，看看情况后再说。"

"但是，你考虑过没有，至于合同啦，以及这一类的所有事情，你最好与你的上了年纪的保护人商量商量？"

"好呀，至于合同，是呀，可关于其他的一切……"

"关于其他的一切，我退出来，而且还会非常高兴，对于指挥监督我已经厌倦了，我十分愿意看你来尝试一番。"

"不管怎样，"她十分调皮地继续说，"如果你让我坐在这里，"她说着就坐到他的腿上，伸手从桌上端起酒杯，开始吻着酒杯的边缘。"看，我在这里面许愿。"随后她喝了半杯。"现在，你要把杯子从我的右肩上面掷到墙上去，这样一来，就没有人能再从这杯子里喝酒了。这是丹麦人和诺尔曼人的习俗。现在……"

考珀伍德把杯子扔了出去。

"现在，来和我亲吻，那就什么都会应验的，"她说，"因为我是一个巫婆，你清楚，我会把这些梦想变成现实。"

"我准备信任它。"考珀伍德热情地说，然后就仔细地吻着她。

饭后，他们商讨了即刻付诸行动的事情。他发现伯里莱茜竭力反对此时离开伦敦的一切计划。此刻正值春天，她迫切希望去那些有大教堂的城市，比如坎特伯雷、约克、威尔斯旅行观光；到巴斯去罗马式的温水浴场享乐享乐；去欣赏一下牛津和剑桥以及几座古老的城堡。他们可以一起前往，不过，当然只有认真研读了眼下这项伦敦计划的可能性后才能如此安排。她也打算顺便去参观一下她曾经提起的几座别墅。一旦安排妥当，他们就可以即刻开始共度假期。

现在，他应该进去问候她的母亲了，几天来，她看上去有点儿苦恼烦闷，因为她们几个人，她有一种难以描绘的恐惧。在拜见她母亲后，他又返回到伯里莱茜这儿，随后……随后……

考珀伍德紧紧地把她搂在怀里。

"哎，哎，贝菲！"他说，"或许你会如你所愿去安排一切。不过有件事是可以肯定的。如果这里有太多的妨碍和干扰，那我们就去做一次环球旅行。我想办法与爱琳安排一下。如果她不愿意，那我们就走，不必理会她。她那种公开宣传的威胁我才不怕。无论如何，到现在为止我们已接近成功了。"

他温柔地亲吻着她，内心得到了很大的安慰。接着，他就走进去与卡特尔夫人聊天，发现她坐在一个窗户旁边，窗户打开着，她正在阅读一本玛丽·科纳莉的小说。显而易见，因为他的到来她穿戴得整整齐齐的，对他露出一种非常乐观的微笑。但是，他发现她神情紧张，在考虑着他和伯里莱茜的事情能否行得通，是否有危险。事实上，他能从她的眼睛感受到一种过分的紧张和忧伤。因此在聊了几句预料中的在英国度过的春天后，他非常随便、直言不讳地补充道：

"海蒂，如果我是你，我就会对任何事都不发愁。贝菲和我彼此都很了解。我认为她也十分了解自己。她聪明又漂亮，我会永远爱她。

万一遇到麻烦我们都能处理好的。想办法取乐吧。我也许很忙,没有办法像我所期望的那样常常来看你。但是,我会小心的,她也会小心的。请不要担心。"

"哦,我没担心,弗兰克。"她似乎是抱歉地说,"当然,我了解,贝菲是如何的机智果敢,你对她又是何等的关心。我真希望你们万事顺意。她的确是你理想中的人物,弗兰克。她天生聪颖,惹人喜爱。我很希望你能在船上看到她,看她怎样周全地接待朋友。而且,还让他们懂得分寸。你现在还在这里坐一会儿吗?我有点不舒服,但我还是十分高兴,我希望过一会儿再见到你。"

她把他送到门口,仿佛是位女主人在恭送一位高贵的客人,她的确也是这样看待他的。他刚走出去,她就把门关上了,她来到镜子前,神色忧郁地凝望着自己,随后在脸上轻轻地涂了一些胭脂——以防万一伯里莱茜要进来——她从一只上了锁的旅行箱里拿出一瓶白兰地酒,缓慢地给自己倒了一小杯。

第二十五章　初战告捷

周末，贝立顿庄园，在哈多费尔爵士的一大批有趣的客人中间，考珀伍德夫妇出现了。这所庄园位于哈当灌木林的东南角上，是一片防护周密的世袭财产的中心。这的确是一座英国十六世纪杰出的大型建筑物。从西北方向一直延伸到这里，气势恢宏。几百年来，这里一直居住着那些轻视耕耘、播种和建设的人。对有钱人或穷人而言，它的重要价值就在于提供了一大块自由的牧场，给野兽和狩猎的人们，这里为庄园主人和附近的骑手提供了一片广阔自由的天地。在西南方，就是庄园坐落的方向，到处是长满了树木的斜坡和原野，它的中心就是小贝立顿，一个全是茅屋顶的小小市镇，给人一种好客的印象。

哈多费尔亲自到贝立顿车站迎接考珀伍德夫妇，与五年前一样，他还是那样老于世故，轻松潇洒。他见到他们时非常欣喜，在参观那个令人难以忘怀的草地和庭院时，他对爱琳说："我一直认为，考珀伍德太太，这片灌木林对你和你丈夫而言可能是一种清净的景色呢。因此我给你们准备了几间房间，能够远眺花园。如果你们在长途跋涉后觉得很累，现在，休息室里已经安排好了茶点。"

虽然她在纽约有豪华的别墅和众多的仆役，虽然这个人的财富微不足道，但此刻爱琳觉得这里更值得向往。哎，如果有一所像这样的地方，还有生活上的保障和各式各样的社会关系，那将多么美好哇！

不必去奋斗和拼命，就可以安静稳妥地过一生。另一方面，尽管考珀伍德也欣赏这片景色，可他并没有被哈多费尔爵士尊贵的头衔或者土地所征服，或者有什么感动。他已为自己赢得了足够的财富和显赫的声望。

这个周末，哈多费尔爵士的客人是各种各样的，但都是社会名流。查理·史东雷琪爵士是前一天从伦敦赶来的，他在伦敦戏剧界是一个颇有地位和名望的演员，同时也是一个富有戏剧性和拿腔作势的人物，他从不放过任何一次拜访他的贵族朋友和熟人的机会，他还带来了一位女演员康斯坦斯·哈撒威小姐，此时她正在非常流行的戏剧《情感》中担任主要角色。

还有埃尔丁格爵士夫妇，埃尔丁格爵士是一位铁路和航运事业方面的卓越人物。他身材高大，俗气蛮横，喜欢酗酒，每次喝醉都显得和蔼可亲。但他头脑清醒时，就热衷于尖刻地顺口插话。与埃尔丁格爵士相比，埃尔丁格夫人更擅长交际，她这次就是被哈多费尔邀请来为女主人帮忙的。她对她丈夫的性格和习惯十分了解，并且都包容地忍受下来，当然，她决不会埋没自己的风度。她个子很高，身材又粗又大，青筋毕露，面色红润，那双蓝色的眼睛或多或少有一点冷漠。多年以前她曾像可爱的十六岁的少女一样婀娜动人，她清晰记得，就像埃尔丁格也记得的一样，他曾诚恳地追求过她。她的理性比她丈夫更顺应于这个时代。他是个出身贵族、有遗产可以继承的人，他非常重视和推崇祖业，对当下的成就看得较轻，即便如此，他在商界还是十分活跃的。尽管他的太太与他一样出身名门，却对当前正在变化的趋势产生了浓厚的兴趣而且看得格外透彻，她羡慕像考珀伍德这类没有什么头衔的大人物。

博斯维克爵士夫妇也来了，他们两人都年轻漂亮，而且颇具名望。

他们擅长各种各样的娱乐，特别喜欢赌博和赛马，虽然他们暗地里嘲笑埃尔丁格夫妇，但同时也非常尊重他们的地位，而且对他们刻意奉承。

阿平顿·斯卡是一位真正重要的客人，至少在哈多费尔和埃尔丁格眼中是非常重要的。他来历不明，没有头衔，没有特别的家世，可当时他在金融界轰动一时。有件事是可以肯定的，即在过去的四年里，他在巴西组建了一家养牛公司，经营得格外漂亮。从这个行业上赚取的利润已给投资者一笔十分可观的报酬了。现在他对非洲的牧羊事业产生了兴趣，在那里凭借从政府手里得到的、几乎从未听说过的各种特权，以及他想出的减低成本、开辟市场的手段，大家一致认为他马上就能成为百万富翁了。那些疑心颇重的人对他的投机事业进行多次最激烈的抨击，依然没有对他的权力产生任何严重的危害。哈多费尔和埃尔丁格对他的成功印象很深，都谨小慎微地追随他。在他的几种股票上，他们投过机，但是一进一出都极为迅速。这时斯卡正计划发起的一项事业（与他早期大部分的投机事业相比，这次的成绩并不大）就是贝克街—滑铁卢铁线，这是一条新的伦敦地下铁路，他已从议院得到了特许证。所以，他对考珀伍德的意外光临产生了浓厚的兴趣。

由于爱琳下定决心要极力装扮自己，因此考珀伍德夫妇下来参加晚宴迟到了。他们走进客厅时，大部分客人早已聚集在一起，而且已有些等得不耐烦了。特别是埃尔丁格，他暗地发誓不去理会考珀伍德夫妇，可他们一出现，哈多费尔就热烈地表示欢迎，其他人立刻纷纷转过身来恢复友好的态度，对这位美国人真正发生了兴趣。埃尔丁格极不情愿地做了个起身的样子，当他被人介绍时，不自然地弯腰鞠躬，但却在留心地观察考珀伍德。埃尔丁格夫人最近在注意阅读英国报纸上对考珀伍德诸多事情的评议，她立马断定除她丈夫以外，考珀伍德在这个宴会上是个最重量级的人物。她本能地为爱琳宽恕他，估计他很早就结了婚，后来又像哲学家似的决心要从一种不幸的结合中很好地相处下去。至于那位斯卡，他凭直觉认为他遇到了自己小天地中的老师。

由于在纽约长时间受人冷落，爱琳现在显得有些拘谨，她极力装作若无其事，可她在对每一个人微笑时，却变得过分的热情，她说的话给大家留下了缺乏自信的印象。考珀伍德已意识到了这一点，但是，他料定自己毕竟还能给她应付过去。他用惯有的外交手腕与埃尔丁格夫人攀谈起来，把她当成一位最年长且显然是最显要的女宾。

"我不很熟悉英国的乡村生活，"他十分简短地说，"但是我要说，今天下午尽管我仅仅瞥了一眼，也完全可以证明别人对它的赞美是准确的。"

"当真？"埃尔丁格夫人有点惊讶地说，对他的鉴赏力和性情产生了好奇。"你认为它真的那么可爱吗？"

"是的，我想我能对此作出解释。因为它是当下英国一切最可爱的东西的发源地。"她留心到他在强调"当下"这两个字。"意大利的文化，"他接着说，"作为一个和我们完全不同的民族文化而言，我们可以去欣赏它，对法国和德国的文化，也可以这么认为。可在这里，怀着相同的心情，我们可以特别自然地辨别出来，这是我们文化和繁荣的源泉，即使是那些不全是英国血统的人也应该看得出。"

"听起来，你对英国很偏爱，"埃尔丁格夫人说，"你的祖籍在英国吗？"

"是的，我的父母是英国人。我完全是在英国那种淳朴生活的教养下长大的。"

"我估计，并不是所有美国人都对我们这样诚心诚意。"

"考珀伍德先生学识渊博，能够对任何一个国家畅所欲言，"哈多费尔爵士走过来说，"为了搜集各国的艺术品，他花费了一大笔资金和好几年的时光。"

"我搜集的东西不值一提，"考珀伍德说，"我只把它当作一个开端而已。"

"而且这种艺术珍藏是存放在我有生以来看到的最华美的博物馆里，"哈多费尔爵士对埃尔丁格夫人继续说下去，"是在纽约考珀伍德先生的别墅里。"

"我上次去纽约时，有幸听到一些与你的搜集品相关的评论，考珀伍德先生，"史东雷琪插话道，"你来这里的目的是购置一些艺术品的，是吗？前几天我在报纸上看到了此类新闻。"

"这是没有任何依据的编造，"考珀伍德答道，"现在我不想收集什么，只是到处看看罢了。我计划前往欧洲大陆，只是路过这里而已。"

爱琳对他得到的赞美，高兴得难以言表，在整个晚宴的过程中，她都非常开心，以致考珀伍德时而用一种疑问的眼光瞥她一眼，因为他非常希望给别人留下好印象。他对哈多费尔和埃尔丁格的经济利益当然了解，而现在，这里还有一位斯卡，他听说此人正在想法发起修筑一条地铁。至于这位埃尔丁格爵士，考珀伍德对他的势力和社会关系颇感兴趣，在这方面，他也并不是一无所知，因为埃尔丁格夫人把她丈夫的政治活动状况坦诚相告。他是个保守党党员，与保守党的领袖们关系密切，现在当局正考虑派他去印度担任一项重要职务。这一切都与当时震惊英国的布尔战争相关。时至今日，英国还在接连不断地遭受损失。但是当前这帮人的目的是把这件倒霉的事降到最低限度。为了外交上的手腕，考珀伍德不得不采取了同样的态度。

整个晚宴的过程中，考珀伍德一直和客人们轻松开心地畅谈着，他一直在琢磨，所有人当中，谁会对他和伯里莱茜更有用处，博斯维克夫人邀请他们到她在苏格兰的寓所去。斯卡太太离开宴席后首先走过来询问他是否要在英国待上一段较长的时间。如果这样的话，她就能邀请他到她威尔斯的家里去看看。这时候，连埃尔丁格也非常爽快地谈起美国和国际大事来了。

而且，这种关系在周一又得到了进一步的巩固，那天组织了一个打猎队，看来考珀伍德并不像一个根本不懂技术的人。实际上，当考珀伍德夫妇准备离开的时候，他已经博得了哈多费尔全体客人的欢迎和赞美，尽管爱琳还没尽兴。

第二十六章 母亲的心

从贝立顿庄园回到伯里莱茜的公寓时，考珀伍德发现她正在为旅行做准备，打算去看看哈克斯柏莱上校对她提起的那座别墅是否可以作为她和母亲满意的避暑胜地。她说，别墅位于泰晤士河畔，在梅登赫和玛洛之间。

"你猜猜，谁是那座别墅的主人？"她用一种神秘和惊讶的口吻问道。

"我无论如何也猜不出来，除非让我尝试着来猜猜你的心事。"

"那么，就尝试一下吧。"

"我猜不出来！这可太难了。究竟是谁呢？"

"不是别人，恰恰是你的西彭斯先生在给你的信中提到的那位英国贵族，如果没有两位贵族是重名重姓的话。斯坦爵士。"

"是真的吗？"考珀伍德说，对这样的巧合大吃一惊。"把这件事的细情告诉我。你见到他没有？"

"没有，但是，哈克斯柏莱上校对这个地方非常喜爱，他说此地离伦敦很近，此外，他和他的大妹也住在那边！"她模仿着那位不在场的哈克斯柏莱的口音说。

"果真如此的话，我们得好好地去看看。"考珀伍德说道，同时以欣赏的表情端详着她的诱人的服装：裙摆修长，林肯绿的紧身短上装，四周垂下金色的穗子，腰上束着一条金带。一顶绿色的小帽子歪戴在头上，帽子上飘扬着一根红色的羽毛。

"我倒十分想拜见斯坦，"考珀伍德说下去，"这也许是达到目的的一个办法呢。但是，话说到这儿，你要警觉些，贝菲，我了解他有钱有势。如果我们能拉拢他来依照我们的条件……"他停了下来。

"这正是我一直在思考的问题，"她说，"那么，为什么现在不和我一起去看看呢？妈妈今天累了，她想待在家里。"

她的态度一如既往地轻松、揶揄和难以捉摸，这是最让考珀伍德欣赏的一种态度，因为它彻底反映出她的天赋、智慧和乐观。

"别的且不说，仅仅陪着有这么一套行头的人已经是十分荣幸的事了！"考珀伍德说。

"那可不，"伯里莱茜接着说，"我已经向大家做过解释了，必须得到我的保护人的赞同，我才能作出决定。你是否准备承担起你的责任呢？"她追问道，用一种狡黠得不能再狡黠的目光瞟了他一眼。

他走到她身边，把她紧紧搂在怀里。

"所有这些对于我来说都是新鲜的，我愿意去试一试。"

"好吧，"伯里莱茜说，"我已把事情替你安排得简单便捷。我已向一家租赁经纪人咨询过，他会在温莎等候我们。随后，我们可以找一家雅致、小巧而古老的饭店吃点茶点。"

"很好！正如这里的人所说的。但是，要先和你母亲打招呼。"他匆忙向卡特尔夫人房里走去。

"哎，海蒂，"他喊了她一声，"你好吗？在这个可爱而古老的英国，你觉得怎样呢？"

与伯里莱茜的愉悦心情恰恰相反，她母亲看上去不仅忧郁，而且还有些疲倦。事情进展得如此神速，从她那安全而空想的开心之地，那么色彩斑斓地下降到这种可怕的荣华富贵中来，虽然这种生活的表面看上去是如此豪华奢侈，但因为前面隐藏着危险，她总是心惊胆战。这种复杂的生活呀！千真万确，她生了一个天资聪慧、自负好强的女儿，但却是一个和她自己如出一辙的固执和任性妄为的人。因此，她还不能预测女儿的前途命运。尽管考珀伍德从过去到现在，始终在尽其所能用他无限的资财来用心地照顾她们，可是她还是充满恐惧。他把她们带到英国来，当前正是他必须公开地想争取群众的时候，况且就在爱琳眼皮底下，这事真让她绞尽脑汁也捉摸不透。按照伯里莱茜的计划，这次行动虽不很合适但却很有必要。

　　然而这不是能彻底说服她的解释，她亲身经历过这样的生活，结果证明路走错了，使她自始至终耿耿于怀的，就是唯恐伯里莱茜也误入歧途。因为爱琳还健在，考珀伍德难以把握，而这个残忍的世界对谁都不偏爱，对谁都不饶恕，因此，在她的心里、眼中和她疲倦的身体内产生了这种恐惧。她瞒着伯里莱茜又开始喝酒了，在考珀伍德进来前，为了振作精神应付他，她已经干了一大杯白兰地。

　　作为对他的应答，她说："哦，我十分喜欢英国，这里的一切把贝菲吸引住了。我猜测你们很快就要去看那些别墅了。这是一个关于你们计划招待多少客人的问题，或者说得确切些，为了让你们两人在一起不使别人看见，会有哪些人是不准备招待的。"

　　"你是在替贝菲说话，而不是替我说话。她仿佛是一块磁石。你状态似乎不大好，海蒂。怎么了呢？"他带着疑问的神色关心地望着她，"哎，不要才开始这几天就给您带来烦恼哇！我明白万事开头难，经历这次辛苦的旅行，你太疲倦了。"他走过去，把一只手关切地搭在她的肩上，这时，他闻到了一股白兰地的酒气。"喂，海蒂，"他说，"你我认识已经很长时间了。你清楚的，尽管我始终迷恋贝菲，在她到芝加哥与我结合前，我从来没有因为自己的放纵而连累她，我说的对吗？"

"是的，弗兰克，这是对的。"

"你明白的，从我明白我不能得到她的时候开始，我唯一的期望就是稳妥地把她在社交界安置好，让她幸福地结婚，在可能出什么问题前就让她离开你。"

"是的，这我明白。"

"当然，在芝加哥发生的一切事情均由我负责，但也未必是这样，因为她到我身边之时，恰巧是我迫切需要她的时候。否则，甚至在那时，我认为我也会拒绝她。不管怎样，我们现在是同舟共济了，沉下去或游过去。你对这里的投机事业不抱希望，这我能看出来。但我却不这么认为。请记住，贝菲是个聪明至极而又才华横溢的姑娘。这里是英国，并不是美国。这里的人能够为聪明美丽的人开辟道路，可在我们的国家里这一切就连做梦也想不到。如果你精神振作起来，扮演好你的角色，所有事情都会进展得十分顺利的。"

他又一次拍着她的肩膀，低头看着她的眼睛，注意观察他讲话的效果。

"你了解的，我会竭尽全力去做的，弗兰克。"她说道。

"好吧，你万万不可以再继续喝酒了，海蒂。你清楚自己的弱点。如果被贝菲发现了，可能会让她大为失望，甚至会把我们正在为之努力的工作都毁了。"

"哦，无论什么事情，我都愿意去做，弗兰克，只要我能为我的过去为她作出补偿就好！"

"你有这样的态度，我就放心了！"他给了她一个鼓励的微笑后就离开去伯里莱茜那里了。

第二十七章　海湾别墅

火车车厢里，考珀伍德对伯里莱茜谈起她母亲内心的惶恐。她的惶恐无关紧要，只是由于环境突然变化了。只要他们在这里稍微取得一点成绩，她的感觉就会好转起来。

"如果说有麻烦的话，它只可能来自做客的美国人，而绝不会是英国人，"她若有所思地说道。这时他们几乎没有去关注途经的一个又一个美丽的风景区。"我的确不想结识伦敦的美国人，或接受他们的邀请，如果我能够回避，我也不想招待他们。"

"你的这种想法是正确的，这是最明智的选择。"

"我被这些讨厌的美国人吓坏了。你也知道，美国人好像缺乏英国人的风度、礼貌或襟怀。我在这里觉得十分轻松自在。"

"你欣赏的是他们古老的文化和外交。"考珀伍德说道。

"他们不大坦率，得出结论比较缓慢。我们美国人已占据了一个尚未开发过的大陆，而且我们现在正在开发它，而这里的人们在这个小小的岛屿上已生活了一千年。"

那个租赁经纪人沃贝顿在温莎隆重迎接他们，向他们仔细地介绍了即将访问的别墅。那里确实是泰晤士河上最美丽的地方之一。除了最近的几个夏季外，多年来斯坦爵士一直住在那里。

"自从他父亲逝世后，"经纪人热情地解释着，"他经常去特里格塞尔，他的大部分财产都在那里。去年他把这地方租给了女演员康斯坦斯·哈撒威小姐，今年她却到布列塔尼去了，就是一两个月前的事情。斯坦爵士告诉我，如果我找到了合适的房客，可以把它租出去。"

"他在特里格塞尔有很多地产吧？"考珀伍德问。

"有一片相当大的地方，先生，"经纪人答道，"约有5000英亩，那可真是一个美丽的好地方，可惜他难得有时间去开发利用。"

这时考珀伍德产生了一种讨厌的想法。他努力克制自己，不能因嫉妒心而情绪激动起来，但事实确实如此，自从在他的生活中出现了伯里莱茜，他就开始受到那种痛苦的煎熬，她的一切都是他渴望得到的。处在如今这样的环境中，她是否会去喜欢一个和他一样聪明、一样杰出却比他年轻的人呢？当她结识了一个像斯坦这样的人物，他是否还能留住她呢？这种想法成了他与伯里莱茜之间最大的障碍。

普莱奥海湾别墅的确堪称建筑学上的典范。它已有一百多年的历史了，尽管大部分设施都是现代化的，房子在一条直线上延伸了一百英尺。在浓荫覆盖、超过一丈八英尺高的房屋的大树底下有小路、篱笆、花圃和菜园，全都是乱糟糟的一大片。房子的后面是一所双开间的美丽的勒斯特郡式的马房，一条小河从房屋南面流过，这里有古朴的篱笆、门、假山和鸟房，沃贝顿还介绍说，这里的马匹可以供给房客使用，黑鸡、牧羊犬和一群绵羊，都由一位园丁、一位马夫、一位牧羊人和一位农民照管，房客必须付给他们劳务费。

这种田园景色和氛围把考珀伍德和伯里莱茜迷住了：泰晤士河缓慢宁静地向伦敦流去，河面波平如镜；宽阔的草地通向河岸；一只船屋停靠在码头上，明亮且装有凉棚，船上放着柳条椅子和桌子，窗帘正迎风飘舞，他认真地观察着立在一条通往船屋的小路中央的一只日晷。时间飞逝呀！他的确是一个上了年纪的人了。而伯里莱茜就要奔向那位年轻人了，那人说不定会使她产生兴趣。几个月前，当她来到芝加哥投身于他的时候，伯里莱茜就曾说过，她所有的事情全都由自己做主，她来到他的身边就是缘于她愿意这样做。一旦她不再需要他，她就会离他而去。当然，他并不一定非得租下这个地方不可，也不一定非得要在经济上与斯坦往来不可。有的是人，有的是办法呀。阿平顿·斯卡和埃尔丁格爵士都是可以合作的。为什么会有失败的恐惧呢？他有心满意足的生活，无论发生什么他都能继续生活下去。

他发现伯里莱茜格外欣喜地称赞此处宜人的景色。她没有体悟到他的心思，她已经想到了斯坦爵士。他不可能是个上了年纪的老人，因为她听说他是最近才从他父亲那里继承这些巨额财产的。无论如何，她主要是对住在附近的社会名流产生了兴趣，就像沃贝顿所描述的那样。因为住在附近的人之中，有英国高等法院的阿瑟·加菲尔·里奥斯雷·戈尔先生、英国联合瓷砖和模型公司的赫伯曼·克普爵士、殖民部秘书处的行政官员鲁西曼·梅尼斯以及林林总总大大小小的达官显贵和他们的有地位、有成就的女主人。考珀伍德同样对这一切产生了浓厚的兴趣，在思量着伯里莱茜和她的母亲将如何交游。现在她已明确指出，恰值春天和夏天之时，一定会有伦敦市的政治界、艺术界和社交界等各种团体举行的宴会、游园会和乡间的团聚会，这样的话，如果能与他们进行得体的社交，伯里莱茜的白天黑夜就不会那么无所事事了。

"实际上，"这时考珀伍德说，"这完全是一种能让人成功或堕落的环境，不管在哪一方面都是极其迅速而又性命攸关的。"

"果真如此！"伯里莱茜说，"可是，我这一次一定要发迹！"

他又一次被她的乐观和勇敢迷得如痴如醉。

不久，那个去检查篱笆的经纪人回来了。考珀伍德就对他说："我刚才告诉弗雷明小姐。"他说,事实上并没有和伯里莱茜说过。"我允许她和她母亲租赁这个地方,如果她们愿意。你可以把必要的契约送给我的律师。这只不过是一种形式,但作为弗雷明小姐的保护人,这是我法律上的责任,这你是清楚的。"

"当然,我明白,考珀伍德先生,"经纪人说道,"但那些契约得几天后才能准备好,可能要到下周一或周二,斯坦爵士的经纪人巴雷先生在此之前是不会回来的。"

听到斯坦不会亲自管理他自己的租赁手续后,考珀伍德有些窃喜。无论如何,目前还不用把他放在心上。可想到将来,他不禁感到有些困惑和茫然。

第二十八章　第一步

在西彭斯的导引下考珀伍德巡视过一次地下铁路之后，更加坚定了他的想法：第一步就是得到查林克劳斯铁路的特许证，这个极为重要。他充满兴趣地期待着格里瓦斯和亨肖今天早晨到他的写字间里与他会谈。

"我们很想了解的是，考珀伍德先生，"开始谈话时，格里瓦斯首先说道，"你是否愿意买进查林克劳斯铁路百分之五十一的股权，如果我们按比例负责筹措修建这条铁路所需资金的话。"

"按比例？"考珀伍德反问道，"那取决于你这句话的意思。假如这条路线要花费一百万英镑，你们是否能保证出大概四十五万英镑呢？"

"噢，"格里瓦斯说，稍微有点迟疑，"并非直接从我们手里出这笔钱。我们还有一些关系，他们会和我们共同筹集这笔资金。"

"我在纽约见到你们时，你们好像并没有这种关系呀，"考珀伍德说，"所以，我决定至多拿三万英镑来换取这家公司百分之五十一的股权，而这家公司只有一张特许证和一些债务而已。当然，这并不是特殊现象。有很多公司除了特许证以外，其他什么都没有，只得四处求人投资。我已经调查明白了。你确保有四十五万英镑作为修建这条铁路的百分之四十九的费用，这样可能才会使我产生兴趣。但是，你只不过是等我同意买进百分之五十一的股权后，你才能筹到百分之四十九的资金，对此我无法理解。实际上，你们只有特许证能够卖钱。在这种状况下，我必须掌握全部的控制权，否则免谈。"

于是，他拿出表来，这个细节让格里瓦斯和亨肖两人心里彻底明白了，除非他们现在在此当机立断，否则，这件事情就会告一段落。他们用询问的眼光面面相觑，接着亨肖说：

"如果我们卖给你全部控制权，考珀伍德先生，那你怎样保证你会立马修建这条铁路呢？因为如果我们不在一个恰当的时机，拿下这条路线的建筑工程，我就不能得到好处。"

"我和我的同事深有同感。"格里瓦斯说。

"至于这一点，"考珀伍德说，"你们不用顾虑。我将其写进合同里，签字后的六个月之内，如果修建第一段铁路的资金还不能筹措到位，即可解约，而且我还同意付给你们一万英镑的赔偿金。不知对此你们是否满意？"

两位营造商又彼此对视了一下。他们听说在金钱上考珀伍德既精明又冷酷，但同时他们也听说过，他信守他签署的契约。

"不错！听起来十分妥当合理。那其他的几段怎么办呢？"格里瓦斯说。

考珀伍德听后哈哈大笑起来。"哎呀，先生们，我正着手卖掉芝加哥整个市区电车线三分之二的股票。最近的二十年当中，我在芝加哥修建了三十五英里长的高架铁路，四十六英里长的有轨电车线，而且现在很赚钱地经营着七十五英里长的无轨电车线，以上所有交通线，我均是重要股东。而且，不曾有一位投资家亏损过一分钱。它们都很赚钱，一直到现在还能获得百分之六以上的利润，这几条路线都是属于我的。并不是因为它们不赚钱我才抛出去，而是因为在美国政治上和社会上的妒忌让我不悦。"

"而且除此之外，不是因为我需要钱，我刚刚抵达就为伦敦的这种形势操心。你们一定要记住，是你们找的我，而不是我去找的你们。不过，这没关系。我并没有夸张，我也不想夸张。至于其他的几段路线，在合同里都可以写进每一段修建的时间和资金，只是根据以往的经验，你们也明白，任何事情都可能遭受必然的拖延和意外事故，它们可能会影响到建筑工程的进度，关键在于现在我愿意用现金来购买你们的优先承建权，并且以后一定会履行合同上所规定的条款。"

"你认为如何？"格里瓦斯转过身来问亨肖，"我很满意，与其和其他人合作，还不如与考珀伍德先生合作。"

"太好啦，"亨肖说，"我决定了。"

"你们对过户的事情还有什么意见？"考珀伍德问道，"按照我的想法，你们在过户给我前，必须把你们的优先承建权从电气交通公司手里拿过来。"

"十分正确。"亨肖回答，他早就想到这一点了。如果现在他们首先直接和电气交通公司谈判，然后再与考珀伍德谈判，那就是说他们不仅必须要从什么地方弄到三万英镑，用这笔钱来收回他们的优先承建权，而且至少还要暂时去借贷六万英镑来完成统一公债的转让，这笔公债是电气交通公司为了履行他们的义务交给政府的保证金。由于九万英镑并不是一笔轻易就能筹集起来的巨款，亨肖全盘考虑过，如果到约翰生那里和电气交通公司办公处去解释一下目前正进行的事情，那就可能好得多。于是他建议董事们与考珀伍德、格里瓦斯和他自己见面，目的是用考珀伍德的钱来偿付整个交易所需的费用。这项计划令他相当满意，现在他说：

"我认为，如果我们用一笔交易来确定整个事情，那是最好不过的。"尽管他没有说出什么，总算说清楚了具体如何操作，但考珀伍德却十分明了其中的道理。

"太好了，"他说，"如果你们愿意与董事们约时间，我随时都可以与他们见面。我们都能解决所有问题。你们可以利用你们的优先承建权来换取我的三万英镑的支票，还有你们交出的六万英镑统一公债的保证金存单，或是一张保证金的收据。我可以把这两张支票全都交给你们。就我个人看来，现在我们需要起草一份与这个交易细节相关的临时协议，你们马上可以签字。"

他按铃把秘书叫来，口授这项协议的大概内容，并叮嘱他写下来。

"现在，先生们，"签署协议后，他说，"我希望我们不再是彼此讨价还价的人了，而是成为一项重要事业里的合作者，这项事业一定能产生让我们大家都满意的结果。我向你们许下诺言，从今以后，为了答谢你们的鼎力支持，你们一定会得到我的全力合作的。"他与他们两人十分亲切地握了握手。

"好了，"格里瓦斯说，"我要说一句，这件事情办得真爽快呀！"

考珀伍德笑了一笑。

"我认为，这就是你们的国家所说的'快捷高效的工作'吧。"亨肖补充道。

"这不过是相关人员都心怀诚意而已，"考珀伍德说，"如果说那是美国方式，没错！如果说是英国方式也同样没错！但请记住，要做好这件事情，就得需要一个美国人和两个英国人通力合作才能成功啊！"

他们刚刚离开，考珀伍德就派人把西彭斯请过来。

"我不知道我是否能使你相信，德·索托，"在西彭斯到达时，他说，"但是我刚才已经为你把查林克劳斯铁路买下了。"

"你买啦！"西彭斯惊呼道，"啊，太伟大了！"俨然把自己看作是这条新路线的创办者和总经理了。

实际上，此时考珀伍德在这方面正在思量起用他。至少在创业初期用得着他，但是以后恐怕就不行了，因为考珀伍德发现西彭斯的美国腔调过于令人生厌，这个腔调是不能很好地与伦敦高层金融界的人士打交道的。

"看这个！"他继续说，他从写字台上拿起那份格里瓦斯、亨肖与他之间的协议，尽管是临时的，但也有约束力。

西彭斯接过考珀伍德递过来的一支从烟盒中抽出的长长的金箔卷的雪茄烟，继续看下去。

"太了不起了！"刚一看完，他就惊呼起来，同时伸直夹着雪茄烟的手臂。

"这条新闻绝对会在芝加哥、纽约和英国引起轰动的！上帝呀！这件事情在这里被公之于众后一定会迅速传遍全世界的。"

"这就是我要和你讲的一件事情,德·索托。我到达这里后不久……就公布了这个消息。嗯，我有点担心它的后果……倒不是国内的状况，他们惊讶或是震动都无所谓……但对这里地下铁路特许证价格上产生的影响是有点让我伤脑筋的，如果这个消息扩散出去，价格也许会上涨，这是极其可能的呀。"他停了一下，"特别是当他们看到一次磋商的交易上就产生了如此多的费用，而且仅仅是为了一条短短的路线，就关系到十万英镑……当然，我必须修建那条路线，否则就要损失大约七万英镑。"

"是，老总。"西彭斯表示赞同。

"你明白这一切总会产生一连串影响，"考珀伍德思索后继续说，"你和我两个人的年纪都大了，如今为了这项新的工作四处奔波，无论我们干与不干，对我们个人都无所谓。因为我们都不会活太久了，德·索托，再说了，咱俩也不需要这笔钱。"

"反正都是一样，你就是希望修建这条铁路的，老总！"

"我清楚，"考珀伍德说，"除了咱俩吃点喝点，或者多玩点以外，谁都不能做出更多的事情，就这么回事吧。最令我吃惊的是，我们在这件事情上居然显得太过激动了，你自己是否也有点儿意外呢？"

"嗯，老总，我可不敢对你妄加评议，因为你是个杰出的大人物，不管任何事情你干与不干，都显得极其重要。至于我，我一直把一切都当作我参加的某场比赛，我过去经常觉得，不管任何事都比我现在的感觉更重要。也许那时我是对的，因为如果我不抓紧时间去做一番事业，时光和生命就会渐渐离我远去，那我也就不可能做出像我已经完成的一连串的事业了。只要活着，总得做点什么。我想，这就是问题的答案。一场比赛正在激烈地进行，无论喜欢与否，我们都要参加。"

"嗯，"考珀伍德说，"很快就会有你玩的了，如果这条铁路被批准按期修建的话。"

他在这位身材矮小却精力充沛的朋友的背上亲切地拍了一下。

在伯里莱茜眼里，公布买下查林克劳斯铁路控制权的确是一件值得庆祝的事情。因为正是她最早提出这项伦敦的冒险计划的。现在在这里她终于意识到她在这项伟大的计划中扮演了怎样的角色，从前，她只是朦朦胧胧地幻想着这种状况而已。她看出了考珀伍德得意扬扬的心情，于是拿出一瓶酒来，以此祝贺首战告捷。

他们谈话的过程中，她忍不住有点调皮地问："你有没有碰巧遇见你的，哦，不，是我们的，斯坦爵士？"

"我们的？"他大笑起来，"你不是说是你的斯坦爵士吗？"

"我的和你的，"伯里莱茜反驳道，"因为他能给我们两个人帮忙，难道不是吗？"

这个不好对付的小家伙！考珀伍德想着。多么大胆、多么任性的一个小姑娘！

　　"当然啦，"他照实回答，"没有，我没有遇见他，但必须承认，他是一个非常重要的角色。事实上，我希望他能对我有所帮助。无论如何，有斯坦也好，没有斯坦也罢，我都要把这项计划彻底执行下去。"

　　"不管是否有斯坦，你都一定能达到你的目的，"伯里莱茜说，"你清楚这一点，我也清楚。你谁都不需要，甚至包括我。"她走过来捏住他的手。

第二十九章　引鱼上钩

这次合作对考珀伍德在伦敦进一步展开活动很有利,他十分高兴,他准备对爱琳做一次赎罪式的探望。从托立弗那里他没有获悉任何情况,他认真仔细地琢磨着,在下一步应该采取什么行动才不至于使自己受到牵连。

他逐渐走近隔壁爱琳的套房时,听到她的笑声传了过来,他走进去,看见她站在一面长镜子前,被来自伦敦一家服装店的一群女推销员和女裁缝簇拥着。当女仆为她整理长上衣时,她对着镜子端详自己。房间里到处是纸屑、盒子、标签和衣样,他发现她身上的那件长上衣非常华丽,比她平时穿的要漂亮很多。两位裁缝嘴里衔着针,正跪在地上不停地修改着,另一位穿着时尚美丽的女人在旁边进行指导。

“喂,好哇,”考珀伍德一进来就赞叹道,“我觉得我在这里就是一个多余的人,尽管我并不反对充当一个观众的角色,当然如果你们也不介意的话。”

“请进,弗兰克!”爱琳兴奋地喊着,“我正在试穿一件晚礼服。我们不会花费太多的时间了。这位是我的丈夫。”这群聚集此处的女人们恭敬地对他行了礼。

“噢,我要发表意见了,这件淡灰色的衣服的确是太合适你了。”考珀伍德说道。

"这件衣服优雅地衬托了你的头发。极少有女人像你这样适合穿这件衣服，亲爱的。不过，我来这里是要告诉你，我们恐怕要在伦敦待上一段时间了。"

"当真如此？"爱琳问道，微微地扭头来看着他。

"我刚刚做完了我对你曾说过的那件事，除了一些具体细节，所有事情都解决了。我觉得你听到后一定会很高兴。"

"哦，弗兰克，那太好了！"她满面喜色地说。

"好吧，我不打扰你了。我还要去做很多事情。"

"顺便说一下，"爱琳说，她知道他想趁机走掉，说希望他对她不要感到丝毫拘束，"托立弗先生刚才打电话了，他快回来了，要到这里吃晚饭。我解释说，你事务繁忙，可能没有时间与我们共进晚餐。我认为他能谅解。"

"的确有点儿困难，"考珀伍德说，"但是，我会尽量赶回来。"在爱琳看来，这句话相当于没有说。

"那好吧，弗兰克。"他挥手离开房间时，她说。

她清楚得很，明天之前她不会再见到他了，也许明天也见不到他，但是有件事让他平日的冷淡不至于使她过于痛苦，托立弗在和爱琳的通话中，因为自己的疏忽向她表达歉意，并且迫切地问她是否要去法国。至于说到她对这位小白脸着迷自己逐渐也有些困惑不已。说实话吧，到底是何缘故促使他对她产生了如此大的兴趣呢？金钱，毋庸置疑。但是，他的确太有魅力了！无论他抱有何种动机，他的关注都让人十分感动。

托立弗希望爱琳去法国的主要理由是他本人十分向往迷人的巴黎，这和考珀伍德让她离开伦敦的主意不谋而合。当时，在汽车还没有普及前，对于世界各国的有钱人来说，巴黎比现在更吸引人。他们都是纵情享受的，随之兴起的有金碧辉煌的商场，干净雅致的花店，无数个配有夏天使用的室外桌椅的咖啡馆、奢华气派的酒馆、光线时明时暗的广场、赛马场、赌局、歌剧院、剧场以及妓院。

在当时像里兹这种国际规模的大饭店已经出现。还有专门为讲究吃喝的人准备的餐厅，像和平饭店、沃依辛、马格雷、吉洛克斯以及六七家高档餐厅。对不名一文的诗人、艺术家或传奇小说作家来说，那儿有拉丁区。无论下雨还是下雪，无论春天还是秋天，无论是明媚的阳光还是阴暗的天空，每一个敏感的、具有创造性的人都会获得同样亲切的印象。巴黎一直歌唱着。伴着歌唱的有青年、富翁、野心家和往事如梦的人，甚至还有失败和失意的人。

一定不要忘记托立弗先生，在他此生中，还是第一次手头有这么多金钱，在他的面前展开了一幅公子哥儿的吃喝玩乐的美好蓝图。的确是让人欣喜不已呀，能够穿着时尚漂亮，有里兹这样舒服的住处，可以去最雅致的地方，在走廊里到处眺望，在酒吧间随意休息，向朋友和熟人挥手致意。

一个星期天的下午，在博依斯，托立弗邂逅了旧日情人，她原来是费城的玛丽戈德·舒梅克，现在是巴港和长岛的布雷勒兹一族的西德尼·布雷勒兹太太了。从前她曾一度迷恋他，但因为他一贫如洗，她就抛弃了他，转而嫁给了布雷勒兹，此人的金钱多得好像用之不尽，取之不竭。她的游艇停泊在尼斯，一见到托立弗穿得干净洒脱，一副做一番大事业的翩翩风度，就马上想起自己那兴奋而浪漫的刚入社交界的时代了。她向他热情地打招呼，并且热情地把他介绍给自己的同伴，把她的巴黎地址也告诉他。通过她他看到了一些远景，至少有几扇长期以来一直对他紧闭的大门，现在全都打开了。

但是，还有爱琳的事情，尽管这属于另外的事情。他想要提高自己的地位，就必须技巧高超地与她周旋。他有必要寻找几个年轻人，把他们装扮成上流社会的重要人物。于是，他立马去翻阅各种各样的旅客登记簿，瞪大眼睛去寻找他认识的女演员、音乐家、歌唱家、舞蹈家的名字。他承诺很好地款待他们，他们都接受了他的邀请，因此如果爱琳来到巴黎，他就能十分有把握地立刻给爱琳提供消遣。他的确辛苦了一阵，最后亲自去了几家最出名的裁缝店进行仔细考察。因为他想到她目前的装束不能令人满意，他相信委婉的劝告还是能使她接受的，同时在向他的朋友们引荐爱琳时也可以减轻他的负担。

一个芝加哥熟人向他介绍一位叫作维克多·里昂·萨比莱的阿根廷人的时候，就促成了他在巴黎最有希望的一次交际，这位出身于阿根廷的名门望族的青年，几年前才来到巴黎，他凭借金钱、介绍信和多方面的社会关系，迅速跻身这个国际都市的各种各样的社交圈子。他挥金如土，使他远在南美洲的父亲忍无可忍，他的父亲突然不再给他金钱让他过那种放荡不羁的日子了。因此，他落得的下场和托立弗一样，穷得只好去借钱甚至去行骗，最后那些早年比较保守的朋友也刻意避开他，不再和他来往了。

可是，这些朋友谁也没有忘记他的父母是极其富有的，而且将来他的父母非常有可能在某个时候宽恕他们的儿子。也就是说，他仍然有希望继承一笔财产，果真那样的话，他当然也不会忘记他的朋友。这就使他拥有了一个小圈子，由一些无忧无虑却才能各异的人组成，其中有艺术家、士兵、浪荡公子，以及想找有钱人结婚的寻欢作乐的漂亮男女。实际上就在这个时期，他开始和法国的警察和政治家打上交道，当局准许他为朋友开设一家俱乐部，漂亮、有趣、方便。实际上这些朋友既是顾客也是自己人。

萨比莱身材较高，瘦削而黝黑，多数时候看上去有点阴险，这多半是由于他生来一副狭长的黄面孔，以及惹人注目的高高的前额的缘故。他的眼睛一只黑而有光泽，十分浑圆并且睁得很大，好像是用玻璃做的，另一只比较小而狭长，一部分还隐藏在下垂的眼皮里。他的上唇很薄，下唇特别地突兀，特别引人注目。牙齿排列得整齐而坚固，看上去洁白一片。他那又长又瘦的手脚和他那长而瘦削的身体一样，弯曲而又结实。总之，他的外貌看上去狡诈却又文雅，并不会使人瞧上一眼就被迷住。一句话总结吧，他是那种一遇见，就使人小心提防的人。

他在皮盖雷路开设的俱乐部始终夜不闭户。人们来吃茶点，没准儿就会持续到次日清晨吃早饭的时候。宽绰的三楼可以乘小电梯直达，其中的一部分用来做赌场。二楼的一个大厅里特意开了一间小酒吧，从阿根廷请来了一位最能干的掌柜，有时因为需要，他会增加两三个助手。底层除了一个衣帽间、一个客厅和一个厨房外，还有一条别致的画廊、一间有趣的图书室和一个储备丰富的酒窖。厨房的厨师也是阿根廷人，他烹调午餐、点心、正式的或非正式的晚餐，甚至还包括早餐，除了面额很小的赏钱外，显然他别无其他指望。

托立弗与萨比莱刚一结识，就马上意识到他是和自己同一类的人物，但他比托立弗更有能力，托立弗欣然接受邀请去参观萨比莱的俱乐部。在那里，他遇到了使他充满兴趣的各种各样的人物，包括法国的银行家、议员，俄国的公爵，来自南美洲的百万富翁，希腊的赌徒，当然还有许多其他人物。他立刻意识到，在这里能给爱琳引荐一些可以交际的人物，让她不得不承认，她见识到了世界上诸多重要的角色。

他到达伦敦时，因这些见闻感到十分开心，给爱琳打过电话后，他在邦德街泡了大半天时间，给自己添置了一些合适的衣服，目的是更好地在欧洲大陆度过夏天，然后，他就向爱琳的旅馆走去。他决定在此时不装作对她产生好感。他要扮演一个不会在朋友身上打主意的角色，作为一个因为她本人而喜欢她的人，希望不求回报地给她提供这种她靠其他方式无法得到的社交机会。

在彼此问候之后，她紧接着开始描述她访问了哈多费尔爵士的庄园。

"哈多费尔……哦，是的，我还对他有点印象，"托立弗说，"几年前他在美国。我相信，我不是在纽波特就是在苏珊普顿曾经遇到过他。他是一个特别轻松快乐的人。他只喜欢结交聪明的朋友。"

事实上，托立弗从来都没有见过哈多费尔，只是道听途说地了解到一星半点他的事情罢了。他随后大谈他在巴黎的状况，并且凭空加上一句，说他今天一到伦敦，就与这里的莱辛夫人共进午餐，而莱辛夫人的社交活动，爱琳在今天早晨的报纸上已经读到了。

听到这些，爱琳格外开心，只是托立弗对她这般有兴趣，她似乎还是难以理解。显而易见，他绝对不是寄希望于从她这里获得什么社交上的好处，那就一定是他对弗兰克有什么要求，她多少有些困惑不解，但也清楚作为她的一个侍从，想从考珀伍德手里得到些酬劳的希望是渺小的。他不是那种人。因此，虽然她很自然地百般猜疑，但还是不得不这么认为（即使她还有些难以断定），那就是托立弗当真是被自己迷住了。

当天晚上，他们在太子饭店共进晚餐，他讲了一些生活中的赏心乐事，来激发她的兴趣，这种乐趣只要她肯接受就能随时享受。他信口开河地对巴黎评论了一通。

"为什么你不能在你丈夫忙碌期间去一趟呢？"他提议道，"有很多有趣的东西可以玩、可以看、可以买。我从来没有见识过巴黎这样的热闹和繁华。"

"我确实需要买点东西。但是我不知道我先生是否能与我一同前往。"

托立弗认为最后一句话有点好笑，但也并非十分残忍。"我想一位丈夫哪怕再繁忙，也不会介意让他的太太有两周的时间去巴黎买点东西呀。"他说。

现在爱琳迫切想试探一下这位新结交的朋友的智慧，于是大声地说道："我来告诉你我怎么做吧！明天我去问弗兰克，再来告诉你。"

晚餐后，他们就到一个非正式的、定期的"星期二晚会"去闲逛，这个晚会是在女演员塞西莉亚·格兰特的家的一楼举行的，她是一位著名的歌剧演员，是艾丁尼·莱·马尔伯爵的情人，艾丁尼是伦敦的一位英俊而著名的法国人。托立弗清楚，如果去找塞西莉亚，她会十分高兴地欢迎爱琳和他本人。他们在那里会遇见一群人，包括一位有些怪异的伯爵夫人——她是一位英国贵族的太太，毫无疑问，这些在爱琳看来仿佛都是高贵显赫的，而且让她不得不相信，无论托立弗出于何种动机，他的社会关系看上去比她甚至比考珀伍德的都更为重要。她已经决定去巴黎了，尽管她没有说出来。

第三十章　先声夺人

当然，格里瓦斯和亨肖把他们与考珀伍德签订协议的细节很快告诉了约翰生，因为约翰生、斯坦和电气交通公司大多数股东对另外几条伦敦地铁也感兴趣，因此，倘若能获得他们的赞助，对作为工程师的格里瓦斯和亨肖来说也是很重要的。在技术和道义上，他们相信此类事情属于他们的权限范围之内。原因如下，首先，他们把控了优先承建权，他们想怎样做就怎样做；其次，实际上他们并没有同意约翰生直接提出的要求，即让他们承诺给他更长的时间，以便于提出一个把优先承建权重新收购回来的办法，但是他们曾经说过，他们愿意斟酌一下这个问题，然后再告诉他。他们不知道贾金斯又拜见过约翰生，约翰生现在有些奇怪，不知道格里瓦斯和亨肖为什么会来看他。

他们开始讲述的前几分钟里，约翰生意识到，他与考珀伍德会晤的希望已经不复存在了。但他却渐渐接受了他们提出来的接触方法。简言之，这位美国人不仅计划付款三万英镑和负担六万英镑统一公债的利息，而且还同意拿出一万英镑的存款。如果一年之内他没有开始修建，不必退还给他一分钱，这件事本身已经足以吸引他了。也许这条查林克劳斯铁路还只是小事一桩，说实话，就如贾金斯所讲，考珀伍德最大的兴趣是统一地下铁路这个伟大的计划。如果情况属实，在其他计划尚未实施前，为何不提出一个更广泛的，包括他自己和斯坦在内的计划呢？显而易见，他和斯坦去拜访考珀伍德还是至关主要的。是的，没准儿还能在考珀伍德写字间的会议上就此项计划做出安排，他愿意参加这次与查林克劳斯铁路转让有关的最后协商会议。

开会当天的十一点三十分，西彭斯在考珀伍德的写字间里，他走来走去极力说服老总接受他的意见，而考珀伍德却一直在苦苦思索着。他以前的行动非常迅速，而这一次他比以往更为迅速。身处异国他乡，风俗人情对他而言都是不熟悉的。确实，并非因为他已买进优先承购权就不能再抛出去。另一方面，无论他如何仔细斟酌，似乎总有一种宿命感渗透在整个事件当中。因为现在他买下这个优先承建权后，如果让它错失良机，看上去好像是一种尝试性质的冒险，而他对这种冒险既缺乏足够的勇气，也没有必要的财力。

现在，贾金斯和克洛凡一起过来了，他们十分了解自己在这件事情中的地位，考珀伍德已向他们承诺，他不会无视他们的义务。紧随其后的是西彭斯的秘书丹顿先生和西彭斯调查小组中的成员之一奥斯特德先生。接着是接替西彭斯担任考珀伍德在芝加哥联合市内铁路公司经理的基特里奇先生，他来这里是向考珀伍德汇报一些与芝加哥相关的业务。最后进来的是考珀伍德法律部门一位年轻而又非常机敏的成员奥利弗·布里斯托，他是被派来担任对目前英国订约手续有关的顾问。他现在已经完成了第一项任务。这时候考珀伍德任用自己人的目的，除了做这笔交易的见证外，主要是让这些英国绅士看看他的威风，以此来给自己壮势扬威。

刚刚敲过十二点的钟声，格里瓦斯和亨肖也过来了，随之而来的还有电气交通公司的约翰生、里德、卡尔索普和德拉菲尔，卡尔索普先生是董事长，里德先生是副董事长，约翰生是法律顾问。最后当他们来到这位大人物的面前，看见他坐在写字台后面，左右都是他的律师和全体助理人员时，这一切给他们全体都留下了一个深刻的印象。

这时考珀伍德站起身来，相当热情地招呼格里瓦斯和亨肖，他们轮流由贾金斯和西彭斯帮助，彼此相互介绍了双方的人员。引起考珀伍德和西彭斯两人注意的是约翰生，考珀伍德看中了约翰生的社会关系，西彭斯则视约翰生为一个强大的对手。约翰生既有威严又有风度，在清理嗓子时他那种近乎尊贵的表情，俨然是一位做昆虫实验的科学家正在环顾四周，这让西彭斯冒起火来，约翰生首先打破了沉默的局面。

"好吧，考珀伍德先生，以及各位先生，"他说，"我相信我们都非常了解这里即将进行的会议是一种什么性质的会议，所以，我们开始得越早，也就结束得越早。"

（"当然不用你多嘴！"西彭斯在心里评判道。）

"是的，我觉得这个建议很好。"考珀伍德说，他按了一下电钮，让詹姆逊把他的业务支票簿和那份临时协议送进来。

现在，约翰生从一只方形的皮包里（这个皮包由一个紧跟着他的跟班拿着），抽出电气交通公司的几本册子、公司图章和那张特许证，一起放在考珀伍德的写字台上，考珀伍德两侧站着布里斯托和基特里奇，他正在审阅这些文件。

各种债务、决议和经费支出等项目核对之后，格里瓦斯交出了他们的优先承购权，这家公司通过它的负责人证实了它的效力，德拉菲尔先生作为电气交通公司的秘书和财务主任，拿出了一份授给他们修建这条铁路特许证。就在这时，伦敦郡银行的布兰迪什先生进来了，他带来了一张用弗兰克·阿尔杰农·考珀伍德的名字开户的六万英镑英国统一公债的存单。这笔公债当时是存入这家银行的。银行把这些公债交给他作为交换和他的金额相等的支票。

然后考珀伍德签字，把自己的三万英镑的支票交给格里瓦斯和亨肖，然后，他们两人在支票背面签字后再转给电气交通公司，这家公司通过它的责任人把格里瓦斯和亨肖的执照签字后转给他们，他们也签字后再返还给考珀伍德。于是，考珀伍德签了一张六万英镑的支票，用这笔钱从伦敦郡银行获得他的统一公债主权的法律效力。办好这些手续后，他把一份经过正式证明和承诺一年内不能转让的契约交给格里瓦斯。然后，会议就在这种热烈的氛围中结束了。

这种情况有力地证明了考珀伍德的气势以及它对全体在场人员的影响。比如卡尔索普，这位电气交通公司的董事长，年龄五十岁、满头金发、身体很好，满怀偏见而来的他，反对任何美国人管理伦敦铁路的产业。但显而易见，考珀伍德的干练机敏已经深深打动了他。里德仔细地端详着考珀伍德的衣服，一直观察着他那些镶得格外精美的玉袖扣，他的深褐色的皮鞋，制作讲究的淡黄色的西服。十分清楚，美国形成了一种全新的不平凡的典型，这种人只要愿意，就可以变成伦敦商业上的巨人。

约翰生也认为应付这个局面，考珀伍德非常老练精明，甚至使用了一点不令人生厌的狡猾手段。这个人冷漠无情，但是，从生活的复杂性和利害关系来看，这种冷漠无情是必然的。他正准备离开时，考珀伍德来到他的身边。

"我听说，约翰生先生，你对这里的地下铁路很感兴趣。"他友好地微笑着。

"在某种程度上可以这么说。"约翰生谦恭有礼而又谨慎地回答。

"我的律师告诉我，"考珀伍德继续说，"你是市内铁路特许证方面的专家。你看，我在另外一个地方得到了锻炼，我对这里十分陌生，如果你不反对，我很想与你进一步谈谈。也许我们可以共进午餐或晚餐，或者在我的旅馆里，或者在其他不被人打扰的地方。"

他们约定下周二晚上在布朗饭店见面。

当他们都离开后，写字间里只剩下了考珀伍德和西彭斯，他转过身来对西彭斯说："喂，你看，德·索托！我们刚才惹来了诸多的麻烦。无论如何，你怎么看待这些英国人？"

"哦，他们做生意时关系都十分融洽，"西彭斯说，仍然对约翰生的态度耿耿于怀，"可是，老总，你对他们最好当心一些。你的最可靠的拥护者可能是你亲自调教出来的人。"

"你说得不错，德·索托，"考珀伍德说，他明白西彭斯的意思，"但是，为了把所有事情都办得顺当稳妥，我下不了决心是否需要拉拢他们本地的几个人。你总不能希望他们一下子全部接受我们这么多的人。这点你是清楚的。"

"的确如此，老总。但是，必须要有足够多的人手去防止他们钻你的空子才行啊！"

考珀伍德在心里权衡着利弊，也许需要的是一批忠诚而热情的英国人，比如约翰生、格里瓦斯和亨肖，甚至包括那个沉着冷静的里德，那个人十分认真地对他察言观色，却一句话也不说。在这一系列迅速进展变化的过程中，一些旧有的美国社会关系也许会失去价值。他非常清楚，从感情中永远不能产生任何危急时刻解决问题的力量。如果说生活给了他某种教训，那就是这一点。他不会去与他的最冷酷无情却又大有帮助的教师背道而驰，他不是这样的人。

第三十一章　流言蜚语

尽管之前大家都一致赞同，目前不对外透露有关转让查林克劳斯铁路的任何消息，但不知什么原因，消息还是泄露出去了。有可能是从里德、卡尔索普与德拉菲尔的闲聊中泄露出去的。作为电气交通公司的股东和高级职员，在公司产业尚未转让出去之前，他们一直担忧自己的前途，因此很容易把这件事情挂在嘴边。所以没过多久，金融方面的记者都前来采访，要求考珀伍德证明此事。

考珀伍德坦言相告，目前这个转让正在进行中，他会在合适的时机去申请执照。而且，他本来就不是到伦敦买什么东西的，因为经营美国的事业需要耗费他很多时间，但伦敦地下铁路方面的某些代表特意来拜访，请求他在运营管理和经济上考虑和支持他们所感兴趣的交通线。购买查林克劳斯铁路就是此事进展的初步结果，他也承诺过兼顾其他投资事业。他还愿意修建统一的铁路运输网，最终能否实现，取决于日后他调查研究的结果。

这次声明之后，芝加哥众多报纸的评论狂怒了。抨击这个不择手段的骗子，最近刚刚被驱逐出芝加哥，就立马跑到伦敦去了，凭着他的财富、狡黠和厚颜无耻，竟然用甜言蜜语使英国首都的权威人士上当受骗，依靠他解决他们交通上的问题，这实在是太过分了。显而易见，英国人不太了解他那十分不光彩的经历。但是，他的历史一旦被戳穿，他就会和以前在芝加哥一样不受欢迎了。另外几个美国城市的报纸上同步刊发了这般不利的言论，显然芝加哥方面那种论调影响了这些报纸的编辑和出版家。

而在伦敦，各大报刊对考珀伍德的反应十分有利，这不足为奇，因为它与社会、金融和政治方面相关的舆论是非常现实的，从来也不肯把风言风语作为依据。《每日邮报》大胆地发表意见，评价说像他这般杰出的人才，能参与建设伦敦落后的地下交通，非常有可能产生很好的结果，多少年来伦敦的地下交通都是缓慢地、滞后地落在群众需求后面。《新闻纪事报》为英国金融家不积极主动深表遗憾，并且表达虔诚的愿望，如果从遥远的芝加哥来的美国人都能发现伦敦的需求，那么伦敦市内铁路交通领域的负责人兴许会幡然醒悟过来，甚至会亲自行动起来。《泰晤士报》《快报》以及其他报纸都有相同的评论。

考珀伍德认为，从经济的观点来看，这些评论极其不利，它们会使英国和美国的金融野心家的注意力全部集中到他的计划上来，而且还会引来他们的破坏活动。他的判断十分正确。因为这条铁路转让的相关消息一经证实，他对其他建议的承认以及他以后可能对伦敦交通事业产生的兴趣也就都随之公开。接着，那些被人指责得最厉害的市区和都城两条铁路的主要股东，都愤愤不平起来，毋庸置疑，他们下定决心要跟他作对。

"考珀伍德！考珀伍德！"都城铁路以及新的商业中心区和市南铁路的股东，也是十二个董事之一的科尔维爵士不屑地说道。他用早餐时，把《泰晤士报》放在桌子的右边，主要是出于尊严的考虑，但此时他却在看他所喜爱的《每日邮报》。"考珀伍德这个家伙算个什么东西？不过是一个美国的暴发户而已，在世界各处游荡，只会对别人发号施令！我就不明白了，这些所谓的顾问都是何许人也。也许是斯卡，包括他的贝克街—滑铁卢线的计划，还有温德翰·威莱兹和他的迪普福德—布罗姆莱线计划。当然，还有格里瓦和亨肖希望得到建筑公司合同。电气交通公司也急于脱手。"

同样很烦恼的是市区铁路的董事、都城铁路的股东之一哈德斯佩思·狄顿爵士。他已七十五岁，相当保守，对铁路的迅速变革没有丝毫兴趣，特别是在这些变革毫无疑问需要大量的投资，可盈利却不能有十足把握的时候。那天他五点三十分就起床了，吃过早茶，浏览过报纸后，他在自己的布伦特福庄园的花丛中散步，静静地思考着这些美国人的问题和他们对于事物的新奇的看法。说实话，伦敦地下铁路设备进行现代化改革也许是件好事。可是，为什么《泰晤士报》和《每日邮报》要特别把此事与一个初来伦敦的美国人联系起来呢？这位美国人绝不可能比团结起来的二十个英国人干得更好，这简直就是藐视英国人的能力，实在太荒谬可笑了。英国统治过这个世界，它当然不需要任何外来力量。从现在开始，他计划对任何干涉伦敦地下铁路交通的发展的外来力量都加以反对。

威尔明顿·吉姆斯爵士的观点与之相同。他是市区铁路的董事之一，住在温布莱公园地区。他也认同地下铁路的现代化发展和扩张是势在必行的。可是为什么要把这样的任务交给一个美国人去完成呢？完全可以由英国人自己来做呀。

三个人的以上意见均已代表了都城、市区以及其他伦敦地下铁路的董事们和大股东们中的大多数人的观点。

但最终采取防御行动的是这三个人中最积极、最干练强悍的科尔维。当天他就去与其他董事磋商，首先去找斯坦，探讨在这件事情上应该采取什么措施。但是由于当初约翰生对考珀伍德的引荐和推崇给斯坦留下了深刻的印象，而且他在报纸上看到的评论也对他产生了一定的影响，因此他非常小心地回答科尔维。他说考珀伍德的建议是一种必然的发展，这件事除了两家公司的一些年龄较大的董事外，其他人都能看出来是极其必要的。当然这是显而易见的事，现在既然有人提出修建一条有竞争性的地下铁路，就应该立马召开一次都城和市区铁路的董事会，一起研讨出一个恰当的对策。

然后科尔维又去拜访威尔明顿·吉姆斯爵士，感到他心烦意乱。"这可是难得的机会呀，科尔维，"他说，"如果我们没有和都城联合起来，这家伙非常有可能在两家公司里拉出足够的股东来弄垮我们。如果我们团结一致共同反对考珀伍德，你可以把我算在内，只要对我们的自身复兴有足够的保障。"

自从得到鼓励后，科尔维就开始尽他最大的努力去召集董事们。在十二位董事当中，他找到的七个人都认为这事儿意义重大。因此，两家公司的特别董事会都预定在下周五召开会议。在这些会议上，投票通过了在下星期四召开两家公司董事的联席会议，那时就可以全面考虑这个新的问题。

面临事情的突发性进展，斯坦和约翰生先进行了商谈。因为约翰生和考珀伍德不久将在中午吃饭时见面，这次谈话可以说是非常有趣而且是非常及时的。

"靠得住！"约翰生说，"考珀伍德通过贾金斯对我们了解得十分彻底，他这是在打探我们的底细呢。"

"哎，真的没有这个必要，"斯坦说，"除非考珀伍德率先主动出击，否则市区或都城铁路都不会贸然采取任何行动的。可现在，他们却异常冲动，但我们的朋友们都不太支持激烈改革。即使现在，他们也不能说服自己把两条环线合并，况且要进行电气化，还要统一成一个单位去经营。如果考珀伍德继续坚持按照他的计划行事，我认为我们应该和他应付下去，直到我们发现他的计划究竟有多么伟大，他是否肯定会执行下去。然后，我们就能判断出这件事情到底对我们有何意义。除非事情已经十分明显，都城和市区铁路的当事人都加入进来，而且准备和考珀伍德平分利润，或者干得更加突出，我感到我们应该与考珀伍德联合起来，以后再去与我们的老朋友妥协。"

"相当正确，相当正确！"约翰生这时插嘴说道，"对此我完全赞同。但是不要忘了，在这件事情上，我的地位与你略有不同。就两条铁路的股东来说，我与你感觉一样，对那些主管的人不抱任何希望。但是，就两条铁路的法律顾问来说，我必须顾及我置身于这个双重身份上的行动可能会产生怎样的结果。你完全可以想到，我不能同时为两方面办事。我的责任，或者说我的真诚的愿望，就是公正彻底地探究这件事，看看英国人和美国人的利益是否能加以协调。作为一名法律顾问，我认为，我就开诚布公地说考珀伍德为了想了解他们的态度来看望过我，那于此事并无害处。就这些公司的一个股东而言，我应该可以让自己决定哪个是最为有利的方针，最起码我个人就应该按照这个方针做事。对此你不会有什么异议吧？"

"是的，"斯坦说，"就我个人而言，这是我们两人所能选择的一种非常公正而又坦率的立场。如果他们反对，也好。那也不会给我们带来任何麻烦，考珀伍德一定会照顾好自己的。"

"棒极了！听你这么说，我实在是太高兴了，"约翰生说道，"本来我还有点担心，但现在我想兴许能解决了。至少，这次我去同考珀伍德协商不会有什么坏处。那么，如果你认为满意也许我们还能向前迈一步。也就是说，是我们三个人。"他又小心地补充说。

"当然，就我们三个，"斯坦认同道，"无论何时，有任何进展都请你告诉我。至少有件事我们要提一下，"他站起身来，伸伸他的长腿，继续说，"那些畜生已被我们惊动了。或者说，这件事情考珀伍德已经替我们做了。我们现在要做的是默默观察，按兵不动，看看他们准备如何行动。"

"完全正确，"约翰生欣赏地说，"下周二我与考珀伍德会晤后，就立刻与你联系。"

第三十二章　合法侵入

　　布朗饭店的一顿午餐具有决定性的意义，不仅对约翰生和他代表的全体人物，而且对考珀伍德和他盼望要完成的一切事情都有重要的意义，尽管当时他们当中没有人充分意识到这一点。

　　不久，考珀伍德就明白了，约翰生被地下铁路企业的董事和股东方面最近发生的事情深深触动了，在他准确地掌握考珀伍德要提出一些什么建议以前，他正在想办法寻求一条折中的道路。尽管如此，他相信，因为在伦敦交通的发展上，将来会大获盈利的重大利害关系，如果有可能，约翰生很想与他并肩作战。因为考珀伍德期待着社会地位和经济的恢复，所以他不会放过这次机会。考珀伍德请约翰生对他坦言相告，一个心中有目标的外国人，若要进军伦敦地下铁路会遇到哪些困难。

　　面对这种十分真诚的访问，约翰生一下子放松下来，他用同样真诚的态度总结了整个局势。事实上，他对考珀伍德谈到他本人的立场就如同他和斯坦谈内容的一样，说得非常透彻，他认为他的董事们固执甚至愚钝，对当今的伟大变革和经济变化缺乏认识，这种变革尽管缓慢，但的确是在发展着。迄今为止，他觉得他们没有多少常识，也意识不到应该做些什么，当前他们所做的只是出于对一个外国人的嫉妒，而绝非因为他们产生了解决迫切问题的真诚愿望。他说到这点时深感遗憾，但事实却又正是如此。无论他在多大程度上支持考珀伍德去为这种明智之举付诸行动，但就都城和市区铁路的法律顾问而言，如果他本人被别人质疑是进一步促成任何一个外来干涉的计划以及不顾及股东的利益，那么，他就会被别人敌视，甚至会丧失他当前的重要关系，被剥夺所有的办事权利，如果这样的话，就会使他的处境相当困难。

但是，约翰生还一再强调这种入侵的合法性，从一种纯粹现实的立场出发，应该执行下去。由于这个理由，他十分想帮点忙，如果有可能的话。但是，他一定要了解考珀伍德计划的详情细节，这样，他们就可以商谈一下他们能推进到什么程度。

实际上，考珀伍德的计划比约翰生当前想象的更为阴险和恶毒。他思考过仅凭这次购买查林克劳斯特权就已给他带来了名望和优势，他也考虑到下议院早已批准的其他的各种特权，但是，这些特权的绝大部分好像都缺乏资金去付诸实践。对于这些特权，他打算使自己尽可能地多占有一些，而对所有人都严格保密。以后如果他遭遇顽强的对抗时，他就把它们合并起来，为伦敦提供另一个竞争的铁路网。他觉得这步棋会迫使他的劲敌屈从。再说，这条查林克劳斯铁路，只不过是老的电气交通公司的继续罢了，他计划给那些能帮助他获得市区铁路控制权的英国投资人分得十分可观的一部分开办者的股票，如果有这个必要的话。

考珀伍德已向伯里莱茜表示过，当前他的目的就是要把这项伦敦事业，比他以前经营过的其他事业提升到一个更高的水平，但经验告诉他必须把大部分的利润紧握在自己手中，这样才能不受欺骗。这已经成为他做事的一项原则了，不仅至少要拥有和控制百分之五十一的股权，而且至少要由他一手组织起来，而通过他的代理人去经管各种小公司中百分之五十一的股权。

因此，有关这条新铁路所需的电气装备，他早已筹划创建一家铁路装建公司承办查林克劳斯铁路电气化的合同。他又组建了其他的附属公司来负责供给车厢、钢轨、钢梁、车站设备以及其他物资。不用多说，利润当然是巨大的。尽管在芝加哥所有利润都是他个人的，可在伦敦，为了赢得这场看似十分困难的斗争，现在他正着手把这些利润的一部分分给那些对他最有帮助的人。比如说如果有必要，他就打算将这家铁路装建公司的计划告诉斯坦和约翰生。如果能得到他们切实的支持，他就坦言相告，当他，或者与他们联合起来，把都城和市区两条铁路搞到手后，他们一定会快速地从这笔建筑和装备的生意上获得利润。而且他还故意强调，随着建筑和装备整个铁路网的每一条新的延伸线建成，从这家装备和建筑公司获取的利润毫无疑问是取之不尽的，从经验中他得知，这一定会成为一个巨大的财源。

在这次亲切的会谈中，考珀伍德对约翰生不做丝毫隐瞒，同时他也想到要让此人上当绝非易事。实际上，他能成为一个杰出的取代西彭斯的人物，当然，这必须安排妥当，最后，在试探了约翰生的各种各样的潜力，并且发现他尽管十分谨慎，但悟性却很强之后，就问他是否愿意担任某些必要的、一系列准备工作的首席法律顾问和财务代表，这些工作是统一全部铁路和股权的先导，对一个完整的伦敦地下铁路网是必不可少的。正如他现在向约翰生所承诺的，他购买这条查林克劳斯线并不是最重要的，他希望这条路线能作为一个向其他路线进军的机会。

"实际上，约翰生先生，"他用一种极有说服力的态度继续说，"在我来这里前不久，就对这里的情况进行了全面的调查，我和你一样明白，这条中央环线是整个事业的关键所在。我也了解，你和斯坦爵士是市区铁路少数股东当中拥有最多股票的人。现在我希望知道的是，通过你们，我是否有办法来完成都城和市区以及其他路线的合并工作。"

"事情并非那么简单，"约翰生严肃地说，"我们面对着强大的传统，英国有一套自己的机制。无论如何，如果说我了解你的话，你的意思是想把你的这条铁路和其他铁路合并起来，特别是那条中央环线，当然那要由你来主持。"

"十分正确，"考珀伍德说，"我可以重谢你，这点我肯定能做到。"

"这一点你倒不必告诉我，"约翰生说，"不过，我应该要专门思考这些事情，考珀伍德先生，我也要做一点地下工作。我完全想明白了我们才能再来重新研究这件事。"

"当然，"考珀伍德说，"这一点我明白。另外，我要离开伦敦一段时间。你在十天或十二天之内再来看我吧。"

然后，他们就热情地握手告别了，约翰生对这次行动充满着期待，对即将到手的一大笔收入感到兴奋不已，或许此刻是他一生所从事的地铁事业中取得的最大成功，尽管晚了一些，不过，现在看起来有可能已成为现实了。

至于考珀伍德，他正独自琢磨着他必须采取的实际的金融方针。归根结底，解决问题的关键所在就是提供足够的英镑。把大把大把的钞票在那些吵吵闹闹的投资者面前晃晃，无论他们之前如何反对，他们都会因有利可图而安静下来。如果他当真对那些固执的董事和股东们现在控制下的每一英镑要付出两英镑、三英镑或者四英镑，那结果又会怎么样呢？从他们建筑公司的计划中，以及像伦敦这个伟大而又正在发展的城市的交通本身的进展中得来的利润，实际上不仅可以抵偿他现在准备付出的巨额资金，而且最终还能产生比这些干练的人所能想象的更大的利润。至关重要的工作，就是把控制权紧紧握在自己手中，然后再把这些路线合并起来，无论要付出看上去是如何庞大得令人难以置信的代价。时间以及这个世界当前金融的繁荣，会极好地解决所有问题。

当然，他并不打算掏出自己的积蓄作为开办一切的费用，或许，他会在不久后返回美国，凭他巧妙地、恰当地概括介绍这种局面的各种可能性，就能十分稳妥地从某些银行、信托公司和个别的资本家（他对他们的手段和贪心了如指掌）弄到可以控制公司的优先认股额。以后这家公司就把这些伦敦地下铁路的财产拿过来，再往后就将弄来的产权根据每投资一美元增值二美元或三美元的方法卖给各种各样的认购人。

但是，现在要做的事情就是与伯里莱茜去共度假期，尽享美好时光。假期之后，他再与约翰生商议一下，安排一次和斯坦的会晤，因为他们两人的态度是至关重要的。

第三十三章　短期旅行

在考珀伍德工作最繁忙之时，爱琳离开伦敦去了巴黎。伯里莱茜去了普莱奥海湾别墅，考珀伍德偶尔才能抽空去看看他的情人。显然，伯里莱茜正忙于购买装饰环境的饰品。她以自娱的方式悠闲地处理日常琐事，在他眼中，她就是个迷人的尤物。他经常不断地回味，她实在是太活泼可爱了。她渴望万事俱备，然后和考珀伍德一起去纵情享乐。

初次到达普莱奥海湾别墅时，他发现这里的一切已安排妥当，包括厨师、女佣、管家和管事，斯坦保留下来的外勤人员就更不必提了。伯里莱茜对这种田园生活的风情到底有多大兴趣，还是故意摆出的姿态，对此他很难准确判断。她对自然的喜好往往表现得非常真诚，甚至于仿佛是做作，比如一只鸟，一棵树，一朵花，一只蝴蝶，都能令她痴心沉迷。就是玛丽·安东尼娅也不能演得比她更逼真。他抵达的时候，她和牧羊人一起出去了，牧羊人把羊群赶拢让她检阅。当他的马车驶进住宅前的环形车道时，她正怀抱一只最小的毛茸茸的初生羔羊。她装出的一副表情使他非常高兴，却一点也骗不了他，他想，她在演戏，完全是缘于我呀。

"牧羊姑娘和她的羊群啊！"他大声呼唤，来到她的面前，摩挲着她怀里抱的小羔羊的头，"这些可爱的动物！它们一来到世上，不久却要归天，仿佛是春天的花朵，过不了几天就要凋谢。"

　　他观察到她的装扮的艺术性，尽管他没有做任何评价，但他非常明白，她穿这种服装是非常自然的，尽管她故作不知。她自己故作姿态的意义，就是认为这些姿态对她而言十分和谐自然，是她天赋的一部分，既是一种权利，也是一种义务。"你应该早点来呀，"她略微遗憾地说，"你原本可以遇见我们的邻居阿瑟·塔维斯托克。他一直在帮我布置环境。他到伦敦去了，但他明天会再来工作的。"

　　"哟！好一个成熟的主妇！竟然指使起她的客人来了！那么贵地是否以干活作为招待客人的一种主要形式呢？那么我该做些什么呢？"

　　"做杂工。要做的活儿可多呢。"

　　"可是，我的生活就是从做杂工开始的。"

　　"留心哪，你可一定打杂到老呀。"她挽着他的臂膀，"跟我来，亲爱的。喂，多布森！"她向牧羊人打了个招呼，那人马上走来从她的手臂里把小羊抱走了。

　　穿过平整的青草地，他们向船屋走去。那边凉棚的游廊里摆放着一张桌子。在船内一扇开着的窗边，卡特尔夫人正在看书。考珀伍德亲切地向她打招呼后，伯里莱茜就把他领到桌边。

　　"现在，坐在这里欣赏风景吧，"她用命令的口吻说，"只允许休息，把伦敦的事务全都抛开。"随后，她在他面前放了一杯他喜欢的薄荷酒，"好啦！现在让我把我能想到的并且能做的事告诉你，如果你有空的话。你有空吗？"

　　"你要多少，就有多少，亲爱的，"他说，"我已将所有事都安排妥当了。我们能够彻底自由自在啦。爱琳到巴黎去了，"他又亲热地补充了一句，"听她的语气，我猜她十天之内是不会回来的。现在你作何打算？"

"母亲、女儿和监护人一起去逛逛英国的几座教堂！"她很快答道，"我一直想去看看坎特伯雷、约克和威尔士。虽然我们不能好好地畅游欧洲大陆，但抽些时间到这些地方游玩一下不也很好吗？"

"这主意听起来很好。英国的很多地方我都没去过，这对我来说也是一件好事，我们完全可以单独去。"他紧握着她的手，同时她亲吻着他的头发。

"你可不要误以为我不知道报上对你的所有议论哪，"她扬扬得意地说，"实际上，了不起的考珀伍德是我的监护人，这一消息早就在此地传遍了。为我搬运家具的人想弄明白我的监护人和《新闻纪事报》上谈到的那位美国百万富翁是否就是同一个人。我只好承认了。不过，阿瑟·塔维斯托克好像认为我有这么一个有声望的监护人是理所当然的事情。"

考珀伍德不禁微笑起来。

"我想，你对这些用人已经思量过他们可能会怎么想了。"

"我的确已经琢磨过了，我最亲爱的！这确实麻烦，但又必不可少。这也正是我希望我们进行一次旅行的原因。现在，如果你休息够了，我就给你看几样好玩的东西。"她边笑边做着手势让考珀伍德随她去。

他跟着她走进位于中间过道那边的一间卧室，拉开一只衣橱的抽屉，拿出一对发刷，在它银色的背面刻着斯坦伯爵的徽章，另外还有一只不成对的领扣和几只发夹。

"如果发夹能够与发刷同样容易辨认出是谁的话，这些东西可能证明了一件浪漫的事情，"她顽皮地说，"不过要由我来保守这位尊贵的爵士的秘密了。"

这时，从围绕着这座别墅周围的树林里传来一阵清脆的牧羊铃声。

"你听！"铃声一停，她就大喊起来，"听到这个铃声，无论你在什么地方，都必须回来吃饭。这铃声的意思是叫我们吃饭。"

按照伯里莱茜预先规划好的，这次旅行从伦敦向南方出发，也许在罗吉斯特逗留一段时间，然后去往坎特伯雷。在参观那座石头砌成的优美的建筑物之后，他们驱车前往斯托河边的素朴的客栈，那里远离大旅馆或避暑胜地的喧嚣，环境优美简朴，他们可以享用装有火炉的房间和英国的家常便饭。由于伯里莱茜曾读过乔叟以及关于这些大教堂的著作，她希望重新体会那些书里所表现的精神。从坎特伯雷他们准备到温切斯特去，打算再从那里前往萨里斯堡，从萨里斯堡去威尔士、格拉斯腾堡、巴斯、牛津、彼得镇、约克和剑桥，最后回家。但正如她一再坚持的，他们要回避那些纯粹为旅客准备的老一套的招待，最简陋的客栈和最僻远的村庄，都是他们努力找寻的目标。

"这对我们大有裨益，"她坚持说，"我们把自己骄纵得太过分了。如果你对这所有美好的东西都能仔细玩味的话，你就会修建出更好的地下铁路来。"

"就算穿简单的棉布衣服，你也要感到知足呀！"考珀伍德说道。

对考珀伍德来说，假期旅行的真正魅力并非大教堂或者村庄和小客栈，抓住了他的心的反而是这位善变的伯里莱茜活泼的气质和风趣。他认识的女人中，没有谁会挑中英国大教堂的市镇，如果让她在五月初可以挑选到巴黎和欧洲大陆去的话。可这正是伯里莱茜与其他女人不同的地方，好似在她的内心深处找到了她所期望的快乐和满足。

在罗吉斯特，一个导游讲述约翰一世、威廉·鲁夫斯、西蒙·德·蒙德福特和瓦特·泰勒的生平，这些人物被考珀伍德忘了个精光，尽管他们曾经平步青云，有过独特的思想观点，但都随着时光流逝了，就如最终所有的人都要泯灭一样。他比较欣赏河面上的阳光和空气中春天的气息。即使伯里莱茜似乎对这种有点平凡的景色略感失望。

然而在坎特伯雷，大家的情绪都大为转变了，就连卡特尔夫人也是这样，她对宗教的建筑物没有丝毫兴趣。"嗯，你看，我喜欢这个地方。"他们走进一条弯曲的街道时，她高兴地说。

"我要找出教徒们是沿哪一条路走过来的，"伯里莱茜说，"我不知道是不是这条。噢，看，那里就是大教堂！"她指着突出在一座低矮的石屋顶上的尖塔和三角拱腹。

"美极了！"考珀伍德评论道，"下午的天气真是不错，我们先吃午饭，还是先去瞻仰大教堂呢？"

"先去大教堂！"伯里莱茜坚定地回答。

"那么，只好吃顿冷饭啦。"她母亲嘲讽地插嘴说。

"妈！"伯里莱茜嗔怒地说，"在坎特伯雷说这种话是不合适的！"

"哎哟，我了解这些小客栈，即使我们不能第一个到达，也不要最后一个到达，这点是格外重要的。"卡特尔夫人说。

"一九〇〇年，宗教的力量实在太薄弱了！"考珀伍德说，"宗教要让位给乡村客栈。"

"我没有半点反对宗教的意思，"卡特尔夫人坚持说，"可是，这小教堂是另外一回事。它们与宗教没有任何关系。"

坎特伯雷，这个十世纪的围地，街道弯曲无序、杂乱无章，围墙内一片沉寂，还有那些庄严的、年久变黑的大教堂的尖塔、塔顶和扶壁，只有小鸟在临空的尖角上展翅翻飞着，抢夺有利的位置。在里面，乱七八糟的都是些坟墓、祭坛、石碑和圣殿，比如亨利四世、托马斯·贝克特大主教，以及黑王子爱德华。伯里莱茜恋恋不舍地离去，导游和浏览的人群从一座纪念碑缓慢地走向另一座纪念碑。伯里莱茜拿着一本旅游指南，站在那里静静地思考。在托马斯·贝克特被杀的地方，她还是那种神情。

考珀伍德眼界广阔，对这些琐碎之物早已看得失去耐心了。为了现实生活，他紧张地忙碌着，因此他对已逝的男男女女的旧事并无多大兴趣。一会儿，他就溜到外面去了，他宁愿去欣赏绿荫如盖的花园，在两边长满鲜花的小路上漫步，远眺大教堂的风景。这些拱顶尖塔、彩色玻璃窗和全部精心修建的圣殿，依然具有一种迷人的魔力，但是，这一切全都是由于有像他一样自私的人的手和脑，这些期望和梦想才会得以实现。现在，他在这里悠闲漫步，默默思考着这些人当中有许多人曾经为了占领这座教堂而进行殊死搏斗。现在他们全都埋在这座围墙里面，被人赞美尊敬，死得多么高贵呀！可是，真的有人是高贵的吗？是否曾经有过真正高贵的灵魂呢？他对此抱怀疑的态度。所有人全都是为了生存而捕杀，为了繁衍而沉迷于情欲之中。实际上，战争、虚荣、狡诈、凶残、贪婪、情欲和暗杀构成了他们真正的历史，只有那些弱者才会跑到神秘的救世主或上帝面前去求救。而强者就利用这种对上帝的信任崇拜来进一步地征服弱者。就如同利用这种寺院庙宇作为一种信仰一样。他观察着，思考着，如此之多仍然非常漂亮却没有实际作用的东西使他感触颇深。

但他偶尔看了几眼伯里莱茜，这时她正对着一个十字架或宗教的碑文聚精会神地静立不动。在此刻，她身上好像有一种精神上的静思的优美，让她彻底摆脱了现代无神论的气息，这种气息赋予她一种光芒和力量，宛若灰色岩石中的一朵红花。也许，正如他现在想象的那样，她对这些已随时光而逝的人物反应，与她追求奢华的生活，实际上也与他对绘画的爱好和追求是非常相似的。因此，他怦然心动，肃然起敬，更让他感动的是，当他们朝圣完毕，准备回去吃晚饭时，她高声说道：

"晚饭后，我们再到这里来！今天晚上会有一弯新月呢。"

"的确如此！"考珀伍德兴奋地说。

卡特尔夫人打着哈欠，说自己不想来了。饭后她要回房间休息。

"那也很好，妈，"伯里莱茜说，"可是，为了洗涤灵魂，弗兰克必须要来！"

"你看！我还有一个灵魂呢！"考珀伍德轻松地说。

后来，在小旅馆吃过便饭，休息片刻后，伯里莱茜就带着他走上逐渐暗下来的街道。他们跨进那扇通向院子的、雕花的黑色大门时，月亮恰似蓝黑色铁屋顶上的一根簇新的白色羽毛，也仿佛大教堂高大轮廓的最高尖塔上的一个装饰品悬在上面。开始，考珀伍德还依着伯里莱茜的怪脾气，她让他看什么地方，他就看什么地方。但是，很快他就受到她那复杂的反应的影响。啊，如果如她那般年轻活泼，那样极易兴奋，那样被每一种色彩和形状以及人类活动的神秘和空虚所感动，那将是何等幸福呀！

可是，伯里莱茜不仅想到了朦胧的记忆和产生这一切的希望和恐惧，而且还想到无声的空间和无形的时间的神秘和辽阔。唉，理解和智慧多么重要呀！要真诚地探索出生命的意义和价值才行啊！难道她的一生就只是为了智慧、谨慎和冷漠的决定，只是为了要实现她的社会地位或满足她的个人欲望吗？如果是那样，对她又能有什么好处呢？难道这能创造出美好的事物吗？现在……这里……在这个地方……充满着回忆，洋溢着皎洁月光的气氛……在她的周围，在她的心灵深处……仿佛有什么东西……有什么东西在低声倾诉……让她寂静……安宁……孤独……满足……在心里有一种良好的愿望，要创造出极为美好的东西，这样，就能使她的生命变得完美而富有价值。

但是，这只是一种狂想，她早已陶醉在月色之中了。她还能有什么要求呢？女人所憧憬的一切她全都拥有了。

"弗兰克，我们回去吧。"最后她说，她心里仍然不太满意，有些美好的感觉已经一去不复返了。"我们还是回旅馆去吧。"

第三十四章　假戏真做

当考珀伍德和伯里莱茜在英国的各大教堂漫游时，爱琳和托立弗正出入于巴黎的咖啡馆、商店和闻名的娱乐场所。在断定爱琳即将来临后，托立弗比她提前一天到达巴黎，制订一个计划，他必须使她高兴，进而把她留在巴黎。因为他清楚，法国对她来说已经不是一个新奇的地方了。以前她曾多次去过巴黎和欧洲的诸多娱乐场所，那时候考珀伍德热衷于博取她的欢心。即使现在，这一切仍然是珍贵的记忆，偶尔也会突然浮现在她的脑海里。

不过，她还是认为托立弗是个非常风趣的人物。她到达的当晚，他去里兹饭店看望她，她和她的女佣已经安顿好了，她有点说不出自己到底出于何种目的来到巴黎。说实话，她曾暗地里幻想和考珀伍德一起来巴黎。但是，他在伦敦的事务，一方面由于报纸的大肆宣扬，另一方面又因为他巧妙地向她反复灌输，使她不得不相信，他的确忙得不可开交。实际上，有一天早晨，她在西塞尔的休息室里偶遇西彭斯，他有声有色地向她描述了考珀伍德现在致力于那些繁杂事务，这就使她感到很满意。

"他会把这座城市弄得天翻地覆的，考珀伍德太太，"西彭斯说道，"如果他的兴趣能保持下去，我只希望他不要太操劳（但这绝非他真正的愿望）。他已不如当年那般年轻力壮了，尽管看上去他比过去任何时候都更加干练机敏。"

"这我了解，我知道的，"爱琳说道，"关于弗兰克你没有其他事情可告诉我的了，我认为他会一直奋斗到生命的最后一刻。"

她与西彭斯告别后，感觉到这也都是事实，但是非常怀疑这其中有个女人，可能是伯里莱茜·弗雷明。不管怎样，她是考珀伍德太太，她可以自我安慰的是她知道无论在什么地方，不管是商店、旅馆，还是餐厅，只要一提到她的姓名，人们就会扭过头来看她，而且身边还有这位布鲁斯·托立弗呢。在她抵达巴黎时，他与过去一样英俊洒脱，他走进她的旅馆套房时，说："棒极了！你果真接受了我的建议。现在我已做好准备对你负起责任来。如果你的精力还好的话，你最好马上穿好衣服去用晚餐。我给你安排了一个小小的宴会。我的几位从家乡来的朋友也在这里。我不知道你是否记得西德尼·布雷勒兹？"

"噢，是的。"爱琳说，她感觉头有点昏沉。她听说布雷勒兹家境富裕而且有地位。据她所知，布雷勒兹夫人就是过去费城的玛丽戈德·舒梅克。

"布雷勒兹夫人现在在巴黎，"托立弗继续说，"她和几位朋友来马克西姆与我们共进晚餐，随后我们去一个阿根廷人的家里。我认为他肯定会让你开心的。你能在一小时内准备好吗？"他转过身来走到门口，表现出一种期待着一个非常快乐的夜晚的神态。

"哦，我觉得是可以的，"爱琳面带微笑地答道，"但是你现在得离开一会儿，我马上要换衣服。"

"穿上白的，如果你有的话，再戴上一朵深红色的玫瑰花。你穿白色衣服时看上去妩媚极了！"

听到这种亲昵的话，爱琳的脸稍微红了一下，心里暗自觉得起码他自以为是个绅士。

"那我就那么穿，"她高兴地说着，露出迷人的微笑，"如果我能找到那件衣服的话。"

"太棒了！一小时后我再来请你。到时候再见……"他鞠了个躬，走了出去。

她换着衣服，同时她对此刻的托立弗这种突然的大胆进攻感到困惑不解。显而易见，他并不缺钱。而且，他还有这些优越的社会关系，可他究竟出于何种原因要对她献殷勤呢？为什么布雷勒兹夫人要来参加这个宴会而她却又不是主客呢？这种矛盾的想法在她的心里纠缠不休，托立弗的这种不费力的友谊，尽管可能是虚假的，但却仍然让人神魂颠倒。他就像一个聪明的冒险家，有任他挑选的各种娱乐活动，这些都是在过去几年内曾经接近她的那些人中所缺少的东西。他们的方式方法通常都是愚蠢的，他们的各种姿态都使人厌烦不已。

"准备好了吗？"大约一个小时后，他开心地喊道，直勾勾地盯着她雪白的衣服和胸前的红玫瑰。"如果我们现在就走，刚好能准时到达。布雷勒兹夫人带来了一位年轻的希腊银行家，还有她的一位朋友，我不认识的朱迪思·桑妮夫人，桑妮夫人也带来了一位阿拉伯酋长艾伯里希·阿巴靳·贝耶，只有上帝知道他到巴黎来要干什么！不过，无所谓，不管怎样，他说的是英语，那个希腊人也说英语。"

托立弗的脸庞泛起红晕，而且更加自信了。他轻松地在房间里踱步，感觉到他会又一次兴高采烈，于是就像喝醉了酒似的亢奋不已。让爱琳觉得有意思的是，他在数落她房间里的陈设。

"看这些帘子！上帝呀，他们就这样应付过去啦！我刚才从电梯里上来时那电梯都在嘎嘎作响。你好好想想，这种事情会在纽约发生吗？只有像你这种人才会容忍他们这样做！"

爱琳听后非常高兴。"有这么糟糕吗？"她问道，"我可根本没有意识到呢！但我们还能去哪里呢？"

他用手指戳着一盏落地座灯上有穗子的丝罩。"这上面有点酒渍。有人用香烟烧过这个假花毡。我不责怪他们！"

爱琳"扑哧"一声笑出声来，被他那种装腔作势的样子逗得开心起来。

"哎，来吧，"她说，"我们兴许会住在比这儿更坏的地方。而现在，你的客人正等着你哪。"

"是的。我不了解那位酋长是否熟悉美国的威士忌。好，让我们去看看吧。"

一九○○年的马克西姆餐馆，打过蜡的黑色地板上看上去非常光滑，映出了有壁画的红墙、镀金的天花板和三盏巨大的棱柱式的电烛台。除了前后的出口外，四周的墙边都摆着红褐色的皮座椅，座椅前是一些小小的、紧挨着的晚餐桌，洋溢着法国的情调，使人感到放松。当时，世界上只有一个地方能有这种情调，这个地方就是巴黎！只要一踏入此地，就会融入一种意乱情迷的快乐状态中。世界上所有国家的气派、服饰和各种各样的人物这里都有。大家都在追名逐利，又都被行动和服饰的习俗束缚着，但大家还要摆脱礼节去追求自由，于是就来到了这座素以独树一帜著称的城市。

爱琳想看看别人如何交际又想看看自己如何被别人关注，来到这里爱琳有一种醉心的快感，就像托立弗所预料的，他的朋友们迟到了。

"那位酋长，"他解释说，"有时会走错路的。"

片刻后，布雷勒兹夫人与她的希腊朋友，以及桑妮夫人同她的阿拉伯酋长都到场了。那位酋长引起了一阵轻微的骚动和低低的议论，托立弗即刻用一种潇洒的风度开始点菜，看到六个在旁边侍候的茶房，他十分愉悦。他又极为得意地发现这位酋长这么快就被吸引到爱琳身边去了，她丰腴的身材、柔顺的头发和红润的脸庞，与布雷勒兹夫人或桑妮夫人的较为瘦弱和不很漂亮相比，更让他喜欢。很快他就把注意力专注在她身上，发出一连串殷勤的问候，向她发起进攻。她是从哪来的？她的丈夫是否像其他美国人一样是个百万富翁？他能拿到她的玫瑰花吗？他喜爱这种深红的颜色。她去过阿拉伯吗？她一定会对贝都因人漂泊不定的生活感兴趣。阿拉伯实在是太美了。

他肤色黝黑，胡子修饰得十分漂亮，鹰钩鼻长长的，那双炽热的眼睛目不转睛地盯着爱琳，她马上感到动心却又有些犹疑不定。与这个人亲密地交往将会是一种什么滋味呢？如果一个人去阿拉伯，在这个怪物的魔爪下会变成一个什么样的人呢？尽管她始终面带微笑，对他所有的问题一一作答，但令她高兴的是托立弗和他的朋友都在她的身边，尽管他们那种暗自好笑的殷勤未必适合她的胃口。

艾伯里希得知她计划在巴黎待几天，就恳请允许他多来看她几次。他有一匹马将参加盛大的赛马比赛。她邀请他一同去看看那匹马。然后，他们可以在一起吃饭。她住在里兹饭店吗？而他在博依斯附近塞德路的一家公寓里租了一套房间。

这种情形下，托立弗饶有兴致地竭力巴结玛丽戈德，她用最近的事挖苦他，她非常明白这件事的本质。

"告诉我，布鲁斯，"她挑逗他，"现在有人已经全部托付给你了，那么你准备怎么安排我们这些人呢？"

"如果你指的是你自己，你可以告诉我怎么办。我可没有如此多的人来打扰我。"

"没有？这位可怜的情人就那般寂寞吗？"

"的确是那样寂寞，还远不止那般寂寞，只要你理解就行了，"他冷静地说，"只是你丈夫怎么办呢？他不会痛恨别人插足吗？"

"那倒没有必要担心！"她面带微笑怂恿地说，"在我遇到你之前，我刚刚碰上他。从我们上次见面到现在有多少年啦？"

"哦，大概有一些年了。这能怪谁呢？现在你的游艇怎么样？"

"我有一个可靠的船长，我可以发誓！你愿意去航行一次吗？"

面对这种状况，托立弗有些勉为其难。本来这是他一直的梦想。但显然，他现在不能去。他必须按照他的计划做事，否则，一切就都完了。

"哎哟，"他纵声大笑说，"你不是明天就开船吗？"

"噢，不！"

"如果你是认真的话，你可要当心哪！"

"在我有生之年，我从来也没有像这样认真过。"她答道。

"等着瞧吧。不管怎样，在本周之内，你愿意与我去吃一顿饭吗？然后，我们去图伊勒里斯散散步。"

过了一会儿，他付了账，然后他们就离开了饭店。

午夜时分萨比莱的俱乐部依旧人头攒动，大家在赌博、跳舞，一堆堆亲密的人群兴致盎然或悠闲慵懒地聊着天。萨比莱过来招呼托立弗和他的同伴，他建议他们到他的寓所玩到半夜一点再回来，到那时正好有一个出名的俄国歌舞团前来表演。

萨比莱藏有闻名的宝石、中世纪意大利的玻璃器皿和银器、质地和色彩都罕见的亚洲纺织品，可是，比他的珍藏更有吸引力的是他本人像靡非斯特的捉摸不定的性格，一种古怪而令人着迷的力量，好像魔法一样吸引着所有人。他知道众多的人物和十分有趣的地方。秋天的时候，他说，他计划旅行一次，把他的俱乐部暂时关闭起来。他将前往东方搜集珍品，打算以后再卖给私人收藏家。毋庸置疑，他从这一类寻猎当中获得的收入是十分可观的。

和别人一样，爱琳被迷住了。她极其喜欢这个地方，因为托立弗小心地没有对他们任何人提起过这个地方是按商业原则进行经营的。托立弗决定签一张他个人的支票给萨比莱，但是，他还是宁可让他们相信萨比莱仅仅是他的一个朋友。

第三十五章　阴谋与爱情

爱琳到达后的第三天，托立弗从纽约中央信托公司的巴黎财务代理人那里得到现款两千美元，而且那家公司在他离开前，早已通知他把通信地址告诉他们在伦敦和巴黎的办事处了。就在此刻，他意识到自己的工作是如此的重要。

很明显，爱琳对他的态度是顺从的。在他们到达萨比莱的俱乐部后大约五个小时，他打电话约她一起用餐，他能从她说话的语气上断定，她很愿意再听到他的声音，很喜欢这种对她产生了兴趣的友情的感觉。他的亲切像极了从前的考珀伍德，他那样的精力旺盛，那样有管理才能。

打完电话后，他吹着口哨扬扬得意地离开了。他对她的态度比在最初掂量这件事的时候要好得多。因为他一直在研究她，他已经能彻底明白考珀伍德的爱情对她的意义有多大，所以当现在她几乎失去了他时，这对她而言是何等的痛苦！他本人也经常喜怒无常，而且也是由于同样的原因，所以他同情她。

昨晚在萨比莱的俱乐部，当玛丽戈德和桑妮夫人有时偶尔漫不经心地把她排斥在谈话之外时，从她的脸上他读出了一种受人白眼和手足无措的神情，他就把她从这个小圈子里带到轮盘赌的轮子旁边去玩几分钟。毫无疑问，她的确是一个很难照顾的被保护者。但是，这是他分内的工作，他把他的前程压在了这项工作上。但是，我的上帝，他暗自掂量，她至少应该减轻二十磅的体重！

她需要得体的衣服和吸引人的风度。可她过于柔和了。她需要自尊心，然后别人才会尊敬她。如果我不能让她做到这几点，她对我就是弊大于利，无论有钱还是没钱！

他是一个自始至终都为个人的欲望而拼命努力的人，所以他决定迅速积极主动地付出行动。他觉察到对爱琳的启发取决于他本人英俊潇洒的外表，他费尽心机地打扮修饰。他把自己半年前在纽约拍的照片取出来看了一下，不禁笑了起来。为自己摆脱了罗莎莉·哈里根那间肮脏狭小的房间和那种寻找工作失败后的沮丧心情而庆幸。

博依斯的公寓与里兹饭店之间只有几分钟路程，今天早晨，他的神情犹如一个巴黎的宠儿，踏着自信的步伐踱出公寓。他想起了各种各样的缝纫店、理发店和鞋帽店，他要请他们来帮忙装扮爱琳。前面拐角的地方就是克劳德尔·理查德的时装店。他打算亲自带她到理查德的时装店去，并且劝理查德说服爱琳，如果她能减轻二十磅的体重，他非常愿意为她预订引人注目的、别人尚未穿过的时髦服装，然后再去哈斯曼大街上的克劳斯曼鞋店。据说那儿的皮鞋比所有鞋匠的制作水平都要高超。对此，托立弗已得到了验证。和平大街上有非常漂亮的首饰、香水和钻石。在杜邦路，还有高雅的美容院，这一行业当中萨拉·舒曼尔美容院是最为著名的一家。爱琳应该到那儿去学习。

在娜塔莎·卢布斯基阳台上的餐厅，隔着巴黎圣母院能够眺望到公园，托立弗悠然地品尝着冷咖啡和蛋糕，同时向爱琳讲解各种各样流行的服装样式。他问她是否听别人讲过特丽萨·比安卡，这位西班牙舞蹈家喜欢穿克劳斯曼的鞋子。还有弗朗西斯卡这位达克公爵的最小的女儿，也是经常光顾克劳斯曼鞋店的顾客之一。她是否听说过萨拉·舒曼尔在美容上独特高超的技艺呢？他列举一连串的事例。

整整一个下午，他们先参观了理查德服装店，然后去克劳斯曼鞋店，然后前往一家最近出名的露蒂香水店，最后在日耳曼咖啡馆吃了一顿茶点。晚上九点钟，在巴黎饭店用晚餐。当时在场的有美国轻歌剧的著名演员罗达·撒耶和她的同伴，有巴西的梅洛·巴里奥斯，这位是巴西大使馆的助理秘书，还有一位女宾是捷克和匈牙利混血儿玛丽亚·雷兹达。托立弗早年游历巴黎时与她结识，那时她是澳大利亚驻法国的一位秘密军事代表的太太。最近有一天在马格雷吃午饭时，他遇见她与男中音歌唱家桑道斯·卡斯特罗待在一起，当时桑道斯和美国新歌剧明星玛丽·卡登是一对不错的搭档。他得知她的丈夫已经去世了，也发现她似乎有点讨厌卡斯特罗。如果托立弗独自一人的话，再次相逢，她当然会非常开心。由于她的心情、她与生俱来的聪慧和文静成熟，比起他所认识的那些年轻女人来她似乎更能为爱琳所接受。托立弗马上就盘算着将她介绍给爱琳。

在介绍时，她给爱琳的印象十分深刻。她妩媚可爱，身材苗条匀称，头发柔顺乌黑，灰色的双眸与众不同，身上的晚礼服仿佛是一整幅鲜红的丝绒，迷人地披在肩上。她与爱琳形成鲜明对比，她不戴珠宝钻石，光泽亮丽的乌发平滑地往后梳着。她对卡斯特罗的态度暗示出，除了与他在一起会给她带来宣传作用外，他在她眼里什么都不是。她转过身来，向爱琳和托立弗讲述自己和卡斯特罗最近去巴尔干玩了一趟，紧接着托立弗对爱琳解释他们两人只不过是好朋友，但爱琳对此还是吓了一跳，她经常被习俗吓倒，虽然她个人的私生活也有各种越轨行为。但是，这个女人如此娴静，而且又如此自信，竟敢嘲笑文明社会的要求。爱琳被她迷住了。

"你看，在东方，"雷兹达夫人对她的旅伴点评道，"女人全都是奴隶。说实在的，相对而言只有吉卜赛人是自由的，当然，她们也没有地位。大部分的达官贵人的太太都是奴隶，在夫权的统治下小心翼翼地过日子。"

听到这句话，爱琳惨淡地笑了笑。"或许不仅仅东方如此吧。"她说。

雷兹达夫人狡黠地笑了。"不，"她说，"全是这样。我们这里也有奴隶。在美国也有，不是吗？"她露出雪白而整齐的牙齿。

一想到自己处于考珀伍德感情上的奴隶状态，爱琳不禁"扑哧"一声笑了出来。这个女人之所以能够彻底地自由自在，显然，她不在乎任何男人，即使她有男人，她也不会深深地或痛苦地关心男人，而她呢……她很想对她多了解一点或许在和她接触的过程中，可以学到一点她感情上的安宁和社交上的淡泊。

十分奇怪的是，对于她，雷兹达夫人似乎不是偶然产生一点兴趣而已。她开始打听爱琳在美国的生活。她计划在巴黎待多久，她在何处下榻，她提议明天共进午餐，爱琳极其欣喜地答应了。

与此同时，她一直回忆着当天下午自己和托立弗所做的事情。因为毋庸置疑，通过购买东西，他间接地使她愉悦地觉察到了自己的缺陷，同时，她已经确信这种缺陷能够补救。这就需要一位医生、一位按摩师、规定的饮食和一种新式的面部按摩术。无须多久，她就改变过来了，被托立弗改变过来了。可这是出于何种目的呢？又要达到何种结果呢？十分清楚，他并不是想借男女关系的光。这仅仅是一种精神上的关系。她有些困惑不解。不过，这又何妨呢？考珀伍德不关心她，她必须想尽办法度过自己的后半生。

回到旅馆，爱琳忽然痛苦地渴望世上有这样一个人，她可以毫无顾忌地对她倾诉所有痛苦，可以自由自在地、不加掩饰地同她在一起。她需要有一个朋友，可以不必畏惧她的批评，可以完全依赖她。在两人分别时，玛丽亚·雷兹达紧紧地握着爱琳的手，爱琳希望雷兹达夫人可以成为自己的朋友。

然而，旅游计划的前十天就这样飞逝而去。十天是过去了，实际上她一点也不想回伦敦。这是因为，她突然觉察到，托立弗一方面对她实施体格上和容貌上的矫正和美化，这当然需要一段时间，并且这很有可能让考珀伍德改变对自己的态度。青春并没有离她而去呢，她此刻这样痴想着，当前，他被卷入狂热的商业竞争中去了，或许不是基于一种性欲而是在爱情的基础上，他会重新宠爱她。她幻想着，他在英国需要巩固和发展他的社交关系，或许他会认为，如果他更多地和自己住在一起，并且更公开地表示，这样生活使他充满兴趣和感到满意的话，这不仅是明智的而且也是开心的。

于是她迫切地开始对着镜子仔细地审视自己，煞费苦心地严格遵守萨拉·舒曼尔每天开给她的标准饮食和美容的规定。她也不得不承认给她挑选出来的专门服装的独特效果。这样，很快她就建立了自信，所以心境也更加平静，她开始经常地想起考珀伍德来，她甚至十分开心地预见在他再遇到她时，他肯定会觉得万分惊奇和她所期待的那样格外愉快。因此，她决定继续留在巴黎，一直等到她减轻二十磅体重为止，到那时就能穿上理查先生非常热情地为她专门设计的新式服装了。她也很想去尝试一下理发师向她建议的发型。唉，所有这一切努力不会付诸东流吧！

于是，她就给考珀伍德写信，告诉他自己的巴黎之行由于有了托立弗先生的关照而十分有趣，她计划在巴黎再逗留三四个星期。"这在我的一生中还是第一次，"她特地又补充一句，"我离开你而过得十分开心，而且也被照顾得格外细心。"

考珀伍德读到这封信时，觉得有一种奇特而又忧郁的滋味。因为这一切全都是他极其阴险的精心布局。与此同时，一个想法闪过他的脑海，在这件事情中，伯里莱茜当然也参与了一份。这件事情本来就是她建议的，他只是采纳了而已，她认为这是使他们两人幸福的唯一选择，现在仍然如此。但是，得是什么样的大脑能想出如此恶毒而冷酷的办法来呢？会不会有一天同样的事情也降临到他的头上呢？那又会如何呢？因为他格外关心伯里莱茜。这个想法太令人苦恼了。为了放弃这种想法，他自我安慰地想着，由于自己能应对任何事情，因此当同类情况降临自己头上时，他自然也能应对。

第三十六章　秘密协议

　　因为有了与考珀伍德在布朗饭店的那场谈话，约翰生认定考珀伍德和斯坦爵士的会晤将会决定他们未来谈判的方向。

　　"你与他会谈绝不会是冒险的，"他对斯坦说，"当然，我们要对他讲清楚，如果我们和他合作，凭我们帮他弄到环线控制权这份大功，他就应让出那个控制权的百分之五十的股权作代价。之后，我们就能与都城和市区铁路的几个股东磋商一下，邀请他们加入进来，帮助凑足百分之五十一的股权，这样，我们就会保住这条路线的控制权。"

　　斯坦爵士点着头。"往下说。"他说道。

　　"这样就能确定下来了，你看，"约翰生继续说，"所以，无论发生什么事情，我们和另外几个人，比如科尔维、吉姆斯，兴许还有狄顿，必须要一直处于控制的地位，这样他就不得不与我们交往，大家共同成为这项中心区交通事业的主人。"

　　"这听起来的确不错，"斯坦端详着他，平静地说，"不管怎样，我都想与这个人物见个面。你方便的时候，就请你把他请到舍下来，具体时间你告诉我一声就可以了。见到他后，我还可以多谈一点与此相关的事情。"

　　于是，在六月温暖的一天，考珀伍德与约翰生同乘一辆马车，穿过伦敦的街道驶向斯坦爵士家。在会谈前，考珀伍德尚未做出最后决定，以及应该透露出多少关于自己的复杂而秘密的计划。事实上，考珀伍德一直有这种想法，无论他与斯坦和约翰生的会谈能否成功，试探一下阿平顿·斯卡的态度还是值得的。他很可能让考珀伍德加入贝克街—滑铁卢线的建设中去。这条路线以及通过哈多费尔或许通过埃尔丁格爵士而弄到的其他路线，他都会站在发号施令的地位。

当他们乘车抵达布克雷广场斯坦的住宅时，这幢庄严坚固的四方形宅邸给他留下了深刻的印象。它好像能让人呼吸到一种安稳和谐的气息，与生意买卖没有丝毫关系。在里面，身着制服的侍者以及一楼宽大的客厅里的安静的空气，形成了一种让他感到舒畅的感觉。不错，可以让这个人尽量地得到安稳。如果有可能，考珀伍德把他拖进来，把他变成一个更大的富翁，或是利用利用他，而且如果他的手段一般，那就把一切都一脚踢开。

此时，约翰生建议他欣赏一下斯坦爵士收藏的绘画，这或许能使他感兴趣，因为刚才管事的告诉他，斯坦已打过电话，说他要晚到几分钟。这位律师作为临时的主人，心情多少有些焦虑。考珀伍德说他乐于这样消磨时光，约翰生带他去从大门进来的一个宽敞的画廊里。

他们漫步穿过画廊，驻足欣赏罗姆尼和盖恩斯巴勒画的几幅珍贵的作品，同时约翰生向他描述了斯坦住宅的一段简史。已逝的伯爵是位谨慎而勤奋的人，他对希提特的挖掘和讲述产生了格外浓厚的兴趣，曾经花费很多金钱，听说，就为了这一点，历史学家非常感激他。小斯坦对他父亲搜集古董的癖好兴趣不那么浓厚，为了娱乐和发展，他的兴趣和精力转移到了社会活动和理财上。他是一位颇具声望的、杰出的时尚人物和金融家。在伦敦的社交季，这座宅邸是社交宴会的场所。在特里格塞尔，他的乡间别墅是英国的众多名胜之一。在普莱奥海湾，临近泰晤士河的玛洛，他另有一座美丽的避暑别墅。在法国，他还有一座酿酒庄园。

考珀伍德听到伯里莱茜现在的住所，强忍住笑。此时斯坦正好回来了，他打断了他们的谈话。斯坦用一种轻松随意的态度，和他们两人打了个招呼。

"噢，你好哇，约翰生！这位肯定就是考珀伍德先生了。"他伸过手来，考珀伍德也敏捷而亲切地打量着他，同时诚恳地握住他的手。

"我要说，见到你真是荣幸之至！"他说道。

"哪里，哪里，"斯坦说，"埃尔弗森把你的一切都告诉我了。我认为我们还是去图书室更适舒一些，您意下如何？"

他拉了拉打铃的绳子，安排用人取酒，他领路，走进一间别致的房间，穿过法国式的窗户就能眺望花园。在他尽地主之谊地忙来忙去时，考珀伍德一直端详着他。他对这个人产生了好感。斯坦有一种和蔼可亲的谦恭敏锐的态度，这种态度对赢得别人的信任大有益处，然而博得这种信任并非轻而易举的事。他决定今后一定要公正地对待他。

但是，现在考珀伍德果断地做出决定仍不宣布他计划中的实际部署。同时，他想到了伯里莱茜，因为他和她曾经达成默契，在以后与斯坦一类人物的交往当中，要请她扮演一位社交上的角色。而现在看到对方是如此英俊，他犹豫是否让她来担任这项工作。但是，当约翰生开始简单地讲述他对地下铁路的形势的意见时，他渐渐平静下来了。

等约翰生讲完，考珀伍德就开始镇静而又流利地阐述他的统一规划。他尤其详细地讲到电气化、照明设备和每辆车厢装上发动机的新方法，还有气闸以及自动信号。只有一处地方斯坦插嘴问了一下。

"对于整个铁道网，你打算用个人的名义，还是用董事会的方式来控制呢？"

"当然是董事会的方式。"考珀伍德答道，但实际上，他可不打算这样干。

"你看，"他继续说，这时，那两个人都目不转睛地看着他，"如果我能完成一个统一的铁道网，我就着手组建一家新公司，包括我现在控制的查林克劳斯铁路在内。为了把目前这些环线铁路公司的股东们争取过来，我情愿用这家大公司的三成股票来换取他们现在这些小公司的一成股票。因为查林克劳斯铁路以后起码要花掉二百万英镑的建筑费用，我觉得，你们对他们的股票会大大地增值是完全能够理解的。"他停下来，看看这些话对他的听众产生了怎样的影响，在觉得这段话效果不错时，他接着说。

"你们琢磨一下，这项计划是否有利可图。而最为重要的是，之前大家都要同意把这家新公司的全部路线加以现代化，并作为一个系统的铁路网来运营，而且也不给股东们增加额外费用，只不过是把股票卖给大家。"

"我认为有利可图。"斯坦表态说，约翰生也点头赞同。

"好，你们现在基本上知道了我的计划，"考珀伍德说道，"当然，或许还有一些额外的纠纷，但是这应该由新的大公司的董事们来决定。"他想起了要购买斯卡、哈多费尔和其他一些人的特许证，如果他能买到，到那时，新董事们会从他手中购买过来。

不过，讲到这一点，斯坦马上摸了摸他的耳朵。

"我认为，"他说，"这种三换一的办法只解决了一件事，那就是吸引那些可能因为这种条件而乐于与你合作的股东。可你忽视了舆论问题，我想，舆论肯定会反对你的。如果是这样的话，你也许会相信用三股换一股的办法不会使你吸引足够的股东来同意你的条件，那就是说，正如我所料，你要他们给你完全的控制权，任凭你随心所欲地去办事。这是因为，他们决心需要一个纯粹英国人的控制权。自从你购进了查林克劳斯铁路的特许证的事公开后，约翰生和我就已看出了这一点。另外，在都城和市区铁路方面早就有了不少的敌对力量，甚至还有联合起来反对你的趋势。说句实话吧，到目前为止，这两条铁路的董事们彼此之间从未和睦过。"

此时约翰生冷笑了一下。

"因此你每迈一步都必须小心谨慎，"斯坦接着说，"并且用合适的方式去接近合适的人物，最好还是要让英国人来做代办，而不是美国人，否则，你很有可能会发现此路不通。"

"的确如此。"考珀伍德说，他把斯坦的心事看得清清楚楚。如果让他们来帮助他解除英国人对他的成见，那他们要求的不是额外的酬金，而是在某种形式上与他共同控制铁道网。极有可能随着计划中的铁道网逐步发展，他们会要求与他按照一定的比例进行分配。如果他不同意又该如何安排才好呢？

现在，他很困惑，为了说明他本人的想法，他又补充说：

"关于这一点，我正在琢磨，如何才能让你们两位感兴趣，因为我相信，你们完全了解这种形势，如果你们愿意与我合作，你们一定能使舆论更有利于我。除了三换一的办法以外，你们认为你们还应得到什么样的报酬呢？在我们三人之间，到底怎样的私人协议才能使你们认为合适呢？"他停了下来。

不过，这方面的谈话，此刻谈起来过于泛泛和错综复杂了，这主要关联到斯坦和约翰生必须完成的准备工作。这些工作，正如他们现在向考珀伍德解释的那样，多半是把他介绍给伦敦的社交界，如果缺乏这些社交活动，他那纯粹经济上的事务是不可能有任何进展的。

"你要明白，"斯坦说，"在英国，一个人如果要想寻求发展，主要依靠金融界以及社会团体的关照和友谊，而绝不是仰仗某些个别人物的力量，不管那些人物有怎样的天才和能量。如果你没有很好地得到某些团体善意的了解和承诺，那或许就没有办法着手进行什么。你懂我的意思吗？"

"完全理解。"考珀伍德答道。

"当然，在任何时候，这绝对不是一种纯粹冷静的、只注重实际的讨价还价的事情。它需要彼此的理解和尊重。这当然绝非一朝一夕的工夫。不仅要凭借介绍和引导，而且还要依靠参与社交活动中亲自承认才行。你知道我的意思吗？"

"完全明白。"考珀伍德答道。

"但是，在具体进行这项工作前还应该弄清楚，除交换股票之外，对那些使你和你的事业有可能有利地引荐到社会上去的人，你会给他们怎样的报酬。"

在斯坦说话时，考珀伍德坐在椅子上感觉轻松自在，尽管表面上他似乎非常认同地听着他的话，一个近距离的观察者可能会察觉他的眼里流露出一种冷酷的神情，双唇紧紧绷着。他十分清楚地意识到斯坦这样教训他，他是屈尊的。当然，斯坦也听说过他生活中的种种丑闻，而且也清楚这样的事实，在芝加哥和纽约的社交界，他被轰出来过。尽管他擅长外交手腕，也不乏谦恭体贴，考珀伍德对他的种种解释也看出了其中的真实情况，那就是一个稳稳立足上流社会的人，对一个被上流社会排斥出来的人的解释，可他一点也不恼怒或沮丧。事实上，他多少带点自嘲似的觉得有趣。因为他处于有利的地位。很快他就能让斯坦和他的朋友们发财，这是其他人所办不到的。

斯坦最后沉默了，考珀伍德询问了这项协议的相关细节，但是斯坦特别谦恭地说他认为这种事情最好还是让约翰生来代办。但他心里早已打好了如意算盘，不仅保证把他目前在市区和都城铁路的股票每一股换三股，而且还有与考珀伍德秘密而神圣的协议，凭借这项协议，他和约翰生一定会受到聘请，进而得到保护，经济实力也就随之增强，成为这个伟大企业的一分子。

因此，当斯坦心平气和地把单眼镜放在右眼上，以此来更清晰地观察考珀伍德时，考珀伍德就加重语气说明，在澄清这个局面的重要意义上，对他个人的关心照顾，他感激不尽。他肯定地表示可以妥当安排并使彼此都满意，但是还有筹措资金的任务，此事需要他亲自安排。在与各个方面的英国股东谈判之前，也许他必须先回趟美国筹集资金，对此斯坦表示认同。

但是，考珀伍德的心里盘算着组建一家掌握百分之四十九到百分之五十一控制权的信贷公司，可以使它放给这家英国公司足够的贷款，以防不测，到时他就可以有把握地夺取和控制这家英国公司。他要很好地斟酌这个问题。

至于伯里莱茜和斯坦，他也要仔细防备。他已经六十岁了，除了名誉和声望外，他对一切全都无所谓了。实际上，无情的任务正在龙卷风似的威胁他、吞没他，他已产生了一点儿倦意。有时，忙碌一天之后，他认为由他来承担整个伦敦的投机事业实在没有半点意思。嗯，早在一两年前，在芝加哥他就曾考虑过，如果他能使芝加哥特许证延长，他会非常高兴地摆脱这方面的事务，而退休去游玩。当时他甚至想过，如果伯里莱茜最后拒绝他，他又能自由的话，没准儿他会与爱琳暂时重归于好。回到纽约的家中，尽情地享受那些娱乐活动，而这些娱乐活动不会成为他过分的负担。

然而现在，他却身在异国。这一切究竟为了什么呢？除了与伯里莱茜在一起共享欢乐以外，他还能得到什么好处呢？如果她是另一种想法，那他可以去追求一种较为宁静的生活。但是，她和他都认为，他对他本人和他的生活以及名声都负有一定的责任。因为他代表一种巨大的创造力量，是第一流的金融巨头，所以他就必须永远前行，甚至可以以大起大落的形式来成就自己的事业。可他能否不损害自己的声誉和财富就达到这一目的呢？面对当前国内对他的议论，他能否在短期内筹集到一笔必需的资金呢？

总而言之，从方方面面来看，他的境遇几乎可以用艰难来形容，而且十分棘手。他显得身心俱疲，狼狈不堪。或许这是他第一次感觉自己已经渐渐地日薄西山了。

那天吃过晚饭后，他与伯里莱茜谈起了他的计划。他想，最好是让爱琳陪他回纽约。他需要招待许多人物，如果他的妻子在场，那效果会好得多。另外，在此时，他们必须要格外小心地让爱琳保持一种愉快的心情，因为现在是一切事情成败的关键时期。

第三十七章　假剧作者

　　爱琳在巴黎逗留将近一个月了，正如爱琳新结交的朋友们所公认的那样，她彻底改头换面了，体重轻了二十磅；她的肤色、眼睛和她的情绪都明显地开朗和亮丽了；她的头发，按照萨拉·舒曼尔所描述的，梳理成了公鸡式；她的衣服由理查德先生专门设计，克劳斯曼特地为她设计了皮鞋，而所有这一切都是按照托立弗拟好的计划进行的。现在她与雷兹达夫人已经十分密切，至于那位酋长，尽管他的殷勤有点让人讨厌，不过他倒是一个很幽默的人物。他似乎就是因为她本人而喜欢她，事实上仿佛打算与她发展成恋爱关系。可他那身着装实在是很古怪。上等的白丝绸和毛织品，一条白色缎带束在他的腰上。他那光滑的黑发，仿佛有些粗犷。他的耳朵上还戴着一只小小的银耳环呢！脚上穿着一双又长又薄、鞋头削尖而向上翘着的红皮鞋，他的脚毫无疑问是不小的。还有他那鹰钩鼻子和那双漆黑敏锐的眼睛！当你和他相处时，你就变成展览会上的展品了，谁都会注视着你。如果是她单独招待他的话，大部分时间她都是在千方百计地回避他对她的爱抚。

　　"喂，请你注意，艾伯里希，"她说道，"你别忘了，我已结过婚了，我与丈夫的感情很好。我喜欢你，我确实十分喜欢你。但是，我不愿意做的事情，你绝对不能强迫我，因为我不愿意。如果你再继续下去，我永远也不想再见到你了。"

"但是，你看，"他的英语讲得十非常流利，他执拗地说，"我们志趣相投哇！你喜欢玩，我也喜欢玩。我们都喜欢聊天、骑马、赌博还有赛马。不过我们都是十分稳重的，没有过分……过分……"

"轻狂！"爱琳打断了他的话。

"'轻狂'是什么意思呢？"他问道。

"哦，我不清楚，"她感到好像在与小孩儿说话，"大惊小怪的，有点儿神经质，"她打了个手势，摆出精神上的不正常和感情上不平衡的姿势给他看。

"嗯？嗯？哈哈！轻狂！就是这个意思，我明白了。你不轻狂！太好啦！所以我十分爱你。哈哈！格外地爱你。至于我呢？你喜欢我这位艾伯里希酋长吗？"

爱琳"扑哧"一声笑了起来。"是的，我喜欢你，"她说，"当然，我认为你喝太多酒了。我想你绝对不是一个好人，你残酷、自私，另外还有许多。可是，我还是照样喜欢你……"

"嘻……嘻……"酋长笑了起来，"这对我这样的人是很正常的。我一天不谈情说爱就一天睡不着。"

"噢，别这样。"爱琳叫着，"你到那边去，给自己倒杯酒喝，然后出去，今天晚上再来，和我一起吃晚饭。我还想去萨比莱先生那里。"

就这样，爱琳生活得非常开心。过去的抑郁症倾向消失得无影无踪了，她觉得她的境遇并不像从前那样绝望。考珀伍德曾写信给她，说他要来巴黎，她期待着他的到来，准备用理查德最了不起的杰作令他大吃一惊。托立弗提议，如果考珀伍德来了，就请他去奥西纳饭店吃晚饭，这是他最近发现的一处很有趣的小地方。这地方非常雅致，靠近巴黎圣母院。因为这个特殊的情况，萨比莱会供应奥西纳饭店的葡萄酒、白兰地、利久酒、开胃食品和雪茄烟。奥西纳在托立弗的安排下将提供一顿丰盛精美的晚餐，贪吃的人不会觉得自己吃得太多。因此托立弗希望给人留下深刻的印象。在客人当中，他打算邀请雷兹达夫人、虔诚的酋长和玛丽戈德。由于玛丽戈德还在迷恋托立弗，因而继续留在巴黎，她听从他的话与爱琳和好。

"你和你的丈夫，"他对爱琳说，"熟悉所有著名的地方。我看如果咱们弄些十分简单的东西来换换口味，没准儿会更加新奇别致。"接着他向她讲解了他的计划。

为了确定考珀伍德是否到来，托立弗请她拍一份电报，真诚地邀请他出席他们专门为他准备的宴席。考珀伍德接到这份电报，顿时喜笑颜开，马上回了封电报表示接受邀请。他到达巴黎时，最令他大吃一惊的是，爱琳在她此时的年龄，特别是在她遭受了所有的痛苦后，她的身材竟然比以前更加迷人了。她的发型是一种旋涡式的精致发型，堪称杰作，衬托出了她脸庞的优点。她的衣服是特地为她的大大瘦削了的体形而设计的。

"爱琳！"他一看见她就不禁惊呼起来，"我从来也没有见过你像现在这般年轻漂亮！你究竟做了些什么？这一身打扮太迷人了。我喜欢你的发型。你是靠吃什么来生活的呢？是鸟儿的种子吗？"

"啊，差不多吧，"爱琳笑着回答，"三十天来，我从未吃过一顿像样的饭。不过你要相信一件事，我现在已经把体重减轻了，而且会一直保持下去。你这次航行开心吗？"她一边说着，一边催促正在桌子上摆放玻璃杯和利久酒准备招待客人的仆役。

"海峡平静得像池塘，"他说，"只是有十五分钟左右的时间，大家仿佛都要沉到海底去了。可是，一上了岸我们就好了。"

"啊，那个恐怖的海峡！"爱琳说，始终觉得他的目光在盯着她，不知不觉中，他的恭维迎合使她有点神经质地兴奋起来。

"但是，今天晚上大宴宾客是因为什么呢？"

"噢，托立弗先生和我安排的这个小小的宴会。你知道的，托立弗这个人是个百分之百的宝贝。我一直十分喜欢他。我认为你会对这些客人感兴趣的，特别是我的朋友雷兹达夫人。她经常与我待在一起。她长得十分漂亮，和我认识的所有女人都不一样。"

现在，她与托立弗以及他的一帮有趣的朋友，厮混在一起已有一个月了，她相当轻松自由地告诉考珀伍德，雷兹达夫人是何等漂亮，如果是在以前，她一定会妒忌地想办法不让他看到像她这样楚楚动人的女人。他注意到了她新的自恃的表情，她自信而且宽厚，对生活重新燃起了热情。如果一切都这般顺利进行下去，那么就一定会消除他们之间全部的痛苦。同时，他猛然意识到，正是自己促成了这种全新的变化，与她没有任何关系，她毫不知情。可他刚刚想起这件事情的时候，他就马上想起来，的确是由于伯里莱茜的缘故才这样做的。因为他能感受到爱琳的愉悦，与其说因为他的到来，还不如说是由于他所雇用的那个人的原因。

但是，他身处何种地位呢？考珀伍德觉得他无权过问。他的地位是一位编写一幕假面剧的作者，但事实不允许他宣称自己就是这部剧的作者。不过，此时爱琳说："弗兰克，你要去换换衣服。在客人没有到来以前，我还有点事情。"

"好吧，"他说，"不过我有件事要告诉你。你现在能离开巴黎，和我一同回趟纽约吗？"

"你这话什么意思？"她的问话充满了惊讶。因为她一直盼望他们能在这个夏季去游览欧洲几处著名的避暑胜地，现在他却说要回纽约。也许他是为了要在美国长期住下去，而完全放弃他的伦敦计划。她有点心神不安起来，因为不知道是何原因，这件事仿佛给她最近取得的所有成绩蒙上一层阴影，甚至造成了一种威胁。

"哦，并没有什么严重的事情，"考珀伍德笑着，轻松地说，"在伦敦并没有出现任何问题。我没有被赶走。事实上，看起来他们似乎喜欢我待下去。但是，有一个条件，我得回美国带一大笔资金来，"他嘲讽地笑笑，爱琳如释重负，与他一起笑了起来。她对他太了解了，对他的嘲讽深有同感。

"这件事情我一点都不感到奇怪，"她说，"不过，还是让咱们明天再谈吧。你现在就去换衣服。"

"好的，我半小时之内准备好。"

爱琳目送他走到另一个房间去。他与往常一样，看来那样子的确是一副成功的模样。他兴趣浓厚，敏捷而又主动。显而易见，他欣赏她现在的外貌和神情。对此她确信不疑，尽管她还觉察到一种状况，那就是他并不爱她，而且她害怕他。这位开心而英俊的托立弗，为她的生活带来了多么大的幸福呀！如果现在让她回到纽约，那么，她与这位年轻英俊的浪子之间刚刚建立起来的难以言表的关系日后会变成什么样呢？

第三十八章　夜聚巴黎

考珀伍德换衣服时，托立弗急匆匆地闯了进来。他把礼帽和手杖递给仆役，轻快地来到爱琳卧室的门前敲门。

"你好！"她对他喊着，"考珀伍德先生已经到啦，他正换衣服呢，等一下我就出来。"

"好的。客人马上就到了。"

他说话时，听见了轻微的动静，他转过身来，恰好瞧见考珀伍德从另一扇门走到客厅。他们迅速地对视了一下。托立弗立马觉察到自己的职责，主动大步走上前来。而考珀伍德抢先说："喂，我们又见面了。你在巴黎过得还好吗？"

"哦，非常惬意，"托立弗说，"这个季节是极为愉快的。我遇到了形形色色的人物。天气实在是太好了。你了解春天的巴黎。我觉得这是巴黎最开心最宜人的时节。"

"我听说，今天晚上的客人都是我太太的朋友。"

"是的，还有另外几位。我看我来得太早了。"

"那我们去喝点酒吧！"

他们随意地聊起了伦敦和巴黎，双方都努力装作彼此对对方一无所知，并且两人都做得极其成功。爱琳走过来向托立弗打了个招呼。随后，艾伯里希大驾光临，他像自己牧场上的牧羊人似的，丝毫不理会考珀伍德，一直恭维迎合爱琳。

开始，考珀伍德略感吃惊，后来又觉得有些好笑。这位阿拉伯人熠熠放光的眼睛使他产生了兴趣。"实在是有趣，"他想，"托立弗这个家伙还颇下了些功夫。这个身着长袍的阿拉伯人在打我妻子的主意呢。这的确是一个妙不可言的夜晚！"

玛丽戈德·布雷勒兹随后也到了。她的容貌立马让考珀伍德很感兴趣，而这种欣赏又仿佛是相互的。可是，这种神交立刻就被斯文雅致而富有异国情调的雷兹达打断了。她披着一条乳白色的围巾，长长的丝穗从她的肩膀上垂下来，几乎垂到了脚踝。考珀伍德很专注地欣赏着她的浅褐色的面孔，一头乌黑的长发，一副黑玉制的耳环几乎坠到肩上。

雷兹达夫人仔细地端详着他，和其他大多数女人一样，对他产生了浓厚的兴趣。她很快就明白了爱琳的处境。他是一个不会忠实于任何一个女人的男人。不能和他在感情上陷得太深。必须要让爱琳清楚这一点。

但是，托立弗急不可耐地催促着要走了，他们就听从了他固执的意见，都起身前往奥西纳。

托立弗订了一间包房，包房里半面有阳台，从敞开着的法国式窗户望出去，能看到巴黎圣母院和它前面草地的全景。但他们走进来后，大家都对还没有准备好的宴席议论纷纷，因为那里只摆着一张光秃秃的普通台子。托立弗最后一个进来，高声大喊起来：

"哎哟，那个鬼东西是什么意思呢？我糊涂了。一定是哪里出问题了。他们肯定是在等着我们的吩咐。稍等一下，我去看看。"他转身离去，快速跑开了。

"我真不明白，"爱琳说，"我以为他们早就把一切都安排妥当了。"

她皱起眉，噘着嘴，一脸怒容。

“也许我们被带错了房间。”考珀伍德说道。

“他们没有准备，这像什么话？”酋长对玛丽戈德说，这时，隔壁一间服务室的门突然开了，一位忧心忡忡的丑角冲了进来。这是一位真正的老丑角，高大，笨拙，围着一个由那种普通的带有星月形象的布缝合在一起的围裙，戴着有尖角的帽子，耳朵被化妆油涂得黄黄的，眼眶发青，腮帮上涂抹着粉红的颜色，手腕和脖子上戴着手镯和绉领，一簇簇头发从他的尖角形的帽子底下露出来，手上戴着一双巨大的白手套，脚穿着长长的靴子。浑身上下都流露出一种痛苦和失望的神情，四处张望着，大声嚷嚷起来。

“啊，上帝！我的上帝！老爷太太们！这是……真的，这是……唉，没有餐巾！没有刀叉！没有椅子！对不起！真对不起！一定要想办法！啊！”他拍拍他的巨掌，向门口张望着，好像有几队侍者立刻就会响应他的吩咐似的，他等了一会儿，仍没有反应。然后他又击了一次掌，等了一下，歪着头把耳朵贴在门上倾听，还是没有动静，他就转过身来面对他的观众。他们现在领悟了，都退往墙边，为小丑提供活动场所。

他把手指放在嘴边，轻手轻脚走到门边，专注地聆听着。仍然没有声音。他弯下腰，在锁眼上窥探着，脑袋一会儿向这边扭扭，一会儿向那边歪歪，然后他转过身来注视着他们，露出一副惊讶的愁眉苦脸的表情。他又把手指放在唇边，一只眼睛贴在锁眼上窥探着。最后，他突然向后一跳，故意摔倒在地上，接着，他就跳起来，倒退着走。这时门猛地被推开，六个茶房带着餐巾、盆子、刀叉、杯子和托盘走了进来，秩序井然，有条不紊。他们开始铺桌子，根本不去理睬他，这时他在周围胡乱跳着、扯着，同时大声叫嚷。

"好，好！你们来了，是不是？你们这些笨猪！你们这些懒蛋！把盘子放下来，把盆子放下来！"他对一个早已快速、娴熟地把盘子摆好的侍者说。然后，他向一个正在安放刀叉的侍者命令道："快把刀叉放下来，我告诉你！要注意，不要弄出这样稀里哗啦的声响！畜生！"接着，他拿起一把刀来，再放到原来的位置上去。他又对那个安放杯子的侍者高声大叫："不对，不对，不对呀！你这个笨蛋！你就学不会吗？你看看我！"他拿起杯子，又端端正正地放回原来的位置。随后往旁边跨开几步，直勾勾地看着杯子，他跪了下来，斜着眼睛看了一下，然后将一只小酒杯移动了千分之一英寸。

当然，这胡闹没有任何意义，除艾伯里希以外（他一直在好奇地观察着发生的事情），每一个人都在发笑，甚至哈哈大笑，尤其是当小丑走到前面去紧随着那个侍者领班，实际上有时踩着了他的脚跟，而侍者却装作没有看到他的样子时，众人更是笑得东倒西歪。当茶房出去时，小丑也跟着他，有时突然转过头来，大声喊着："呸！你反啦！呸！"

"演得的确很精彩！"考珀伍德对雷兹达夫人说。

"他是特罗卡德罗剧院的格雷里占，称得上欧洲最优秀的丑角。"她介绍说。

"是吗？"玛丽戈德叫道，她对他表演水平的评价一下改观了。

开始爱琳非常担心，而此刻对于这种冒险的成功而扬扬得意起来，精神焕发。由于考珀伍德夸赞她与托立弗的聪明智慧，在她心里，现在格雷里占所做的一切事情都让她感到十分有趣，尽管当他端着一只满盛着鲜红的番茄汤的大银汤碗，一个趔趄跌倒在地上，吓了大家一跳。原来是一些漂亮的五颜六色纸屑被他巧妙地撒向空中，再落到所有客人的身上，很快就响起了一阵喘气声、尖叫声和狂笑声。

他又匆忙跑回餐具间，这次带回来的只是一片简单的油煎碎面包，用一把糖夹子夹着，一次又一次地尾随着侍者们进来，做出一副监督的夸张表情，而那些侍者都在仔细地上菜。

最后一道菜是假冰激凌。每一块假冰激凌底下都有一只薄薄的吹得很大的气球，用叉刺破时，考珀伍德的是一把打开伦敦城的钥匙；爱琳的则是一尊理查德先生毕恭毕敬的小雕像，手里还拿着一把剪刀；雷兹达夫人的是一只小小的地球仪，一条虚线把她旅游过的地方都连了起来；艾伯里希的则是一匹小马，有位酋长骑在上面；托立弗的是一只小小的轮盘赌的轮子，指针正指在"零"字上；玛丽戈德的是一些玩具小人儿，包括一位军人、皇帝、花花公子和音乐家。看到这些，他们不时发出一阵哄堂大笑，喝过咖啡，格雷里占鞠了一个躬就退了出去，考珀伍德和雷兹达夫人同时叫着："精彩！太精彩了！"

"真惹人喜欢！"她说着，"我要写一张字条。"

然后，在半夜才开演的大木偶戏戏院里，他们欣赏了著名演员莱洛特的表演。散场后，托立弗提议去萨比莱那里。黎明时分，他们个个心满意足，在巴黎的这个夜晚，过得实在是太美妙了。

第三十九章　真正友情

从发生的一切事情中，考珀伍德得出一个结论，他物色到的托立弗是一个比他预想的更有手段的人物。毋庸置疑，此人很有才干，只要给予一点鼓励，当然，还得有经济援助，他就能给爱琳创造出一个不错的社交氛围，他们离婚后，她也许能在某种程度上得到满足。这是一个很值得考虑的问题。因为，如果她察觉伯里莱茜的存在，他就可以去向托立弗讨教。到那时，就是一件用钱来收买他们的事情了。完全是乱七八糟的事情！而且由于爱琳在社交界太引人注目，她的丈夫却又很少和她同时出现，这样就会让别人猜疑，他到底在何处，这种猜疑最终将引到一个方向去，那就是伯里莱茜。因此最好还是劝爱琳跟他回纽约，撤走托立弗。至少在当下，这样做能放缓他的工作，防止别人看清此事。

就爱琳而言，她十分愿意离开。她有种种的理由：她畏惧，否则，考珀伍德也许会带上另外一个女人和他一起回去，或者在纽约，他会与某个女人相遇。这样就会给托立弗和他的朋友们留下极为深刻的印象。因为与过去相比，考珀伍德现在在社会上更为著名，作为他的公开的夫人此时最荣耀。她非常好奇，不清楚托立弗是否会对她纠缠不休。因为这次回去可能会持续六个月的时间，说不定还要更长一些。

所以，很快她就把即将离开的消息告诉了托立弗。他的反应极为矛盾和复杂，因为在暗中还有玛丽戈德，她要他陪同她到北角游玩。他和她已经相处很久了，他意识到如果他继续向她求爱，她也许真的会离婚，再与他结婚，何况她手中还有一大笔钱。他并不爱她，他依然梦想着与一个较为年轻的姑娘风流风流。但是，问题的关键就是他目前需要连续不断的收入。如果收入中断，他的逍遥自在的生活就会立马终止。他觉得考珀伍德希望他回到纽约去，尽管并未对他做过什么暗示。但是，无论是回去还是留在这里，事情已进展到了这一步，他认为要继续追求爱琳而不透露他的爱情，这似乎对她太不近人情了。而且他坚信，她也绝不会答应的，但这样做却会讨得她的欢心。

"喂！"听到这个消息时，他不禁叫了起来。"这一下可就让我的身影烟消云散了！"他神经质地来回走动，这次他是在杰米夫人的酒吧间与玛丽戈德共进午餐后顺便来看她的。他做出一副非常伤心和沮丧的样子。

"你怎么啦？"爱琳严肃地问道，"出了什么问题吗？"她发现他喝过酒，尽管还没有失去理智，但足以使他表情忧伤了。

"这真的是太糟了。"他说，"我正在考虑我们两个人兴许可以搞出点名堂来呢。"

爱琳睁大眼睛直盯着他，极为困惑的样子。说实话，这种多多少少不正常的关系正在她心里逐渐使她动摇起来。在不知不觉中，她迷恋他的程度已超过她本人所承认的了。不过，她注意到了他与玛丽戈德以及其他女人交往的状况，她相信，就如她多次所讲的那样，他这个人，即使从房间这头走到那头的短时间里，也可能俘获一个爱慕虚荣的女人。

"我不知道你是否感受得到，"他往下说，同时在琢磨着，"你我之间的交往早已超出了普通的社交关系。我承认，当我第一次遇见你时，我没想到会产生这样的结果。可是，我们几次谈话之后，我就产生了另外一种感觉。在我的一生中，我经历过许多痛苦。我的生活时好时坏，我觉得我总会有这种遭遇。但是在船上的开始几天，不知何种原因使我想到，你或许也有相同的情况。这就是我要和你在一起的原因，尽管你也看到有不少女人能与我做伴。"

他在撒谎，却装作仿佛从来不说谎话的样子。这段表演有些感动了她。她曾经猜测他看中的是她的财产，这一点也有可能。但是，如果他不是真正爱她，那他为什么那样千方百计地去美化她的容貌，并且竭力地恢复她从前的妩媚呢？她领悟到了一阵突然的感情上的冲动，也许一半是母爱，另一半是因为青春和性欲。许多女人会情不自禁地去喜欢这位公子哥儿，因为他是那样亲切开朗而且是那样微妙又亲昵。

"可我回纽约去又会有什么关系呢？"她满脸狐疑地问，"难道我们不能继续做朋友吗？"

托立弗思考着。他的爱慕已经表达了，现在该怎么做呢？在他的内心深处考珀伍德始终处于统治地位。他希望他做些什么呢？

"只要想象一下，"他说，"在巴黎如此美好的时节，六月和七月的时候你却要离开。这可正是我们玩得开心的时候呀！"他点燃一支香烟，给自己斟了一杯酒。为什么考珀伍德还没有向他暗示，到底他是否要把爱琳留在巴黎呢？或许他会暗示，如果真是这样，他要快一点才好。

"弗兰克让我那样做，我没有别的选择呀，"她安静而无奈地说，"至于你，我想你也不会孤独的。"

"你还不清楚，"他说，"在巴黎，你已然成了我心中最重要的人物，同以往相比，我现在更加快乐和满足。如果你现在就回去，也许什么都结束了。"

"别瞎说！不要做傻瓜了。我也想留在这里，我承认。只是我不知道该如何是好。回到纽约后，我看看情况如何，再告诉你。但我相信我们马上就会回来的。如果不来，你还是觉得如此孤独，你可以回到家乡去呀，在纽约我们照样可以见面。"

"爱琳！"托立弗立刻觉得机会来了，就充满激情地大声嚷着。他迅速从对面走过来，一下抓住她的手臂。"太棒了！这就是我一直朝思暮想的，这就是你真实的感觉，对吗？"他问道，用温柔的目光看着她的眼睛，在她还没有来得及阻止前，他用双臂环抱住她的腰，亲吻着她，但不狂热，而仿佛是真正的爱情。不过，爱琳想笼络他，但又不想使考珀伍德不满，因此她纵使对他非常亲切温柔，却还是果断地拒绝了。

"不，不，不，"她反复地说，"记住刚才你所说的话，这只能是真正的友情，如果你要那样的话。但是，再也不能太过分了。顺便说下，我们为什么不到外边去随便溜达一下呢。今天我还没有出去过哩！我有件新衣服打算穿穿。"

对这种目前维持现状的情形，托立弗已感到满足了。他建议到枫丹白露附近的一个新地方去，于是他们动身出发了。

第四十章　艳遇插曲

在纽约，考珀伍德携爱琳从"萨克桑尼亚号"邮船上走下来，他们见到的照例又是一大群要求会见的记者。报社得知他表示过要进军伦敦地下铁道界的意向，现在要弄准谁会成为他的董事、投资人和经理，同时也要弄明白猛然大量收购市区和都城铁路的普通股票和优先股票是否是由他的人操作的。他在一次圆滑的声称中对此表示否认，当报上发表这条消息时，很多伦敦人和美国人都在发笑。

爱琳的玉照和新装，以及她在欧洲大陆接近上流社会的交际界的诸多近况，都一一见报了。

与此同时，布鲁斯·托立弗和玛丽戈德乘船去北角了。只是没有一家报纸提及此事。

在普莱奥海湾别墅，伯里莱茜成了当地的成功者。因为她非常谨慎地利用纯朴、天真和世俗的假面具隐藏了她的精明乖巧，大家都相信在合适的时机，她会得到一段机缘巧合的显赫婚姻。显而易见，她具有摆脱愚昧、庸俗和淫荡的本事，只对那些遵守规矩的男女感兴趣。甚至还有一个更能体现她个性的特色，正如她的新朋友们见到的那样，她对那些并不惹人喜爱的女人有种偏爱，比如被遗弃的女人、老处女、未出嫁的姑姑，她们虽系出名门，但是仍然难以得到关注和照顾。因为她不用担心那些年轻美貌的女主人和太太们，她清楚，如果能赢得较为寂寞的女士们的好感，就能为自己开辟一条道路，从而进军最重要的社交界。

对于没有害处而且在社交上品行端正的青年，还有那些有爵位和有社会荣誉的公子，她都很仰慕。事实上，普莱奥海湾别墅周围数英里之内年轻的副牧师和牧师们，对于这位新来的少女所具备的精神上的鉴赏力，早就喜出望外了。在安息日的早晨，她经常在母亲或一个比较保守且年龄较大的女人的陪同下，前往附近的英国教堂，她那庄重的表情能够充分证实传说中她所具有的良好品德。

与此同时，因为伦敦计划，考珀伍德匆忙前往芝加哥巴尔的摩、波士顿和费城，到所有美国最严格的机构去，在银行和信托公司最内部的密室里，与那些他认为最为有益、最具实力、最好对付的人商议。他坦率而爽快地表明，他一定能获得比他以往任何一项地下铁道计划更多和更长久的利润。虽然最近依然有人对他进行各种诽谤，但人们仍然惧怕地，用一种由衷的敬意聆听他的讲话。说实话吧，在芝加哥有许多针对考珀伍德的藐视和仇恨的流言，但同时那些人也羡慕他。因为这个人有权有势，正如以前一样，他千真万确是一位知名人士。

短短一个月内，所有主要问题都迎刃而解，在诸多场合，签订了购买他的控股公司的股票的临时协议，为了拿下整个地下铁道，马上就要组建这家公司了。对于收进来的地下铁道的每股股票，他都用自己大公司的三股股票作为交换。如果不是为了在芝加哥股权上的一些会议，他确实可以彻底轻松地去英国了，而且如果不是为了一次他经常碰到的又是他见怪不怪的新奇遭遇，或许他早就回去了。在以前，当他的姓名在大庭广众之下炫耀时，经常发生这种事情：他曾经被野心勃勃而又漂亮迷人的女人们亲近过，在她们眼里，他的金钱、声望和风度几乎是无法抗拒的。现在，由于他到巴尔的摩的一次必要旅行，又发生了此类艳遇。

在他住的那家旅馆里发生了此事。当时在他的内心深处，这件事似乎绝对不能污染他对伯里莱茜的爱情。但在半夜时分，他刚从马里兰信托公司董事长那里回来，当他坐在写字台前摘录他们最近谈话的笔记时，有人轻轻地在他的门上敲了一下。他应答后，听到一个女人的声音。说是有个亲戚打算同他谈一下。他笑了笑，因为在他所有的经历中，他还没有想到有这种亲近他的形式。他把门打开，一个少女出现在门口，他瞟了她一眼，就断定她是不可忽视的，并马上对她产生了好奇心。她年轻大胆，身材苗条，既有魄力又有魅力。她的容貌和打扮都非常美丽。

"我的亲戚？"他看着她，微笑着把她让进屋内。

"是的，"她十分镇静地答道，"我是你的一个亲戚，尽管你或许不相信。我是你叔叔的外孙女。只是我姓马里斯，但我母亲姓考珀伍德。"

他请她坐下，自己坐在她的对面。她的一双蓝眼睛很圆，十分清澈，她目不转睛地端详着他。

"你在哪里长大的？"他问道。

"辛辛那提，"她答道，"尽管我母亲出生在北卡罗来纳州，可我外公出生在宾夕法尼亚州，离你的出生地并不太远，考珀伍德先生。他是多雷斯镇人。"

"对，"他说，"我父亲的确有一个兄弟住在多雷斯镇。另外，我还要补充一句，你有一双考珀伍德家族的眼睛。"

"谢谢，"她答道，同时继续注视着他，正像他注视着她一样。接着她又添上几句，并不因为他的凝视而惊慌失措，"你也许有点奇怪，我怎么会在此时来到这里，可我也住在这家旅馆哪！你看，我是一位舞蹈家，我们舞蹈团这周就在这里表演。"

"是真的吗？我们家族的成员好像漂荡到奇特的行业上去了！"

"是的，"她答道，热情地笑起来，这是一种含蓄的微笑，是一种含着意味深长的味道、暗示着想象力、智慧、浪漫和情欲的微笑。他意识到了这种微笑的力量，正如他当然明白这种微笑的性质一样。"我刚从剧场回来，"她继续说，"但是，我已从当地的报上看到了你的消息，也看到了你的照片，因为我一直想认识你，可是我决定，最好此刻就来。"

"你是一位出色的舞蹈家吗？"他问道。

"我希望你去看看再做评论。"

"可我明天早晨就要回纽约去了，不过如果你愿意与我共进早餐，我想我或许可以再待上一天。"

"哦，是呀，这个，我当然愿意，"她说，"不过，你也许不知道，好多年来，我一直在想象着就像现在这样与你谈话呢。有一次，就在两年前，当时我没有办法找到工作，我就给你写信，但接着我撕了它。你看，我是考珀伍德家族中寒酸的一员哪。"

"真遗憾你没有把它寄出来，"他批评她说，"你打算对我说些什么呢？"

"哦，我的天赋很好，我是你的侄外孙女。如果给我提供一个机会，我就有十足的把握，我一定能成为一位伟大的舞蹈家。但是我十分高兴没有把信寄给你，因为我现在与你在一起啦，你能亲眼看到我跳舞。顺便提一下，"她继续说，依然用她那双有魅力的蓝眼睛直视着他，"我们的舞蹈团夏季在纽约演出，我希望你能来看我。"

"如果你作为一位舞蹈家也像你本人这般可爱，你肯定是一位震惊一时的人物。"

"我要请你在明天晚上看完表演后再告诉我。"她移动一下脚步，似乎打算要走了，但很快又犹豫起来。

"你叫什么名字，你说过吗？"他问道。

"洛娜。"

"洛娜·马里斯，"他重复着，"这是你的艺名吗？"

"不错。有一次我很想把它改成考珀伍德，这样你也许能注意我。但是我断定，这个名字只适合于金融家，对一位舞蹈家却并不合适。"

他们彼此凝望着。

"你多大了，洛娜？"

"二十岁，"她简短地说，"到十一月我就满二十岁了。

紧接而来的安静充满了无限的意味。眉目含情，秋波传情。几秒钟后他仅仅用手指暗示了一下，她就站起来迅速走到他的身边，她走起路来就像在跳舞，最后，她投入了他的怀抱。

"太妙了！"他陶醉着说，"你就这样来了……太好啦……"

第四十一章　爱琳的报复

　　第二天中午，考珀伍德迷茫地与洛娜分手。那种占据过他全身心的狂热一直延续到那时，控制着他的每条神经和血脉，实际上，在整个过程中，他并没有忘记伯里莱茜。也许可以这么说，不受外力影响的火是不会烧毁房子的。可是，她离开前往剧场后，他的大脑就马上恢复了常态，只是充满矛盾，就是关于洛娜和伯里莱茜的问题。在整整八年之中，他对伯里莱茜的神往以及现实生活中的只可远观不能近看，自始至终都在支配着他的思想，最近她的身材和审美上的完美无缺，更让他倾心不已。然而，他还是允许这种粗俗的但仍旧是美丽的魔力，使他对伯里莱茜的所有思念屏蔽了起来，甚至暂时忘得干干净净。

　　一人在房间里独处，他扪心自问，这次自己是否应该受到谴责。他并没有刻意追求眼前的诱惑，是她神不知鬼不觉地来到自己的身边，而且来得那样突然。另外，他的本性倾向于需要各种各样的经验和众多滋养的源泉。说实话吧，他对伯里莱茜坦白过他对她炽热的爱情，而且从那以后，他不断地对伯里莱茜这样说，在他的生活里，她占据着至高无上无可替代的地位。一般来说，这话还算是正确的。但是就在此刻，洛娜代表一种耗费精力又不可抵御的诱惑，或许可以被当成一种簇新的、还未发掘的、神秘莫测的魔力，特别关系到青春、美貌和性欲。

他认为，这种不自觉的魔力最好这样解释，那就是它征服了个人的意志，令他无法抗拒。魔力一旦来到，就会产生狂热，并将人占领。他与伯里莱茜是这样，现在与洛娜·马里斯也是如此，有一点现在他能清楚地区分开来，那就是他对洛娜的狂热绝对不会超过他对伯里莱茜的爱情，这是不同的，他能看出来和清楚地觉察到。这种区别取决于这两位姑娘在气质和理智上所追求的目标不同。尽管年龄相近，但洛娜有着相当艰难和广泛的生活经验，作为一个迷人的舞蹈家，凭借自己肉体的和纯粹是性的美而获得名声、报酬和赞扬，她对此还是觉得满足的。

伯里莱茜的气质和她因此决定的打算是截然不同的。她更为全面、周密，这缘于她见多识广，具有许多国家和民族的审美力。正如他一样，伯里莱茜对于智慧和风度主宰一切这一点怀着永恒的信念。因此，她优雅而轻松地把自己与英国的环境、社会习俗协调起来。显而易见，尽管洛娜拥有着活生生的、刺激的性感力量，但伯里莱茜却蕴含着更为深刻和持久的魅力与风韵。换句话说，从各方面来看她的野心和反应都比较有意义。洛娜走后，尽管他并不打算去琢磨这种想法，但是浮现在他眼前的仍是伯里莱茜。

可是，在他最后的抉择中，到底怎样去安排这种局面呢？他是否能隐瞒这次他并不想马上结束的奇遇呢？如果被伯里莱茜发现了，又如何解释呢？在修脸的镜子前、浴室里、化妆室里，他都没有想出解决这个问题的办法。

晚上散场后，考珀伍德断定洛娜·马里斯除了是一个性感的舞蹈家外，并无其他独特之处，兴许能很好地出几年风头，最后与一个富翁结婚。可现在，因为他在欣赏她的舞蹈，因此他觉得她十分诱人，穿了一身丑角的丝绸衣服，宽大的裤子，戴着长长的手套。在投射着夸张了的影子的灯光下和在阴森森的音乐伴奏下，她载歌载舞，装扮成凶恶的魔鬼，如果你稍不留心，也许它就会把你拉走！另一幕的舞蹈更为疯狂，她身着无袖的薄纱白套裙裸露着优美的手臂和大腿，头发恰似一堆起着旋涡的金粉，让人看到了一个放荡不羁的、喝醉酒的女人。她还在另一幕舞蹈里装扮成一个被追逐的、天真而恐慌的姑娘，企图从强奸未遂的、潜伏的男人手里逃走。不知有多少次她被观众喊回来，最后，剧场经理不得不阻止她出来谢幕。后来在纽约，她在那个季节里影响了整个都市里夏季的爱情格调。

　　事实上，令考珀伍德出乎意料的是，洛娜和他自己一样经常被人们谈论，乐队到处演奏她的歌曲，许多著名的轻松歌舞剧院都在模仿她的演技，别人只要看见她和他在一起，就会热议，这一点成了最大问题，因为凡是经常议论洛娜的报纸，同时也把对他的评论发表出来。这一点唤起了他的高度警惕，他们的事使伯里莱茜的内心十分痛苦。如果在公共场合之下，他和洛娜结伴而行被别人看见，伯里莱茜也许能在报上看见，或者听到别人谈论。同时，他与洛娜打得火热，希望尽可能地经常待在一起。对于爱琳，至少他准备向她坦率地承认，他在巴尔的摩遇到了他兄弟的外孙女，她是个非常聪明伶俐的姑娘，经常在纽约的戏院里演出。爱琳愿意邀请她到家里来吗？

　　爱琳早已在报纸上看到洛娜的消息和照片了，当然觉得特别好奇，就凭这一点，她愿意邀请洛娜。同时，这位姑娘的美丽和自负，以及她亲自去找考珀伍德并且向他自我介绍，就已足以让爱琳愤怒了，而且也重新勾起了她以前对考珀伍德真正动机的怀疑。青春，已经无法挽回，而美丽那优美的灵魂又像影子一样稍纵即逝。但是这两样东西是火焰也是风暴呀！爱琳并不真心高兴地陪伴洛娜在考珀伍德公馆里的画廊和花园里散步。因为她认为洛娜具备了爱琳所缺乏的优点，所以这些优点对她没有一丝好处。生命是连同美丽和情欲一起来到的，没有美丽和情欲，那就一切都终结了……考珀伍德得到了他所追求的美丽。可她呢……

现在，考珀伍德一定要装作忙于各种并不存在的约会和事务，为了保证他那新近的伊甸园，他认为如果托立弗在场，那就好多了，因此他嘱咐中央信托公司把他叫回来。托立弗也许能防止爱琳再去想洛娜。

托立弗和玛丽戈德和她的一些朋友在北角海上航行，正玩到兴头上时，考珀伍德让他回去，因此他很沮丧，他不得不声称，由于工作的需要，他要即刻赶回纽约。回来后不久，在他努力与爱琳寻欢作乐时，他听说了关于洛娜和考珀伍德的事，当然，他饶有兴致。尽管他羡慕考珀伍德的艳遇，可他还是处处谨小慎微地缩小和驳斥他听到的所有风言风语，特别针对爱琳的怀疑，他努力为考珀伍德开脱和辩护。

遗憾的是，他回来得有点晚，没能够阻止不久就落入爱琳手中的《都市之声》上的一篇文章。这篇文章对她产生了一种惯性作用，因为她丈夫易犯的恶行勾起了她以往的痛苦回忆。无论他的地位有多高，他的成功如何令人难以置信，他是要让那些微不足道也远不及他的无赖们来破坏和玷污他的名声，他原本能成为一个伟大而光辉的名人。

只有一点让她聊以自慰。如果她在这方面受到侮辱，那伯里莱茜·弗雷明也同样要受到侮辱。因为对伯里莱茜始终躲在幕后不出面，爱琳内心深处早就感到愤懑不已了。她发现伯里莱茜在纽约的住宅无人居住，也就以为考珀伍德肯定和她疏远了。因为很显然，他半点也没有流露出离开纽约的消息。

他继续留在纽约的一个借口，就是与威廉·杰宁斯·布莱恩竞选总统候选人，布莱恩是个颇具鼓动性的政治家，他所持的经济和社会理论，与当前流行的关于金融管理和分配的资本主义观点有所不同，他努力寻求填平当时贫富之间无法逾越的鸿沟的办法。结果，当时在美国出现了真正的商业危机，并且几乎引发社会恐慌，唯恐此人真的当上总统。这就让考珀伍德有借口对爱琳说，此刻离开美国对他会很不利的。因为在金融上的成功寄希望于布莱恩的失败上，他写信给伯里莱茜也是这样说的。由于爱琳把一张《都市之声》寄到了伯里莱茜在纽约的住址，最后辗转寄到了普莱奥海湾别墅，结果，她就不可能相信考珀伍德所说的那一套谎话了。

第四十二章　情场劲敌

至今，伯里莱茜结识的所有男人中，她唯独欣赏考珀伍德的魄力和成就，认为他有极大的魅力。但她也欣赏普莱奥海湾别墅独特的生活情调。在这里，在她的生活经历中尚属首次，她的社会地位问题被暂时抛在脑后，她可以任性地放纵自我，任凭自我陶醉的冲动去摆出各种姿态去游乐。

在普莱奥海湾别墅，她过着一种欢愉、宁静和慵懒的生活。每天清晨，在长时间的洗澡、对镜梳妆后，她喜欢挑选与她情绪相匹配的服装。比如说，这顶帽子满足这一点，这条缎带满足那一点，还有那些耳环、腰带和拖鞋，她就这样消磨着时光。有时她手托下巴，依靠在梳妆台有色花纹的大理石上，从镜子里仔细欣赏自己的头发、嘴唇、眼睛、胸脯和胳膊。她非常认真地挑选刀叉、瓷器、餐巾、花朵，总是想把餐桌布置得令人更加满意。尽管一般只有她母亲、管家埃文斯太太和女仆露丝能看到。当月亮刚刚升起时，她就在卧室旁边的可爱的、有围墙的花园里散步、憧憬，她坚信考珀伍德会盼望和她在一起。但是她有一种补偿的想法，一次短暂的别离会带来一次微妙而满意的重逢。

卡特尔夫人对女儿经常陷入沉思感到惊讶，她不明白为什么在女儿面前已经呈现了一个稳固的社交圈时，她还会经常独自寻求寂寞。

但不早不晚，恰巧在此时，斯坦爵士来了，这是在考珀伍德离开后大约三个星期的事情。斯坦爵士驾驶汽车从德里格塞尔开往伦敦，顺便在普莱奥海湾别墅暂时休息一下，表面上是来查看一下他的马匹并向他的新房客表示欢迎。他特别好奇的是，他听说这位姑娘的监护人居然就是弗兰克·考珀伍德。

由于伯里莱茜和考珀伍德谈过此人，她很快就产生了兴趣，而且格外高兴，她想起了那些头发卡子和刷子以及那位素不相识的哈撒威小姐。可是在她与他打招呼时，她满面笑容，沉着大方。她的白裙子、蓝拖鞋和束在腰间的蓝带子以及她那种像汹涌的波浪似的红发上绕着的那根蓝绒带子，都给斯坦留下了美好的印象。当他弯下腰来握着她纤细的小手时，他觉得这是不曾虚度片刻的人，那位野心勃勃、有权有势的考珀伍德的确是个合适的保护人，他的眼睛不仅显露出好奇心，还表现出非常仰慕的神情。

"我想你会原谅房东的莽撞，"他说道，"我在这里有几匹马，我打算把它们送到法国，我认为有必要来看看这些牲口。"

"自从我们住在这里后，"伯里莱茜说，"我母亲和我一直希望拜见这个可爱地方的主人。这里真的太美了，几乎无以言表。我的监护人考珀伍德先生曾谈到过你。"

"那是必须的，为此我非常感激他，"斯坦说，他被她的美貌和姿态迷住了。"谈到普莱奥海湾别墅，这并没有值得你夸赞的地方，这只是祖先传下来的遗产，是我家的传家宝之一。"

伯里莱茜请他留下来吃茶点，他开心地接受了邀请。他问她们是否要在英国住很长一段时间，伯里莱茜即刻醒悟到要对他小心提防，她表示不一定，因为这取决于她和她母亲对英国喜欢的程度。同时，他的凝视又与她平静的眼光对视，由于他的态度，她现在才敢略微放肆，否则她绝对不会这样做。既然他是来看他的马匹的，她可否也一同去看看呢？

斯坦一下子开心起来，他们一同走向马厩的围场。他问她是否所有事情都能得到细致的照顾。她和她母亲是否愿意骑他的马或驾车出游，她是否希望园丁或农夫在园地上改变种植的植物或是重新布置一下？羊是否太多了？他一直打算卖掉一些。伯里莱茜反对说，她喜欢羊群，她不希望做任何改变。好吧，两三个星期以内他就能从法国回来，去德里格塞尔，如果那时她们还住在这里，他可能会先来这里看望她们。也许，到那时考珀伍德先生也在这里了。能见到他实在太荣幸了。

显而易见，这是一种友好的表示，她决定充分地利用它。这可能也是一种调情，自从她得知斯坦是她的房东，而且还可能是考珀伍德未来的合伙人后，她不清楚自己出于何种心理，她在内心深处几乎已认为这是事实了。斯坦离开后，她模糊不清地回忆着他高挑的身材，那一身苏格兰呢的服装，英俊的面孔，他的手，还有他的眼睛。他有一种隐隐地让人陶醉的风度和举止。

然而，这里还有考珀伍德和他的业务关系以及她和她母亲的生活。他难道猜不出来吗？他绝不会像哈克斯柏莱上校或者阿瑟·塔维斯托克，以及那些乡村的副牧师和老处女那样容易蒙骗，对此她十分明白，就像她了解她或考珀伍德绝不会被人蒙骗一样。如果现在她对他的调情有所回应，难道他不会把她看作不规矩的姑娘，看作普通的调情的对象而不做其他考虑吗？考虑到她对考珀伍德的爱情以及她对他未来事业的极大兴趣，她本心上不愿意想到这种背信弃义的行为。因为这对考珀伍德的影响太大了。他很有可能会愤怒地报复。她甚至不确定再与斯坦见面这种做法是否聪明。

可是，在八月的一天早晨，当她端坐在镜子前摆出各种姿态时，她接到一封斯坦的信。他即将离开巴黎，他的侍从和马夫已带着他的两匹马先行出发了，正在前往普莱奥海湾别墅，如果她允许，他立马赶过来。她给他回了一封信，说自己和母亲都很愿意再见到他。她因此非常兴奋。她开始反问自己，又想到了考珀伍德。此时，考珀伍德正沉醉于洛娜·马里斯的风情万种之中。

　　尽管斯坦不如考珀伍德那么热衷于金融事业，可在情场却是一个出色的劲敌。一旦他对谁产生了兴趣，他就会十分积极，同时也十分机智。他喜爱美丽的女人，无论工作多忙，他都会追求新鲜的对象。一见到伯里莱茜，他就立刻对她产生了好感。她在那种可爱的环境中独自和她母亲在一起，确实是他爱情的最佳对象，但是由于考珀伍德的关系他觉得他必须慎重从事。考虑到考珀伍德还没有提起过他的这位被监护人，而且她又是他的房客，那他为什么不能继续去拜访她呢？这样，时机一成熟，他就欢喜地收拾行囊，打定主意来很好地利用这次机会。

　　至于伯里莱茜，她也是非常愿意见到他的，她穿上她喜爱的淡绿色的长上衣，见面时她比上一次更不拘泥于礼节，有时还爱与他开玩笑。她问他在法国是否十分开心。哪一匹马赢了？是那匹眼睛上有个白圈的栗色马呢，还是那匹高大的、黑色的白脚马呢？斯坦告诉她，是那匹高大的黑马使他赢了一万两千法郎，再加上一些次要的赌注，一共赢了三万五千法郎。

　　"这足够把一家贫穷的法国家庭变成贵族了，我认为。"伯里莱茜轻松地说。

　　"法国人极为节俭，这你了解的，"斯坦说，"这笔钱的确足以把一些法国的乡下人变成贵族，说起来，连咱们的乡下人也如此。如果在苏格兰，就是在家父的祖先出生的地方，这笔钱没准儿也能打下伯爵产业的基础。"他若有所思地笑着，"我这一族的第一个伯爵，"他补充了一句，"开始的时候还没有这么多产业呢。"

"可是现在的这位爵士一次赛马就赢了这么多的钱！"

"唉，这次是赢了，但不能保证常常赢钱。在上次赛马的赌注上，我输了这次数目的两倍。"

他们一同坐在船屋的甲板上，等候着茶点。有一只坐满了游手好闲的人的平底船驶过去，他问伯里莱茜是否使用过船屋上的独木船或平底船。

"哦，使用过，"她说，"塔维斯托克先生和我，还有住在温布尔顿附近的哈克斯柏莱上校，在这一头坐船到了温沙，在那一头远远地过了玛洛。我们还谈过要一直撑到牛津哩。"

"是在一只平底船上吗？"斯坦问道。

"不，有两三只船。哈克斯柏莱上校早就说过要安排一次河上游宴会呢。"

"可爱的老上校！那么，你认识他了？我从小就认识他。可我已有一年没有看见他了。我想他去过印度。"

"是的，他告诉过我。"

"但是，德里格塞尔一带的乡下更好玩，"斯坦说，没有再提哈克斯柏莱和塔维斯托克。"我们周围都面临大海，属于英国多岩石的海岸，异常动人。另外还有低地、沼泽、锡矿、铜矿和古老的教堂，如果你喜欢这些地方，那种气候特别讨人喜欢，特别是现在，我真希望你和你母亲去一趟德里格塞尔，那里有个很棒的小港，我在那儿有一只游艇，我们可以航行去西尼群岛，大约也就三十英里的距离。"

"啊，真开心！你实在是太好了。"伯里莱茜说，但是她又想起了考珀伍德，如果他知道了，会怎样呢？"妈，你喜欢乘坐游艇到西尼群岛去玩一趟吗？"她向敞开着的窗口喊道，"斯坦爵士在德里格塞尔有一只游艇，还有个很棒的小港，他觉得我们一定会喜欢的。"

她用一种特别开心的神情急速地说着，没有半点谦让的口气。她优美而又心不在焉的态度让斯坦觉得格外有趣，在其他场合，人们对这种邀请简直求之不得，但她却那么不放在心上。

卡特尔夫人来到窗口。"你要原谅我的女儿，斯坦爵士，"她说，"她是一个非常任性的孩子。我从来就管不了她，在我认识的人之中，也没有一个人能约束得了她。但是，如果对我而言，"说到这里，她看了看伯里莱茜，似乎是在征求她的同意，"这件事情听起来太好了。我认为贝菲也是这样想的。"

"那么，现在喝茶吧，"伯里莱茜往下说，"以后，你可以来，在河上给我撑船，尽管我更喜欢小游船。也许我们还可以散步，或者在吃晚饭前来一场室内球赛。我一直在训练，打得还不错呢。"

"我说，现在打球太热了吧？"斯坦反对说。

"你实在是太懒了！我认为，所有的英国人都喜欢网球场上的剧烈运动，比其他什么都更喜欢，大英帝国一定是衰落了！"

然而，那天傍晚他们并没有玩球，而是在泰晤士河上划了一次小游船，然后在烛光下吃了一顿富有情调的晚餐，斯坦口若悬河地描述德里格塞尔的优美，他说虽然那里比不上英国许多其他好房子那样现代化，但在那里能俯瞰大海，俯瞰那种奇特、怪诞、给人深刻印象的山岩重叠的海岸。

但是伯里莱茜此时仍然不敢接受这种邀请，尽管她对那里已经着迷了。

第四十三章　进退两难

从气质方面来看，伯里莱茜和斯坦颇为相似。他如女子一般，不像考珀伍德那样粗犷，在某种程度上有些不切实际。另一方面，在考珀伍德大出风头的实业领域里，斯坦被排斥在外，所以，在伯里莱茜最能享受的那种奢侈的生活氛围中，他能更有效地绽放出自己的异彩。傍晚散步时，她全神贯注地倾听着他的爱好和人生观，斯坦也很随意地提到自己。他和考珀伍德一样服从命运的安排，并且为自己有这样的命运而庆幸。必须承认，他既有钱，又有爵位，还有些天资。

"我所拥有的一切均是不劳而获的，我受之有愧。"他对此显得很真诚。

"这我相信。"伯里莱茜大声笑了起来。

"可我就是这样，"他继续说，假装没有听见她的话，"这个世界就是这样，非常不公平，对一些人恩赐太多，而对另一些人却不给任何东西。"

"我完全赞同，"伯里莱茜突然变得严肃起来，"生活中仿佛充满了无法解释却又注定了的命运，有些美丽，有些可怕或者可耻、残忍。"

斯坦倾诉着自己的生活。他说，他父亲希望他娶一个他父亲朋友的女儿，这位朋友也是伯爵。但斯坦认为，那个女孩儿缺乏足够的吸引力。后来在剑桥，他决定把婚期延迟下去，一直等他看尽这个世界更多更好的地方再做决断。

"可糟糕的是，"他说，"好像我逐渐养成了一种游历的习惯。一旦闲下来，我动不动就去伦敦、巴黎、德里格塞尔，普莱奥海湾别墅没人承租的时候我也不时来看看。"

"但是，我不明白，"伯里莱茜说，"一个孤零零的单身汉在这些地方能做些什么呢？"

"这些地方可以用来请客，"他答道，"这里的宴会很多，你也一定看到了。几乎没法回避。然而我也有工作，你明白的，有时我还拼命地工作。"

"缘于工作兴趣吗？"

"是的，我认为是这样的。至少工作能给我鼓励，能使我内心平衡，这一点对我大有益处。"

他继续发表他得意的理论，如果仅有爵位的称号而没有个人的成就，那就没有任何意义了。此外，上流人士的兴趣正转移到科学和经济领域内工作的人们身上去，而他对经济学最感兴趣。

"不过，这并非我要谈的主要问题，"他总结说，"还是来谈谈德里格塞尔。对一般的请客来说有点太远，而且很难安排，感谢上帝，因此当我打算请真正的朋友时，我就需要稍微谋划一下。与伦敦那边的一切相比，那里截然不同，我经常把这个地方称为世外桃源。"

伯里莱茜马上觉察到他急于在他们彼此之间作更深一层的了解。她觉得此事最好到此为止，立马就停止下来，不能再往下进展了。可她又不喜欢采取这种措施，这人的人生观好像与她的人生观一样广阔。他们散步时，她看着斯坦，甚至揣测，如果她把她和考珀伍德的真正关系告诉他，他也许就不会有意让他的欲念来控制和维持他社交上的礼貌。因为说到底，目前他与考珀伍德在经济上联合起来了，或许他对考珀伍德的尊敬也足够使他也同样尊敬她。

但他对她仍然具有吸引力。她决定当天晚上把谈话放在一边，可次日清晨，太阳初时分升，他们在早餐和骑马时，谈话就继续进行了。他反复邀请她去德里格塞尔，不仅仅是为了放松几天，而且还可以安静地考虑一些需要他关注的重要经济问题。

"你看，我已陷进一大堆事务中去了，与你监护人的地下铁路计划相关，"他道出了实情，"我知道他有个十分复杂的计划，因此，他好像需要我的帮助。我还没有下定决心是否与他合作。"他停了下来，好像是有意等着看看他是否有什么话说。

但伯里莱茜骑马缓慢地紧跟在他身后，她决定不发表任何意见。所以，现在她说："考珀伍德先生恰好是我的监护人，可对我来说，他的经济活动就是一个谜。我对如何用金钱购买有趣事物要比如何去赚钱更感兴趣。"她缺乏自信地对他笑笑。

斯坦勒的马停了片刻，扭过身来注视着她，嚷着："哎呀，你和我想到一起去了！我一直不清楚，像我这般喜欢美，追求美，为什么让我去操劳实际事务呢？在这一点上，我的内心经常斗争。"

现在，伯里莱茜又一次把自己的那位追求进取却又无情的爱人与斯坦相对比。考珀伍德的理财天赋和追求权力的欲望，从某种程度上来说受到了他那种对艺术和美的爱好的影响。但是，斯坦得以充分发展了的审美观是超越一切的，除此之外，他也一样有钱，有人品，还有考珀伍德永远无法拥有的东西，即被社会所公认的显赫爵位。这样的对比的确十分有意思。因为显而易见斯坦给她留下了深刻的印象。这是将一位英国贵族与一位美国金融家、市内铁路的巨头弗兰克·考珀伍德的比较哇！

树荫下，伯里莱茜骑着一匹灰黑色的牡马，想象着自己是斯坦夫人，他们甚至还可能生个儿子来继承斯坦的爵位。然而随后，唉！她就想起了自己的母亲，声名狼藉的路易斯维尔的海蒂·斯达尔，想到了自己与考珀伍德的暧昧关系，这种关系随时都有可能公开成为一件丢脸的事。因为还有爱琳在，还有可能会激起考珀伍德的愤懑和紧随而来的敌意，这种敌意可能会以任何形式出现，因为她了解他具有阴谋报复的才能。所以，她之前的兴奋在现实的烈火中灰飞烟灭了。转瞬之间，由于她进退两难的复杂处境，她十分沮丧，不过片刻后，她又从斯坦的话里得到了安慰。

　　"你的才气和悟性与你的美丽同样让人钦佩，你允许我这样说吗？"

　　她表情忧郁，但还是快活地挥挥手作为回答。"为什么不可以呢？难道你希望我拒绝我应该得到的东西吗？"

　　她对斯坦来说有很大的诱惑，他甚至以为她和考珀伍德之间的关系也许是十分正常的。因为考珀伍德肯定有五十五岁了，也许已超过了六十岁。可伯里莱茜看上去绝对不会超过十九岁。没准儿她还是个私生女。另一方面，考珀伍德是否迷恋于她的年轻美貌，想以礼物和关照笼络她和她母亲而对她进行引诱呢？因为在琢磨卡特尔夫人时，斯坦已经感到有些事情他无法解释。毋庸置疑，她是这位姑娘的母亲，因为伯里莱茜与她如此相像。他困惑不解。可现在他希望把她带到德里格塞尔去，心里暗暗考虑着如何具体付诸实施，他说：

　　"有件事情，我向你道贺，弗雷明小姐，你拥有着这样一位声名显赫的监护人。我认为他是一个聪明至极的人物。"

　　"是的，是这样，"她赞同说，"十分高兴你正在与他合作，或者正计划与他合作。"

"顺便问一下，"他说，"你知道什么时候他能从美国回来吗？"

"我最近接到他一封信，他正在波士顿，"她答道，"他在芝加哥和其他地方要做很多事情。真的，我并不知道他什么时候能回来。"

"他回来的时候，也许我能有幸招待你们，"斯坦说，"不过在德里格塞尔仍然有一次招待，这需要等考珀伍德先生回来。"

"我认为是这样，至少要等三四个星期以后。我母亲感觉身体不太好，眼下她就想在这里休息休息。"

她令人欣慰地对他笑着，但是她也想到，一旦考珀伍德回来，或许她有时间写信，或者给他拍电报，这件事情说不定就能安排妥当了。就她个人来说，她对赴约求之不得，即使考珀伍德不在，但如果这种友谊得到他的认可，也许能促进他和斯坦事业的发展。她要马上给考珀伍德写信。

"不过在三四个星期后，你看这可行吗？"斯坦道。

"这我有绝对的把握。我敢说，再没其他事情能使我们更愉快了。"

斯坦用最慷慨的态度接受了这个含混不清的提议。因为他非常明白，这位年轻漂亮的美国姑娘并不在意他，也不在意德里格塞尔和他的有爵位的亲戚。她是一个十分有主见的人，人们只能按照她的条件来努力满足她。

第四十四章　致命打击

　　尽管伯里莱茜很难判断发展这种友谊是否有好处，然而这种友谊的发展，一半的原因也是由于考珀伍德迟迟不来造成的。因为他早就写信说要等到即将举行的总统竞选结束后，他才能去伦敦。而且，他还狡黠地附上一句，如果不能立刻回来，他一定会派人接她去纽约或芝加哥和他相会。

　　尽管这封信引起了一些猜测，但并没有让她起疑心。如果没有爱琳寄来的那张剪报，任何事情都不会发生，这张剪报是她与斯坦谈话一个星期后收到的。一天早晨，她在别墅东边的一间卧室里正无聊地翻看着信件，发现一封寄到她纽约的家里并转寄过来的普通信件。信封里面装着几张照片和描写关于洛娜·马里斯的文章，还有从《都市之声》上剪下来的一篇文章，上面写道：

　　　　当前，四处传播一则关于一位全球闻名的亿万富翁和他最新的被监护人，也就是一位当代走红舞蹈明星之间的新闻。据说，此事极具浪漫色彩，这则新闻描述因在某个中西部城市金融上的胜利和对年轻貌美姑娘的喜爱而出名的这位绅士，怎样在我们的一座偏远城市中遇到这位当前最漂亮、最出名、最风骚的舞蹈明星，而且看来他已经被她征服了。尽管这位考珀伍德拥有巨额财产以及对那些侥幸使他产生兴趣的人奢侈的挥霍和馈赠的名声，可他并没有要求她离开舞台随他一起去欧洲（他最近刚从那里回来，给他最新的投机事业筹措资金），而是因为他对她极其迷恋，他似乎很想留在这里。欧洲正在呼唤他，但是，他一生中最为重要的金融上的冒险事业还是停下脚步了，这样，他就能在这位明星的光辉沐浴下纵情享受。那些头戴大礼帽，守候在后台门口的花花公子到头来只是空等一场，而与此同时，一辆私人汽车把她带到寻欢作乐的地方去了。在俱乐部、饭店和酒吧，人们都对这件风流韵事议论纷纷。因为它的结局还不明朗，但可以肯定地说，欧洲不能永远无限期地等待他。正像恺撒所说，我来了，我看见了，我胜利了。

起初，与其说伯里莱茜是震惊，倒不如说是猝不及防地愣住了。考珀伍德对她的热情，以及他似乎是十分满足于她的友谊和他的事业，这一切曾令她深信不疑，至少在当前她没有什么不放心的。同时，当她仔细地观察洛娜的照片时，她立马就发现，这位新走红的女人身上非常明显地展现出那种迷人的性感。这是事实吗？难道他寻觅新欢的速度如此之快吗？这时候，她根本无法宽恕这种行为。一个多月前，他曾亲口对她说，她是所有女人的一切优美的总和，并且还说她不用担心男人的朝三暮四或者与别的女人争风吃醋。但是，他现在还在纽约，除了洛娜把他缠住外，就没有其他真正的借口了。可他却写信对她说什么总统竞选这种无聊的话！

她越想越愤懑，灰蓝色的眼睛变得格外冷漠。但是，最后还是理智让她平复下来。难道她手里就没有厉害的武器吗？还有塔维斯托克呢，纵使他是花花公子，其他人呢，在这一方面，还有许多十分重要而又俊美的人物在用欣赏的眼光注视着自己，在这个对她来说还比较陌生的国度里，他们的眼睛表达得十分明白，"考虑考虑我吧！"最后，还有斯坦。

　　然而，虽然伯里莱茜产生了起初对考珀伍德仇视的念头，可她并没有绝望。因为归根结底，她还是惦记他的。他们都能感受到彼此间已经产生了如此重要的意义。她进退维谷，她悲伤、震惊、愤怒，但并不想反抗。她时而困惑不解，不明白像她这样的人，能否把他从他那种生活方式中完全解救出来。她曾经承认，或者将信将疑，她对他无计可施。她最希望他们在性情和兴趣上的这种结合，这是使他们两人的关系继续保持下去的方式，因为这种关系迷人，最起码有利无害。现在，她是否要认定，而且就在如此短的时间内认定，一切全都完了呢？考虑一下自己和他的前途，她实在不愿意承认。以前的生活实在是太美妙了。

　　关于斯坦的邀请，她早已写信告诉考珀伍德。她一直在等待他的回复。但是现在，证据呈现在面前，无论考珀伍德的最后意见如何，她都决定接受房东的邀请，挑逗他的热情。然后，她再考虑如何去对付考珀伍德。她饶有兴致地想看到斯坦对她显而易见的兴趣可能会对考珀伍德产生怎样的影响。

　　因此，她即刻给斯坦写信，说自己母亲的身体已大有好转，现在她的状况是，如果换换环境或许对她非常有利，她特别高兴地接受他在几天前发出的第二次邀请。

　　她决定不再给考珀伍德写信。因为她并不打算和斯坦有任何不正当的关系，所以，她不愿意在此刻做出可能引起与考珀伍德决裂的事情来。最明智的办法还是拖一拖，看看她对他的沉默会收到怎样的效果。

第四十五章　人世沧桑

与此同时,在纽约,考珀伍德似乎还在尽情享受着最近一次的恋爱,可是,他时时刻刻都在思念着伯里莱茜。经常发生类似的情况,纯属肉欲所导致的热情总是难以维持长久。他血液中的某些因素会在无法解释的时候终止他的兴趣。令他苦恼的是,在与伯里莱茜相爱之后再与别的女人结识,他深信他平生第一次终于招致了性欲方面的损失,同时,他不仅在审美上,而且在精神上也都可能颓丧失望。在所有女人当中,只有伯里莱茜不仅给他的生活带来了激情和智慧,而且带来了美丽以及与创造性思想有关的灵感。

他现在需要冷静下来想一想。首先,也是最为重要的,就是他收到了伯里莱茜的信,说斯坦访问了普莱奥海湾别墅,邀请她和她母亲前去德里格塞尔玩一趟。这件事情令他苦恼不已,因为他对斯坦在体魄上和精神上的诱惑力非常了解。他是否应该离开洛娜回到英国,以阻止斯坦方面的进攻呢?或者他应该再逗留一段时间,好纵情享受他与洛娜的欢愉,这样就是对伯里莱茜传递一个信息,他并不真正吃醋,而是可以气定神闲地宽容这个非常杰出而又卓尔不群的劲敌,从而劝导她全盘思量,在斯坦和自己之间,他才是较为稳妥的,这样做到底对不对呢?

另外还有一件事令他心烦意乱,这就是卡罗琳·汉德突然生病了。

在伯里莱茜之前与他结交的女人中，卡罗琳是最有益的一个。她那乖巧的来信曾经不断地向他承诺她矢志不渝的忠诚，并预祝他在伦敦梦想成真。可最近她来信说，因为盲肠疾病，她必须做手术。她期望看到他，哪怕一两个钟头也行，她打算与他谈很多事情，既然他回国了，他也许能来。他意识到这是一种责任，就决定去芝加哥探望她。

在考珀伍德的一生中，从未照料过情人。以前，他与那些天真快活、年轻活泼的女人都是逢场作戏，可现在，当他到达芝加哥，去看望卡罗琳时，她正忍受剧痛即刻就要被送到医院去了，这足以让他沉重地意识到了人生的变幻莫测。卡罗琳请他来的目的之一，就是希望征求他的意见，因为万一有意外——她说这话时还非常轻松，她希望他能把她的遗嘱付诸实践。她在科罗拉多州有一个有着两个孩子的妹妹，她十分爱她，她希望把那些有价证券都转交给她。这些证券是考珀伍德劝她买的，至今都存在他在纽约的银行里。

他立刻劝她，以她的年龄（她比他小二十五岁），根本不必顾虑死亡的问题，同时他又在想，她有可能会死的。她可能会死，当然，就和所有人都会死去一样，无论洛娜，还是伯里莱茜，或者任何人。他六十岁还在用青年的热情投入这短暂的斗争之中，真是太枉费心力了，而卡罗琳三十五岁就在担心她会被迫放弃这短暂的奋斗了。多么奇怪，多么凄凉啊。

果然，她的顾虑丝毫也不多余，在入院四十八小时后，她就死了。听到噩耗，他立刻意识到最好马上离开芝加哥，因为当地记者都知道她是他的情妇。不过，在他离开前，他还是从他在芝加哥的几位律师中找了一位来托付了一些要办的事情。

她的离去令他痛苦不堪。她曾经那么美丽、活泼、聪明，甚至在她离开家去医院时也是这样。在她离开家之前，他表示抱歉不能亲自送她去医院，她说的最后一件事情是："你理解我，弗兰克，我是一个一流的伴奏者。只是在我还没有回来前你可千万别离开呀！还有几支两部曲要演奏呢。"

从此以后，她再也没有回来。和她一同逝去的，是他最愉快的芝加哥回忆，那时他正专注于事业，只能抽空同她待在一起。可现在，卡罗琳彻底完了。实际上，爱琳也完了，虽然她表面上是那么想接近他。海格宁也完了。斯蒂芬妮·普娜塔以及其他人也全都完了。而他也老了。他还能活多长时间呢？突然之间，他产生了一种无法抗拒的愿望，他想尽快回到伯里莱茜的身边去。

第四十六章 刽子手兼情人

然而要甩掉洛娜可不是一件容易的事。这是因为，洛娜也和伯里莱茜、阿丽特·温妮或卡罗琳·汉德，以及他之前所结识的许多漂亮女人一样，并非没有狡猾的心计和手腕。让如此了不起的考珀伍德来做自己的侍从，那确实是太荣幸了。如果轻易放弃他，这好像不大可能。

"你计划在伦敦待很久吗？你会经常给我写信吗？你是否回来过圣诞节？或者最迟在二月份回来？你清楚这是毫无疑问的，我俩要在纽约度过冬天，如果我去伦敦，你高兴吗？"

她伏在他的膝头，凑在他的耳边上低语。她又补充一句，如果她去伦敦，出于对爱琳和他在那边的事务考虑，她一定和在纽约一样，不会贸然行事的。

可是考珀伍德正考虑着伯里莱茜和斯坦，他不希望这样做。说实话，在色欲上洛娜的确能激起他肉体的狂热，但在社交审美和待人接物上，她却不能与伯里莱茜相比，他已经发现这种区别了。必须要终结了，必须快刀斩乱麻。

在伯里莱茜来信提及斯坦的访问和她特别希望去德里格塞尔后，虽然他寄出了许多封信和电报，然而他并没有收到一封来自伯里莱茜的回信，说实话，他渐渐开始把她的沉默与《都市之声》上的一篇文章联系起来。大脑里那根敏感的神经，让他决定不再写信，而是离开这里，而且立刻就出发。

因此，在与洛娜同宿一夜之后的次日早晨，就在她为一个午宴的约会换衣服时，他开始为自己的撤退铺平道路。

"洛娜，我们现在来谈一下有关我们和我回到伦敦的事情。"

他对她随时插进来的问题和反对意见置之不理，他开始尽可能有利地诉说他的处境，但并没有提到伯里莱茜。他与伯里莱茜的幸福结合，在当前这种时候乃至在他的一生中都是最必需和最重要的事情。除此之外，还有爱琳以及他在伦敦的事业。洛娜千万别指望他们这种关系能无休无止地发展下去。虽然这种关系是难以描述的，但是……

考珀伍德对洛娜全然不顾。在某些时候，她满眼热泪，仿佛他就是一个皇帝在对他所宠幸但马上就被抛弃的情人谈话似的。她坐在那里，失望，伤心，并且完全被吓住了，显得手足无措。这件事就这么迅速而轻而易举地收场是令人难以置信的，可她注视着他，明白事情确实如此。因为在他们相处的时光里，他从来没有说过他爱她或者提到他们的爱情是永恒不变的。但是，由于她的美貌和天赋，她压根儿不相信会有人，即使是考珀伍德，在和她发生了那种亲密的关系后，还可能会抛弃她。他怎么能说出口呢？弗兰克·考珀伍德，她的外叔祖父，真正与她是同一个血统，但的确又是她的情人哪！

但是，干练、睿智而冷漠的考珀伍德既是情人，又是刽子手。他站在她面前说，当然，他们的确有着血缘关系。但是，他们必须在肉体上分开。

事情就是如此，在他准备出发之前，两人长谈多次，在谈话当中，她据理力争，认为他应该继续把她当成亲戚来探望，而她绝无半点心思去妨碍他。对此他回答他会予以考虑。但同时，他的心里仍然思念着伯里莱茜。他对她的了解使他认为即使有洛娜这件事，伯里莱茜也不可能离开他，可她也许会觉得在道义上缺乏责任，因而就不会再在理智和感情上鼓励他，现在背后还有斯坦，考珀伍德绝对不能再拖延了，因为毫无疑问，她并不仰仗他，他必须尽快地与她重归于好。

不是在事前，而是在所有必要的安排都妥当后，他决定告诉爱琳，他就要赶回伦敦去了。一天晚上，他回到家中正准备与她交谈时，他遇见托立弗刚刚起身告辞。考珀伍德亲热地与他打了一下招呼，在询问了关于他在纽约的行动后，他随口说道，爱琳和他在两天内就要赶回伦敦。托立弗立刻意识到这就意味着他也要离开了，他就高兴起来。因为现在他也能回到巴黎去了，或许能回到玛丽戈德·布雷勒兹的身边去。

可是，这位仁兄是多么信手拈来而又有手腕地来安排所有这一切事情啊！因为考珀伍德同一个时间能在纽约拥有洛娜，上帝知道他在国外又与谁在一起，同时，考珀伍德又让爱琳和托立弗一起前往伦敦和欧洲大陆！他一直保持着与托立弗初次相见时那种无忧无虑的表情。而托立弗听到这个消息后，就要把他当前的所有安排全部推翻，为了便于别人在人生的道路上能够开心而精神百倍地勇往直前。

第四十七章　满腹犹疑

与此同时，九月下旬，伯里莱茜正徜徉在风景如画的德里格塞尔和各处的历史遗迹中。斯坦早已安排妥当，他的客人之中一定要包括就住在近处的、快乐风趣的罗伯特·韦勒夫妇，另外还有沃伦·夏普勒斯，一位靠当地渔业飞黄腾达的人物，那人很早就从商人爬上了乡绅地位，这三位是特意来陪伴卡特尔夫人的。

斯坦的确像自己表白的那样，他让伯里莱茜坚信，他是十分明显地有心要把消遣娱乐和他的巨大的经济事业放在同等的地位。换句话说，他很会玩。在德里格塞尔，这片寥廓的荒野的高原，有不同的路径可以通往森林，或者通到西边海岸的黑色海岬和沙滩，他的产业和他的地域范围很大，斯坦充满激情地带她游玩。他千方百计地与伯里莱茜单独相处，他指出一排排环形的石头，可能是德鲁伊或其他早期宗教的产物，这样，在很多地方就能给他的财产赋予一种神秘的史前的气氛。他也对她提到在罗马时代之前的铜矿锡矿和出入于蒙茨海湾、圣艾夫斯、彭桑斯的大捕鱼队，谈到了内地农村里一些不开化的老年人，其中有些人居住在他的地产上，说着一种几乎被人遗忘的语言。他的游艇停泊在蒙茨海湾，游艇十分宽敞，正如她发现的那样，能够同时招待十二位客人。在德里格塞尔高地的最高处，可以眺望英吉利海峡和圣乔治海峡。

伯里莱茜意识到斯坦对这个独特的乡村和自己在此处的产业同样备感骄傲。在这里，他觉得他是真正的爵士，受到了大家的推崇和尊敬。她认为如果他去世了，他极其可能永远留在这个地方。但是，她对这里并没有产生太大的兴趣。这里太过于荒凉和原始了，但作为风景区她还是很喜爱这里的。德里格塞尔的别墅很长，阴暗而又深沉，她只注重那些考究的内部装饰。别墅内有鲜艳的窗帘和地毯，古老的法国家具，法国和英国的油画，现代化的灯光设置和自来水装备。那间藏书库给她留下了深刻的印象，甚至把她吓住了。它是在一百五十多年的时间内，由历代伯爵搜集而成的。

逗留期间，包括一天的乘坐游艇，一天在峭壁下游泳和野餐，最让伯里莱茜讶异的是，她感受到了这种粗犷质朴的生活，和斯坦爱好享受以及物质上的追求完美相比，是相当奇特的。他强健有力，能够攀住树枝连续六次以上把身体举起使下巴和树枝平齐。他还是一位出色的游泳选手，也敢于游到很远的浪涛之中去，伯里莱茜只能惊疑而担心地望着他。他不停地探问她对他所喜爱的事物有什么意见，并且热情地欢迎每一条具有可能性的建议。在整个逗留期间，他总是不断提出他们在未来的某个时候可能去实现的各种建议。

但是，无论斯坦如何迷人，无论此刻与他交往如何有趣，因为这能作为对负情的考珀伍德的一种报复，经过一番仔细思考后，伯里莱茜还是认为斯坦没有考珀伍德那种强有力的魄力，从斯坦身上找不到干大事握大权的气魄。他比较接近于那种默默无闻的人，没有那种勾人心魄的气势和嚣张，而这种气势和嚣张，好像永远伴随着那些雷厉风行而锋芒毕露地干出一番大事业的大人物。就这种意义来说，伯里莱茜依旧是受考珀伍德支配的，并且将一直到永远。尽管他不在这里，而且他还对另一个女人产生了兴趣。同时他的音容笑貌也由于分开太久而显得有些模糊不清，但是，即使就在此刻，当她意识到自己是被斯坦儒雅而温柔的性格魅力所吸引时，考珀伍德仍然盘踞在她的脑海当中。她最后或许要摆脱考珀伍德对她的魔力，并一心一意地去笼络斯坦或像斯坦这种人，以使公众改变对她的印象，但这样做究竟有多大的胜算呢？她不能否定她想在社会上得到一些保障的意愿。她想到爱琳一旦发现她待在英国，而且还是与考珀伍德在一起，会如何对付她，或许爱琳已经掌握了这一切。她几乎深信不疑，那份《都市之声》上的文章就是爱琳寄来的。此外，还有她母亲过去的生活，怎么能永远瞒得住呢？但毫不怀疑，斯坦是十分迷恋她的。也许，如果能把过去的事情掩盖起来，他会与她结婚的。或许纵使他全都知道了，他也会想尽办法帮她掩盖那些对他们共同的幸福最不利的事情。

　　一天清早，她和斯坦一起驰骋在那荒凉的田野上，然后回到德里格塞尔，她不了解他是怎样拘泥于他的阶级习俗，也不了解他会为一个自己真正喜爱的人做出多大的牺牲。

第四十八章　浪子回头

由于考珀伍德夫妇回到伦敦，报纸照例又大肆宣传起来。伯里莱茜之前已收到了几份电报。她十分清楚考珀伍德就要来了，可他真正关心的只有一件事情，那就是他和伯里莱茜能否和好。

考珀伍德回美国这段时间，斯坦不仅在地下铁路事业方面，而且在与考珀伍德的被监护人的相处方面都有进展，因此非常高兴。的确，斯坦已堕入情网，在伯里莱茜去德里格塞尔游玩后，他曾好几次来普莱奥海湾别墅。他认为爱情有成功的希望，于是信心倍增，他应该继续追求下去。或许就会获得成功。伯里莱茜说不定会爱他，并答应嫁给他。考珀伍德对这种关系的进展未必不赞同。这件事情应该可以让大家团结得更紧密一些。当然，他需要更进一步弄清楚伯里莱茜以及她与考珀伍德之间的真正关系。到目前为止，他还没有耗费多少心力去调查。但是，即使他发现她的过去并非想象中的那么如意，可伯里莱茜还是他认识的所有女人中最具魅力的一个。她确实没有勾引他的企图，可以肯定，是他追求她的。

而对这两件事的最新进展，伯里莱茜既高兴又苦恼。一件是斯坦似乎对她产生了很大的兴趣，另一件是自从她去德里格塞尔游玩后，他向她提出了打算邀请她和她母亲以及考珀伍德夫妇，在秋末和他一起乘他的"爱荷拉号"游艇去巡游。这次旅行中他们将在科威斯下船做短暂的停留，那时候英王爱德华和王后亚历山德拉很有可能在那里，他会备感荣幸地把他们介绍给英王，因为英王和王后都是他父亲的老朋友。

一提到爱琳，伯里莱茜的内心深处就产生了一种不寒而栗的感觉。因为如果爱琳加入这次旅行，她和她母亲就都不能去了。如果爱琳不去，那又必须向斯坦作出一个不会让他怀疑的理由。如果考珀伍德和她一同接受这次邀请，那就意味着他们必须取得一种外交上的默契，她实在是不愿同行。如果她和考珀伍德两人都不去，或者他不去而她去，这样就意味着把他从她的生活中排除出去了，这样也需要进行一次说明和诸多关系的调整，也许对所有人都是一种不幸。

在当前她怨恨考珀伍德的情况下，她没法痛快地做出决定，因为虽然她也许对斯坦怀有梦想，但非常明显，如果没有考珀伍德的诚意，她从她所面临的各种各样的复杂情形中脱身的可能性很小。如果激起考珀伍德的愤懑，他完全能立刻把她毁灭。如果他没有兴趣，或许会使爱琳和别的人来毁灭她。在她思来想去的时候，她又不得不面对现实，那就是按照她的现状，她似乎是更需要考珀伍德而不是斯坦。只要能得到他的支持，她就再坚强不过了。把所有有关斯坦方面应该权衡的事情全都权衡以后，留下来的还是那个不置可否的事实，斯坦永远比不上考珀伍德的气魄、机智和生活上的人情味。不说别的，正是这些使她不得不意识到，她就想同考珀伍德待在一起，而不是同其他人、她渴望倾听他的声音，欣赏他的姿态，感受他那富有生气、对生活似乎从不畏惧的态度。只要和他在一起，她就能感受到她的力量也随之强大起来，如果没有他的支持，她将如何应对这一切呢？这就使她面对斯坦的提议，不能随意作出任何决定，只好说她的监护人有时脾气古怪而且刚愎自用，她没有办法作出决定，同时，她也微笑着表示她本人极为赞成，如果考珀伍德愿意让她来定夺这件事情，或许这次旅行能安排得更好。

考珀伍德到达旅馆时，伯里莱茜正准备开心而稍微有点拘谨地欢迎他，她丝毫没有流露出有任何不愉快的迹象，但是他不仅能够意识到出了危险，而且还能猜测到别人对他的态度，因此他早已感受到她充满敌意的情绪了。实际上，在抵达英国前，他就已经完全确信伯里莱茜早就了解到了他和洛娜的私情，他心里清清楚楚。这就让他更加小心提防，准备用心地对付任何一种可能的意外。他早就决定不做任何形式的逃避，而是按照伯里莱茜的情绪和态度随机应变。

此时，秋天的色彩已经渲染了普莱奥海湾别墅，树叶渐渐地变红泛黄。河边的迷雾一圈一圈的，即使到了中午，在他到达时还没有散尽，当他的车子驶近时，他十分清楚地感觉到，所有这些晴朗的夏天的美好时光，他本来可以和伯里莱茜一起在这里享受的呀。但是，现在他只能对她坦白，让她再一次地发现他到底是一个怎样的人。这种解决困难的方法，早已被他证明是行之有效的，他自信现在采用这种方法也会同样奏效。再说，这里不是还有斯坦来平衡洛娜吗？无论是否问心无愧，这可能使伯里莱茜对她自己的地位产生某种程度的危机感。

车子驶进来时，他看见园丁皮戈特正在篱笆后修剪花枝，对他鞠了一下躬。在斯坦马厩旁边的围场里，马匹正沐浴在秋天的阳光里，马厩门边有两个马夫正忙着收拾马具。卡特尔夫人穿过草地来迎接他，显然她对她女儿的烦恼一无所知，因为她满脸堆笑，他从她那开心的神情猜测出伯里莱茜可能没有对她说过任何事情。

"喂，你好吗？"他向她叫着，一边走过来握住她的手。

据她母亲讲，伯里莱茜和以前一样健康平安，此刻正在音乐室练习钢琴。里姆斯基·科萨科夫的那首《市场景致》从窗口传了出来。

片刻之后，考珀伍德产生了一种感觉，就像对付爱琳那样，他也许只好主动去找她，进行一番恼人的解释。但是当他正这么想的时候，音乐却戛然而止，她迅速出现在门口，和以往一样，神态自若地站着微笑。啊，他回来了! 太好啦! 他还好吗? 这次航行愉快吗? 她看到他实在是太高兴了。她向前飞跑过来。没有吻他，正如他意识到的那样，可是除此以外，她好像没有一点痛苦的表情。实际上，她表现得特别热情，说他正好赶上能欣赏美好的秋季风光，这里好像一天比一天可爱了。此时，考珀伍德这个角色正进入这幕戏，同时他不明白还要过多久，真正的风暴才会爆发。不过由于伯里莱茜一直显得十分高兴，并且请他到船屋那边去喝点鸡尾酒，他就说:

"我们先顺着河边散散步吧，怎么样，贝菲? "他挽着她的胳膊领着她走向林荫小路。"贝菲，"他说，"在我们还没有做别的事情之前，我有点事想先和你谈谈。"他凌厉而又冷酷地注视着她，她马上改变了态度。

"请你原谅我，稍微等一等，弗兰克，我要向伊文思太太说……"

"不，"他果断否定道，"别走开，贝菲。这是比伊文思太太或比任何人都更为重要的事情。我想和你谈一谈洛娜·马里斯的事情。关于她，你也许听说过一些，但是，不管怎样，我都要告诉你。"

他说话时，她一声不响，在他的身边轻快而平稳地走着。

"你听说过洛娜·马里斯吗? "他问道。

"是的，我知道。从纽约寄来了一张剪报和几张照片。她的确非常漂亮。"

他看得出她在沉住气，故意不发牢骚，也不追问。但更要紧的是，他应该弄明白她的情绪到底是什么样的。

"从我对你说过的一切来看，这的确可以说是一个突然的转变，是吗，贝菲？"

"是的，我认为是这样的。但是，我希望你并不是准备来向我道歉的。"她的口角上流露出一丝嘲讽的意思。

"不，贝菲，我只想和你谈谈发生了什么，别的不说，然后，你自己去判断。你想听吗？"

"不太想。如果你实在打算讲，随你的便。我想，我清楚这件事情是如何发生的。"

"贝菲，"他叫着，停了一下，看着她，他脸上每条皱纹里都似乎充满了敬佩和爱。"我们不能，至少我不能就这样去达到什么目的，我要告诉你的唯一理由就是因为我要让你清楚，无论你到底怎么想，我仍然非常爱你。也许这句话听起来既虚无又虚伪，自从我们分别后，毕竟发生了这一切，但是我相信你理解这句话是诚恳的。你清楚，当然我也清楚，一个人的价值不仅仅是用容貌的美丽和肉体的诱人来衡量的。就如在两个漂亮的女人当中，如果由两个男人来点评她们，总还有其他的评判因素，比如性格、彼此理解并且有格外一致的目的和理想……

"真的吗？"她冷漠地打断了他的话，"难道这些因素真的重要到能改变一个人的行为吗？"

她眼睛里若隐若现的光芒在警告他，借口搪塞在她这里是没有一点儿价值的。

"足够形成一种很大的动力，贝菲。你看见我在这里，是不是？十天前，我在纽约呢……"

伯里莱茜插话说，"是的，这我知道。在与她共享了一个快活的夏季后，你把她扔了。眼下你已经把她玩够了，所以回到伦敦来，你的计划使你想重新巩固你自己在我心中的地位。"她可爱的小嘴嘲讽地噘起来。"可说实在的，弗兰克，你没必要把任何事情都对我交代得一清二楚。我和你非常相像，这你明白。我可以像你一样解释得没有任何纰漏。只是在诸多事情上，我对你有道义上的义务，如果我继续需要你的帮助，我或许愿意在一定的程度上和范围内作出牺牲，我必须要比你更加小心翼翼，更加谨小慎微。否则……"她停下来直盯着他，他感觉自己好像重重地挨了一拳。

"不过，伯里莱茜，这些都是事实。我离开她回到你身边了。你允许我解释也好，不允许也罢，这都取决于你，可是，有件事情我必须要做，那就是与你重归于好，得到你的宽恕，与你永远共同生活下去。也许你不会相信，但我向你保证，我再也不会做出这种事情来了。你还不能感受到这一点吗？你不想帮助我恢复和你的公平公正的关系吗？你仔细想想，我们是多么相爱呀！我能帮助你，要帮助你，也愿意帮助你，无论你是否决心要与我决裂！你相信我吗，贝菲？"

他们驻足于泰晤士河边一小片草地上的老树下，那里可以看见远处一座小村庄的茅草屋顶，以及从茅屋烟囱里袅袅升起的炊烟。周围的环境非常安静。但他正在想，虽然这里环境很优美，他想努力减少他对她造成的伤害，伯里莱茜仍然没有宽容他的心情。同时，他不自觉地把她与别的女人在这种环境中比较了一下，主要是同爱琳。在这里，你看不见她的沉默、啼哭和吵闹。尽管正如他现在还是平生第一次想到真情挚爱，无论对情人有多么大的害处，可能的确会让人沉默、啼哭和吵闹不休，再说这也是无可厚非的！

另外，确实有一种爱情，具备不置可否和不可漠视的价值。显而易见，他已使这些价值黯然失色了，转瞬间，他又变成了一个在金融会议室和谈判中的狡诈、警觉、机智和精练的考珀伍德。

"请听我说，贝菲！"他毅然地说，"大约在7月20日，由于一笔生意我要去巴尔的摩……"从现在开始，他真实地讲述了发生的一切。午夜时分他回到房间、洛娜来敲门，全都讲了。他没有丝毫隐瞒，他是怎样被她迷得如痴如醉；他在那里怎样招待过洛娜；还有舆论的各种议论。他坚持着一种自我剖析，正如伯里莱茜一样，洛娜有一种难以战胜的魔力。他并没有不忠实的心思。这是出乎意料落在自己身上的事情，为了能使自己讲得清晰明白，他想到了一条在过去从各种类似的私情上得出的理论：在情欲上如果有什么东西赶走了理智，那么它一定超越了理智本身。因为，在这种情况下，它破坏和冲走了事先预定好的路线。

"如果我要做个诚实的人，"此时他又补充说，"我一定要说，或许唯一能避免这种过错的方法就是避免与漂亮女人产生任何亲密接触。当然，这未必可能。"

"当然不可能。"伯里莱茜说。

"你明白，"他决定继续说，"与洛娜·马里斯那样的人接触，必须是一个相当守规矩的人才能真正躲开她。对我来说这就是最彻底的自白。"

"十分正确，"伯里莱茜说，"这我同意。她极其漂亮。但是，如果我和别的男人有瓜葛，那又会怎样呢？你是否打算给我同样的特权呢？"她追问着，紧盯着他，同时他也用一种注视的目光作为对她的回答。

"从理论上讲，是这样，"他答道，"因为我爱你，只要我能够，只要我必须这样做，我就要在感情上宽容你。没准儿以后，或许我让你走开，正如你会让我走开一样，如果你也不想留住我。不过，我现在想知道是，你了解了这些事情，还会继续爱我吗，亲爱的？这是至关重要的事情，因为我还是十分十分地爱你呀！"

"得了，弗兰克，你问我的一些问题，现在我根本无法回答，因为我不清楚。"

"然而，正如你了解的那样。"他坚持自己的意见说，"这次事情，影响并不会太长久，否则我现在也不会在这里了。我不是以此来作为一种辩解，只是把它当作一件事实。"

"换句话说，"伯里莱茜说，"她没有与你同乘一条船来。"

"整个冬天都在纽约跳舞。对此你随意在美国的任何一张报纸上都能看到。贝菲，我认为你对我的吸引力不仅最强，而且能超越一切。我不能没有你，贝菲，我们的气质和想法是如此相似，这就是现在我回到这里，而且希望在这里继续待下去的原因。那件事情没有丝毫价值可言。我一直有这种感觉。当你不再给我寄信时，我就感觉到我对洛娜的感情还相差很远呢。看，全在这里了。贝菲，现在怎么办呢？"

暮色四合，越来越暗淡，他也越来越靠近伯里莱茜。现在，他一下抱住了她，狂热地吻着她，使劲地搂着她。当他这样做时，她感到了她心理上和感情上的节节败退。可是与此同时，她还是感到她忍不住要表明她的态度。

"我确实爱你，弗兰克，这是真的。尽管在这一方面，这只不过是一种情欲的冲动罢了。一会儿……一会儿……"

他们紧紧相拥，暂时让情欲和感情吹灭那盏人类理智的微弱光芒，并且暂时统统淹没那种毫无道理的人类的意志力量。

第四十九章　欲擒故纵

　　然后，在他回来的第一天晚上，考珀伍德在她的卧室里口若悬河般地发表议论，强调仍然保持他们彼此间监护人和被监护人的关系是明智的选择。

　　"你看，贝菲，"他说，"在斯坦和其他人的脑海里早就建立起这种关系了。"

　　"你是不是打算弄清楚我是否想离开你呢？"她问道。

　　"嗯，当然，我认为你可能也在考虑这个问题。斯坦这个人各方面的条件都十分不错。"

　　他坐在她的床边。如银的月光洒在放下来的窗帘上，房间明朗起来。伯里莱茜倚着枕头坐在床上，抽着一支烟。

　　"他的条件根本不能与你相提并论，"她说，"如果你的确很有心意。但是，如果你一定要知道的话，那我就告诉你，除了你强加给我的难题外，我没有考虑任何东西。我们之间是订立了一项协议的，可你却单方面把它撕毁了。在这种情形下，你还指望我做些什么呢？给你各种各样的自由，可我一点也不能拥有，是这样吗？"

　　"我并不希望在你的身上发生任何不开心的事情。"他的语气显得盛气凌人，"我不过是建议，如果你对斯坦感兴趣，我们需要琢磨一些办法来维持这种监护人和被监护人的关系，直到你在新的环境中稳定下来。从一方面来看，"他非常坦率地补充说，"我十分高兴看到你成为斯坦之类人物的太太。从另一方面来看，还有我们制订的计划，如果这项计划里缺少了你这个不可替代的角色，贝菲，我可以直率地对你说，我就不会感兴趣了，我也许会做下去，也许就置之不理了。一切都取决于我的情绪，我明白你会认为因为我与洛娜·马里斯的来往，我能够非常轻松地给自己创造很好的条件。但是，我可不那么想。她只不过是一个我无意间遇到的女人而已，正如我已经对你坦言的那样，这是一件只与情欲有关却和理智没有关系的事情，如果你和我一起前往纽约，这件事就绝对不会发生。但既然发生了，我认为唯一需要做的，就是尽我所能作最好的安排。至于到底该如何安排，一定请你发表高见。"他站起来，走过去找了一支雪茄烟。

就这样开诚布公地谈开了，伯里莱茜觉得自己被他所说的这些弄得非常烦恼。因为她是那样热烈而真诚地爱着他，他的问题，他的事业，几乎比她自己还重要。但是和它们相对立的是她自己的生活和前途。因为一旦她到了三十五岁或者四十岁，他回到她身边的机会就非常渺茫了，她躺在床上安静地思考着，考珀伍德在等待着。片刻之后，她对他做了答复，但这种回答似乎带着很大的疑虑，她愿意继续保持这种关系。当然，目前无论如何也要保持下去。因为对他未来的行动和决定，不管是他还是她都不能轻易改变。

"对我来说，不管怎样，这个世界上再也没人能比得上你了，弗兰克，"这时她说，"我喜欢斯坦爵士，当然，可我对他还缺乏真正的、彻底的了解。我一想到这件事就感到无趣。不过他十分幽默，也很迷人。如果你把我放在一种是否理不理他的生活状态，那对我而言，如果他真打算与我结婚的话不去理睬他似乎不太实际。同时，要说信赖你，我却不敢想。当然，我可以和你相处，我还会尽一切努力来把我们已确定好了的计划付诸行动。不过这样的话，就全部取决于我自己的意见。我会把我的青春、理想、忠诚和爱情作为送给你的一份礼物，却不奢求得到任何回报。"

"贝菲，"他大声叫着，被她所说的这番道理惊呆了，"不能这样说！"

"好吧，那么，请你讲明白这是什么原因。我也许会这样继续下去，那又如何呢？"

"算了，"考珀伍德走到她床对面的一把椅子边坐下来，说，"我承认你提出来的问题很严重，我并不像你这般年轻，如果你和我继续在一起，你的确是冒着一种被遗弃和被社会排斥的极大风险。这不可否认。我能留给你的只有金钱，无论今天晚上我们会作出怎样的决定，现在我可以告诉你，我决定立刻就把这件事情安排妥当。如果你能很好地处理这笔钱，你就会有足够的金钱来维持你一辈子的舒适生活。"

"哦，我明白，"伯里莱茜说，"没有人会否认这一点，只要你喜欢谁，你就极尽大方之能事。对此我没有丝毫怀疑。令我痛苦的是在你这方面缺乏真正的爱，显而易见，我不仅会被别人不留情面地抛弃，而且从今以后我还要用各种方式来付出我爱情的代价。"

"你的问题我已明白了，贝菲，请你相信，我真的弄清了。除了你认为该如何对待我以外，我不会有任何进一步的奢望。你必须做些你认为对你有益的事情。但是，我向你保证，亲爱的，如果你继续和我在一起，我会愿意对你极尽忠诚。如果你真的有一天认为你应该离开我而去和别人结婚，我保证决不阻挠你。这是决定了的。正如我之前所说，我十分爱你，贝菲。这你明白，你不仅仅是我的情人，而且对我来说，你还像是我的孩子。"

"弗兰克！"她把他喊到她身边来，"你心里明白我不能离开你，这是不容改变的事实，至少在精神上是如此。"

"贝菲，我的小宝贝！"他把她搂在怀里。"又能和你在一起，我是多么幸福呀！"

"可是，我们要确定下来一件事，弗兰克，"这时她插进来说，安静地理着她蓬乱的头发，"那就是斯坦请我们乘游艇去玩一趟，怎么办？"

"我还来不及决定呢，亲爱的，既然他对你这样有意，他也就不大可能对我特别仇视。"

"调皮的东西。"伯里莱茜大笑着叫起来，"如果天下有这么个坏透了的坏蛋……"

"不，不是的，他只不过是一个精力充沛野心勃勃的美国实业家，力求寻找一条途径进军英国金融界而已，我们明天再继续谈吧。我现在最想的是你，也只要你……"

第五十章　棋高一着

考珀伍德绝对是一位优秀的棋手，他谋划好了在智慧上胜过所有的民族主义者和极端利己主义者，虽然他们联合起来反对他的地下铁路计划，但他已经谋划出了一个宏伟的计划，打算按照以下的方式来实现。

首先，当前的查林克劳斯路线，一定要把现在的中央环线加上，包括市区和都城铁道，甚至包括它们根本不从实际出发的、彼此倾轧的派系在内。如果一切都十分顺利，那么就让他、斯坦和约翰生，当然主要还是他本人来操控这一局面。其次，如果他得到了市区和都城铁路的控制权（他是否把它们和他的铁路装建公司合并，这取决于以后的情况），他准备组建联合地下铁路有限公司，控制所有路线。

顺便提一下，当前他的同事之中无人知道他已筹划好从阿平顿·斯卡手里买下贝克街—滑铁卢路线的执照；还有布罗姆普顿—皮卡迪里路线的执照，他已掌握了这条路线的状况；还有一些其他前景看好的路线，他可以借助别人来购买它们的执照。

这些东西放在口袋里，他认为组建伦敦地下铁路总公司，包括联合地下铁路有限公司的全部财产以及他私下可能买到手的执照和路线在内，建立一个铁路网的计划就可以高枕无忧了，同时仅凭他手里所掌控的股权，他就能坐拥整个控制权。如果他没能最终公开地担任这家企业的董事长，最起码人家会认可他是幕后真正拥有实权的人，并且，如果他不能安排他自己的董事，至少他能安排处在管理位置上却无法损害他的财产的人们。

事情进展到最后，倘若一切非常顺利，他就能十拿九稳地抛出手里的股票从而获得巨额的利润，然后呢，就让这家公司好自为之吧。他能够确定他的名望，他不仅是发起人并且还是建筑界巨头，可以给伦敦带来一个现代化的、四通八达的城市交通网，并让自己天才的标准被地下铁路行业的人牢牢记住，就和芝加哥商业区的环行线一样。等将来有了财富，他就能继续维持他的画廊，组织各种慈善活动，修建医院，过去为了这个目标，曾耗费他很多心思，同时要给那些他觉得应该感谢的人一笔令他们满意的酬金。这个梦想一直萦绕在他的心里。五六年来紧张繁忙的工作之后，一切都能够唾手可得了。

但是，要理清他在这项计划中所有精神和体力上的活动，就仿佛想弄清楚一个魔术师所具备的那种迅速敏捷令人眼花缭乱的想法、骗术和动作一样。首先，当然是与约翰生、斯坦的谈判。他同伯里莱茜和好之后，马上就和约翰生交换了意见，他发现约翰生比之前更有合作的渴望了。约翰生说他和斯坦在考珀伍德离开这段时间对这件事进行了缜密的考虑，但他还是比较倾向于当着斯坦的面谈谈他们的结论。

这样，几乎立刻就促成了在伯克雷广场的另一次会议。在这次会议上，氛围十分友好。约翰生有事耽搁了，考珀伍德到达时，他并不在场。他旋即看到了斯坦兴致勃勃的表情。斯坦随口询问了一些美国的情况，包括选举预测如何，还问他对伦敦是否感到满意；他的被监护人弗雷明小姐是否还好？还有她的母亲，也许考珀伍德清楚的，因为他经常去拜访普莱奥海湾别墅。她们母女两人太风趣了。他说这句话时，狡诈地停了下来，紧紧地盯着考珀伍德的脸。考珀伍德正面结束了这种挑战。

"毋庸置疑，你在猜测她们与我的关系，"他平和地说，"是的，我与卡特尔夫人已经结识多年了。她嫁给了我的一个远房亲戚，他指定我作为替代父母的执行人和监护人。当然啦，我非常喜欢伯里莱茜。她是个特别聪颖的孩子。"

"我得补充一句，我发现她的确如此，"斯坦说，"卡特夫人和她女儿特别愿意住在普莱奥海湾别墅，这也令我十分高兴。"

"是呀，看来她们确实认为那里是个理想的去处。真是棒极了。"

就在这时约翰生到了,有关私事的话题终止了,他急匆匆地走进来,对他的迟到深表歉意,他与考珀伍德寒暄后,就流露出一种他在事务上正在期待随时效劳和准备付诸行动的态度。接着,他就简明扼要地而且着重有力地陈述了他已做过的所有事情,并分析了当前的形势,约翰生十分肯定地说,考珀伍德进入伦敦地下铁路界已激起了公众的愤怒,除少数人以外,两条旧环线公司的董事和股东们都一致反对他。

"看来他们打算接受你的计划，考珀伍德先生，"他说，"他们自己来解决，唯一没有确定下来的，就是他们还缺乏一种统一的意见，还有，当然，"他又补充两句，眨了眨眼睛，"他们对筹集大量资金有些伤脑筋。他们不知道怎样去筹措资金却又不想从自己的腰包掏出更多的钱。"

"的确如此，"考珀伍德评论说，"就是这个原因，拖延下去就是最大的浪费。这里有一项计划，如果大力推行，可以把计划限制在有利的经济范围之内，拖延和争论只会吸引来越来越多的投机家和淘金者，他们将会抢购眼下流通的股票和特许证，囤积居奇，因此当务之急，我们必须尽快达成协议，越快越好。

"就目前我所了解的情况来看，"斯坦十分开心地插进来说，"你的意思是让约翰生和我合并市区以及都城铁路的股权，此外，还要买进或者依据你所主持的某项实施协议把市区或都城铁路中的任何一条路线，或两条路线的百分之五十一的股权合并起来。"

"正有此意！"考珀伍德说。

"仅凭这一点，你赞同保证支付百分之一的利息，无论是作为一百年的租借，还是作为永久的租借。"

"的确如此！"

"另外，你至少还要让出查林克劳斯铁路优先股的百分之十的优先承购权，以及你新成立的附属公司百分之十的股票，这种附属公司是你或者是你较大的公司认可才组织起来的，并且加入总公司，按它们的票面价值付百分之八的利息。"

"相当正确！"

"在公司完全组建起来时，这所有股票的股息都对整个公司的财产具有优先权。"

"这就是我的建议。"考珀伍德说。

"我要提一句，我没有发现你的建议之中有任何不妥之处。"斯坦一面说，一面注视着约翰生，约翰生同时也注视着斯坦。

"总之一句话，"约翰生说，转过身来面对考珀伍德，"一旦我们履行了我们的职责，你就有义务对老路线和你可能到手的那些新路线进行重建和装配，使其成为最现代化的典型，把整个财产以这种方式作为抵押，来确保目前市区和都城铁路所有股票的利息，而且保证付给我们按八折认购的那些新公司或附属公司百分之十的股票的利息。"

"这也正是我的目的。"考珀伍德说。

约翰生和斯坦再一次互递眼色。

"好吧，"斯坦终于表态，"面对我们注定要遇到的种种困难，在整个事业中，我保证会尽职尽责，竭尽全力。"

　　"至于我，"约翰生接着表态，"我非常乐意与斯坦爵士一起工作，但凡有需要我做的事情我都愿意效劳，极力促成事业的成功。"

　　"好的，先生们。"考珀伍德站起身来说，"对这项协议我感到很开心，而且也很荣幸，为了表示我言行一致，我建议，当然，如果你们两位对此没有异议，就请约翰生先生担任我的法律顾问，让他来准备所有文件，签订我们之间的这份全面的协议书。在适当的时机，"他又补充了一句，对他们笑着，"我将十分荣幸地请你们两位来担任董事。"

　　"有关这一点，在以后的时间里会根据环境进行定夺的，"斯坦说，"老实说，我这样做肯定会大有益处。"

　　"很高兴我能尽我所能来替两位效劳。"约翰生最后又补了一句。他们三人不约而同地以这种夸张的口吻道贺，但是，斯坦提议临别喝一杯陈年白兰地，这种氛围很快被缓和下来了。原来斯坦事先也没有透露半点，早就把一瓶陈年白兰地派人送到西塞尔旅馆考珀伍德的房间里来了。

第五十一章　不择手段

　　此时，在进一步谈判中，考珀伍德所面临的痛苦局面就是他认为需要雇用一些英国人而不是美国人来作为他工作中各个部门的助手。德·索托·西彭斯成了第一个牺牲品，他伤心极了。因为他已经喜欢上了伦敦了。他认为，他会一直跟随在老总身后，他也梦想在此成就一番事业。不仅如此，他甚至十分迫切地磨炼他的智慧与才华，为了对付这些无所畏惧，总是自以为高人一等的英国人，他坚信这些英国人对交通事业一无所知。但为了尽量减轻这种打击，考珀伍德任命他负责管理他在芝加哥的经济事务。

　　利用控股公司是考珀伍德筹措资金的办法之一，这是一种幕后组织，能招揽到足够的资金来购买他想操控的很多公司，同时又给他提供必要的股票数目以达到控制权。在这种局势下，他的铁路装建公司正式组建起来了，董事长都是一些做幌子的人物，在此过程中，凡是加入进来的人最后都得到了发起的股份。约翰生担任了法律顾问和诉讼代理人，年薪3000英镑。以后，在一份由他草拟的秘密协议中（经过考珀伍德的代理人十分认真地审查了一遍），约翰生、斯坦和考珀伍德都签了字，上面注明了从那时起他们在市区和都城两条铁路的各种股票中，不管当时已掌握在谁手中，还是后来买到手的，在任何一次企图把市区和都城铁路改组并卖给以后组建的新公司的正式投标上，这家新公司都会采取一致行动，他们会用老股票换取它发行的三股新股票。

对约翰生而言，现在要做一件艰巨的工作，那就是到处去寻找市区和都城两条铁路大量分散的股票。他从考珀伍德那里受命，以各种各样的化名买进数目高达五十万英镑的股票，而且，还要使老的董事渐渐认可考珀伍德。至于斯坦，他要努力把那些老公司的股票收购进来，为了在新创建的企业中，在投票表决方面与考珀伍德采取一致行动，而且，他也要尽最大的可能利用他个人的势力对他所认识的那些人给予影响，这一切活动的结果，的确使大量投资人倒向了考珀伍德。

这一边，众多美国的和英国的金融家意识到把资产收集起来的重要性，现在他们也想为自己弄到特许证，但那时，特许证是很难弄到手的。在那些感兴趣的人当中的斯坦福·德雷克，也是位声名显赫的美国金融家，他向英国下议院申请了几条路线的特许证，如果这几条铁路修建起来了，那就有很长的一段路程与考珀伍德的路线并肩而行了，就意味着这些地区内的收入将会平分。

考珀伍德对此很是烦恼，对此事一定要百般阻挠，而且又要避免引起英国人对他们两人的仇视，因为英国人极为反感美国人插手伦敦的交通界，无论是德雷克先生还是考珀伍德先生。结果，按照惯例双方的法律斗争随之发生了。因为双方都揭露对方的缺陷，双方又都竭力贬低对方企图做的事情的意义。

这时，考珀伍德指出，就计划本身来说，德雷克的路线尽管有一部分途经漂亮的住宅区，但在抵达能够赚钱的区域之前，还必须穿过一段十英里路的空旷地区。他又强调指出德雷克路线将是条单轨，而且是在一条隧道里的单轨，但是，他的路线却将从头到尾全部都是双轨。同时德雷克的那帮人是用如下理由进行反击的，考珀伍德的路线在泰晤士河岸底下，而他们的路线则在斯特兰和其他商业区地底下，考珀伍德的路线本身就在商业区，而他们的路线是把人们带到商业区去。不管怎样，考珀伍德补充说，这种平行路线对双方都相当有害，赚不到钱，因为他非常明白，德雷克那帮人如果申请到了他们的铁路线特许证，无论它如何发展，都将影响到自己的路线，对此，他当时当然不会承认，反之，他还宣称，他不能理解德雷克商行为什么会冒这样的险。为了尽可能把事情说得圆滑委婉，他说对此错误负责的是德雷克先生的伦敦分行，而并非德雷克先生本人。他进一步强调，德雷克先生是一位了不起的人物，他相信，在他把事情彻底弄明白之前，他肯定不会在此类事业中投入任何资金。

但是，虽然有了这些花言巧语，德雷克的律师们还是对英国下议院提出了一项请求特许证的议案，考珀伍德的律师们则为他修建的路线提出了一项相反的议案。结果，下议院把两项议案都延期到明年十一月表决，对两项议案都不偏袒，这种延期对考珀伍德来说算是一个胜利，在整体计划的进展中他已经远远地跑到前面了。事实上别人听见他说过，除非遇见敌对势力和阻力，否则他做任何事业都不会觉得兴趣盎然，正因为在情场和商战中可以不择手段，所以他准备与德雷克一搏到底。

然而，斯坦福·德雷克被激怒了，认定必须和考珀伍德进行一场真正意义上的斗争。他可以随意支配大量资金，他向考珀伍德提出建议，给考珀伍德五百万美元以换取共同使用属于考珀伍德的皮卡迪里广场车站的权利，显而易见，这个车站是德雷克的铁路线必经之地。此外，如果考珀伍德撤回大批律师不再反对德雷克向下议院申请准许修建他计划中的路线，他愿意再给考珀伍德二百五十万美元。当然，考珀伍德一口回绝了这些要求。

与此同时，还有伦敦联合公司，计划从海德公园拐角到牧羊林修建一条路线，关于这条路线的初步谈判已经完成。他们找到德雷克，建议合并他们的路线和德雷克的路线，再向市政当局申请特许证。并且他们一再请求德雷克，一旦他们竣工，就将作为一个整体进行经营，对此，德雷克拒绝了。然后，他们请求允许经营他们自己的那条铁路线路，德雷克也拒绝了。因此他们只好将他们的地段卖给考珀伍德，尽管他们还没有弄到特许证，考珀伍德通知他们去看斯贝耶公司，这是一家金融企业，不仅在英美而且在全欧洲都有业务。这家企业在审查这件事情后，认为了考珀伍德的利益，也为了自身的利益，决定购买伦敦联合公司的所有现有的权利，然后他们由辛迪加接管全部股票。他们的法律顾问，当时也为了其他事务列席下议院地下铁道委员会，而请求撤回他们要求特许证的申请书。由于为一份全面性的特许证，德雷克已经辩护了一年，撤回伦敦联合公司就使考珀伍德的整个申辩陷入无效的境地。德雷克只得重新来给他们的那个地段申请特许证。但是，由于他们原来的申请里面并没有对这件事提出过要求，在委员会里也没有这项议案，德雷克的律师主张否决整个案件，于是德雷克的计划被迫撤了回来。

　　两位声名鼎沸的劲敌之间的这场斗争就这样戏剧般地结束了，对此英美报纸都进行了详尽报道，伦敦市参议会赞成建立一个将会使整个伦敦变得交通便利的交通网，进而支持考珀伍德，指出他是一个卓越不凡且又关注社会事业的人，无论他到哪里都应该受到最善意最热情的欢迎。

　　利用这个时机，考珀伍德就大肆宣扬他的巨大企业会给社会带来很大的益处。他描述建成后的铁路网，最后能够一年运送两亿乘客，而客车只有一个等级，一个统一的五便士的票价，是一个整体贯通起来的铁路网，可以让一位乘客借助地下铁道去任意的地方，因此，在快捷的交通、优惠的票价和频繁的车次方面提供了一个极有教育意义的典范。

这时候的考珀伍德真是顺风顺水，他完全可以从事收买股票和利润以外的其他事务了。比如说，仅仅出于宣传的目的，他就花费七万八千美元买下了泰纳的名画《雾气与光》，把它挂在了自己的办公室里。

第五十二章　疯狂的嫉妒

虽然考珀伍德在事业上顺风顺水，但爱琳那里却出现了新的麻烦，她就要用所有的威力强压在他的头上了。

爱琳已经抵达巴黎，并再一次受到了托立弗和他的朋友们的热情欢迎和款待。但是，事实上，玛丽戈德·布雷勒兹观察到爱琳喜欢托立弗到了一定的程度，甚至于最后希望嫁给他的地步了，所以，她觉得现在已到了打击他们这种日益增长的爱情的时候了。她对托立弗与考珀伍德的关系十分了解，坚信她手里有一件秘密武器，能易如反掌地为她自己扫清障碍。因为有一天晚上在游艇上游玩的时候，那天托立弗喝得醉醺醺，曾向她坦白了一切，所以，一旦得到机会，她就会付诸行动。

一次托立弗为庆贺他们回到巴黎，在他的一位朋友的画室里举行了宴会，玛丽戈德喝了很多的酒，看到爱琳那么开心并轻佻地与托立弗嬉闹着，就突然转过身来面对着爱琳。

"如果你对你的朋友也像我对他一样了解，你就不会这么希望他一直关注着你了。"她尖酸地说。

"哎哟，如果你知道那些肯定能令我生气的事情，"爱琳说，"那你为什么不直言不讳地说出来，却要旁敲侧击呢？你是出于妒忌才这样说吧？"

"是的，是嫉妒心！我嫉妒托立弗和你！碰巧了解他对你这般殷勤的幕后动机，就是这么回事！"

爱琳被这种莫名其妙的直白的话弄得恼羞成怒，就高声喊起来："你究竟要说些什么呢？来，说吧！否则，就把你的嫉妒心转移到别人身上去吧！"

"嫉妒心！实在是太愚蠢了！我断定你无论如何也想不到，你的殷勤的朋友也许不是爱慕你本人的美貌，而是由于其他原因才来追求你的。此外，你以为他花在你身上的全部金钱来自哪里呢？我和他很早就是老朋友了，他本人经常连一个钢镚儿都没有，这你了解的。"

"不，我并不了解。不过，你想说什么就说吧。"爱琳说。

"我建议你亲自去询问托立弗先生，或者最好去询问你的丈夫。我相信他能给你启发。"玛丽戈德神气活现地说，同时侧着身子离开了。

听到这些爱琳愤怒不已，她离开房间，拿着她的外套回到了旅馆，但这个问题在她的脑海里挥之不去。托立弗！他已经尽其努力介入她的生活中来了！一文不名的人却挥金如土！凭什么？考珀伍德大度地纵容他们这种友谊，甚至还渡过海峡到巴黎来参加托立弗的宴会？她猛然意识到了玛丽戈德暗示的最黑暗的一面。他利用这个人把她从他的生活中驱赶出去！她一定要弄个一清二楚，一定要弄得水落石出！

在宴会上托立弗没有找到爱琳，一个钟头之后，他给她打电话。在通话中，她要求他立马来看她，她必须马上与他商量一点事情。他刚一进门，就是一场暴风雨。到底是谁指使他邀请她来巴黎，还对她如此殷勤，同时又在她身上花费了这么多的金钱？是她丈夫的主意呢，还是他本人的主意？

实在太无聊了！如果他本人并不爱她，那为什么要在她身上大肆挥霍呢？爱琳对此的答案是，她听说，他自己从来都是一文不名，从来就是身无分文。现在仔细想起来，除非是替别人干一些私人服务性质的工作，正如侍者一样，侍候那些以娱乐来消磨时光，而又不愿在杂事上劳心的人，否则，他到底靠什么来挣钱糊口呢？这对他真是一种极大的侮辱，因为这样就把他贬到仆役阶层了。

"那是在撒谎。"他有气无力地辩驳。

但他的语调却使爱琳对他产生了怀疑，并激起了她内心的愤怒。想一想吧，一个人竟然会奴颜媚骨到如此地步去做这种丢人现眼的事情！想一想，她，这位弗兰克·阿尔杰农·考珀伍德的太太，由于丈夫的算计，竟然使自己成了这个阴谋的牺牲品！任由别人如此这般公开地揭露出来她是一个被人抛弃的女人，这样难得丈夫的欢心，以致他必须要雇用一个帮手来摆脱她。

不过，等一等！现在，最迟明天，她一定要给这个寄生虫、大骗子及她的丈夫一点颜色看看，她不能被人侮辱到如此程度！因为对她而言，托立弗对她的殷勤就此结束。考珀伍德要从电报中得知她已经觉察到他的阴谋，她要永远与他断绝所有关系；她要回到纽约，住在她自己的家里，她属于那个家，如果他还想跟着她，那她就到法院告他，把他的所有事情都在报纸上抖搂出来；痛痛快快地把她从他的谎言、不忠实和他的精神虐待中解救出来！随后，她转过身来对着托立弗大声嚷道：

"现在，你可以滚了！你对我的殷勤和侍候到此为止。我马上就回纽约去，如果你再遇到我或者在任何地方纠缠我，那我就一定要把你的老底揭穿。快滚到考珀伍德先生那里去！看他是否还愿意施舍你一些正经点的事情干。"

她一边说一边走到门口，拉开门让他出去。

第五十三章　阴谋败露

爱琳在巴黎发生这一切事情的同时，仍然住在普莱奥海湾别墅的伯里莱茜正觉得自己俨然成了社交界的中心人物，她受到了一连串的社交上的邀请和介绍，这一切全都出乎她的意料，而她也认为这在很大程度上要归功于考珀伍德，但她同时充分意识到，有更大一部分是因为斯坦爵士对她的迷恋，他迫切想把他圈子里的重要人物逐一介绍给她。

既然爱琳还在巴黎，考珀伍德就断定他和伯里莱茜能相安无事地接受斯坦的邀请，乘坐他的"爱荷拉号"游艇去游玩了。游艇上的客人有查德里的克利福德夫人，她丈夫继承了英国历史最为悠久的爵位；莫尔巴勒女公爵，她是斯坦的最亲密的朋友，也是王后最宠幸的人；温德翰·怀特莱爵士，一位与宫廷有密切关系的外交官。

"爱荷拉号"最后在科威斯停泊时，斯坦告诉他的客人，他已经接到诏谕：当天下午，王后会很高兴地在此接待他和他的朋友们吃茶点。这条消息即刻使全体客人产生了相当浓厚的兴趣。特别是伯里莱茜，她敏感地意识到这次拜见，别人可能会大加渲染和大肆宣传。王后非常和蔼，对这次非正式的接见感到非常愉悦。她尤其对伯里莱茜感兴趣，提出了各种各样的问题，如果伯里莱茜如实地回答这些问题，也许最终会对自己大有损害，但是因为她没有这样做，所以王后表示希望能在伦敦多见她几次。王后也希望伯里莱茜能参加下一次的宫廷招待会，王后的好意使伯里莱茜受宠若惊，并且还给了她更大的自信心，如果她愿意，她能够获得很大的成就。

至于斯坦，则大大地增加了他那获得她的爱情的美好愿望。此外，通过这件事情，考珀伍德越来越认定斯坦可能会进一步赢得伯里莱茜的好感。

考珀伍德回到伦敦旅馆的时候，有件更令他心烦意乱的事情在等着他。爱琳在离开巴黎前往纽约之前寄来了一封信，信上写道：

　　我终于弄清了你的用人托立弗和你使我落到如此可耻地步的阴谋。你为了要抛弃我，达到你自由自在地过放荡生活的目的，竟然不知廉耻地雇用了托立弗。许多年以来，我对你的一片忠诚竟然换来这样的一种报答！但是，你不用烦恼，因为现在你可以任意行动了，无论何时，无论何地，只要你高兴，你大可以去跟你的情妇厮混。因为今天我就要离开巴黎回纽约去了，在纽约，我希望可以彻底不管你的负义和纵欲。我警告你，你不要跟着我。如果你不听，那我就决定对你和你当前的妞头向法庭提出控告，从而在伦敦和纽约的报纸上把你的丑恶行径一一揭穿。

接到这封信后，考珀伍德花费了很长时间思考此事可能带来的后果。他觉得即刻就赶回纽约才是明智之举，试试他是否能够，如果有什么办法的话，去防止丑闻公开。但是，与这个事件密切相关的是此事对伯里莱茜的前途一定会产生很大的影响。不管怎样，他也不希望发生这样的事，因此他的第一步就是立刻去看伯里莱茜，他看到她非常高兴而且自负。他告诉她爱琳最近一次的攻击和她的威胁的本质，他能从她剧烈变化的表情中意识到，她认为这是一件相当严重的事情。她迫切地想知道爱琳是怎样说服托立弗承认他的身份的。

"当然，他如果保持闭口不言总是有好处的。"她神经质地说。

"你不太了解爱琳女士了，亲爱的，"考珀伍德嘲讽地说，"她不是一个能考虑全盘问题的人，恰恰相反，她的狂怒一旦发作，对她和相关的任何一个人都凶多吉少。事实上，她会特别激动，她会迫使别人承认对大家都有害的事情。现在，我唯一要做的事情就是乘最快的轮船赶回纽约，也许我能比她先到，同时我已经给托立弗拍了电报，叫他即刻到伦敦来，因为如果我继续雇用他，我就能不费吹灰之力地让他不透露任何口风。只是我不知道你会给我提些什么建议，贝菲。"

"我同意你的意见，弗兰克，"她说，"我认为你要尽快返回纽约，看看你能做些什么来求得她的谅解。你与她谈话后，她极可能会认为把这些事情都昭告天下实在是太没有意思了。因为，当然在此之前她是听说过我的，也听说过其他女人，"说到这里她暗讽地笑了笑，"这一点当然是你告诉她的。你这一次毕竟对她并没有恶意。在这一方面，托立弗也没有。实际上，在巴黎的消遣娱乐上，你给她提供了一位任何人都需要的最好的向导，顺便提一下，你可以对她讲明白，你在这里的工作要占用你的全部时间。我认为，这一点还是会产生一些好的效果的。报纸上登满了你的工作和成就，你可以给她指出这一点……"对这种聪明的表白，考珀伍德并不是没有意识到。就如他现在所说的，他的悲哀源于他自己，而不是斯坦，他要离开她，告别他的客人。

"你不用担心，亲爱的，"她安慰地说，"你是一位了不起的人物，不会因为这点事而沮丧的。我坚信，你一定会像以前那样凯旋，你也知道，我绝对会永远和你在一起，"她张开两臂抱住他，注视着他的脸，动情地微笑着。

"如果当真如此，那就不会有任何问题。"他充满自信地说。

第五十四章　"安抚工程"

去纽约之前，考珀伍德与托立弗进行了一次谈话，托立弗声明，他不对此事的意外承担任何责任，而且就他而言，他始终是守口如瓶的。他所说正是考珀伍德希望他说的。

五天后，在纽约考珀伍德刚一登岸，一大帮新闻记者就围过来，他们提出的问题多得简直可以编成一小本目录。他回来是为了筹集大量的资金去购买更多的伦敦地下铁道，还是为了处理他在美国剩下来的市内铁道的股权呢？他在伦敦买了一些什么画呢？有人说他不久前花了七万八千美元买下了泰纳的《雾气与光》，这种传说是否可靠？提到绘画，他是否已经同意为他的肖像付给某位画家两万美元，而在完成后却付给了画家三万美元，还有，当前他对英国的生意有着怎样的打算呢？

这一切都让他清楚地意识到，作为一位著名人物，他比以往更加引人注目了，而且现在，并没有涉及他丑闻的迹象。因此，他有意地多回答了一些问题，至少在对他没有任何伤害的前提下，在外交手段上他能回答的总是尽可能回答。

按照他的说法，伦敦的所有事情都在按部就班地顺利进行着。实际上，他是完全有理由自豪的，因为他计划在一九〇五年一月初让伦敦地下铁路实行电气化，并且正式通车，而且公司会拥有八千五百万美元资金和一百四十英里的轨道。一旦工程竣工，伦敦的地下铁路将是世界上最豪华的。至于英国人，他现在声称，他认为他们对巨大企业的规划所持有的态度，要比美国人高明很多，英国人似乎对一项伟大的建筑计划的重要性了然于心，当他们批准一份特许证时，并不会限制时间，如果批准是永久性的，这就给那些具有宏伟的创造性目标的人提供了一个创办永久性事业的极好机会。

至于绘画，他上次到纽约后，曾经买过几幅，他带回来的是这样几幅：一幅是沃德画的，另一幅是乔舒亚·雷诺兹画的奥·布伦夫人的肖像，还有一幅是弗郎士·霍尔斯画的。是的，为了他自己的肖像，他付给那位画家三万美元，而这位画家之前只提出要两万美元。画家已把这一万美元退还给他了，请他把这笔钱捐献给一项慈善事业。这个故事让记者们惊讶得目瞪口呆。

这些材料的重大意义，按照所有报纸所宣扬的那样，对爱琳并不是无动于衷的，她化用了另外一个名字，在两天前抵达纽约。虽然她愤怒至极，但还是有些动摇起来，她思考着之前的计划是否明智。他正在到处搜购的绘画如何处理呢？因为她想起了最近他说过的，可能要扩大纽约的住宅，以便安放更多的艺术品。如果当真如此，她对他的揭发以及起诉离婚的威胁，也许会逼迫他改变计划，这可就便宜了别人，却对她本人不利。这几年她能痛苦煎熬过来还是因为要避免这种损失。

可是，考珀伍德全盘接受了她的威胁，他认为，他在纽约逗留期间，最好把他的大本营设在沃尔道夫饭店，而不是在他第五大街的住宅之内。他在旅馆里刚一安置下来，就打电话给爱琳，却没能成功。因为她已下定决心不让他回来，对于他不可饶恕的罪过没有任何商量的余地，她为他的成功感到自豪和骄傲，不过她还是妒忌的，因为她坚信，在某个地方，隐藏在幕后的，是他的情妇伯里莱茜，毋庸置疑，她在分享着他一生中最辉煌的岁月。因为爱琳格外喜爱炫耀和虚荣。有时候，她甚至像个孩子一样被那些有关考珀伍德的令人惊讶的报道迷住了，也不管这些报道是好是坏或者是闪烁其词。一份新闻发布了他在伦敦正在兴建的一座规模宏大的发电厂的照片，令她高兴得几乎忘却了自己的苦痛。另一方面当另一家报纸刊载了一篇对他进行猛烈抨击的文章时，她又情不自禁地恨之入骨，她还激动得要去亲自还击。

　　爱琳对考珀伍德回到纽约后的那些形形色色的评论和赞扬斟酌一番后，她的愤怒和一定程度上的钦羡混杂在了一起，就在她心情摇摆不定时，考珀伍德泰然自若地走进了她套房里的卧室。看见她躺在一张长沙发上，四周的地板上散放着许多显然是她刚刚读过的报纸。他一进来，她就猛然跳了起来，当他站在她面前时，她想点燃埋在心里的愤怒。

　　"哟，我看你并没有与世隔绝呀，是吗？亲爱的？"他开朗而无拘无束地笑着说，"还不太坏，是吗？"

　　"你！你呀！"她尖声大叫起来，"你这头老色狼！如果他们都和我一样了解你就好了！你这个不折不扣的伪君子，残酷无情的贱东西！"

　　"喂，你听我说，爱琳，"他努力保持冷静，"你清楚的，如果你镇静下来考虑一下，无论从哪个方面来说，我都没有伤害过你。如果你读过报纸，你就会了解自从我到达伦敦后，几乎每天都为这项事业工作二十四小时。至于那位托立弗先生，在巴黎那样的大都市，你还能找到比他更靠谱的向导吗？如果我没有记错，在过去的日子里，你每次经过那座城市都对我不停地抱怨，因为我不能陪你一起逛逛那些你认为十分有意思的地方，可我没有空闲时间去逛呀！因而在托立弗会见我们时，反正他也要去巴黎的，我觉得，你好像还不讨厌他，那么，你们就一起去那里吧，也许你就有机会实现你游览巴黎的夙愿了，那也就不会影响和干扰我了。这就是托立弗在你身边的唯一原因，你应该十分了解的！"

"谎言，谎言，统统是谎言！"爱琳野蛮地尖叫起来，"你一直在撒谎！但这一次无论如何，你不能再这样下去了。至少我可以让全世界都看清你的嘴脸，以及你是如何对待我的。到那时毋庸置疑，报纸上的文章读起来的味道就会不一样了！"

"哎，爱琳，"他打断她，"你要理智一些。你心知肚明，从物质上来说，我从未拿走你需要的任何东西，我一直希望你在我去世后负责管理我的事务。这里的这个家，是你引以为傲的。正如你所了解的，我早就在计划设计一个合适的造型改造这个住宅而且把它扩建得更加漂亮一些。很早以前，为了替你扩建那间温室，以及另外开辟一条绘画和雕塑画廊，我就打算买下隔壁的房子。这一切我全都留给你，你愿意如何处理就如何处理。"

可是，天性使然，他遮遮掩掩的就是没有告诉她在离开伦敦之前，他早就把刚才所说的房子买下来了。

"为什么不让帕恩来，他可以计划一下，"他接着往下说，"随后我们再作斟酌。"

"嗯，那好吧，"爱琳热切地说，"那倒是很有意思的。"

可考珀伍德毫不犹豫："至于说咱俩分手，爱琳，那压根儿就是一种荒谬的念头。首先，我们相处的时间是如此之长，尽管我们也有我们的苦痛，可毕竟我们还是在一起呀！工作迫使我在体力上付出很大代价，而我的个人生活倒是无所谓的。其次，我早已不是年轻人了，如果你愿意再与我做朋友，如果这个伦敦地下铁路建好了，我真心希望回到纽约来，与你一起住在这里。"

"你的意思是不是，还有六个另外的女人和我一起住在这里？"她挖苦地问道。

"不，我的意思就是我刚才所说的，我认为你能理解，总有一天我会撒手不管的。到那时我只能渴求平静和安宁，不再做任何工作。"

此刻，爱琳正在准备进行新一轮的讥讽批评，可抬头一看，他满脸困倦的表情，甚至是忧郁的神情，这在以往，她从未见过，顿时她的心情从一种非难转到了一种出乎意料的同情，也许他太累了，需要休息，因为他几年来苦心经营，四处奔波，要做的事情太多了，这是多年来她对考珀伍德最为仁慈的观点。

不过，女佣这时进来告诉她，她的律师罗伯逊先生打来了电话。听到这句话，她不自然地动了一下，接着多少有点挑战似的说：

"告诉他，我出去了。"

这件事情的含义并不是对考珀伍德不发生影响。

"有关这一切你没有告诉别人吗？"他问道。

"没有。"她回答道。

"好！"考珀伍德亲切地说。

在解释了自己的各种经济上的事务他必须去芝加哥几天后，他成功地得到了她的承诺，在他没有回来以前，她不会采取任何行动。因为到那时，按他现在辩解的，他认为能够在双方都满意的情况下解决问题。

爱琳似乎十分愿意维持当前的状态，他就摸出表来，说恰巧还来得及赶上火车，他回来后再来看望她，到此为止，她的情绪已经十分平静了。她陪着他走到门口，随后折转回来，翻阅着她之前在看的报纸。

第五十五章　梦幻人生

　　此次，考珀伍德的芝加哥之行至关重要，实际上此行的目的是谈一笔五百万美元的借款。然后，还要去看望西彭斯，听取关于他的财产状况的汇报。

　　此外，还有一件需要他关照的事情，即最近对芝加哥的一家规模宏大的市内铁路公司提起的诉讼。几年前这家公司曾经购买了两条原本由考珀伍德修建和经营的高架铁线。但是，自从他被驱逐出芝加哥到伦敦的那天起，由于这两条铁路经营不利，不仅已失去原本可以从源源不断的乘客业务中获取的利益，而且还遭遇了巨额赤字，已把投资人手里的股票的所有利息都赔光了。事实上，当地人描述得非常准确，在公共事业的历史上，从来没有过哪家公司像这家市内铁路公司一样破产得如此彻底。因为这些损失最后指向了考珀伍德，所以他有必要向投资人讲明白，这种责任并不在于他，而应该归咎于那些接管的人在经营管理上的严重失误。澄清这个问题以后，人们称他为"金融界的奇才"而不是"骗子"，因为他在这两条路线运营期间，付给公司的股票红利有百分之八到十二，这是世人皆知的事实。所以，现在他除了已经筹集到五百万美元以外，还很大程度上提高了名望。

　　但是，在这次芝加哥的旅行中，还发生了一件意料之外的小事，那就是洛娜·马里斯。由于报纸上发表了他到达芝加哥的新闻，她迫切希望他恢复对她的兴趣，于是她就去找他。但是她这个主意注定会大失所望的，因为目前他的心境已发生了很大的改变，他着急要赶回纽约，最后再返回到伯里莱茜的身边。可他却发现，她的装扮和他上次看到她时相比，似乎暴露出目前她处在困境之中，他有点感动了，询问她的生活，他意识到她的魅力已经减退了，她的收入也就随之减少，他装作一种对她的幸福格外关注的样子，并承诺给她开一个固定的支票户头，而且他还要考虑其他的办法，以引起戏院老板对她的兴趣。这一连串的恩赐，极大地鼓舞了她。

当他登上火车，车厢开始在洛娜面前移动，她站在月台上默默无语地向他挥手告别时，他情不自禁地感慨这个由所有众生的力量交融而成的世界充满了变数。因为目前他正遭受着芝加哥股东们的攻击，同时也受到了纽约的报纸和爱琳的监视，讲到这件事情，在伦敦的年轻貌美的伯里莱茜，有十分充足的理由怀疑他。但是这一切又是为了什么呀？为了感情、性欲以及那些女人，可这些女人并不是他发明的，当然也不是他创造的。

咔嚓，咔嚓，咔嚓！车轮在轨道上飞速滚动着。呜！呜！火车的汽笛声在空中长鸣。他凝视窗外，景物像时光一样飞逝而去，他梦幻般地琢磨着生命、时间和变化。

第五十六章　难舍难分

考珀伍德回纽约看望爱琳时，没有想到会有愉快的事情发生，因为自从他离开纽约后，她一直在琢磨着他说的扩建住宅的事，以及他所说的根据她的爱好进行改建的想法，这比他讲过的其他任何事情都更令她欢喜。因而她拿出几套她早已请建筑师准备好的方案、设计图纸，现在她希望请他审查。

他十分高兴地会见了当初设计这幢住宅的美国建筑师雷蒙德·帕恩，他已经设计了一系列计划改建蓝图，蓝图能让新建筑与这幢老式住宅和谐一致。爱琳一再强调她喜欢这个、那个，以及其他方面艺术上的呈现。他决定去看望帕恩，并且希望他在此事上多下功夫，最后他离开时，意识到让她承担这样重要的工作，不仅仅会反映出他们在艺术上的共同爱好，而且在社会上也能显示出他们关系不错。

但在此时，考珀伍德已经难以适应美国的生活了。自从去了伦敦，他改变了许多观点。这倒不是说英国人在涉及自身私人利益的努力上，并不那么狡猾或乖巧。可自从遇到斯坦、约翰生和他们的那些同事后，他逐渐发现他们几乎都在不知不觉中思考，有必要把休息、娱乐与他们的生意结合在一起，然而在美国，正如俗话所说，生意就是生意。

自从他回到纽约后，除了生意上的往来外，别无其他。在他眼里，这里好像没有任何有趣的事情。因此，他时常想到伯里莱茜和普莱奥海湾别墅，尽管他需要去拜访他摘录下来作为筹措资金的所有城市。他急匆匆地跑遍了东部地区，感到筋疲力尽。在他的一生中第一次感到自己年龄大了，但十分令人高兴的是，这种煎熬的奔波最终被约翰生拍来的封急电解围了。电报上说，由于各种各样的敌对集团的频繁活动，他急需赶回伦敦，这是头等重要的事情。

他给爱琳看了电报，她看完后提到他的满脸倦容，并且警告他时刻记住，不管怎样毕竟健康才是最重要的，如果可能的话，他应该结束欧洲的工作后就退休。他回答，自己早已意识到了这一点，为了在国外期间能舒服一些，他已指定卡斯伯特先生来管理所有艺术珍藏，因为凭他的观察，他认为此人值得信任。

同时，伯里莱茜盼望着他，他什么时候才能回来呢？日子一天天地过去了，她觉得自己离开他后，越来越寂寞了。尽管斯坦爵士曾经带她去参加各种各样的招待会和晚会，让她会见了他的许多朋友，甚至还带她出席过宫廷的招待会，但是，她非常奇怪而又说不出的意识到只要考珀伍德不在身边就寂寞难耐。在她的生活里，他是一种支配力量，一种能使萦绕在斯坦爵士周围的社会环境变得不堪一击的力量。尽管她认为斯坦是个热情英俊的伴侣，可是回到宁静的普莱奥海湾别墅，在思想、心情和情感上，她总是希望与考珀伍德融为一体。他在做些什么？又在会见什么人呢？他是否还会对洛娜·马里斯感兴趣呢？或者是不是又交了什么新欢？或者他回来时，还和与她分开时那样相亲相爱吗？爱琳是否会和他一起回来，或者他是否已经完全取得了她的谅解，他能否安静地生活一段时间呢？

女人的嫉妒呀！

但是，毕竟他为她做了那么多的事情！不仅仅是为了她自己，而且也是为了她的母亲！他曾经支付过她的学费，然后又将位于纽约第一流公园路的一幢漂亮住宅赠予她。

在精神上和人生观上，伯里莱茜较为清醒而现实，在考珀伍德受到爱琳的威胁，赶回纽约之前，她就痛下决心，如果爱琳这次的攻击对她不造成太大的伤害，她也许会对斯坦爵士比以前更亲切一些。因为显而易见，他是那般深深地痴迷着她，他甚至让她相信，他是抱着与她结婚的心愿同她来往的。

"只要我果真有意思就好了，"此刻她独自思考着，"要是不那样守旧，没有那样的英国习俗就好了。"她听说过在英国，法律允许丈夫对自己有欺瞒行为的妻子离婚，如果她嫁给了他，那她就背上了这种罪名。她在考珀伍德离开后的整个期间始终闭口不言，时不时地考虑着如果爱琳付诸行动，她的社会地位会受到多么大的打击。

但是，由于伦敦报纸一直没有任何动静，也由于考珀伍德寄来的一封信，她的忧虑才有所减轻，他在信中简单地谈到了他的重重困难，其中的困难之一就是他的健康和精力突然减退，同时他也表达了想回到英国休息休息、再见见她的愿望。信中提及的他的身体情况促使她认真思考，去旅行一趟是不是聪明的决定，他们可以去一些宁静、景色优美的地方，暂时远离那种商业上的忙碌和喧嚣，可到何处去寻找这样一个理想之地呢？他很有可能早就游览过这些地方了，没准儿还会厌烦，因为他去过的地方实在是太多了，比如意大利、希腊、瑞士、法国、奥匈帝国、德国、土耳其和巴勒斯坦。

去挪威如何呢？她从来没有听他提过挪威。因此，她很兴奋地劝他，去一个奇特而又不同凡响的地方休息一段时间。为了全面详尽地了解这个新奇美丽的国家，她特地买了一本介绍挪威的书。她充满激情地一页页地翻看这本书，研究诸多高耸的黑色峭壁的照片；峡谷上笔直地矗立着高山和高原，那些峡谷是被造物主冷酷无情地劈削开来的；

那些喧腾的大瀑布下面，美丽宁静的湖泊安然地躺着。那些小块的田庄，如同落水的水手紧抓住一个救生筏似的紧贴在高高的山脚下。她还读到了这个国家的许多奇怪的神话，如战神奥丁、雷神索尔，以及一个特别的天堂瓦哈拉，传说这里专门收容那些在战争中阵亡的灵魂。

她欣赏并审视着那些照片，显然，这个国家完全没有受到工业化的影响。的确，这地方对他是个惬意的休息场所。

第五十七章　迷人的世界

考珀伍德到达英国时，脸色看上去极为疲倦，伯里莱茜完全能够凭借自己对挪威的激情来感染他的，碰巧他还从来没有去过挪威。

就这样，没过多久，他就安排詹姆逊租一艘快艇。但是在没有找到之前，一位蒂尔顿爵士从斯坦那里了解到了考珀伍德的想法，就极为慷慨地坚持要把自己的快艇"鹈鹕号"借给他用。最后，在临近伏天的时候，他与伯里莱茜平稳地沿着挪威的西海岸，朝着斯泰范格峡湾航行而去。

这条快艇是艘精致的小船，埃立克·汉森这位挪威籍的船长技术十分高超，他身体异常健壮，尽管身材不高，但面色红润，沙色的头发如同泉水般垂在前额上。他的钢青色的双眼，仿佛能应对任何坏天气的挑战似的。他的动作，极易让人想起那种对抗恶劣气候的姿势，即使他在平地上走路，也好像始终是与海洋和着同一个节拍似的。他当了一辈子水手，他真正爱上了这些内河的航道和弯弯曲曲地绕过一群迷乱神秘的、高于水面几千英尺、在水底又深至几千英尺的群山。有人说这是地壳发生断层或崩裂的结果，另外一些人则认为是火山喷发形成的。但埃立克清楚，这是史前强大的维金斯人用人工开凿的，为了开辟通向世界各地的大道，他们有力量扫清任何障碍。

但是，当伯里莱茜眺望着这些陡峭的山壁和位于水边很高的地方的茅屋时，她实在是想象不出这些居民是怎么走下来搭乘过往的小船再返回他们的茅舍的。她根本无法理解他们为什么要居住在这里，这一切看起来都是那样的奇特。她不熟悉爬山的技巧，或许挪威人为了看守他们的山羊，从这个悬崖走到另一个悬崖，他们非得学会爬山不可。

"一个多么神奇的地方啊！"考珀伍德感慨道，"我很高兴你把我带到这里来，亲爱的，我认为这里的确是美极了，可这个国家自然气候上有一个明显的不足，那就是夏季白天太长，而冬季又太短。这里离奇的河道和光秃秃的大山实在是太多了。尽管我必须承认，我对这个地方非常感兴趣。"

的确，伯里莱茜也发现了他对这个国家产生了浓厚而又热烈的兴趣。他经常按铃请来令人尊敬的船长，向他咨询一些问题。

"除了鱼之外，这些市镇上的老百姓依靠什么生活呢？"他问埃立克船长。

"哎，迪克逊先生，（这是考珀伍德的化名）他们做很多活计。他们养山羊，卖羊奶。他们喂母鸡，因此有鸡蛋。他们还有奶牛。事实上，他们经常以一个人有多少头奶牛来判断资产。他们也有牛油。这里的人全都身材魁梧，又非常勤劳，他们耕种五英亩的土地，说出来您也许不相信。尽管对您提出的这个问题我不太清楚，并且我真的也说不出具体的什么来，可他们的生活确实过得比您想象的还是要自在一些。另外还有一件事情，"他接着说，"这里的年轻人都接受过航海训练，当年龄大一些，他们就成为挪威进进出出的几百艘船上的船长、大副或者厨师，游遍全世界的大都市和海运中心。"

这时，伯里莱茜提高声调说："我认为他们在数量上缺乏的东西，就在质量上来弥补。"这是她的观点。

"你说得很对，太太，"船长说，"这正是我的意思。"他更加热情地说下去，"事实上，在我们的同胞当中，他们学会了惬意地生活。但是他们，不仅仅是从书本的外面，而且还从书本的里面认识这个世界，我们挪威人嗜书如命，尤其重视教育。这里几乎没有文盲，或许你不相信，但是，挪威还有它自己文学上和音乐上的伟人，像格里格、汉森、易卜生、布乔森。"这些人的名字令考珀伍德犹豫了一下，回顾自己的一生，文艺生活实在太贫乏了，他建议伯里莱茜给他几本她读过的书。

伯里莱茜观察着他静静思考的样子，猜测着他或许正在把他烦恼的世界与这个奇妙的世界相对比，她决定把话题转移到比较欢快的方面去，她转过身来面对船长汉森，问道：

"汉森船长，我们再往北过去一点，有希望看见拉普斯人吗？"

"是的，有希望，太太，"船长答道，"在特罗亨有可能遇到他们。现在我们已经到特罗亨了。"

从特罗亨，这只游艇向北，朝着半夜有太阳出来的哈梅费斯特航行。沿途之中停泊了几次，其中一次是在格罗图峭壁下延伸到海里的岩石旁边停泊的。这地方不大，也许只有十来户人家，主要是作为捕鲸站用的。石头砌成的房子，顶上盖着草和泥。

为南来北往的船只购买煤或柴火已经成为格罗图的捕鲸人的一种习俗。现在就有一小群捕鱼人向这条游艇靠拢。尽管船上的煤并不多，但考珀伍德还是让船长送给他们几吨，因为他觉得这些人的生活实在是太困窘了。

用过早餐后，汉森船长上岸了，在他回来时，他告诉考珀伍德，拉普斯人的一个部落从遥远的北方已经到达了这里，在大陆上扎下帐篷，距离格罗图大概还有半英里。大约有一千五百只驯鹿，一百多位拉普斯人以及他们的孩子和狗。伯里莱茜听到这个消息表示非常想去看看，因此汉森船长和大副划着小船送他们去参观帐篷。

上岸后，他们朝着那群驯鹿走过去，它们夹杂在向四面八方延伸的帐篷中间。船长稍微懂得一点拉普斯人的语言，就与他们闲聊起来，有几个拉普斯人向来访的客人走过来，握手表示欢迎，并且邀请他们到帐篷里去。在一个帐篷里，火上吊着一口大锅，大副走上去看了看，说炖的是狗肉，但最后才弄清楚那是一只美味、肉肥而多汁的熊，每人都可以分到一份。

另一个帐篷里挤满了从附近乡村赶来的渔夫和农民，因为这个集会具有一年一度市集的性质，拉普斯人在市集上出售他们的驯鹿制品，并且采买冬季日用品，这时，一位拉普斯妇女用肘子在人群中挤出一条路来。她好像是一个老朋友似的向汉森船长打了个招呼。汉森告诉考珀伍德，她是这个部落中最有钱的人之一。接着是集体唱歌跳舞，大家全都加入进去。喝完酒吃完东西大家笑闹一番后，考珀伍德与他的同伴和这群人道声再见，就回到了"鹈鹕号"。

借助永不落山的太阳的光芒，游艇掉转过头来，朝着南方归途启程。这时有十来尾庞大的北极鲸游到游艇的视线之内，船长下令把全部篷帆都扯起来，让游艇在鱼群中能以最优美的方式前进，乘客和水手们可以站着观赏鲸群，这令他们兴奋不已。但是相比船长娴熟的技术考珀伍德对眼前的景观更感兴趣。

"你看！"他对伯里莱茜说，"各行各业，每种劳动，都需要智慧和技巧。你看这位船长，已经完全掌控了这条游艇，这件事本身就是一种伟大的成功。"

她听着他的话，微笑着并不加以评论，同时，他只顾默默思考，希冀用哲理来探究这个迷人的世界，目前他只是这个世界的一分子。所有的北方景色中，最令他感动的是这个迷人的世界居然使社交活动变得毫无意义，确实根本不需要像他这样气质的人物，这个广袤无垠的海洋，用丰富的鱼类来养活它的居民，当他们返回大陆时，有足够的工作可以去做，有足够的土地可以居住，从而使他们的生活惬意而欢乐。而且他认为在真正的美好、简单的舒适和可爱的社会风俗等方面，这些人的生活比他和千万个像他这样苦苦追名逐利求的人们收获更多。他年龄大了，不再年轻了，他生命中最可爱的一部分已经离他远去。的确，在面前呈现着什么东西呢？更多的地下铁路吗？更多的画廊吗？由于公众舆论而惹来更多的麻烦吗？

　　说实话吧，这次旅行是悠闲的，但是，每时每刻，他都会陷入既烦琐复杂又不平静的事务中去，他如果继续干下去，甚至会惹来更多的烦恼，结果只会造成更多的争端纠纷，更多的法律诉讼，更多的舆论指责，以及更多的家族痛苦，他自我解嘲地笑着。他肯定不会太操心了，听天由命，尽可能适应环境。毕竟这个世界对他比对大多数人要优厚得多，至少他应该感恩才是，而且事实上也确实如此。

　　几天后，当他们在归途中临近奥斯陆时，为了避免记者的关注，他建议伯里莱茜离开游艇，换乘轮船回到利物浦，这样就会把她送回到离那里很近的普莱奥海湾别墅。他高兴地看到她很听话地接受了这个决定，而且还从她的表情中体会到，她是多么地讨厌那种一直影响着和阻碍着他们之间密切关系的力量。

第五十八章　感情涟漪

　　开心的挪威之行使考珀伍德的健康大为好转。为了达到他给自己预定的一亿八千五百万美元的资本和一百四十英里的轨道以及在一九〇五年一月整个地下铁道全部实现电气化的目的，他急需集中精力着手办理他的事务。完成这项工作并证明它的重大意义的强烈欲望重新点燃了的雄心壮志，这使他不能在普莱奥海湾别墅或者在其他地方休息放松。

　　因而以后的几个月里，他需要处理很多事情，比如参加董事会、与有兴趣的重要投资人开讨论会、与工程师讨论工程问题以及私人会议等，有时在晚上还要与斯坦爵士和埃尔弗森·约翰生交换意见。最后，为了考察一位名叫盖斯发明的电气马达发动机，这机器可以降低地下铁路的运营成本，他必须亲自前往维也纳。他观察了这种马达的运转情况后，确信了它的功能，就立马给他的几位工程师拍电报，让他们赶到维也纳来验证一下他的结论。

　　回伦敦的途中，他在巴黎的里兹饭店歇息下来，在那里的第一天晚上，在旅馆的走廊里他偶遇一位老同事——迈克尔·夏莱，他曾是考珀伍德在芝加哥的雇员。那人邀请他去巴黎歌剧院欣赏音乐会。因为那里要演奏一个叫肖邦的波兰人的作品，对此大家议论纷纷。这个名字考珀伍德只是隐隐约约地听说过，夏莱对肖邦一无所知，但他们还是去了，这种音乐简直令考珀伍德陶醉了。他在节目单上看到的肖邦就葬在巴黎公墓区，他提议他们第二天去拜谒这个闻名遐迩的墓地。

于是，第二天早晨，他和夏莱就去巴黎公墓区了，他们在那里雇了一位向导，当他们沿着公墓边栽有柏树的林荫道走着的时候，向导用英语给他们讲述了很多名人逸事。他们得知在一座纪念碑下面躺着萨拉·本哈德，以前在芝加哥，他被她的出众的金嗓子深深地打动过。再过去一点就是巴尔扎克的坟墓，对于他的作品，他只知道是公认的传世经典。当他屏息注视时，他再一次强烈地领悟到这样一个事实，那就是过于繁忙的事务，阻碍了他去认知其他领域里的天才在精神上和艺术上的价值。他们路过比才、缪塞、莫里哀的坟墓，最后，他们来到肖邦的安息地，他们看到这里散放着用缎带扎着的玫瑰花和百合花。

"现在，就静思一下吧！"夏莱高声叫着，"确实，他是一位伟大的音乐家，可他去世已经半个多世纪了，这里居然还有这么多的鲜花！算了吧！没有一个人愿意给我送鲜花的，这我了解！"

考珀伍德敏感的神经被这种想法触动了，即使在他死后一年，在自己的坟墓上也未必会散放着鲜花。这种想法与其说是惹怒了他，倒不如说是使他感到好笑，因为他十分明白，无论一个人活着的时候如何拼搏，在他离世后，他的坟墓上也很难见到鲜花。

尽管如此，在离开巴黎公墓之前，就注定了他要遇上一次更大的意外，因为他们向南朝一个出口走去的时候，他们却突然走到可爱的阿伯拉和爱洛依丝的双人墓前面，向导描述这个不幸的世人尽知的悲惨的恋爱故事。可怜的阿伯拉和爱洛依丝呀！年轻的姑娘爱上了才华出众的牧师和自己的叔父，十一世纪一个大教堂的主教教法会议的会员，是何等的野蛮和残忍！在这之前，考珀伍德从来没有听说过这对恋人。可是如今，当他站着倾听这位向导的讲解时，一个非常动人的女人提着一篮鲜花，来到这座坟墓前，她把那些五颜六色的花朵放在墓上。考珀伍德和夏莱都被眼前这种场面感动得摘下了礼帽，接触到她的目光时他俩都恭恭敬敬地向她鞠了一躬。她接受他们的好意，说了声"谢谢，先生们。"就离开了。

但是，这一幕令人怦然心动，在考珀伍德的脑海中荡起了感情的涟漪，他的脑海里浮现的全都是关于早年他和爱琳的生活。因为，当他在费城被判入狱时，所有人都反对她、敌视她，包括她的父亲在内，那时她曾经非常忠诚地去探望他，表示了她忠贞不渝的爱情，竭尽所能地改变他的命运。就好像是爱洛依丝和阿伯拉一样，她需要他，按照他的理解，她现在依然如此。

突然之间，他产生了一个念头，为自己和爱琳修建一座坟墓，一个美国的、永久安眠的地方。是的，他要专门请一位建筑师，精心设计几种造型，他要修建一座美丽的坟墓来纪念这样一个事实，至少在一个时期，他是非常爱她的，正如她非常爱他一样。

第五十九章　最好的归宿

考珀伍德回到伦敦时，他的脸色把伯里莱茜吓了一跳，他看起来极其疲倦，明显又瘦了许多。她埋怨他太不注意自己的身体，也埋怨自己见到他的机会太少。

"弗兰克，亲爱的，"她热情地说，"为什么让这些事耗费你如此多的时间和精力呢？你看上去既疲劳过度，又心神不安。在你还没有继续工作之前，难道你不应该去请个医生，做一次全面的检查吗？"

"贝菲，亲爱的，"他说，同时用双臂搂着她的腰，"你不用这样操心。我知道，工作确实太累了，可很快就要进入尾声了，我也不必为如此多的事务操心了，不管怎样，暂时还不用。"

"可是，你当真没有觉得有什么不舒服吗？"

"是的，亲爱的，我自我感觉很好。无论如何，当前这个阶段的发展至关重要，我知道我必须亲自处理。"

然而，就在他说这句话时，他的腰向前佝偻着，好像突然间疼痛难忍似的。她大步冲到他的身边来，失声惊叫着："弗兰克你怎么啦？怎么回事？你之前这样过吗？"

"没有，亲爱的，我可以肯定，没有过，"他说道，"但是，我相信，这不会是什么严重的毛病。"他好像恢复了一点。"当然，"他继续说，"也肯定是有什么毛病才会有一阵好像刀割似的疼痛。你最好给韦恩大夫打个电话，请他到这里来，给我看看……"这个建议立刻把伯里莱茜打发到电话机那儿去了。

医生到达时，发现考珀伍德的脸色非常不好，不禁大吃一惊，经过局部检查后，开了一张处方，即刻让人去配药，他请考珀伍德明天上午去他诊所进行一次全面检查，考珀伍德同意了他的建议。但是，在一周之内，当韦恩医生邀请来会诊的两位伦敦专家叙述他们的结论后，韦恩医生不禁猛然一惊，竟然已经形成了一种严重的肾病，或许会在极其短暂的时间内结束他的生命。医生叮嘱考珀伍德好好休息，按时服用他开的药，目的就是要尽可能延缓病情的发展。

但几天之后，考珀伍德来韦恩医生诊所报告健康状况时，他对医生叙述，他觉得好一点了，胃口也已恢复了正常。

"考珀伍德先生，这种病的麻烦在于，"这时韦恩医生非常平静地说，"发病状态是不一定的，有时疾病引起的疼痛会停止一段时间，但是这并不能说明病已经痊愈了，或者是病情好转了。这种疼痛也许会复发，这经常使专家们做出令人不安的预测，可他们绝不可能永远都正确。说得更确切一些，病人可能会好转，再多活几年。另一方面，或许它会进一步恶化，这就是这种疾病难以医治的原因之一。所以，你看，考珀伍德先生，就是这个原因，我没法按照我的意愿对你说得那么肯定。"

此时，考珀伍德打断了他的话。

"我认为你是愿意告诉我相关情况的，韦恩医生，我的确想了解专家们报告的详细内容。无论这个报告说些什么，这都无所谓，我就是想知道真实状况。我的肾病有这么严重吗？是否致命呢？"

韦恩医生目不转睛地注视着他。

"好吧，专家的报告说，如果你多加休养且不过度工作，活一年没有问题，也许时间能再长些。如果你格外地在意保养你自己，甚至能够活得更长一些。你患的是一种慢性肾炎，考珀伍德先生，但是，正如我刚才所说，专家们绝对不会永远都是对的。"

考珀伍德镇静而认真地听着这个经过斟酌的答复，这是他健康的一生当中，第一次面临这种致命的疾病。死亡，死亡！或许不到一年了！他所有创造性的工作必须终结！然而，如果命中注定了，那就让它来吧，他一定鼓足勇气接受它。

离开诊所后，他关心的并不是自己的病情，而是他的去世对他一生中那些与他极为亲密的几个人的影响，包括爱琳、伯里莱茜和西彭斯，还有他的儿子小弗兰克·考珀伍德，他的第一任妻子，丽莲（现在是惠勒太太）以及他们的女儿。他已经有好几年没有见到丽莲了，但却很长一段时间都给他们提供了宽裕的生活费用。他认为他还对另外一些人是负有责任的。

然后，当天他回到普莱奥海湾别墅的途中，心里始终在筹划着，他要妥当安排所有的事情。现在，首先他要先立下遗嘱，即使这些专家们的诊断可能是错的。对所有与他关系亲密的人，他都要在经济上安排好他们。接着就是他奉若至宝的画廊，他计划把它捐赠给社会。还有他一直迫切希望在纽约建造一所医院。与这些事情相关的一切，他都要妥善地安排一下。在他支付给几个后代和他计划中要赠予的受益人之后，还应该有足够的资产去建造一所医院，给所有穷人以及那些没有地方去的人提供最好的服务。

除此之外，还有他希望给自己和爱琳修建坟墓的事情。他一定要专门请一位建筑师，让他精心设计一种既美观又合适的造型。这样，也许可以稍微弥补一下他在现实生活中对她的亏欠。

然而，该怎么安排伯里莱茜呢？他现在认为，他不能公开地在遗嘱里为她做任何安排。他不希望她遭受新闻记者刨根问底的追问，以及难以避免的社会上的嫉妒。但现在他可以用其他的方式进行安排。尽管他早已为她在信托公司里开了一个独立的账户，现在他计划再把他手里另外一些杂七杂八的公司的有价证券和股票兑换成现金，然后转给她。这样，就能确保她在以后的岁月中不会为金钱发愁。

现在，他的马车已经到了普莱奥海湾别墅，满脑子都是心烦意乱的想法，他由于伯里莱茜的出现暂时停止思考，她热情地微笑着，焦急地要听听医生的诊断结果，但是和以前一样，他用一种不受外界影响的坚忍表情回答了她的询问。

"没有什么大不了，亲爱的，"他安静地说，"就是膀胱有点发炎，可能是吃得太多了。他给我开了个药方，劝我少工作。"

"你看看！我就知道的，这也是我一直在说的呀！你应该好好休息休息，弗兰克，别去做体力劳动了。"

然而，说到这里，考珀伍德十分自然地切换了话题。

"谈到辛苦工作，"他说，"是否有人去照顾周围那些小鸽子，还有今天早晨你说到的一瓶特别的名酒？……"

"哦。你这个冥顽不化的家伙！你看，现在费尼在铺桌子了。我们去阳台上用晚餐吧。"

他紧紧捏住她柔软的手，说："你看，上帝保佑忠诚勤勉的人。"他俩亲热地手挽着手，高高兴兴地一起向房子走去。

第六十章　最后的华尔兹

　　尽管表面上考珀伍德与伯里莱茜津津有味地吃着晚饭，但是，他却一直在思考着，一部分包括他各种各样的商业和金融上的投资，另一部分包括林林总总的男男女女，他们为了完成他曾经专心致志地投身于其中的伟大的市内铁路事业，都和他共同工作过。男人大体来说都是鼎力相助，女人都是令人赏心悦目的，这些人共同交织成了他过去三十多年非同凡响的时光。现在，尽管他并不十分确信自己的病情真如医生们的诊断那样性命攸关，但却不得不重新思考生命的意义。此刻他和伯里莱茜在一起共享欢愉的时光，在这里，泰晤士河畔，呈现在他们眼前的是令人舒心的绿油油的草地，他不由自主地觉得，生活中美好的情景都是稍纵即逝的，而艰难困苦却永远相伴。他的生活曾经是那么绚丽多彩，那么富有戏剧性，那么值得回味。只是现在他觉得自己所有的一切极有可能会在突然之间化为乌有，意识到自己的成就和享乐具有何等宝贵的价值，年轻、聪颖而又富有情趣的伯里莱茜在有利的形势下，完全可以再和他共同生活许多年。就如他已意识到的，这一点她极为高兴。因为这是他第一次不能用他一贯的冷静来思索生命的归宿，实际上，他只能考虑眼下这种极富诗意的价值。它瞬间就会消失净尽，浸染着哀伤，当然，除了哀伤，真的是一无所有了。

　　但是，表面上他丝毫没有流露出沮丧的神情，因为他早已决定把自己伪装起来，如同演戏一般。他一定要和以前一样处理事务，一直到医生的预测成为现实为止，如果注定要成为现实的话。所以他和往常一样，早晨离开普莱奥海湾别墅去他的写字间，就如他从前一直在进行决策、诉讼和这类事情上的做法一样，他以惯有的镇静的严谨的态度处理日常事务。只是现在他觉得有必要着手办理各种手续，目的就是一旦他去世，就能够按照他个人的意愿处理财产。

需要处理的诸多事情之一，就是为他和绝望的爱琳修建一座坟墓。所以，他把他的秘书詹姆逊叫来，请他找一份英国或欧洲大陆设计出众、技术优良、在建造陵墓上颇有名望的建筑师的名册。他希望尽快拿到名册，他说他的一位朋友急需这份材料。办妥这件事情后，他就专注于他心爱的名画了。为了达到目的，他写了许多信给那些经手买卖这些杰作的商人，终于搜罗了一些极有价值的作品，其中有一幅博格洛的《侵入爱神的王国》；柯罗的《通往村庄的小路》；弗朗斯霍尔斯的《一个女人的画像》；伦勃朗的《圣·拉撒路的复活》。他把这些名画统统送到纽约去。进行这些特殊活动的同时，还处理着那些与地下铁路计划相关的琐碎杂务。比如索赔啦，争执啦，敌对者的进一步进攻啦，小小的诉讼啦。不久他觉得身体好多了，因此他断定那种之前迫使他去请教自己医生的疼痛已经不那么严重了。实际上，表面上他的前景比起他任何一次来到伦敦都更加乐观和美好。甚至伯里莱茜也认为他的精力基本上复原了。

与此同时，斯坦对考珀伍德在诸多标新立异的、别出心裁的理念上所凸显出来的创造性的充沛的精力惊叹不已，他认为现在也许可以倡议在自己可爱的海滨德里格塞尔举行社交宴会，为考珀伍德庆祝，那里至少能够招待两百位来宾。因此，在仔细考虑了被邀请的重要宾客的名单之后，最终确定了具体时间，德里格塞尔有它优雅的场地和宽敞的舞厅，厅内枝形灯架上的灯光与月光交相辉映，确实是跳舞的理想之地。

斯坦靠近大门站着，热情欢迎纷纷到来的贵宾。当他看见伯里莱茜挽着考珀伍德走进来时，他觉得她今天晚上格外漂亮，她身穿一件希腊式的雪白的长袍，腰间束着一根金色的缎带，头上的红发看上去仿佛是一顶金色的花冠。令斯坦的感情一下子冲到最高潮的是，当她走近时，她对他微笑着，这种神态让他只能说："伯里莱茜，你太美丽了！简直就是美若天仙！"考珀伍德由于停下来与他最重要的一位股东交谈，没有听到这句赞美的话。

"演奏第二支乐曲时，我一定要与你跳一次舞。"斯坦说，把她的手握了一会儿。她神情坦然地点了点头。

和伯里莱茜打招呼之后，斯坦用一种最友好的态度来欢迎他尊贵的客人考珀伍德，并把他拦住了一段时间，以便让许多地下铁路的职员和他们的太太来对他表示欢迎。

不久，晚宴宣布入席，宾客们纷纷走进来，找空位坐下，大家都开心地畅所欲言，品尝着名贵的葡萄酒和名牌香槟酒，斯坦自信这种酒会的招待规格，即便最苛刻的鉴赏家也会满意的。笑声和谈话声越来越大，隔壁大厅飘过来的音乐悠扬悦耳，很自然地成了人们交谈的背景。

伯里莱茜发现自己坐在紧靠餐桌的首座上，一边是斯坦爵士，另一边是布拉肯伯爵，后者是个相当英俊的小伙子，在吃完第三道菜以前，他请求她大发慈悲，至少在演奏第三支或第四支乐曲时陪他跳舞。她既觉得有趣又备感得意，但她的目光却时常留意着考珀伍德，他坐在餐桌的另一端，非常开心地与旁边一位十分漂亮的、满头褐发的女郎畅谈着，同时，十分明显，他也并没有冷落另一边的一位漂亮可人的姑娘。看到他轻松开心她也很开心，因为她很长时间没有看见他这样了。

宴会的时间持续得很长，香槟酒接二连三地送上来，她心里对考珀伍德产生了一丝担忧。她觉察到他的状态和越来越兴致盎然的谈话明显是香槟起了作用，这使她担心极了。最后当斯坦宣布想跳舞的人现在都可以离席去舞厅，考珀伍德就走上前来邀请她与他跳第一支舞时，她对他那种昂然自得的神态更加感到担心了。不过，他走路的样子和在场的人一样轻盈。当他们在华尔兹的旋律中翩然起舞时，她亲热地对他低声说道："你快乐吗，亲爱的？"

"没有比这更快乐的了，"他答道，"我与你在一起，我的美人！"

"亲爱的！"伯里莱茜悄声说。

"这棒极了不是吗，贝菲？你，这个地方，这些宾客！这就是我一生盼望的盛宴！"

她充满深情地对他微笑着，就在这个时候，她觉察到他略微有点摇晃，于是他停了下来，把手放在心口上，喃喃自语道："透不过气来，我要到外面去一下。"

她紧紧地握住他的手，领着他朝一扇敞开的大门走去，来到门外面临着大海的阳台上。她安慰他，并把他扶到最近的一条长凳上，而他就在凳子上软绵绵而又沉重地倒了下去。这下，她可真被吓坏了，她冲到一个端着茶盘路过的仆人面前，大声喊道，"麻烦你一下！我需要人帮忙！请找个人来帮我把他抬到卧室去。他病得十分严重。"

这个受惊了的仆人立马把管事叫来，他把考珀伍德背到空房间去，接着就去通知斯坦。斯坦走进来，看到伯里莱茜伤心欲绝的样子，很是震惊，就吩咐管事把考珀伍德转移到二楼他自己的房间里去，并且立刻打电话给他自己的医生米德尔顿。他再吩咐管事，要确保所有仆人不许声张此事。

考珀伍德这时动了一下,当米德尔顿医生进来时,他已经醒了,甚至感到需要更加小心谨慎。并且还对斯坦说,除了说他因为失足摔了一跤外,最好是少谈或闭口不谈此事。他说,他相信明天早晨就会好的。但米德尔顿医生的看法却截然不同,在给了他一剂止痛药之后,他建议,为了观察是否有什么并发症,病人至少要留在这里一两天,也不要下床,因为,他对斯坦说,考珀伍德的病情也许比普通的头晕气闷要更严重一些。

第六十一章　深深的海洋

次日清晨，考珀伍德在斯坦的套房苏醒过来，除了那些仆人彬彬有礼的来往穿梭之以外，有一段时间他独自躺着，此刻，他开始考虑这种迅速降临到他身上的相当棘手的形势，因为让他感到些许意外的是，在他认为自己的身体状况已恢复以后，他猛然间觉察到自己疾病的严重性。

是否真的已经成为致命的肾炎的牺牲者了呢？昨天米德尔顿医生前来诊断，考珀伍德神志还不太清醒，因而并没有询问他晕倒的原因。他现在回忆起来，首先他感觉呼吸十分急促，最后体力上的衰竭使他晕倒了。这是否正如韦恩医生之前所确诊的，是由于肾病所引起的呢？医生叮嘱过他，他应该滴酒不沾，而且还要减少食量。

为了确认对自己采取的方法是正确的，他决定让伯里莱茜打电报给在纽约的那位既是老朋友又是他的私人医生的杰夫·詹姆士，请他马上赶到伦敦来。这位忠实可靠的朋友会把他的病情如实相告。

当他有条不紊地全面考虑当前情况的时候，斯坦爵士轻轻地敲了一下门，随后走了进来，显得十分高兴与亲切。

"嘿！"他大声叫道，"你和你的漂亮姑娘，还有你的香槟酒啊！你想想看！难道你自己不觉得丢人吗？"考珀伍德开朗地笑了笑。"还有，顺便告诉你，"斯坦接着说，"我奉医生的命令，要对你进行严厉惩罚，至少是二十四小时。没有可口的香槟酒！只有单调的白开水！没有鱼子酱，没有一粒饭，只有一小片薄薄的牛排，外加很多白开水！或许如果你被饿坏，那就给你一碗稀饭和几碗白开水！"

考珀伍德坐了起来。"这未免过于残忍了吧，"他说，"但是我可能会说服你和我一起吃稀饭、喝白开水。现在，你悄悄告诉我，米德尔顿医生对你说了些什么。"

"算了吧，"斯坦回答道，"他确实说过你忘记了自己已经上了年纪啦，香槟酒和鱼子酱完全超出了你的消化能力，还有什么通宵达旦地跳舞，因此，你在我的打了太多的蜡的地板上跌了一跤。所以米德尔顿医生跑来查看你身体怎么样了，尽管他说，除了你的工作过度劳累以外，找不出其他的任何严重疾病，对于工作过度操劳，你可以十分容易地予以解决。我还要告诉你，你那位可爱的被监护人非常温顺地接受了我的建议，也住在这里，她马上就下楼来了，当然，用不着我来告诉你，她和我一样极其关心你，无论米德尔顿医生所说的结论如何。"这一段话使考珀伍德极为肯定地说：

"我根本没有什么大不了的病。也许我还没有彻底恢复过来，不过也差不多了，至于业务，我完全能解决所有困难。实际上我们的工作干得如何，你可以根据我们获得的成就来判断。"

他的语气中稍微带有一点指责的意味，斯坦即刻就意识到了。

"成就是辉煌的，"他肯定道，"无论是谁，如果怀着和你一样的计划来到这里，又从美国投资人那里筹集到两千五百万美元，那一定会得到我的赞许。对于你的关切和你的功绩，我坦诚而又高兴地向你表达我们这些投资人对你的感激。现在唯一的问题是，考珀伍德，所有重担全都压在你这个美国人宽广的肩膀上，这样一来，你的健康和精力就显得至关重要了。"

说到这里，有人敲了一下门，接着，伯里莱茜走了进来，进行一番问候和轻松的谈话之后，斯坦极力坚持，如果他们愿意，完全可以继续住下去，无论一个星期还是一个月。但是，考珀伍德强烈地意识到现在急需的是隐居、安静和静养，因此他们决定尽快回去。斯坦走后，他转过身来对伯里莱茜说："我觉得没有那么严重，亲爱的，并不严重，但是为了避免传扬出去，我宁可我们早点离开这里，越早越好，如果让我做主，我宁愿去普莱奥海湾别墅，也不到旅馆里去。你愿意去和斯坦爵士谈谈，我们明天早晨离开此地吗？"

　　"当然可以，亲爱的，"伯里莱茜答道，"如果你到普莱奥海湾别墅去，和我住在一起，我也能感到安心些。"

　　"还有件事，贝菲，"考珀伍德继续说，"我希望你让詹姆逊发一封电报给纽约的杰夫·詹姆士医生，他一直以来都是我的医生，又是老朋友。如果可能，请他赶到伦敦来。你要对詹姆逊说这是机密，必须用密码拍。电报可以发到纽约医药学会。"

　　"这样说来，你的确觉得有点不舒服了？"她的语气显示了她内心的不安。

　　"不！绝对没有那么严重，但是，你也可以看出来，我还是搞不清我到底患了什么病。此外，对我的事业来说，这事很有可能惊动大家，特别是我的股东和投资人。因为一个人不可能没有一点显而易见的原因，就这样突然病倒了，尽管昨天晚上我也许吃得太饱，酒喝得太多，尤其是那些香槟酒。但可以肯定地说，我过去从来也没有这样感到不舒服过。我的确需要杰夫·詹姆士来诊断一下。他会弄清楚的，也会告诉我真实的病情。"

　　"弗兰克，"这时，伯里莱茜打断他，"你还没有对我说过，上次你去韦恩医生那里，他对你讲了些什么话，那些专家的诊断结论是什么。"

"哦，韦恩医生说，那次我的病情也许是肾炎，只是他没有最后诊断，因为，他说，肾炎有慢性和急性的两种。他说我的病，既不是慢性的，也不是急性的。他说，我期待在专家能够作出正确的诊断之前了解病情的发展变化。"

"哦，如果这样，詹姆士医生一定要过来，我明天就让詹姆逊给他发一封电报。在此期间，我的确认为对你来说，普莱奥海湾别墅是个很适合的好地方。你就一直待在那里，住到詹姆士医生确定你已彻底复原的时候为止。"

于是，她走到窗前，放下窗帘，让他好好躺着休息，她要把一切准备好，明天早晨他们就离开。就在她这样做的时候，她始终在思考，这一切对他而言实在太重要了。表面上看起来她镇定自若，但内心却心惊胆战。

"你的决定完全正确，亲爱的，"当她把他们打算回到普莱奥海湾别墅的决定告诉斯坦时，斯坦说，"这样能让他安静些，我相信，过去我有过不少相似的经历。另外，你母亲在那里，她对你也很有帮助。如果你愿意，明天早晨我亲自驾车送你们回去，考珀伍德先生对我实在太重要了，不能忽视任何一种利于他迅速恢复的措施。"

第六十二章　灵丹妙药

在接下来的两个星期中，詹姆士医生到达了普莱奥海湾别墅，看到考珀伍德舒适地在一个能俯瞰到泰晤士河的卧室里休息，他停下来，说："嘿，弗兰克，我看你的病算不得什么，否则，你不会有心思临窗欣赏外面美丽的风景啊。我很想建议你立刻爬起来，马上赶到纽约去，好让我在这里懒散懒散，也让我从纽约赶往这里来的疲劳恢复过来。这么多年来，我一直盼望着一个假期呢。"

"说正经的，这趟旅行你还愉快吗？"考珀伍德问道。

"在我此生中，没有比这次旅行更愉快的了。真是太美了。蓝色的海洋是安静的，船上有一支旅行乐队，有趣极了。"

"到底还是杰夫！"考珀伍德欣喜地说，"上帝，又能见到你实在是太高兴了！我已经祈祷过二十次了，祈祷你能到这里来，而且要研究这些英国人的古怪脾气。"

"真是糟糕到了这种地步吗？"詹姆士问道，觉得很有趣。"不过，请你从头讲述患病经过。你是在什么地方，又是如何患病的呢？"

于是考珀伍德不慌不忙地，详细讲述他从挪威回来后，在生活和工作中发生的一切事情，也谈到了韦恩医生和专家们的诊断意见。

"这就是我希望你来的原因，杰夫，"他下结论道，"我清楚你会把真实情况告诉我。专家们说可能是肾炎。实际上，他们说我最多不会活上一年半，虽然韦恩医生说专家们的结论不一定总是正确的。"

"是这样！"詹姆士医生肯定地说。

"韦恩医生的意见，当然，"考珀伍德接着说，"可能给了我一种假象的安全感，因为没过多久，在斯坦爵士那里我尽兴地欢乐一通后，就发生了那次麻烦的事情，我刚才已经对你说过了，我突然觉得接不上气来，需要人扶着才能走到房间里去，这不禁使我有点怀疑韦恩医生的诊断了。但是现在你来了，我希望你把真实的情况告诉我，让我清楚应当如何调理。"

这时，詹姆士医生走到前面来，两只手按在考珀伍德的胸口。

"现在，你给我看看呼吸量是多少。"他说，在考珀伍德尽最大的努力呼吸之后，医生说："我弄明白了，胃部有一点儿扩大。因此我要开点药给你吃。"

"看上去，我是不是患了一种致命的疾病呢，杰夫？"

"别着急，弗兰克。毕竟我得检查一下。不过，我可以这样说你已经被两位医生和三位专家诊治过了，你已经明白这种疾病是否会结束你的生命。正如你所了解的，在可能与不可能以及肯定与否定之间，总是有一段很长的距离，在疾病与健康之间当然也总是有一段很长的距离。但现在我观察你的脸色，并且考虑到你的健康状况，我认为你非常有必要再在这里待上几个月，或许是好几年。你必须给我一定的时间好好诊断你的病情，并且确定一个最佳方案。明天早晨，一清早，我再到这里来，给你进行一次全面的检查。"

"等等！"考珀伍德高声叫着，"我的建议是，你要在这里与我们，与我，与我的被监护人弗雷明小姐和她的母亲待在一起。"

"弗兰克，你让我待在这里倒是个不错的主意，可今天我不能住在这里。在我给你正式治病之前，我必须到伦敦去买一两种药品。大约十一点钟时我就回来，然后，如果你希望那样的话，我就和你们待在一起，至少待上一个时期，足够使你成为一个更加健康的人，即使不能成为一个更为聪明的人。不过，现在不准喝香槟酒，实际上，至少有一个时期你任何酒都不准喝，只能喝一点奶油汤，或许还可以多吃一些乳酪，此外不准吃其他东西。"

这时伯里莱茜走进房间，考珀伍德把她介绍给詹姆士医生，医生在向她问好后，转过身来对考珀伍德提高声调说：

"你这里的床边就有灵丹妙药哇，你怎么会生病呢！你大可放心，明天早晨，一大早我就会赶回到这里。"

之后，他用一种职业口吻对伯里莱茜交代说明，在他回来时，他需要热水、毛巾，还得从烧得通红的火炉里取一些炭出来，在隔壁房间里，他发现这样的火炉了。

"想一想吧，我专程从纽约漂洋过海赶到这里来给他治病，可这里就有灵丹妙药哇，"他微笑着对她说，"这个世界实在太有趣了。"伯里莱茜注意到他是一个非常睿智而爽朗的人，立马就对他产生了好感，并且意识到弗兰克总是能把许多坚强而又风趣的人物吸引到他的身边来。

因此，他和考珀伍德又谈了一次话后就进城去了，但在离开之前，詹姆士医生让考珀伍德清楚他的那种巨大的经济上的职责本身就是一种疾病。

"你的大脑始终被这些错综复杂的问题折磨着，弗兰克。"他严肃地告诉他。

"但是，大脑是一种有思维能力并能够进行创造和管理的器官，和其他致命疾病一样，它会使你遭受同样的痛苦，其中的一种就是忧虑，我认为你现在就是患了这种病。我的任务就是让你明白这是一件实在的事情，你还要懂得，你的性命比十条地下铁路都珍贵很多。如果你还执意把工作放在首位，那么，无论哪个医生都得对你坦言相告，以你这样的年龄，你死的可能性确实很大，因此，我现在的职责就是让你不去想你的地下铁路，你需要真正意义上的休养。"

"我愿意尽我所能去做，"考珀伍德说，"可有些思想包袱并非像你认为的那样容易抛掉。它们与几百个人的利益相关，他们已经完全信任我，此外还有几百万伦敦市民，到现在为止，他们还没有到城市近郊以外的地方旅行过。我的计划一旦付诸实施，他们就只需花上两个便士就能乘车游遍伦敦各地，这样，他们就能了解他们的城市的全貌到底是什么样子。"

"你得了吧，弗兰克！如果你突然离世，那你的伦敦市民可怎么办呢？"

"无论我死去还是活着，只要在我死之前能真正把我的地下铁路计划变成事实，伦敦市民肯定会受益的。是的，杰夫，恐怕我的确把工作看得比我本人还重要得多。实际上，我创办的事业已经扩展到如此宏大的规模，现在并不是仅仅靠一个人，甚至也不可能只靠我一个人，尽管我还有很多的事情要做，如果我能活到让我的理想变成现实那天。

第六十三章　跳出苦海

有关考珀伍德的疾病詹姆士医生认为还需要仔细斟酌。至于肾炎，伦敦的医生已经暗示过，可能很快就会结束他的生命，可他清楚患有同样疾病的病人曾经有人存活了好多年。但是，考珀伍德的病情十分严重。一方面胃部在扩张，还有不时袭击他的剧烈疼痛。另外，还有他的事业上的烦恼，这些事情毫无疑问对他的危害很大。除此之外，一个麻烦的因素就是他在忧虑过去经历中各种各样的问题，这一点詹姆士医生实在是太了解了，比如他的第一位夫人、他的儿子、爱琳以及经常被报纸议论的其他情人。

现在该如何是好呢？对于这个他极为关注的人应该怎么照料才好呢？除药物之处，还有其他东西能帮助他恢复健康的吗？即使只不过是一个短暂时间的恢复。心情！是好心情！只要他能在精神上给他带来好心情，使他跳出苦海，那就简直太好了！突然间，他的脑海里跃出一个不错的主意。这就是考珀伍德必须振作精神轻松地去海外旅行一次，环境的改变不仅能让他产生兴趣，而且还能够使英国和美国的公众对这条新闻感到震惊，他已经十分健康，完全可以出去旅行了，这样，人们就会说："噢，这个人没病呀！他彻底康复了，他能悠然自得地去旅行了！"这种旅行不仅有助于珀伍德恢复体力，而且还会使他相信，他还是健康的，或者至少是在一定程度上恢复了。

十分奇怪，这位善良的医生琢磨再三，还是认定蒙特卡罗这个赌博中心可能是解决难题的地方。如果他在公爵和亚洲亲王之间的赌桌上现身的消息被报纸公布于众，那会产生多么大的影响力呀！这在心理上是否会把考珀伍德的金融家的身价抬高呢？基本上是这样的！

第二天，詹姆士医生回到普莱奥海湾别墅，认真而全面地检查了考珀伍德的身体后，就提出了他的建议。

"弗兰克，"他说，"我看大概三周之内，你应该会大有好转，可以离开这里旅行一次。因此我现在给你开的处方是，暂时放弃这里的生活，和我一起去海外。"

"海外？"考珀伍德问道，他的语气中充满了惊讶。

"是的，你打算弄清这是为什么吗？因为报纸肯定会报道这件事情的，你能够出去旅行了。这正是你所期望的，不是吗？"

"不错，"考珀伍德答道，"我们去哪里呢？"

"嗯，也许是巴黎，也许我们还可以去卡尔斯巴德。"

"可这是个最令人讨厌的温泉地。"

"我明白，但那对你的身体而言是个极其理想的去处。"

"啊，上帝呀，以后我再去哪里呢？"

"哦，"詹姆士说，"任你挑选，去布拉格、布达佩斯、维也纳，当然也包括蒙特卡罗。"

"什么？"考珀伍德大声惊叫起来，"要我去蒙特卡罗！为什么？"

"是的，去蒙特卡罗，而且还带病去呢。此时，你在蒙特卡罗一露面，一定会产生你所期望的效果。但是，事实上除了你到赌场去露个脸，输掉几千美元之外，你无须再做其他什么事了，这样消息就会散布出去。人们自然就会议论你去过那里，并且会说你一下输了多少钱，还好像根本就毫不在乎。"

"哦，哦！"考珀伍德大叫起来，"如果我有这份体力，我当然愿意去。但如果结果不好，那我可要控告你毁约哟！"

"那你就去告吧。"詹姆士答道。

转眼，詹姆士医生来到普莱奥海湾别墅已有三周了，经过他的观察和治疗以后，考珀伍德觉得好多了，詹姆士医生天天观察他的病情，断定在体力上他完全可以胜任那项旅行计划了。

尽管伯里莱茜明白考珀伍德的健康情况有所好转，心里特别高兴，可还是担心这趟旅行。她深刻地意识到，有关考珀伍德病重的任何谣言，随时可能使他的整个经济计划瓦解，但因为她是如此爱他，所以她就不由自主地感到担忧，她担忧此行也许并不像詹姆士医生和考珀伍德描述的那么有价值、有效果。但是，考珀伍德让她放心，告诉她根本就没有什么值得忧虑的，他已经好多了，这项计划十分理想。

周末他们就启程了。丝毫没有猜错，伦敦报纸立马报道最近谣传病重的弗兰克·考珀伍德显然已经彻底康复，居然还能够去欧洲旅行。不久报纸上就发表了从巴黎、布达佩斯、卡尔斯巴德、维也纳以及从蒙特卡罗这个神话中的城市传来的新闻。报纸都一概强调最后的那篇报道，说："最近病得很重的那位难以击垮的考珀伍德，已经前往蒙特卡罗，把那里作为他的消遣和休养胜地了。"

当他回到伦敦时，记者们用一种极其坦率和直言不讳的口吻对他提出许多问题，有记者问："考珀伍德先生，传闻你曾经病得不轻，到底是不是真的呢？"

"实际上，老弟，"考珀伍德答道，"工作使我太劳累了，我意识到我需要休息。我的一位医生，当然也是我的朋友，在这次旅行中和我在一起，我们刚从欧洲大陆游玩归来。"

当《世界日报》的记者问他是否当真把他的价值连城的艺术品都

赠给了市美术馆时，他不由得放声大笑起来。

"如果有人对我的遗嘱的内容感到好奇，"他说，"他们必须等到我埋在地下后才能知道，我只希望他们的慈悲心和好奇心到那时能和现在一样强烈。"

在普莱奥海湾别墅宽阔的草坪上，伯里莱茜和詹姆士医生阅读报上刊发的那段考珀伍德对记者的回答时，不禁笑逐颜开。尽管詹姆士医生无时无刻不想着回到需要他的在纽约的医药事业中去，但他已被考珀伍德和伯里莱茜的热情感动了。他俩格外感激他，因为他好像恢复了考珀伍德的健康和精力。因此当这位医生要离去时，他们三个人都产生了一种依依不舍的感觉。

"实际上我对你没有什么可说的，杰夫，"当这位医生踏上他就要搭乘的那艘邮船的踏板时，考珀伍德说道，"如果需要我为你做些什么，请你尽管吩咐。我只要求一点，那就是我们的友谊要和以前一样继续下去。"

"不要琢磨给我报酬，弗兰克，"詹姆士打断他的话，"我们结识这么多年了，这就是我的报酬了。你如果能来，就请你到纽约来看我，我会在那里恭候与你再次见面。"他拿起他的手提包，又补充一句："好吧，再见了，朋友们，船是不等人的。"说完这句话，他笑了笑，再一次握了握考珀伍德的手，转身汇入正在上船的人流中去了。

第六十四章　回光返照

现在，詹姆士医生已经离开了，考珀伍德在假期中堆积了大量工作，集中精力处理这些工作需要几个月的时间，同时，他意识到有必要去关注一下自己的私人问题，其中之一是爱琳寄来了一封信，信上说，房屋最近改建的部分，尽管在建筑师帕恩的亲自监督下进行，但是，她认为考珀伍德如果尽快赶回纽约审查一下整个计划，修改还来得及。她有点担心新画廊是否有足够的空间把他最近买的艺术珍品都容纳进去。尽管她遵照艺术专家卡思伯特先生的意见，但有时她感到如果考珀伍德在场，他很有可能会提出完全相反的意见。

考珀伍德明白，此事应该引起他的重视。可此时，他真的很难抽空去纽约。因为他必须亲自监督地下铁路的总方针和具体实际事务方面的诸多急需解决的问题。当然，斯坦一直在尽心尽力地帮忙，并向他承诺，目前整个地下铁路网的发展会顺风顺水的，而且由于斯坦的帮助，在种种利害关系中，他费尽力气减轻了原有的摩擦，看到他已恢复健康了，斯坦既欣慰又开心。

"噢，考珀伍德，"在他回来后的第一天早晨，斯坦便对他说，"你看上去已经完全恢复了。你是怎么保养的呢？"他笑着说。

"我什么也没有做，"考珀伍德答道，"全是我的老朋友杰夫·詹姆士的功劳。以前很多次都是他把我从病魔中解救出来，但是这次他却把我从金融事务的窘迫境况中解救出来了。"

"你讲得对，"斯坦说，"你确实采用老练的手法把大家糊弄过去了。"

"那是杰夫的出色计划。他不仅带我出去旅行，解除了猜忌和流言，而且还为我治好了病。"考珀伍德骄傲地说。

现在，他最关心就是与雷克斯福·林伍探讨他计划修建的坟墓。他是詹姆逊推荐的三位美国雕塑师之一。考珀伍德看中了林伍的真才实学，他给美国南部一位最近逝世的州长设计的坟墓和雕像大获好评，他设计的图纸的画面上再现了州长出生的那间草房，而且在一棵长满苔藓的巨大橡树下，画了一匹他在内战时南征北伐中驰骋过的战马的形象。考珀伍德看这张图纸时，对整个构思的简单朴实和动人心魄的力量颇为感动。

后来，他坐在宽大的办公桌前注视着林伍，此人容貌清秀，眼睛深陷，身材高瘦，给他留下了深刻的印象。事实上，很快他就对他产生了好感。

正如考珀伍德对林伍所作的解释，他对坟墓的设想倾向于希腊—罗马建筑的风格，但又不完全是古典式。说得更适当些，他喜欢稍微有一些变化，在设计各个局部时，要别出心裁，坟墓必须要尽量宽大，因为他总喜欢宽敞的地方，而且建造时一定要采用最优质的浅灰色的花岗石。他喜欢在坟墓的一端开一个狭长的窗口，留有安放两口石棺的空间，坟墓上还要安装两扇厚重的青铜大门，对此设想，林伍极为赞赏，甚至为得到这样建筑的机会而兴奋不已。听考珀伍德说话的时候，他画了几张草图，令考珀伍德特别满意。签订合同后，考珀伍德批示他迅速开始工作。林伍收拾好草图，放进包里，停了下来，注视着考珀伍德。

"考珀伍德先生，"他边走边说，"看您的脸色，我认为，您离需要这种东西的时候还远着呢。至少，我真诚希望如此。"

　　"嗯，对你的好意我十分感谢，"考珀伍德说，"可你别心存这个念头哇。"

第六十五章　倦鸟归巢

　　这期间，每天傍晚，考珀伍德都会回到普莱奥海湾别墅，回到伯里莱茜的身边，总体上说，他的生活惬意、轻松。因为许多年以来，他这是第一次享受到一种真正纯粹质朴的家庭生活。由于伯里莱茜的用心良苦和她所投入的万种风情，这里的任何一件事情，无论是小小的棋局还是沿着泰晤士河边短短的散步，都显得多姿多彩，他期盼就这样永远持续下去。在这里即使已经年老体衰，也变得不那么折磨人了，只要能在这样的氛围中度过余生就很好。

　　但是，大约五个月后的一天下午，当他坐在写字间里正打算给爱琳写一封短信时，突然感到了一阵强烈的疼痛，这是他生病以来从来没有过的剧痛。仿佛是一把尖刀在他左肾那里剜进去打了个转，又从那里直插到心窝似的。他努力从椅子上站起来，却不能够。他上气不接下气，不能动弹，但是几分钟以后，疼痛减轻了一些，他伸手去按电钮，让詹姆逊进来。但他就要触碰到电钮时，手又缩了回来，也许这一次不过是别人向他警告过的会遇到的那种剧痛罢了，别人向他担保过，这绝对不会致命的。因而稍坐片刻，这种疼痛说明他的病并没有根除，这使他一下陷入悲观失望的苦痛之中，并且唯恐以这种方式最后终结他的生命。更为糟糕的是，他不能向任何个人吐露实情。因为这件事情，只要泄露半点口风，就会使他的社会处境再次面临过去那样窘迫的局面。伯里莱茜！斯坦！爱琳！报纸！独自一人躺在床上的那种漫长的日子！

他想他应该去做一件事情，那就是回到纽约。因为在那里他可以接近詹姆士医生，而且他还可以再和爱琳待在一起，倾诉那些让他苦恼的难题，如果他真的要死了，还必须妥善安排一大堆事情。至于伯里莱茜，他可以向她解释清楚他需要回去的理由，而不必告诉她最近发生的这次更为严重的疼痛，但他需要她也一同回到纽约去。

作出决定后，他极为小心地从椅子上站起来，几小时之后他就能回普莱奥海湾别墅去了，装作没有半点儿问题的样子。晚饭之后，伯里莱茜格外开心，问他是否一切都十分顺利。

"嗯，不，不全是这样，"他答道，"我接到爱琳的一封信，她在诉苦纽约的事情，比如改建房子，以及诸如此类的事情。她认为艺术画廊没有足够的空间来安放我最近买的那些名画，有一些画商曾经去看过改建工程，似乎赞同爱琳的意见，虽然帕恩也有他的主张。我觉得，我应该回去一趟，不仅仅是因为这一点，而且还要去安排一下关于上次我在那里办理的几笔贷款的善后事务。"

"你确定你的身体承受得了吗？"伯里莱茜担忧地问道，她的眼睛里显出焦急的心情。

"没有大碍，"考珀伍德答道，"我觉得比前几个月好多了。我不能离开纽约太久。"

"那我该如何是好呢？"她带着一种苦恼的口吻问道。

"当然和我一同回去，为了方便起见，你回纽约后，可以住在沃道夫饭店，当然要用假名字。"这个回答减轻了她的苦恼。

"还是和以前一样，乘不同的船？"

"十分遗憾，这大概是一种最为稳妥的办法，虽然这对我来说十分难受。你要理解，亲爱的，舆论实在太可怕了。"

"是的，这我理解。我明白你的感受。如果你非走不可，那你就去吧，我乘第二艘船紧随在你的后面，那我们什么时候启程？"

"詹姆逊告诉我下一班船星期三开船。你觉得来得及吗？"

"如果有必要，我明天就能准备好。"伯里莱茜答道。

"亲爱的！你总是这样无怨无悔地全力支持我，如果失去了你我不知道我的生活将会变成什么样子……"

在他说这句话的时候，伯里莱茜向他走过来，伸出双臂紧紧抱住他，低声说道："我太爱你了，弗兰克，所以，我要尽心竭力帮助你……"

第六十六章　生命之门

登船后考珀伍德就备感孤独，这是一种精神上的孤独，最后他承认，任何人对生命、对造物主都知之甚少。现在他认为由于某些原因，他的生命正在慢慢变化，这个变化牵涉到一个与他有关的伟大而美丽的谜。

他已发电报给詹姆士医生让他去码头接他，很快就得到如下复电："欢迎阁下莅临纽约。鄙人一定准时在码头恭候大驾。你的蒙特卡罗的杰夫。"这份电报不禁使考珀伍德笑出声来，他安心地睡了一夜。只是在休息前，他拿出纸和墨水来，给搭乘"哈根王号"邮船、化名为凯思琳·特伦特的伯里莱茜写了如下的一封电报："我们分开仅一天，可对我而言比十二年还要漫长，还要痛苦。晚安，美丽的天使，仅知道你在我的附近，就足以让我安慰，就能给我带来安详的睡眠。"

星期天早晨一觉醒来，考珀伍德感到比昨晚精力更差，身体更不舒服。在佣仆的帮助下穿衣服时，他觉得体力大大透支了。实际上，他在床上整整休息了一天。起初他的侍从人员，包括詹姆逊、詹姆逊的助手哈特莱先生和用人弗雷德里克森并没有担心，因为大家都以为他不过是躺着养精神而已。可是，傍晚时他让詹姆逊去请船上的医生过来，因为他觉得自己病得不轻。卡姆登医生检查之后，断定他的病情很重，体温高达三十九点七摄氏度，还叮嘱一定要通知他的私人医生明天早晨来船上接他，并且备好一辆救护车。

听到这个情况，詹姆逊自己做主给爱琳发了封电报，如实告诉她的丈夫病情严重，必须把他从船上转移到一辆救护车上，询问她对下一步的安排是否还有什么意见。爱琳马上回电，说考珀伍德的住宅正在改建，增加一个艺术画廊，因此现在格外嘈杂和混乱，她觉得最好让他先住到沃道夫饭店去，在那里会安排好所有合适的看护，他在那里也一定会感到更舒服一些。

卡姆登医生给他注射了一针吗啡，让他的病人安定下来后，詹姆逊就把爱琳发过来的电报念给考珀伍德听。

"是的，这样要好得多，"他气若游丝地说，"要把每个环节都安排妥当。"

但是这么一来，考珀伍德的所有计划就都泡汤了，现在他想到自己的工作就觉得特别疲倦乏力。他的住宅，他的艺术画廊，他已经计划好了的医院，他还要回到伦敦，回到自己的地下铁路事业上去，他猛然意识到自己除了伯里莱茜以外，对任何事物或者对任何人都不想费心思了。

就这样，他一直躺到第二天早晨，船已靠近纽约，正准备在码头靠岸。周围的那种混杂、喧闹、躁动让他意识到，他们已经抵达纽约。

这时，詹姆士医生租了一只领港船，登上了"皇后号"邮船，当这条船还在港口下游时，他与卡姆登医生和詹姆逊把已经决定好的计划商讨了一下，之后，他走进考珀伍德的客舱。

"你好，弗兰克，我是杰夫，"他说，"我想弄明白你到底感觉如何？等我对症下药后，我相信你的病就会好转。不过，我希望你不要操心任何事情了，你就把自己交给我，你的蒙特卡罗的老朋友好了。"

"你一来，我就知道，杰夫，"考珀伍德虚弱地说，"一切都会好起来的。"他热情地紧紧握住医生的手。

"我们已经备好救护车直接把你送到沃道夫去，"詹姆士继续说，"你不会有异议吧？说实话，这是较为理想的主意，你明白这样会让你更舒适些。"

"是的，"考珀伍德答道，"我当然不反对。但我希望你能安排妥当，不要让那些新闻记者来打扰我，至少也要等到我在旅馆里安置好以后。我不大相信詹姆逊会懂得如何对付他们。"

"交给我好了，弗兰克。我会竭力办好的。你现在最重要的事情就是休息，什么也不要说，等我回来再与你谈谈，现在，我要去安排安排。"

就在这时詹姆逊走了进来。

"走吧，詹姆逊，"詹姆士医生说，"首先要做的事情就是去看看船长。"于是他们一起离开房间。

三刻钟后，早已等候在街上的一辆救护车获准倒开进四号门，四号门空荡荡的，好像已经没有还在等候下船的旅客了。在詹姆逊的指挥下，两个搬运工抬着一副担架走进考珀伍德的客舱，把他抬到等候着的救护车上。车门关上，司机敲着铃，车就平稳地开走了，站在不远处的一群吃惊的记者正在议论纷纷：

"你了解这是怎么回事吗？这一次我们上当啦！那人是谁呀？"

他们想弄明白，究竟是谁病到这种程度，需要把他或她搬上救护车，可这样的想法也落空了。过了一会儿，其中一位炫耀自己认识船上一名护士的记者跑来说，这个人不是别人，正是弗兰克·阿尔杰农·考珀伍德，声名显赫的金融家。但是，至于他得了什么病，以及被送到哪里了，这些问题还有待进一步打探，当一个记者提议与考珀伍德太太联系时，立马有几个人快速跑到附近的电话机旁去询问爱琳，她丈夫是否是从"皇后号"邮船上用救护车接走的，如果情况属实，他现在在哪里？她回答，是，肯定是，他病了，并且这也是实情，本来让他回到考珀伍德公馆，但房子正在改建以扩大空间收纳更多的艺术品和雕像，这些珍藏将来会变成纽约市的公共财产，当然，考珀伍德先生也愿意住到沃道夫去，在那里，他可以受到目前在自己家里无法得到的安静和照料。

就这样，当天一点钟时，考珀伍德回到纽约、他的病情以及他现在住在什么地方，所有晚报都发表出了这些消息，但因为詹姆士医生早有防备，规定任何记者没有医生本人的书面准许都不接见，此外，他还安排了三位护士专门负责看护。

但是考珀伍德意识到，伯里莱茜可能会得知关于他病情的可怕消息，就要求詹姆士医生发封电报给还在船上的伯里莱茜："各报报道关于我的病情均言过其实。一切都按计划进行。詹姆士医生在照料我，他会告诉你该怎么做。你亲爱的弗兰克。"

尽管这份电报带来了不幸的消息，但令伯里莱茜多少感到欣慰的是，他还能发电报来安慰她，但是，她还是为他的疾病而备感忧虑。不管怎样，不管最终的结果如何，她都得陪在他的身旁。

然而傍晚时，当看到触目惊心的新闻标题时，她不禁大为震惊："弗兰克·考珀伍德这位举世闻名的美国金融家和伦敦市内铁路巨头，在"皇后号"邮船上身患重病，刚一抵达纽约就被送到沃道夫饭店了。"

这些白纸上冷冰冰的黑字，让她既伤心又发怔，不过她依然有一点宽慰，因为得知他住在旅馆而不是住在家里。她已经在那家旅馆里预订了一个房间，这样，至少她可以靠近他。但这样极有可能与爱琳狭路相逢，这不仅会让她痛苦万分，也会令考珀伍德痛苦万分。但是，还是像以前计划好的那样，他让她住到旅馆里去，既然如此，他肯定是已经有了一套好办法，可是这种崭新的、脆弱的社会处境，和她在普莱奥海湾别墅被保护的隐居比较起来，形成了一种鲜明的对照，现在她不知道自己是否有足够的勇气或精力来承受眼前的一切。但是，纵使面临这些困难和危险，她还是认为无论后果如何，她都必须要待在他附近。因为他实在是太需要她了，她一定要满足他的需要。

就这样决定了。次日清晨，船刚一靠码头，她就迅速提取行李前往旅馆，她特别镇静地用凯思琳·特伦特这个姓名在旅馆里登记。但是，一旦她独自一人在房间里，就面临着自己处境的多方面的现实问题。究竟该如何是好呢？因为，她知道爱琳也许早已同他待在一起了。当她正在思考这一难题时，詹姆士打来了电话，告诉她，考珀伍德很想看到她，他的房间是 1020 号。她十分亲切地对詹姆士表示感谢，答应她马上就去他那里。詹姆士医生又补充了一句，说尽管考珀伍德目前并没有任何危险，但他最需要的是安静和静养。他已经吩咐在最近几天之内除了她以外，不准任何人看望他。

她走进考珀伍德的房间，就被直接带到他的面前，她看到他静静地靠在枕头上，面色苍白，一副心神不宁的表情，但当她来到他的面前时，他顿时为之一振，精神焕发。她弯下腰去亲吻他。

"亲爱的！我十分抱歉，我担心这次旅行也许让你受累了，而我又没有与你在一起。但詹姆士医生向我担保，病情并不怎么严重。你看你第一次生病就已经好了，我相信，只要很好地看护，这次的病也一定会好的。不过，如果我能始终陪伴在你左右就好了。我认为我能照顾你让你恢复健康！"

"但是，亲爱的，"考珀伍德说，"只看你一眼，就叫我舒服多了。至于你以后如何来看我，一定会得到妥善安排的。当然，现在这里议论颇多，与你相关的越少，我就越心安。但是，我已经把全部的事情向杰夫解释过，他能理解，也能表示同情。好在他会和你保持联系，告诉你来看我的时间和机会，这里只有一个人，你也理解，你要尽可能地避免与她见面。不过，如果你每天都与詹姆士医生联系，我想，我们完全能应对过去，直到我摆脱病魔为止。事实上，我对此非常有把握。"

"亲爱的，你是这样勇敢而自信，你知道我极其高兴能来到这里，无论是以何种身份，我一定要尽最大努力做到小心翼翼。我将永远爱你，并每天为你祈祷。"

她又一次弯下腰去亲吻了他。

第六十七章　死水微澜

考珀伍德突然病倒的消息是纽约报纸首先向世界宣布的。这条新闻在国际上都算得上骇人听闻。因为千百个投资人的利益将会牵涉其中并受到影响，当然还有那些银行和银行家。实际上，从他生病伊始，英国和法国的各大报纸及欧洲其他各国所有报社的记者们，都通过美联社和合众社，采访了詹姆逊和詹姆士医生，而且还拜访了美国的几位知名的金融家，聆听了他们对考珀伍德逝世后可能产生的影响的评论。

事实上，那些投资人的忧心忡忡和担心是非常普遍而又正常的，留在伦敦地下铁道的许多经理们，不得不对考珀伍德患病产生的重大影响有所反应。当时有一位市铁路的代理董事长里克斯先生，据说他与考珀伍德的关系十分密切，他曾经说："对于考珀伍德先生可能因病而造成的意外，考珀伍德在很久以前就已经做了必要的安排。地下铁路董事会的意见完全统一。"里克斯先生又补充一句，"至于这条伟大铁路的未来，丝毫没有改变或不稳定的迹象。"

另外，伦敦铁路装建公司的一位叫威廉·埃德蒙的董事也发表声明："一切都按部就班、井然有序地进行着。"这个组织非常完善，考珀伍德先生生病或者暂时不在，可以说没有丝毫影响。

斯坦发表了如下看法："这条地下铁路的情况棒极了，从一开始，由于考珀伍德先生稳妥地处理了相关的事务，他的缺席并不会对这条铁路产生任何影响。考珀伍德先生是个非常了不起的管理专家，他建立起来的企业帝国，不会因为缺少某一个人而陷入瘫痪状态，当然，毋庸置疑，我们都希望他尽快康复并迅速回来，因为在这里，他大受欢迎。"

尽管，詹姆士医生千方百计不让考珀伍德得知外界的舆论，但是，有几个人他是不能加以严格限制的，只能让他们进来。一个是弗兰克的女儿小丽莲，一个是他的儿子小弗兰克，考珀伍德已经有好多年没有见到他们了。从他与他们的谈话中，他能觉察到外界对他生病的反应，这些反应能令考珀伍德高兴。

随后而来的是爱琳，她对他的身体状况极为不安，因为这时，考珀伍德看上去显得非常虚弱。詹姆士医生一再提醒她注意时间，并把她的访问时间压缩得很短。

爱琳离开后，考珀伍德不得不全盘考虑在经济和社会的各个方面因为他突然生病而引起的一连串问题，如果有可能的话，他希望解决这些问题。其中之一就是由于他不得已的缺席，需要选定一个人临时去替代他的职务。自然，他首先想到的就是斯坦，但考虑到他有诸多的紧急事务，他认为斯坦不是理想的人选。此外还有圣·路易电车公司的总经理霍勒斯·阿伯森，从他们以往金融上的关系来看，他了解那人也是美国铁路界最能干的人之一。他认为在这个至关重要的时刻，阿伯森的确是一个完全合适的人选。这样决定之后，他指派詹姆士先到圣·路易去看望阿伯森先生，向他讲明整个形势，至于酬劳，他认为应该得到多少就给他多少。

然而阿伯森拒绝了这个提议，他说自己当然备感荣幸，但由于自己的工作十分繁重，他不能考虑从美国的交通界中引退。考珀伍德对此十分失望，可他能理解他的苦衷，觉得他的拒绝是合情合理的。尽管这件事在短期内可能会造成一定程度的烦恼，但是，斯坦和伦敦地下铁路公司董事会发来的一份电报让他松了口气，电报说他们已经在他生病的那一天就推举考珀伍德熟识的汉弗莱·巴布斯爵士临时替代他的职务，行使领导职权，除了这份电报外，伦敦的朋友们又发来了几份电报，其中包括埃尔弗森·约翰生的一份，他们对他的卧病深表不安，并真心地希望他迅速康复并重返伦敦。

但是，无论人们怎样恭维，此刻，这些复杂的事务和趋于不利的形势困扰着考珀伍德。首先就是他忠诚的情人伯里莱茜，借着詹姆士医生为她提供的便利，为了晚上或者清晨能悄悄地获得探望的机会，她冒着很大的危险。其次还有爱琳，她对生活缺乏真正的理解，也难以理解生活中那些很难解释清楚的反常和古怪现象，她也经常来探望他，只是并不了解伯里莱茜也住在这个旅馆里。他一定要努力活下去，不过，虽然他想活下去，但还是感到自己的身体每况愈下。一天，当詹姆士医生与他在房间独处的时候，他与他谈起爱琳。

"杰夫，现在我已经病了四周了，我有种感觉，我并没有好转。"

"你看，弗兰克，"詹姆士马上说，"你这不是正确的态度。你必须要努力恢复健康，而且，你成功的机会很大。别人和你有同样严重的病都已经好转了。"

"这一点我明白，"考珀伍德对他的朋友说，"当然，你是在鼓励我。可是，我仍旧有这种感觉，我是很难康复的了。关于这点，我希望你给爱琳打个电话，请她到这里来，我要和她商谈一些产业上的事情。这件事情我已经斟酌了一段时间，只是现在我不能再拖下去了。"

"就听从你的吩咐吧，弗兰克，"詹姆士说，"可是，我希望你千万不要胡思乱想，认为自己不能康复了。这是不对的，这你也知道。

而我的想法与你恰恰相反。看在我的面子上，请你稍微努力一下。"

"我当然愿意努力，杰夫，但是请你给爱琳打个电话，好吗？"

"当然，弗兰克，不过，请记住，不要谈太久！"

詹姆士回到自己的房间里，给爱琳打了个电话，请她来看望她的丈夫。

"你是否能在今天下午三点钟左右来一趟？"他问她。

她犹豫了片刻，随即答道："哦，可以，当然可以，詹姆士医生。"

于是，在约好的时间，她来了，她看上去心乱如麻，惊疑不定，神态哀伤。

一看见她，考珀伍德就油然生起一种讨厌的感觉，正如他多年来经常感受到的那样，与其说是心理上的疲倦，倒不如说是一种审美上的疲劳。她缺乏伯里莱茜这类女人所具有的那种优雅。可如今她仍然是他的太太，就为了这个缘故，他觉得他对她缺少适当的体谅，现在有必要回报她在他最需要的时候曾对他展现出来的温存和忠贞的爱情。这样想来，他的心就有点软了，在她向他招呼时，他伸出手去握住了她的手。

"弗兰克，你好吗？"她关心地问道。

"嗯，爱琳，在这里已经四周了，尽管医生认为我状态还不错，不过，我明显地觉察到，我越来越虚弱了。因为有许多的事情，我希望与你谈谈，我想还是请你来为好。你是否愿意，先对我说一说房子的事情呢？"

"哦，好的，有些事情，"她犹豫不定地说，"但是，无论何事，都可以等到你病好一些后再定夺吧，你看怎么样？"

"可是，你看，爱琳，我想我不会好转了。这也就是我今天想见到你的原因。"考珀伍德平静地说。

爱琳看上去有些迟疑，没有回答。

"你看，爱琳，"他接着说，"我的大部分财产都要给你，尽管对其他一些人我在遗嘱里已经做好了安排，比如我的儿子和女儿。但料理这笔财产的重大责任，却要落在你的肩上了。这是一笔巨款，我很想知道，对此你能否胜任，如果你能胜任，你能否忠诚地执行我在遗嘱里给你的指示。"

"哦，是的，弗兰克，只要是你吩咐的，我都心甘情愿地极力去做。"

他轻松地叹了口气，又继续说："尽管我已经在一份遗嘱里写明给你全部的控制权，但也恰恰因为这个原因，我认为有必要事先警告你，不要过于信任任何人。因为一旦我去世，我断定就会有许多人带着这项计划或那项计划，为这个事业或那个事业，为了这家慈善机构或那家慈善机构来找你，我已经竭力对此进行防范，指示遗嘱执行人把他们可能有的任何一项计划全都送给你审批。你会担任裁判人的角色，你必须判断什么是有价值的，什么是没有价值的。你知道詹姆士医生是我的遗嘱执行人之一。我可以完全信赖他。他不仅是一个医术高明的医生，而且心地善良。我对他说过，你或许会向他咨询，他已经对我忠实承诺，他会尽他的知识和能力给你提出建议。我要告诉你的，就是他是这样一个老实人，当我告诉他我会给他留一笔钱，作为他对我照顾的酬报时，他却一口回绝，尽管他还是愿意做你的顾问。所以，如果你确实觉得自己因为不知道如何是好而备感苦恼的时候，那就请你先去看看他，听听他的意见。"

"是的，弗兰克，我愿意完全依照你的吩咐行事。因为你信任他，那我一定也信任他。"

"当然，"他接着说，"当所有受益的人都分到财产后，我的遗嘱里还有一些特殊的条款，你必须加以留心。其中之一就是让我的艺术画廊尽快竣工，并且要妥善保护。我希望把我的住宅保持得和现在一样，就是说，让它成为一座对外开放的美术馆。由于我已经留出足够的资金作为它的专项经费，因而你必须负责尽最大可能地使我的收藏品完美无缺。"

"实际上，爱琳，我不知道你是否曾经体会到这地方对我意义何等重大。它帮助我应付了那些无穷无尽的，却耗费我的精力的诸多现实问题。在建造这所住宅以及为其订购东西时，我曾经努力想给我和你的生活带来那种在城市和商业中寻不到的美丽和温馨。"

听着考珀伍德喋喋不休地说着，爱琳第一次意识到所有这一切对他的重要性，她再一次表示一切均按照他的指示去做。

"另外，还有一件事，"他说下去，"就是那家医院，你也知道的，已经有相当长的一段时间了，我希望建造一家医院。这家医院不必去买太贵的地段。只要在布朗克斯找一块较为方便的地方就可以了，我的遗嘱里已经提到这一点。请留心，这不是为有钱人建的医院，有钱人随便到哪里都花得起钱，这是专门为穷人建的医院，他们不分种族宗教和肤色，全都有入院就诊的权利。"

他歇息片刻，她也就静坐在那里。

"还有一件事情，爱琳。以前我没有同你说过，因为我摸不准你会怎么看这件事。我正在格林伍德墓地修建一座坟墓，即将竣工，它是一座模仿古希腊式的美丽坟墓。它能够容纳两口青铜棺材，你一口，我一口。当然，如果你愿意在那里安葬的话。"

听到这里，她不安地移动了一下，因为他在考虑他预料的死亡的时候，就像是他对待他的商业事务一样现实。

"你是说在格林伍德吗？"她问道。

"是的，"考珀伍德严肃地说。

"已经完工了吗？"

"很快就要完工了，如果我在近期内死去的话，就可以埋葬在那里了。"

"当然可以，弗兰克你真是一个特别奇怪的人！居然想出了这个修建自己的坟墓的主意，但是，毕竟还不能肯定这一次你会死呀……"

"但是，这座坟墓，爱琳，即使一千年也不会坏的，"他略微提高音调说，"另外，将来我们终究是要死的，你还是和我安息在一起的好，如果你确实愿意的话。"

她仍旧沉默不语。

"好啦，你看，"他说，"我感到那座坟墓应该是给我们两个人的，特别是因为它就是为我们两人建造的。不过，如果你认为以后你不希望安葬在那里的话……"

她打断了他的话，"噢，弗兰克，我们现在不要谈这个吧。如果你真的希望我埋在那里，我就埋在那里。这一点请你放心。"她努力控制住自己的哽咽。

不过，这时门开了，詹姆士医生走进来说，考珀伍德不能再继续说下去了。如果事先打电话来她可以明天再来。她从他的床边站起来，握着他的手说："我明天再来，弗兰克，我只坐一会儿，如果有什么地方需要我，请詹姆士医生打电话通知我，可是你必须要好起来，弗兰克，你必须要坚信你会完全康复的。你要做的事情实在太多了……"

"嗯，好吧，亲爱的，我愿意竭尽我所能，"他说着，同时摆摆他的手，又补充一句，"明天见。"

她转过身在过道里向电梯走过去，她伤心地思考着他们的谈话，忽然看到一个女人刚刚跨出电梯。她瞪大眼睛，吓了一跳，她马上认出这个女人就是伯里莱茜。她们两人都大为震惊地对视着，然后，伯里莱茜穿过走廊打开一扇门，在通往下一层楼的扶梯上渐渐消失了。爱琳呆在那里，少顷转过身来，看上去像是准备要重新回到考珀伍德的房间里去，可她又突然折向相反方向的电梯走去。不过没走几步路她又停了下来，依旧站着不动。伯里莱茜！她在纽约，显而易见，是考珀伍德让她来的。毋庸置疑，是他让她来的！现在他却假装自己就要死了！这个老东西的背信弃义难道永无止境吗？想想看，他还让她明天到这里来呢！还说她会和他一起安葬在那座坟墓里呢！和他一起！好吧，这是最后一次！在这个世界上，她再也不想见到他了，即使他们一天打给她一千次电话也不行！她要吩咐她的用人不要去理会她的丈夫，还有他的同谋詹姆士医生，或者任何一个装成代表他们的人打来的电话！

在她跨进电梯的时候，脑海里出现了一个精神风暴的中心，是一阵愤怒的惊涛骇浪撞击的飓风。她要向新闻界宣布这种恶劣行径：他长期虐待和百般侮辱一个对他鞠躬尽瘁的妻子，她要报复他！

到了旅馆外面，她匆忙地登上一辆出租车，狂暴地催促司机快点开车，越快越好，同时她又不停地自言自语，就像是一长串的念珠，只要她能想到的不愉快的事情，只要有可能，只要她能办得到，她就会全都推到考珀伍德身上。她坐在车子里，那种狂怒又直接转移到了伯里莱茜身上。

第六十八章　风平浪静

与此同时，伯里莱茜返回自己的房间，泥塑木雕般地坐在那里，连想都不敢多想。为了考珀伍德，也为了自己，她现在有一种从未有过的极度恐惧。爱琳或许会重新回到他的房间里去，那样的话，这将会给他造成多么可怕的后果呀！这实在是太可怕了！最后，她又想去詹姆士医生那里，向他请教该怎样消除爱琳这种愤怒的心情。可是她唯恐再遇见她，因此她打消了这个念头。也许爱琳还在走廊里，或者在詹姆士医生的房里。这些情况逐渐使她无法忍受了。终于她想出了一个行之有效的方法。她来到电话机旁，给詹姆士医生打电话，他接了，这让她长出了一口气。

"詹姆士医生，"她声音发颤地说，"我是伯里莱茜，我想请你马上到我这里来一下。刚才发生了一件极为恐怖的事情，弄得我心神不宁，我一定要和你说说。"

"哦，好的，伯里莱茜，我马上过来。"他答道。

接着她补充一句，声调很不平静："如果你在走廊上遇见考珀伍德太太，请你千万别让她跟随你到这里来。"

但说到这里，电话突然中断了，詹姆士感到情况危急，挂上电话，赶紧抓起他的出诊皮包，直奔她的房间，在门上敲了一下，伯里莱茜从门背后悄声应答：

"你是一个人吗，医生？"

他肯定地说只有他一个人时，她才把门打开，让他走进来，"怎么回事，伯里莱茜？究竟发生了什么事？"他几乎顾不上礼貌了，着急地问道，同时发现她脸色苍白，"怎么就被吓到这种地步了呢？"

"噢，医生，我几乎没法告诉你。"她确实吓得浑身颤抖，"是考珀伍德太太。我刚走进来，就在这里的走廊上看见她了，她也看见了我。她的表情是那样愤怒，我在为弗兰克担心呢，从我离开之后她是否折回去看过他？我有一种直觉，她也许会返回他的房间。"

"不用怀疑了，没有，"詹姆士很肯定地说，"我刚从那里出来。弗兰克很好，一点事也没有。可是，你呀，"他从出诊皮包里拿出几粒白色小药，递给她一粒。"把这粒药吃下去，坐一会儿，别说话。这药可以使你的神经镇静下来，然后你再把所有经过描述一下。"他向沙发走过去，做个手势让她坐在身旁。她慢慢地平静下来，"现在请听我说，伯里莱茜，"他又补充道，"我理解你在这里的处境格外困难。自从你到这里后，我就了解了，可是，你为什么要这样紧张呢？你认为考珀伍德太太会来攻击你吗？"

"哦，不，我并非为自己担心，"她更加平静地答道，"我担心的是弗兰克，现在这个时候，他病得太重，身体太虚弱，又没有什么依靠，我担心爱琳会说什么，或者闹出什么乱子来，那样的话会太刺痛他的心，使他不想再活下去了。哦，弗兰克对她是那样慷慨大度，真心实意，尤其是现在，他最需要的是关心、爱情，而不是仇视憎恨，毕竟他为她付出很多，但是，我不知道她准备干什么，如果她粗鲁地对他破口大骂，那他兴许会垮掉。他对我说过好几次，当她的嫉妒心高涨时，她总是不能控制住自己的感情。"

"是的，我也知道，"詹姆士说，"他是一个相当了不起的人物，却娶错了女人，和你说句真心话吧，我也担心发生这类事情。我想你们住在同一个旅馆里实在不怎么明智，不过，爱情的巨大力量无与伦比，我在英国的时候，亲眼见证了你们是何等的相亲相爱。但是我也理解，就像很多人都理解的那样，他对他们的夫妇关系很不满意，顺便问一下，你与她说过什么话吗？"

"噢，没有，"伯里莱茜回答，"我一走出电梯，就看见她了，她一看见是我，那种愤怒和敌意竟然是那样按捺不住，我浑身的每一个细胞都能感觉得到。这就让我想到她也许会做出一些不顾他人死活的事情来，如果她想做的话。另外，我担心她会马上回到他的房里间去。"

这时候，詹姆士医生劝她待在房间内，一直等到风暴平息下去，一直等到他打电话给她时再决定如何做。至关重要的是，按照他对她的叮嘱，当她再与考珀伍德见面时，对此事她半个字都不能说。他病得实在太重了，很可能承受不了这一切。同时，他耐心地安慰她，他要冒着惹怒考珀伍德太太的风险，打电话给她，如果可能，打探她可能会做什么或者准备发表什么公开声明。接着，他就离开伯里莱茜回到了自己的房间里，仔细斟酌这件事情。

但是，詹姆士还没有来得及给爱琳打电话，一名护士就进入他的房间，问他是否能去看望考珀伍德先生，他似乎比平时更加不安静了。他来到考珀伍德的房间，看到他在床上来回折腾，好像十分痛苦。他问他与爱琳会谈的结果时，他非常疲倦地答道：

"哦，我想，一切都会很好的。至少，最主要的几个问题，我都与她谈过了。但是杰夫，由于我和爱琳谈得时间太长，我觉得非常困乏，精疲力竭。"

"嗯，我能料到这一点。所以你以后不能谈得这么长时间了。

现在，你把这药吃下去，它能够让你安睡一会儿。"说着，他就把一包药粉和一杯开水递给考珀伍德，他一口吞了下去，詹姆士医生又补充一句，"好吧，就这样吧，我过一会儿再来看你。"

然后，他回到自己的房间，给爱琳打电话，那时候她已经到家了。听到女佣说是他打来的电话时，她就直接走到电话机旁边。詹姆士用最有礼貌的口吻告诉她，他打电话来是想打听一下她看望丈夫的结果，顺便打听一下是否有事情需要他效劳。

她说话时语调是怒气冲冲的，完全失去了控制。

"是的，詹姆士医生，我希望你帮我个忙，请不要再电话给我了，因为我刚才已经目睹了那种一直在捣鬼的丑事，从伦敦到纽约，我的所谓的丈夫和那位弗雷明小姐不停制造丑闻。我清楚她和他在伦敦曾经同居，现在就在你的眼皮底下和她鬼混，很明显这都是得到了你的帮助和认同的。可是，你还要问我这次会晤我是否满意，另外，那个贱人就藏在同一个旅馆里！这是我有生之年听闻的最胆大妄为的事，同时也一定是全社会都喜闻乐见的丑闻！而且，马上就要听到了，你完全可以相信我的话！"随后，她愤怒得几乎失声了，但还是补上一句，"你，你还是医生呢！做医生的应该关心规规矩矩的生活……"

此刻詹姆士医生分明感受到了她的狂怒，他千方百计打断她的话，于是有力而镇静地说："考珀伍德太太，十分遗憾，对你提出的罪状，我必须严正抗议。这次，我是以一个医生的身份被请来的，并不是一名处理各种纠纷的法官，而且这种局面也并不是我一手促成的，你没有任何权利来主观地揣测一个人的动机，而你对于他，正如你对于我一样，没有真正地理解。信不信由你，你的丈夫病得特别严重，千真万确是极为严重，如果你随便向报社散布传闻，会造成无法挽回的严重后果，你本人就会深受其害，比你使考珀伍德或者任何一位同他有关系的人受到的伤害还要严重一千倍。因为他不仅有势力强大的朋友，而且还有众多敬仰他的人，这你是了解的，那些朋友对于如你说的这一类的所有的一切都会备感厌恶，他们会唾弃他，如果他真的死了，就像他很可能的那样……好，你自己去判断，你大脑里所设想的这一类公开的抨击，最终会收到什么效果。"

这些严厉的话使爱琳想起不久前自己的轻举妄动，于是她说话时语调突然平静了。

"我并不打算和你或任何人来讨论此事，詹姆士医生，关于考珀伍德先生的所有事情请你不要再打电话给我了，无论出现何种状况。因为你有弗雷明小姐在那里侍候安慰我的丈夫。让她去全权负责好了，别再给我打电话了。我讨厌这种肮脏透顶的关系，我已经打定主意，詹姆士医生。"紧接着电话机咔嗒一响，她把电话挂了。

当詹姆士医生转身离开电话机时，脸上流露出一丝不易察觉的微笑。凭借多年来他在职业上对患歇斯底里症的妇女的经验，他明白她在遇见伯里莱茜以后的几个钟头中那种狂怒的威力已经开始衰竭了。因为他清楚，归根结底，这种事情对爱琳来说并不是什么新奇的事情，他完全有理由相信，她的虚荣心绝对不会让她放纵到公开宣扬此事的程度。他认为她过去没有这样做，现在也不会这样做。由于有了这种坚定的自信，他就走过去看伯里莱茜，并且把此事告诉她，他发现她神情仍然紧张，正焦虑不安地等待他的结果。

他笑容满面地解释，他确信尽管爱琳说得很霸道，但不会有任何实质性行动的。因为尽管她曾经用揭发来威胁考珀伍德、伯里莱茜和他自己，不过在他与她通话之后，他显然已觉察到，她的愤怒已经逐渐减退下去了，没有可能再发生什么飞扬跋扈的事情了。现在他补充说，由于爱琳已经声明，不管怎样她再也不会来见她的丈夫了，因而在他看来就必须请伯里莱茜来照顾不可了，他们两人看看是否能使考珀伍德脱离险境。她可以义无反顾地从四点到十二点做夜班看护。

"噢，太好了，我十分赞同！"伯里莱茜大声叫道，我能尽我所能给他一点帮助，我实在是太高兴了，只要是在我的能力范围之内的，我做什么都在所不惜！因为，哦医生，他一定要活下去呀！他一定要彻底康复，再自由自在投入到他已经计划好了的事业中去。我们必须要尽最大努力帮助他。"

"就为这一点，我非常感谢你。我也明白他是最爱你的，"詹姆士说，"在你的精心看护下，毫无疑问他会好起来。"

"哦，医生，我由衷地感激你！"她兴奋地说，紧紧握住了他的双手。

第六十九章　海的女神

考珀伍德本来想让爱琳清楚，自己死后留给她的这笔财产具有何等重大意义，而且就她而言，需要透彻地了解，作为一个管理人可能会遭遇的一些问题，然而他这种意图并没有营造出一种友好的氛围，却反而让她觉得这一切可能全都是徒劳，这是因为他十分了解她缺乏管理能力，不了解这些重大事情对他以及对她有何等深远的影响。因为他十分清楚，她不能真正了解男人的性情和意志，如果他离开人世，那么，要把他大部分动产馈赠出去的愿望，还有什么保证呢？这种意念，对于他求生的欲望当然不能产生好的影响，只能让他灰心丧气。这样，他不仅有点疲倦，而且还有点烦躁，对于人生的价值和意义也将信将疑起来。

他们两人生活在一起，差不多始终是不间断地生气，实际上，风风雨雨已经超过了三十年的漫长岁月，这的确是很奇怪呀！当她十七岁他二十七岁的时候，他对她有一种狂热，然后不久，他就发现她虽然美丽但却缺乏理解力，这让她始终无法感悟他在理财上和智力上的杰出才华，同时，也使她认定他应该永远属于她，除了她以外，他朝任何一个方向瞥一眼都不行。尽管这一切风暴都是因他的出轨而引发的，但是他们在一起相伴度过了这么多年，她还是不能真正理解那种慢慢却又是稳稳地引导他达到当前富裕的杰出才华。

即便如此，他还是找到了伯里莱茜，她清新脱俗的高贵气质赋予他的生命无可匹敌的价值。她的声音、眼睛、谈吐以及身体的接触，每一个细节都能体现出美妙的爱情。因为她经常对他俯下身来，他能听见她温柔而亲切地说："亲爱的，我的爱人！我们的这种完美无瑕的爱情不仅拥有今天，而且会流芳百世的。无论你身在何处，它都会在你心里萌芽生长，也会在我的心里萌芽生长。我们绝对不会忘记。亲爱的，安心吧，快乐吧！"

正当他陶醉在这种美好的回忆的时候，伯里莱茜身穿雪白的护士服走了进来。她问候他，他一听到她熟悉的声音，就一下子兴奋起来，凝望着她，似乎还不完全相信自己的眼睛。她的服装和她脱俗的美丽构成了一幅动人的倩影。他费力地抬起头来，尽管显得非常虚弱，但还是提高音调喊道："你！海的女神哪！雪一般地圣洁！"于是她俯下身来亲吻着他。

"女神，女神哪！"他喃喃地说，"你那金红色的头发！你那蓝色的眼睛！"

接着，他紧捏着她的手，把她拉得更近一些。"现在，我终于与你在一起了。我看见你，如同回到了那一天，你站在碧绿的爱琴海边，向我挥手。"

"弗兰克！弗兰克！但愿我成为你的女神，并且永远永远做你的女神！"

她意识到他已经神志不清了，就努力想使他平复下来。

"那个微笑，"考珀伍德说下去，"再对我笑一笑吧，阳光一般。紧握着我的手吧，我的海的女神哪！"

伯里莱茜坐在他的床边，开始轻轻地啜泣起来。

"不要离开我！我太需要你了！"他紧紧地抓住她。

这时候，詹姆士医生走了进来，两眼注视着考珀伍德，直接向他走过去。詹姆士又转过身来，端详着伯里莱茜，说："太值得骄傲了，亲爱的！一位世界伟人向你敬礼呢。但现在请你出去一会儿。我要让他清醒一些，请放心，他不会死的。"

她离开了房间，医生给考珀伍德服了一剂强心剂。

考珀伍德终于从昏迷状态中清醒过来，他问："伯里莱茜去哪儿了？"

"她一会儿就过来陪伴你，弗兰克，但现在你最好休息一下。"詹姆士请求道。

但伯里莱茜听到他在叫她，就走进来了，坐在床边的一把小椅子上，静静地等候。过了一会儿，他睁开眼睛，开始说话。

"你明白的，伯里莱茜，"他说，仿佛他们已经讨论了这件事情似的，"这是至关重要的，把那座住宅保持得完好无损的，当作安置我的名画的理想之地。

"是的，我明白，弗兰克，"伯里莱茜温柔而深情地答道，"你始终这么爱它。"

"是的，我一直爱它，永远爱它，走过第五大街的柏油路，在十秒钟之内，跨过门槛后，就走进一座棕榈花园，漫步在花丛和草木中间，聆听潺潺的水声，还有，一条小河，流到小潭里的淙淙的响声，这样，我就能欣赏到流水交响乐的和谐声音了，如同置身于清冷翠绿的森林中的一条小溪旁！"

"我明白，亲爱的，"伯里莱茜轻声说，"可现在，你必须好好休息。即使在你睡着时，我也一定会陪在你的身边。我是你的护士。"

在那天晚上，以及每隔一天的夜里看护时，伯里莱茜都目睹了他是一直关注他那些无法再经营的事业，因而深深地感动，他今天说起艺术画廊，明天又谈到地下铁路，后天再唠叨那家医院。

　　尽管她确实没有料到，詹姆士医生也未必料想到了，但考珀伍德事实上只有短短几天生命了。然而，在她和他和谐相处的时光，他似乎显得更开心一些，只是在几句谈话之后，总是露出极其倦怠的神态，他总想睡觉。

　　"就让他尽量睡吧，"詹姆士医生劝告说，"他只是在保养精力。"这种观点让伯里莱茜很是气馁，她询问是否还有其他办法来拯救他。

　　詹姆士回答得很干脆，睡眠对他的确是最合适的。他可能会度过危险期。我在尝试我所知道的最好的补药后，现在我们只能耐心等待。他可能闯过难关，转危为安。

　　但是，他并没有转危为安。恰恰相反，在他去世前的四十八个小时，他的情况明显地越来越糟糕了。于是，詹姆士医生就派人去请他的儿子，小弗兰克·考珀伍德和他的女儿小丽莲，她现在已经是坦普雷登太太了。但是，当他的儿女到后发现爱琳不在场，就问为什么考珀伍德太太没有到来，詹姆士医生解释说，她有自己的原因，不想再来探望他，尽管他们早已了解爱琳和考珀伍德之间的隔阂，但他的儿女还是非常怀疑，为什么爱琳在如此危急的时刻居然拒绝探望考珀伍德呢？他们认为有责任把病情告诉她。因此，他们匆忙奔到公用电话处给她打电话，但是让他们异常惊讶的是，他们发现她并没有心情来考虑他或他们的事情，并且一再申明，詹姆士医生和弗雷明小姐已经得到考珀伍德允许去安排他的事务，却完全没有顾及她的意愿，他们一定能够把所有事情都处理妥当的。她毫不客气地拒绝前来。

　　爱琳这种近乎冷酷无情的态度把他们吓得目瞪口呆，可他们认为除了回去看望病情恶化的父亲之外，已无计可施。一种深深的恐惧笼罩着在场的每一个人，包括詹姆士医生、伯里莱茜、詹姆逊，他们全都束手无策地站着，却没有任何办法。他们安静地等了几个钟头，关注着他的沉重的呼吸或者片刻的安静，一直到二十四小时以后，突然之间，就像是挣扎结束后一种极度的疲乏，他好像是使尽浑身力气移动了一下，甚至用肘子半撑起身子，仿佛是想向四周再看一眼，然后就突然倒下，纹丝不动了。

死亡！死亡！它在这里，就在大家的面前，它是阴森森的，无论是谁都无法抗拒的。

"弗兰克！"伯里莱茜尖叫起来僵立不动，瞪着双眼，好像大吃一惊似的。转瞬之间，她飞快冲到他的身旁，扑通一声跪在地上，抓住他潮湿的双手，捂在她的脸上。"啊，弗兰克，我亲爱的，你怎么就这样去了呢？"她号啕痛哭起来，接着慢慢地瘫在地板上，昏厥过去了。

第七十章　冤家相聚

考珀伍德死后，一大堆急于和不急于处理的事情被搁置，弄得大家一时无所适从。在所有人中，在思想上和行动上最镇静的也是最有办法的人就数詹姆士医生了，第一项决定就是由他和詹姆逊把伯里莱茜搬到他房间里的一张睡椅上去。接着马上派詹姆逊打电话给考珀伍德太太征求关于丧葬的意见。

詹姆逊打电话去询问，爱琳的反应让人震惊，加上她的态度，造成的局面很尴尬，看来必然得闹成一件轰动全国的丑闻了。

"你为什么问我呢？"她反问道，"你为什么不去问问詹姆士医生和弗雷明小姐呢？自从他回到这里，甚至在这之前，所有事务早就由他们全权负责了。"

"不过，考珀伍德太太，"詹姆逊非常惊讶地说，"可毕竟他是您的丈夫呀。您的意思难道是拒绝把他移到您的府上去吗？"这个询问从她那里得到了一个尖刻的回答。

"我本人自始至终都在受到考珀伍德先生的侮辱和欺骗，并且受到他的医生和他的情人的侮辱和欺骗。就让他们去安置好了，把他的尸体送到殡仪馆去，再从那里出来。"

"但是，考珀伍德太太，"詹姆逊以一种激动的语气果断表明立场，"这样做可是闻所未闻哪。所有报纸都会知晓此事。当然，您不愿意看到，像您丈夫这样一位了不起的人物，最后竟会落得如此下场。"

听到这种令人震惊的谈话，詹姆士医生走上前来，从詹姆逊手中接过听筒。

"考珀伍德太太，我是詹姆士医生，"他冷漠地说，"我仅是位医生而已，你很清楚，考珀伍德先生回国时，是他请我来的。考珀伍德先生不是我的亲戚，我对他提供服务就和为其他病人提供服务一样，当然也包括你在内，但是，如果你一定抱着这种令人吃惊的态度对待你的丈夫，而他的财产又由你来继承，那么我敢断言，在此事上，你会永远也洗不清外界对你的诽谤。你走到哪里，诽谤就会跟到哪里，直到你死去。你当然明了此事的重要性。"

他等了一下，但对方并没有作声。

"现在，我并非请你帮忙，考珀伍德太太，"他继续说，"其实就是为了你。当然，他的遗体可以直接送到殡仪馆，也可以随便安葬在任何地方，如果你希望如此的话。不过，是这样吗？你要明白，报社可以从我这里，或者从殡仪馆的老板那里打探出来，他的遗体究竟是如何安葬的。可是我再一次，也是最后一次，出于对你的考虑，请你再三斟酌此事，因为如果你执意按照你所说的那样去做，那我就一定让明天的报纸，把这件事的来龙去脉一一地刊登出来。"

这时，他停了下来，等待着，希望得到一种具有人情味的答复。但是，电话咔嗒一声断了，他当然知道她已经将听筒挂了。他就转过身来对詹姆逊说："这个女人现在头脑混乱。我们只好自作主张，替她办事。考珀伍德先生深受他的仆人的敬重，我确信找他们做此事并不难，因此，不必让她知道，他的遗体也可以搬回他的家里安放，一直等到可以正式安葬到坟墓里去。这是我们能够做并且必须要做好的事情。我们不能让那种悲剧发生。"

他抓起帽子，走了出去。在此之前，他去看过伯里莱茜。这时候，她已恢复了平静，他请她回到自己的房间去，等候他的消息。

"不要气馁，伯里莱茜。请相信我，我完全可以向你保证，我会竭力采用最正确、最不莽撞的方式来妥善安排这一切。"他热情地紧握着她的手。

他的下一个行动就是把考珀伍德的遗体转移到饭店附近的一家殡仪馆去。然后他打算和詹姆逊商量一下考珀伍德仆人的性格和心理状态。他们当中肯定有一两个人是值得信任也乐于帮忙的。因为在道义上他认为绝对不能允许爱琳固执己见。可能他的所为会超出自己的权限范围，但此刻他实在是别无良策了。在此之前很久的时候，他已经发现她和考珀伍德之间存在着根本的分歧。在他看来，她的确深爱着自己的丈夫，可他的每一次行动都令她极其嫉妒，以致让她幸福的梦想变成一种痛苦的现实。

出人意料的是，在此极为困难时刻，考珀伍德家里一个名叫怀勒·卡尔的管事前来拜访詹姆逊，自从考珀伍德来到芝加哥，卡尔始终在他家里做事。他说明此行目的，不仅来对詹姆逊表达自己对考珀伍德逝世的惊讶和沉痛心情，而且他旁听到了那通电话，似乎考珀伍德太太对丈夫发出一些不公平的指责，而且最糟糕的是，她拒绝让他的遗体安放到自己家里来。他专程前来，表示极力要避免出现这样的悲剧。

詹姆士医生回到旅馆时，看见詹姆逊和卡尔待在一起，立刻告诉他们自己已经想好的计划。他已通知殡仪馆老板，他说，计划安葬遗体，让他准备一口棺材，等候下一步行动。现在的麻烦是，到底何时能把遗体转移到他的公馆里去，仆人们是否能帮助布置，既秘密又安全地把遗体接过去，还要不事声张地把遗体抬到一间合适的房间里，这样，对考珀伍德遗体的到达考珀伍德太太就会一无所知，至少延续到第二天早晨，怀勒·卡尔可以确保此事能稳妥安排而不出现任何纰漏吗？卡尔回答说，如果现在回到考珀伍德家里去，过一两个钟头，他就可以打电话过来，告诉詹姆士医生是否能达到那种严格的条件。说完，他就走了，过了两个钟头，他打来电话说，所有用人都希望能出点力，晚上十点到凌晨两点之间是最佳的行动时间，那时公馆里既黑又静。

于是，按照既定方案，凌晨一点钟，着手搬移考珀伍德的棺材，当时街上静悄悄的，事实上并无人行走，卡尔在那里巡逻。他已故的主人的一群忠实的用人早已布置好二楼的大厅，以便接纳考珀伍德躺着的那口装饰得富丽堂皇的棺材。当考珀伍德的遗体搬进来时，一个用人专门站在爱琳的房门口倾听着，以防任何轻微的行动惊醒她。

就这样，在寂静的夜里，没有先导仪仗队的引领，弗兰克·阿尔杰农·考珀伍德的丧葬行列悄然地进行着。他和爱琳在他们的家里再一次相聚。

第七十一章　宽恕过往

黎明的曙光还没有使爱琳从熟睡中清醒过来，晚上的一系列行动并没有引起她的任何烦恼或是让她做噩梦。尽管一般情况下，她总是要在床上多待一会儿，但是，这一次，她听到一声巨响，好像一件笨重的东西掉落在楼下阳台的地板上，她担心兴许是最近买来的、不久前才临时安置好的一尊名贵希腊大理石雕像掉下来了，于是就爬起来，向通到阳台的扶梯走去。当她路过那扇通往大客厅的大门时，她有些奇怪地环顾四周，就径直向那件新安置的艺术品走去，但她却发现希腊大理石雕像纹丝未动。

然而，当她转过身来折回去，再走近客厅大门时，一口摆放在客厅中央的、又大又黑、装饰得十分富丽堂皇的长方形的棺材一下子把她惊呆了。一阵寒战迅速掠过全身，顿时让她寸步难移。

接着，她转过身，好像打算要逃避似的，但是，她又停了下来，再走回到客厅的门口，直愣愣地站在那里，吓得发呆，瞪着眼睛。一口棺材！上帝呀！考珀伍德！她的丈夫！已经冷冰冰的，他死了！他来到了她的身边，尽管在他活着的时候，她一再拒绝见他！

她蹒跚地迈着颤抖的步子，悔恨交加地向前探去，注视着他那冷冰冰的、早已停止呼吸的尸体。他高高的前额！非凡的极有风度的头颅！光滑亮泽的棕色头发，甚至在这时候还不是灰白的！这副英俊的容貌，她实在太熟悉了！他整个的身体暗示着一种力量、思想和天才，一开始，这个世界就已经敏锐地判断出他身上的这些东西了！可她却一直拒绝去他那里！现在，她僵硬地站着，悔恨交加，他和她都有过错。他们之间经常会爆发残酷的风暴。但是现在他已经在这里，终于回家了！他回家了！

但是，转瞬间，那种奇特、神秘以及他最后仍然违背她的意志的感受又出现了，顿时激起她的愤怒。是谁把他送来的？是如何送来的呢？又是在什么时候送来的？因为就在昨天晚上，她对所有用人下达命令，必须关紧所有大门。然而，他竟然被搬到这里来了！显而易见，一定是他的朋友和用人，共同联手为他办成此事的。现在已经十分了然了，大家都期盼她转变态度，如果这样，像他这样一位举世闻名的大人物，是应该举行隆重的出殡仪式的。换一句话说，他确实胜利了，这样看来，好像她改变了以前的观点，宽恕了他放荡不羁的行为。可是，不，他们绝不应该这样对她！一直被人欺侮，到最后也还是输给了别人！绝对不行！然而，就在她心里决心要疯狂反扑时，他却躺在了这里。正在她凝望他时，她背后突然响起了脚步声，她转过头，看见管事卡尔走了过来，手里拿着一封信，说：

"太太，这封信刚刚送到，是给您的。"

虽然，她做手姿势时似乎是要挥手让他走开，但在他还来不及转身时，她却又大声叫道："给我！"接着，她拆开信，看下去。

爱琳，我将不久于人世了，这封信送到你手里之时，就说明我已不在人世，我明白我所有的罪孽，我也知道你指责我一切的罪过，我只能怪我自己。但是，我永远忘不了曾帮助我在费城度过囚徒生活的爱琳哪！然而，现在，对我而言，懊悔已经没有丝毫用处，对你也没有任何作用了。不过，不管怎样，我都感到，一旦我去世了，在你的心灵深处，你还是愿意宽宥我的。而且，令我宽慰的是，我清楚你会得到很好的照顾的。我早已稳妥安排好这一切，这你是了解的。所以现在，再见吧，爱琳！你的弗兰克再也不能产生什么邪恶的念头了，永远都不会有了！

这番苦心使爱琳走到他的棺材旁边，握住了他的手，吻了一下。接着，对他注视片刻之后，她就转过身去，急匆匆地走了。

不过，在几小时之后，通过詹姆逊和其他的人联系，卡尔已经接到了各方面请求送葬的消息，关于这次丧葬的程序不得不向爱琳请示一下。请求准许送葬的人实在太多了。卡尔最终只好拿出一张名单来，名单很长，以致爱琳不耐烦地说：

"嗯，就让他们来吧！现在这有什么害处呢？詹姆逊和考珀伍德先生的子女想怎么做就怎么做吧。只是我要待在房间里，因为我有些不舒服，也帮不了什么忙。"

"不过，考珀伍德太太，您是否同意请一位牧师来举行仪式呢？"卡尔问道，这建议是詹姆士医生提出来的，不过也完全符合卡尔忠实的本性。

"哦，是的，那就请一位来吧。请一位过来倒也无妨，"爱琳说着，同时茫然回忆起她那非常虔诚的父母。"只是要把那些要求来的人数，限制在五十人以内，不许再多了。"这个决定使卡尔去联系詹姆逊和考珀伍德的子女，以便通知他们能按照他们认为合适的丧葬方式去安排。这个消息传到詹姆士医生那里时，他如释重负地叹了一口气，同时，他准备一一发出讣告给考珀伍德的众多敬慕者。

第七十二章 归入尘土

当天下午和次日清晨，前往考珀伍德公馆吊唁的人群当中，只要名字在卡尔的名册上的，都能够进去瞻仰安放在二楼宽大客厅里的考珀伍德的遗容，他们都接到通知，准备参加明天下午两点钟于克林区的格林伍德墓地举行的正式安葬仪式。

与此同时，考珀伍德的子女去拜访爱琳，商讨一起乘坐第一辆送葬马车。当时，所有纽约的报纸都用大量的篇幅刊载了考珀伍德突然去世的消息。他们于六周前才抵达纽约。因为朋友太多，报纸上说，出殡的仪式只限于他的亲朋好友参加。但是，这则报道并没有阻止那些仰慕他的人去墓地。

第二天中午，送葬人群在考珀伍德公馆前面集合。一群又一群的人在外面街道上会集到一起目睹出殡的盛况。紧随灵车后面的是一辆马车，上面坐着爱琳、小弗兰克·考珀伍德和考珀伍德的女儿小丽莲·坦普雷登。之后，其他马车一辆接着一辆依次排下去，天空阴沉沉的，所有的车辆沿着公路缓缓前进，最后通过了格林伍德墓地的大门。沙砾的车道逐渐提升到长长的斜坡，两边古树参天，后面到处是各种各样的墓石和墓碑。大约又走了四分之一英里，车道继续往上前行，向右边岔开一条小路，再往前走几百英尺，在高大的树木之间，显现出坟墓的庄严气氛，气势非凡，威严无比。

这座坟墓孤单地坐落在那里，三十英尺之内没有其他墓碑，这是一座灰色、朴素、古希腊风格的建筑。四根优美的、埃翁尼式的柱头构成了一座拱门，托住了一堵简朴的三角形的山墙，没有任何装饰或宗教标志。墓门的上面雕刻着粗大的方体字，那是他的名字：弗兰克·阿尔杰农·考珀伍德，三级逐渐升高的花岗石平台显得非常高，上面堆满了鲜花，两扇厚实的青铜门敞开着，仿佛在恭迎这位大人物去定居。无论是谁，第一次看到这座坟墓都会觉察到，这是一个严谨而动人的艺术杰作，因为它不仅高高在上而且庄严肃穆，似乎在统治着此处的整个墓区。

　　当爱琳清清楚楚看到这座坟墓的时候，她又一次，而且是最后一次为她丈夫强烈的自我表现力感到震撼。但在想到这一点时，她还是闭上了眼睛，似乎是想努力摆脱眼前坟墓的情景，去怀念一下他最后一次生机勃发地、任性地、栩栩如生地站在她面前的那个印象。她的马车停下来等着，一直等到灵车抵达墓穴的大门前。那口沉重的青铜棺材被抬起来，安放在牧师讲坛前面的鲜花丛中。随后，坐在车上的人纷纷跳下来，走到对面搭在墓前的一个大帐篷里，那里准备好了凳子和椅子。

　　在另一辆马车里，伯里莱茜默默地坐在詹姆士医生旁边，同时注视着坟墓，它就要把她的爱人封闭起来和她永远隔绝了。她没有流泪，而且也不想哭。为什么要千方百计去对抗从天而降的打击呢？对她来说，这种打击早已毁灭了她人生的意义。不管怎样，她对于这一切的心情和反应就是这样，只是有几个字始终在她的脑海里跳跃，而且挥之不去，"忍住！忍住呀！"

　　在所有亲朋好友都坐下来以后，圣公会牧师海华德·克伦希登上讲坛。片刻，当在场的人全都安静下来时，他开始宣读，他的话既严肃又清晰。

"救主说：'人让人复活，我赐予人生命。相信我的，纵使死了，也能复活。活着相信我的人，则永生不死。'"

"我知道我的救主存在，将来必立于世上，皮肉腐烂之后，我一定在肉体以外得见天主。我一定亲自去见他，我一定亲眼去看他，绝非别人代替我去看望。"

"我们从来没有给世间带来任何东西，也不能带走任何一草一木，毋庸置疑。赏赐的是主，收回的也是主，主的英名，更应赞美。"

"主赐予我生命时，我长不过手臂；生命的年限，在主面前如同无有。芸芸众生，尽管存在，也是虚幻。"

"人生在世，如梦如幻，筹谋皆枉然：积蓄为谁用。"

"主呀，现在我无所希望，我所希望的就是主。"

"主因罪恶惩罚人，人的身心受损，如同虫蛀一般。"

"主世世代代庇佑我们。"

"山峰不曾显现，地和世界尚未形成，从万世伊始到万世终结，只有主是天主。"

"主让人归入尘土，就下令说，你们凡人，早该归回。"

"在主眼中，千年如同已逝的昨天，又像夜晚的短暂瞬间。"

"主叫人归去，似水东流，也仿佛睡眠，青春如草，迅速枯槁。"

"早晨生长，随即衰败，晚上剪刈，全都枯槁。"

"我们因主发怒，几乎灭亡，因主施威，一律惊慌。"

"主将我们的罪过摆在主前。"

"因主震怒，而我的时间匆匆而去，我们的生命有限，就如事情办完。"

"我们的寿命不过七十，如果延至八十，其中劳苦烦恼必多，日月如梭，我们迅速如飞。"

"求主指点我们，计算生命，以生智慧之心。"

"但愿荣耀归于圣父，圣子，圣灵。"

"开始如何，现在和永远都是这样，无穷无尽。阿门。"

然后，抬棺的人们把棺材抬起来，抬入墓穴，放进石棺里面，此时圣公会牧师跪下来祈祷。爱琳不肯进去，其余的人也就只好陪她一起留在外面。一会儿，牧师走了出来，那两扇沉重的青铜门就封闭起来了。弗兰克·阿尔杰农·考珀伍德的丧礼到此结束。

牧师走到爱琳身边，安慰她一番。亲朋好友都渐渐散去，不久，坟墓四周空无一人了。但是在一棵大桦树的浓荫底下，詹姆士医生和伯里莱茜犹豫着，接着他们沿一条弯曲的小路缓慢地走上斜坡。因为伯里莱茜不想和别人一起走，就沿着小路走了一段，伯里莱茜回首看着她情人最后安息的地方，它高大而骄傲地耸立在无名的墓地上，从她站立的地方看过去，墓门上的名字分辨不清。尽管它高大而骄傲地耸立着，但是置身于又高又大的榆树林中，却又显得那么矮小。

第七十三章　神的风采

考珀伍德的疾病和去世所带来的痛苦使伯里莱茜作出决定，她最好还是回到公园路自己的家里去住，她在英国逗留期间，这座房子大门一直紧锁。如今前途渺茫，她只想把它作为一个临时栖身之地。至少可以回避一下当地新闻记者像追查似的跟踪尾随。詹姆士医生同意她的决定，他相信，如果他能够真诚地对人说，她已经离开了，也不了解她究竟去往何方，这样对他也是最合适的结果，这个答复大获成功，因为他已经回复多次，他并不比报社掌握的情况更多一些，于是，新闻记者对他的采访也就自然而然地中止了。

但是，对于她的失踪，报纸上不仅经常提及，而且也一直在揣测她的去向。她是否已经回到伦敦了？伦敦的新闻界怀疑她是否已经回到当初在普莱奥海湾别墅的住所，接着，一系列的调查询问都得到了令人失望的回答，尽管她母亲还在那里，不过她声称，自己对女儿的行踪也知之甚少。还说，他们要等待下去，直到她得到女儿的消息为止，这种回答是伯里莱茜来的一封电报所提示的，伯里莱茜告诉母亲在收到自己的信件之前，万万不可向外界透露半点消息。

尽管成功地瞒骗了记者，但是当伯里莱茜独自一人守在家里时备感寂寞，她靠读书来消磨夜晚的时光。然而，纽约《星期日报》上的一篇特写让她震撼不已，这篇特写专门描述她过去与考珀伍德的关系。

尽管文中写道她是个被监护人，但却刻意把她描写成一个投机分子，说她利用自己的年轻美貌引诱考珀伍德以满足自己的享乐和社交上的快乐。这样的描写和介绍，让她深深地感到愤怒与痛苦。因为她觉得，无论过去还是现在，她专心致志地关注着的是生活的美好，以及那些足以达到拓展人生经历目的的创造性的成就。但她现在却意识到，这类文章很有可能在国内外的报纸上转载，因为显而易见，她已经被他们描绘成一个浪漫的戏剧性人物了。

对此事她无计可施，去哪里居住才可以回避这种舆论呢？

她带着烦乱的心绪在图书室里来回踱步，书架上排满了很久没有人翻看的书，她随便抽出一本，信手翻开，看到了如下的字句：

上帝活于我的体内，活在每一个造物内，
上帝能让人本质永恒，上帝又仿佛与造物相融，
上帝恩赐我们心灵和五官
创造人的躯体。

当上帝拥有躯壳之时，上帝就大驾光临，
离开躯壳之日，上帝就已离去，
并且带走了心灵和五官
恰如微风吹走了余下的芬芳。

上帝借凡人的耳目观察，
在触觉、味觉和嗅觉幕后操纵，
上帝也活在你的心中，与五官同甘共苦。
上帝或住在你的血肉之躯，或者离开，
或者满怀激情或无知，

上帝对人们的情感和行动清清楚楚，

愚昧无知的人永远看不见上帝

聪明的人能凭智慧的双眸看见上帝。

瑜伽修行者通过精神苦修的实践能达到清静的目的，并且能在自己的意识中目睹神的风采。但是，那些无法安静和缺乏辨别是非能力的人就永远找不到神的，即使他们苦苦追寻也会徒劳无功。

这种思想如此让人着迷，她看了下书名。书名叫《巴格伐·吉塔》。她记起有一天晚上，在斯坦爵士的伦敦住宅里举行的一次晚宴上，一位西弗伦斯爵士曾提起过这本书。西弗伦斯生动地描述他在印度逗留的情景，让她很受感动，很长一段时间，他在印度孟买附近的一个荒凉地方过着一种纯粹的僧侣生活，他跟着一位印度导师学习。她当时对他所描述的感动不已，那时她真希望有一天也能到印度去，去过同样的生活。现在，她面临着社会舆论的压力，她强烈地觉得自己应该寻找一个藏身之处。说实在的，这也许是一种摆脱错综复杂事务的最佳选择。

印度！为什么不去印度呢？越是想去那里，就越觉得那里格外适合她。

她在书架上找到了另外一本关于印度的书，书上说有很多印度导师或教授能揭示生命或神的秘密，他们身居大山中的森林里，隐居在那里的寺庙里，可以让那些饱受苦难、来此探究人生奇妙和神秘意义的人，解除忧郁、颓丧的心情，学习内在的智慧，如果能潜心研究和专心修行，就能够使他们摆脱自己的痛苦。在这些导师当中，或许会有一个教授能引领她到达光明或精神的宁静圣地，引导她消除那些可能会永远包围她的寂寥，难道她不能找到一个这样的教授吗？

她要尽快去印度！正如她已谋划好的那样，她可以关闭普莱奥海湾别墅的寓所，从伦敦乘船去孟买，如果母亲愿意，她们就一同前往。

第二天早晨，她给詹姆士医生打电话征求意见，她说出自己要去印度学习的计划时，詹姆士很意外，但还是肯定那是一个十分不错的计划。因为他自己很早就有过这样的想法对这种奢望产生了兴趣，只是他不像伯里莱茜那样了无牵挂，能够拥有这种机会。他说，去印度是她最急需的一种隐退和改变环境的办法。实际上，他曾经有过几位病人，由于社会和个人的种种原因，导致身体和精神状态很大程度上错乱起来，他就把他们送到纽约的一位导师那里，后来他们都彻底恢复了健康。他观察后得出了结论，在那种广博厚爱的思想中，一个人狭隘的自私观念会渐渐消失，这就给那些神经质的人带来一种忘我的境界，因而也就带来了健康。

詹姆士医生很赞同她的决定，这极大地鼓舞了伯里莱茜，她马上在公园路寓所妥善安排了自己外出期间的工作。接着她就离开纽约前往伦敦了。

第七十四章　烟消云散

对普通人而言，关于弗兰克·阿尔杰农·考珀伍德去世最敏感最有兴趣的话题就是他的财产，包括财产数额、由哪些人来继承、每个人能得到多少。在遗嘱还没有呈准查验之前，流言蜚语就已经传开了，爱琳的那份被削减到最低数额。考珀伍德的两个孩子继承了他的大部分家产，伦敦的几位情人早就拿到了巨额现金。

在丈夫离世不到一周，爱琳就解雇了考珀伍德的律师，她聘请了律师查尔斯·丹作为她唯一的法律代表。

在考珀伍德去世五个星期之后，库克郡高级地方法院查验批准了遗嘱。遗嘱中包括各种不同的赠送，他留给他的用人每人两千美元，留给阿伯特·詹姆逊的五万美元，另外还赠给弗兰克·考珀伍德天文台十万美元，这个研究所是他十年前赠予芝加哥大学的。遗嘱名单上的十个人和组织机构中包括了他的两个孩子，这些特殊赠送的金额总数接近五十万美元。留给爱琳的一份，是从他财产余额的收益中提取出来的，将来她死后，他的价值三百万美元的艺术画廊和绘画与雕刻珍藏将全部赠给纽约市，以供市民学习和欣赏之用。到目前为止这些美术品考伯伍德已经交给保管委员七十五万美元。此外，他立下遗嘱要在布朗克斯区购买一块地方，建造一所医院，修建费用不超过八十万美元。他财产的余额（其中一部分收益将用来支付医院的日常经费）交给他指定的遗嘱执行人，主要是爱琳、詹姆士医生和阿伯特·詹姆逊。这所医院将以弗兰克·阿尔杰农·考珀伍德命名，不论何种种族、肤色或宗教信仰的病人都可以前来就诊。如果他们不具备支付医疗费用的能力，当然也可以免费治疗。

考珀伍德去世后，爱琳对他临终的遗愿始终念念不忘，首先全力以赴建造医院。实际上，她接见报社记者时详细地介绍了她的计划。她在一次会见中最后说："我的全部精力都将倾注在实现我丈夫的遗愿之中，我要把这所医院作为我的终生事业。"

不管怎样，考珀伍德没有考虑到美国各洲法院的工作状况，美国的律师能够在任何法庭上拖延判决的时间。

比如，美国最高法院有关解散考珀伍德的芝加哥联营市内铁路公司的判决，就是对这种遗产的第一个沉重打击。在联营市内铁路公司的证券上，考珀伍德有四百五十万美元的投资，由联营市内铁路公司担保这笔投资。法庭上年复一年地诉讼这些证券的价值和它们隶属于谁。对这种情况爱琳简直无计可施。作为一位女遗嘱执行人，她决定引退，而把这个问题交给詹姆逊。结果，两年的时间过去了，收效甚微，或者说几乎毫无成效。事实上，这一切都发生在一九〇七年的经济恐慌时期，正因为如此，詹姆逊没有通知法庭，也没有告诉爱琳或她的法律代理人，就把这些有问题的证券交给了一个改组委员会。

"如果卖出那些证券，事实上也不值一文，"詹姆逊这样解释说，"改组委员会希望想出个对策来挽救联营市内铁路公司。"

于是，改组委员会就把这批证券存到中央信托公司去，这家公司有意把所有芝加哥的市内铁路合并成为一家大公司。

"詹姆逊能从中捞到什么好处呢？"这是一个疑问。

现在，在芝加哥法庭查验遗产已耗时两年了，但是，却没有付诸任何实际行动。对第五大街公馆的扩建部分，互惠人寿保险公司拿到了二十二万五千美元的抵押债权，加上这笔抵押到期未付的利息一万七千美元，这家公司开始通过诉讼程序来进行收款了。他们的律师，没有通知爱琳和她的法律代理人，就和詹姆逊和小弗兰克·考珀伍德拟订出一项计划，举行一次拍卖会，画廊和它的名画全都卖出去了。这次拍卖的实收款项，刚好能抵付保险公司的债款以及纽约市的到期未付的自来水费和税款，合计大约三万美元。在此之后，爱琳和她的律师去芝加哥的查验法庭上起诉，强烈要求取消詹姆逊遗嘱执行人的资格。

总结起来正如爱琳对西弗林审判员叙述的那样：

"自从我丈夫去世之后，自始至终只有空谈却没有看到钱。詹姆逊先生在说起钱时非常动听，口头上也描述得十分慷慨，但是，我从来没有从他手里真正拿到过钱。我直接向他要钱时，他就说根本没有钱了。我对他早已失去信心，已经不再信任他了。"

然后，她对法庭解释说，他如何事先没有通知她，就把价值四百五十万美元的证券转让掉了；如何安排了一次艺术画廊的拍卖，一共卖了二十七万七千美元，但估价完全能值四十万元；又如何索取一千五百元的收款费用，可他作为一个遗嘱执行人却早已把钱拿到手了；他如何拒绝她的律师去查看遗产的账目，等等。

"詹姆逊还要求出售我的住宅和艺术收藏品，"她最后说，"而且，在这笔交易上让我付给他百分之六的费用，我开诚布公地对他说我不愿意。他就威胁说如果我拒绝就把我扔到天空中去，。"

这次审问延期三个星期后再继续进行。

"这是一个愚昧无知的女人想胡搅蛮缠的案子。"小弗兰克·考珀伍德说。

就这样，当在芝加哥的查验法庭上爱琳企图取消詹姆逊遗产执行人资格的时候，在纽约三年没有丝毫动作的詹姆逊却在那里开始申请辅助证件来了。然而，爱琳提出了他没有资格担任遗嘱执行人的问题，使莫拉汉审判员不得不将这件案子延期十五天判决，目的是证明詹姆逊是否应该获得辅助证件。同时，在芝加哥，在向西弗林审判员答复爱琳的指控时，詹姆逊反复强调他从未做过错事，从未拿过一文非法的钱，说得更确切点，他义正词严地声明，在保护遗产的问题上，他曾经付出很多努力。

西弗林审判员拒绝取消詹姆逊的遗嘱执行人的资格，他解释说：

"在遗孀应得的财产问题上，一个遗嘱执行人除了从整个遗产上得到的手续费以外，还从她应得的财产上抽取一定百分比的收款费用，如果严重失职，那就应该免除他的资格，这是毋庸置疑的，但我无权仅仅因为这点原因就取消他的资格。"

于是，爱琳准备向最高法院提出上诉。

然而就在此时，伦敦地下铁路公司在纽约的美国巡回法庭上起诉，提出收回他们八十万美元的债款，他们毫不质疑其遗产的偿付能力，尽管官方曾经表示有三百万美元已经在诉讼的过程中化为乌有。法庭指派威廉·H. 坎宁安作为这件事诉讼案的委托代理人，尽管当时爱琳患有肺炎，但这位委托管理人还是在她的第五大街四周布置了卫兵，三天后又安排了一次为期三天的拍卖会，拍卖绘画地毯和花毡来偿还伦敦地下铁路公司的债款。每天二十四小时都有卫兵值班，防止即将拍卖的财产遗失。他们在房屋附近巡逻，很大程度地妨碍了家里秩序井然的管理工作，也违反了财产所有权和居住权。

爱琳的律师查尔斯·丹就向法庭提出申诉，说这种处理方式是这个国家前所未有的、最糟糕的司法界的暴行，这纯粹是个阴谋，采用非法的手段进入这座住宅的目的就是强行出售房子里的绘画作品，公开违背考珀伍德把这座公馆和它的内部物品留下作为公共美术馆的遗愿。

但是，当她纽约的法律代理人想方设法阻止这种临时性变成永久性的接管时，她的芝加哥律师们却计划在那里指派一位整个遗产的委托管理人。

因为互惠人寿保险公司对于扩建部分握有取消抵押品赎取权的条款，这个艺术画廊的扩建部分最终还是卖掉了，然而，这部分的所有权却始终没有弄清楚。四个月以后，这家保险公司正式起诉，告发委托管理人坎宁安和那家收买艺术画廊但却拒绝签订画廊地契的公司。

除此以外，当芝加哥资本家的改组委员会和布伦敦·迪格司公司的代表们正在拟订一个计划时，三家享有优先权的分公司的债券持有人要求呈递取消抵押品赎取权的起诉书。爱琳的律师一面为库克郡高级地方法院对考珀伍德的全部财产具有审判权而据理力争，一面又果断声称巡回法庭没有审判权。这个巡回法庭的法官也就只好承认下来，并宣布说一旦詹姆逊顺利地接管纽约的财产，法庭就会马上收回已经发布的命令。

不过，在爱琳向美国最高巡回法院起诉后五个月，法庭以两票判决下来，使得威·廉·H. 坎宁安的临时性接管最终成了永久性接管。不过，一位持反对意见的审判员激烈地辩论着联邦法庭不能参与遗嘱查验的案件，因为此案理应由州政府全权负责。另一方面，对这个判决表示赞同的审判员们，竭力主张必须保留这位委托管理人，直到永远，巡回法庭就是这样判决的，以便债权人可以请求遗嘱检验的审判员和法庭指派一位遗产管理人，到那时，他们就会把财产转交给他。与此同时，撤销了暂时不允许詹姆逊申请辅助证件的禁令。

于是，就这样无休无止地拖延下去，若要满足债权的要求，就要诉讼再诉讼，判决再判决。要应对这一切，一个对法律知识知之甚少的遗孀，把她亡夫留给她的全部财产几乎都用在了维护她错综复杂的权利上面了。她病倒在床上，身体几乎完全垮了，现在她的实际资产已经少到了十分危险的地步了。

所以，爱琳的律师们会同詹姆逊的律师与伦敦地下铁路公司的法律代表们商讨了一种折中的办法，这样她能得到八十万美元作为她的遗孀产权，以及应该属于她的一部分私人财产。为了让这项无案可查的协议获得批准，他们递交呈文给芝加哥的遗嘱查验法庭。

遗产税的估征员在考珀伍德去世后四年，公布了整个遗产的价值达一千一百四十六万七千三百七十六美元六十五美分。申请把估征员的报告撤回的案件开庭了，在罗伯特的审判员办公室里进行了激烈的辩论。查尔斯·丹先生代表爱琳出席辩论说，如果西弗林审判员批准了这个报告，那除了出售遗产之外，就束手无策了。查尔斯·丹还争辩说，这种估价太高了，对艺术珍藏估价四百万美元，以及对家具的估价全都过高了，他强调说，二楼以上的家具绝不会超过一千美元。

接着，在纽约詹姆逊向亨利审判员申请辅助证件，与此同时，爱琳为阻止他得到这些辅助证件的起诉失败了，西弗林审判员批准了她和詹姆逊之间的协议，这样，她会得到八十万美元以及在偿清债务后，取得属于遗孀的三分之一的私人财产。由于有了这项协议，爱琳就把房子、艺术画廊、绘画、马房等都一一交给委托管理人坎宁安进行拍卖。在芝加哥，遗嘱查验的手续持续了四年多之后，詹姆逊被指派为在纽约的辅助执行人。他应该禁止纽约遗产的拍卖，可他并没有那样做。在那个艺术画廊中包括三百幅价值一百五十万美元的画，其中有伦勃朗、霍布麦特尼斯、鲁伊斯达尔、霍尔贝恩、弗兰斯·霍尔斯、鲁本斯、凡戴克、雷诺兹和特泰的作品。

与此同时，在芝加哥，詹姆逊的律师们正在向查验法庭的西弗林审判员公开宣称，唯一能挽救遗产而又不至于破产的方法，就是把联合市内铁路公司的四百四十九万四千美元证券交给改组委员会，再组建一家新的公司，爱琳的律师们正在激烈地辩论着，这项诉讼是在暗地里悄然进行的，没有得到法庭的认可。这时西弗林审判员宣布，他不相信他能下令这样执行下去，除非双方一致同意，所以，诉讼就被无限地拖延下去，使双方的法律代理人有机会达成某种协议。

事实上，诉讼先后历时五年，最后还是把属于弗兰克·考珀伍德的每件东西全都拍卖了，实际总收入，包括所有的不动产在内，共计三百六十一万零一百五十美元。

第七十五章　一切幻灭

　　永无止境的法律、律师、公司、法庭和审判员的各种推诿持续了五年，只留给爱琳一种揪心的体验，无论她采取什么措施，到头来都是一场空。实际上，经过几年的努力，最终结果是她仍然孤独地生活着，没有真正的朋友，实事求是的申诉在法律上纷纷败下阵来，一直到最后她才真正明白，这幢住宅所象征的辉煌灿烂的梦想早已幻灭了。作为在整个遗产中她自己应得的一份，现在只剩下八十万美元以及在付清债务后，属于遗孀三分之一的私人财产了，作为一种交换条件，她把艺术画廊的绘画以及所有的一切全部转交和转让给了这所住宅的委托管理人坎宁安。法律、公司和遗嘱执行人都像豺狼一样不断地追踪着她，最终使她落到了这种地步，因为要把这所房子拍卖给那些陌生人，所以她现在必须从她自己的家里搬出去。

　　但是，在她可以迁居到她在麦迪生大街选定的公寓以前，这幢房子里早就有拍卖商的代理人到处乱跑了，而且对每一种物品都贴上了对应的目录号码的签条。堂而皇之开进来的车辆把三百张绘画都拖走了，拖到第二十三大街的自由艺术画廊去了。许多收藏家跑来看画，看准时机进行投机买卖。她深陷疾病和抑郁之中，还得听管理人坎宁安的解释，他口口声声宣称这是他的责任，得对房子和画廊进行一次彻底清点，然后逐一向法庭呈报。

随后报纸上就发出通告，大意是说，从下周三开始连续拍卖三天三夜，要把家具、铜器、雕刻、天花板和门上的画板、各种各样的艺术品全都拍卖掉。地点位于第五大街八六四号，拍卖商是 J. L. 多诺休。

这种讨厌的纷乱使爱琳怅然若失，她颓丧地收拾个人物品，由她的几位忠实用人搬到她的公寓里去。

社会上对考珀伍德产业的兴趣和好奇心一天天地高涨，渴望得到入场券的人太多了，拍卖商难以应付。展览和拍卖场收取一美元的入场费，对于那些饶有兴趣的人来说，这根本不起任何阻挡的作用。

自由艺术画廊开放拍卖的当天，整个大厅从后排到顶层楼座全都被挤得密不透风。当拍卖某些艺术杰作时，场内时而响起雷鸣般的喝彩声。同时，在考珀伍德的公馆里，拍卖的场面越来越难以维持。在那里，准备拍卖的物品超过了一千三百种。当拍卖的日子最终来临时，一面正在进行拍卖，一面私人汽车、出租汽车、马车全都簇拥在第五大街和第六十八大街的沿石上。一些身价百万的收藏家、著名的艺术家和社会名媛（过去她们的汽车从未在此停过），一个个全都喧嚣不堪地朝前挤去，要去那里竞购爱琳和考珀伍德精美的私人物品。

考珀伍德的赤金床架，曾是比利时皇帝的御用物，当时是花八万美元买来的。爱琳浴室里的粉红色大理石浴缸是斥资五万美元买来的。还有从阿德比尔买来的与众不同的真丝地毯；罕见的铜器、红色的非洲花瓶；路易十四时代镀金的沙发椅子，以及水晶雕刻的有紫色石英和黄玉斑点的大烛台；精美绝伦的瓷器，玻璃的和银质的器具，以及比较小巧的艺术品，比如贝壳、戒指、别针、项圈、宝石和小像。

拍卖人激昂的声音指引他们从这个房间走到那个房间，同时在许多高大的房间里产生了回音。他们看到了罗丹雕刻的《爱神和赛姬》，这件艺术品以五万一千美元的价格卖给了一位商人。有一位竞购者为了得到一幅博蒂塞利的画出到了一千六百美元的高价，却被另一个人以一千七百美元的价格买走了。一位身穿紫色衣服引人注目的高大女人，大部分时间都站在拍卖人的旁边，却不知出于何种原因，对每件东西总是出价三百九十美元。当人群紧跟着拍卖人冲进温室去瞻仰罗丹的雕像时，拍卖人高声对他们喊道，"别碰到棕树呀！"

在拍卖的整个过程中，一辆四轮轿式马车先后两三次缓慢地在第五街上逡巡着，来了又去，去了又来，马车上坐着一位寂寞忧郁的女人。她默默地注视着那流水似的奔向考珀伍德公馆大门的汽车和马车，凝望着那挤在通往公馆里面的台阶上的男男女女，这对她来说具有相当特别的意义，因为她也在思考自己一生中的最后一次挣扎，与她早年的野心进行一次最后的告别。三十三年前，她是美国最令人销魂的美人之一。从某种程度上，如今她依然还保存着一点昔日的神态和风韵。她早已被击败了，只是没有彻底垮下来。弗兰克·阿尔杰农·考珀伍德太太并没有进去参加拍卖。然而，她亲眼见证了自己最珍贵最可爱的财产被买主们拿走了，偶尔还听见拍卖人叫喊的声音："还有谁加价吗？还有谁加价吗？还有谁加价吗？"最后，她认定自己实在受不了了，就让车夫把她送回到麦迪生大街的公寓里去。

半个小时之后，她独自一人默默地站在她的卧室里，一言不发，她觉得自己需要清静。仅仅一天的时间，几乎所有的一切都像变魔术似的转瞬之间就消失殆尽了。现在，她只有孤独了。考珀伍德再也不会回来了，即使他想回来也是万万不能的了。

一年后，她又患了肺炎，很快就离开了这个世界。在她病逝之前，她给詹姆士医生寄了一封短信：

> 如果你还是那么善良仁慈，我诚恳请求您关照一下，按照我丈夫所希望的那样，把我安葬在他身边的同一个坟墓里。请你宽

恕我从前对你的无礼。那种行为都是因为我难以描述的悲惨境遇所造成的。

詹姆士把信折起来，静静思考人生的变幻无常，他自言自语地说："是的，爱琳，我愿意。"

第七十六章　随风而去

　　在考珀伍德的遗产逐步化为乌有和爱琳病逝的这段时期，伯里莱茜义无反顾地走上了一条新的道路，她认定这条道路能够使她适应任何形式的社会和生活，就如她反复思考的那样，如果她在理智上和精神上进行修炼，能够彻底根除掉那种拜金思想和奢侈的西方唯利是图的观念，那简直就是太好了。最初，她在思想上渴望这种变化，这是她在与悲伤进行痛定思痛反思的过程中产生的，而在考珀伍德死后，她一直被这种悲痛折磨着，使自己深陷痛苦的深渊。后来，十分偶然地，或者看起来十分偶然，她看见了一本叫作《巴格伐·吉塔》的书，这本书好像把亚洲几千年的宗教思想都进行了提炼和概括。

　　　　谁理解阿特曼

　　　　谁就理解纯粹的知识和幸福：

　　　　也就是真理的欢乐。

　　　　他的欢乐无与伦比，

　　　　通过严格的自我提升后，

　　　　历尽勤奋刻苦的劳作，

　　　　最后都会收获成功和甜蜜，

　　　　悲伤早已随风而去。

谁愿意去探求那种真正的自由？

也许

几千个人当中只有一个。

请告诉我

有多少人寻觅到了自由

又能理解我的

一切的真理呢？

也许，只有一个。

她意识到自己在吟唱这些上帝的诗歌时，渐渐产生了一些疑惑，也许她就是那个相当有悟性而又觅到了真理的人。这值得去苦苦寻求，她已经出发去探索了。

不过在她还没有去印度求学以前，首先前往英国做了一些必要的安排，她邀请母亲和她一起前往。到达普莱奥海湾别墅后，仅仅几个小时，斯坦爵士就特意来看望她了。她把自己打算去印度认真学习印度哲学的决定告诉他时，斯坦颇为感兴趣，同时也觉得特别意外。因为多年以来，他曾经聆听了很多英国人的报告，为了英国政府或其他原因他们被派到印度去，一想起那些报告，他就敏感地意识到印度那个地方并不适合于这位年轻貌美的姑娘。

现在斯坦十分了解，伯里莱茜对考珀伍德而言，绝不仅仅是个被监护人，她母亲以前的历史就或多或少地有些不清不楚的。但是，斯坦仍旧爱她，他认为纵使社会上有诸多对她不利的评价，但如果她愿意亲近他，并且他能分享她的友谊和她那种坦荡而睿智的见解，那么，他在心理上和精神上一定会更加愉悦，事实上，如果能够和一位这样美丽动人而又天性聪慧的姑娘结婚，他认为是一种莫大的幸福。

然而，伯里莱茜对他解释，在考珀伍德去世后的几周里，她内心深处所形成的观念，让她深信不疑，她要远离西方社会和它那愚俗气的唯利是图，她能在印度获得理智上和精神上的崭新的支持，斯坦静静观望，耐心地等到她认为可以把目前暂时支配着她的、种种的矛盾的感情和兴趣捋清楚的时候再说。这样，对于她，他几乎没有流露出特别亲密的情感，只是说他希望她能听从他的好友西弗伦斯爵士的引导。因为，正如她了解的那样，西弗伦斯对印度目前的形势十分了解，并且愿意为她效劳。伯里莱茜表示，她愿意接受西弗伦斯爵士给她的指导和帮助，尽管她也知道她一定会径直到她所向往的地方去。所以她说："冥冥之中，有某种东西如同一块磁铁似的吸引着我，我觉得我不管怎样都不会改变方向。"

　　"也就是说，伯里莱茜，你格外相信命运，"斯坦解释说，"在某种程度上，我也有些相信，但是，显而易见，你具有那种使你的愿望变成现实的信念和力量。有关这一切，现在我能顾及的就是，无论任何事情，只要是我能够效劳的，请你尽管来找我。我希望你经常给我写信，把你的行踪告诉我。"对此她答应了。

　　在这之后，为了帮助伯里莱茜和她母亲顺利抵达印度，他亲自进行周密安排，包括从西弗伦斯那里取来几封介绍信。孟买就是她要去的第一座城市，他弄来了护照和船票，然后又亲自送她们登船。

第七十七章　印度之行

　　抵达孟买时，伯里莱茜和她母亲对这座美丽城市的入口航道的印象极为深刻。一些多山的岛屿星罗棋布地点缀在大海上，一条又长又宽的航道一直抵达那座城市。左边屹立着一排高大庄严的建筑物，右边遥远的地方，一片生长着棕榈树的大陆海岸，逐渐地延伸到远方西山山脉的山峰里。

　　到达孟买后，她们把西弗伦斯给皇家大饭店管理处的一封信取了出来，于是，在整个逗留期间，她们受到了极其殷勤的招待。她们高兴地决定再多待几周，以进一步感受这座城市与西方城市的诸多不同之处。让她们格外高兴的是，在印度她们获益颇多。拖着货物的牛车行驶在宽阔的大街上，拥挤的市场上有琳琅满目的商品。不同种族、不同宗教信仰的人们来来往往，他们之中很多人衣着极其简朴，赤着双脚，从淡褐色到黑色的各种肤色的人种都有，比如阿富汗人、锡克人、中国人、锡兰人、巴格达的犹太人、日本人以及其他人种。但是，唉，还有更加贫苦、更加憔悴的人们，他们瘦骨嶙峋，胸脯塌陷，其中有很多人拉着人力车四处奔跑，经过豪华的大厦、装饰得富丽堂皇的庙宇和大学。街道两旁栽着阔叶树，诸如椰子树、枣椰树、棕榈树、槟榔树、浆果树、坚果树以及有加利树。总而言之，她们对这新奇的热带风光和热带人民产生了浓厚的兴趣，后来她们离开孟买乘火车去纳格普去也是这样。纳格普位于孟买的东边，在去往加尔各答的一条铁路干线旁。

她们奔向纳格普去是因为她们接受了西弗伦斯爵士的建议，他让她们去找一位博罗泰杰导师，西弗伦斯称之为"释疑大师"和"精神长老"，他经常在纳格普城附近古老的木屋里接待来访者，这木屋极为简陋却能俯瞰市中心广场。

她们刚刚安顿好，伯里莱茜就迫切想去寻访那位导师，她带着西弗伦斯爵士给她的信件出发了。按照信中指示，她沿着穿过纳格普城南北方向的干线公路走，最后来到了一座古老的建筑物前，这座建筑物已经有点坍塌，看上去像极了一处被废弃的厂房。然后，她向右边兜了一个大弯，在一片荒芜的棉花地里走了大约半英里后，到达一片巨大的乌木和麻栗树林，树木枝繁叶茂，遮天蔽日的。凭直觉，她认为这就是导师的寓所了，因为西佛伦斯曾经准确地描述过这个地方。就在她犹豫不定和将信将疑地向四周张望时，她找到了一条崎岖不平而且狭窄的羊肠小道，曲曲折折通向丛林深处。她就沿着这条小路一直走到尽头。在这里，她看到一座宽敞的、四方形的、已坍塌的木头房子，她后来才得知这房子曾是管理这个森林的政府办公处，而此片丛林原来是森林的一部分。房屋的墙上有几个大缺口，这些墙看起来像从未修缮过，这些缺口可以通到其他的房间，那些房间也是同样破烂不堪。实际上，她后来才弄明白这所废弃了的房子是博罗泰杰导师打坐的地方，也就是通过瑜伽来展现他如何控制内在力量的场所。

当她略感胆怯地走近这所房子时，头上高大树木的浓荫，似乎昭示着一种被孤独和安宁笼罩着的境界，因为她留在身后的世界根本就不能接受她，而且是很不满意的，她太需要这种安宁与静谧了。当她走进里面的一间房时，她的眼前出现了一位又黑又老的印度女人，做手势让她走向一个有拱顶的院子，她说："从这里一直走过去，导师正在等着你呢。"

于是，伯里莱茜随那位女人，穿过一段残缺的墙壁，路过了圆木桩，这圆木桩显然是被当作板凳用的，上面散放着几只破碗。之后，那位印度女人推开了一扇大而笨重的门，伯里莱茜脱掉鞋子，跨过门槛。

一位黝黑的瘦长脸的人吸引了她的目光，他和瑜伽修行者一样，盘坐在房子正中的一块大布上，双手在两膝中间重叠着，仿佛一直在祷告。但是，他纹丝不动，一言不发，只用他那双深邃的、漆黑的、敏锐的、搜寻的眼睛观察她。

"你一直在什么地方呢？"他问道，"你丈夫离世已经足足四个月了，我一直都在等着你呢。"

他的这种问话和态度，把伯里莱茜吓了一跳，她不由自主地往后退了几步，好像真的被吓住了。

"别害怕，"导师说，"在婆罗门，也就是你正在追寻的真理当中，是根本没有害怕的余地的。不必那样，孩子，来，你坐下。"他朝他坐着的一大块白布挥动一下他那细长的胳膊，指向一个角落让她坐下。她坐下后，他就开始说话。

"你已经走了一段非常漫长的路，只为寻找能够让自己安宁的东西。你希望自己的成佛，或者说，经过升华与神结合在一起。是这样吗？"

"哦，是的，导师，"伯里莱茜轻声回答，她大为震惊和害怕，"确实如此。"

"你觉得世界上的罪恶已经使你深受其苦，"他继续说，"现在你希望改变一下。"

"是的，导师，是的。我希望有所改变。因为，现在我觉得也许是我对这个世界造成了某种伤害。"

"如果有可能的话，你现在准备弥补那种伤害吗？"

"哦，是的，是的！"她温柔地说。

"可是，你是打算在此事上专心致志地花上几年工夫研究呢，还是仅仅出于一种偶然的心血来潮呢？"

"我准备沉下心来研究几年，探究一下怎样才能弥补我曾经造成的伤害。我特别想知道。我一定要学。"她的语调很是迫切。

"不过，你知道，这需要忍耐、苦练和自我修行。只要服从了婆罗门的教导，你就会成为伟大的人物。"

"哦，只要是必须做的事情我都心甘情愿去做，"伯里莱茜表态说，"就是为了这个目的，我才不远万里来到这里。为了有足够的智慧去弥补我造成的伤害，我清楚我一定要专心致志和冥想静思。"

"只有静思的人才能领悟真理，"导师一边说一边观察着伯里莱茜，最后补充道，"是的，我同意收你做弟子，你的真诚就是你到我这里入学的许可证。明天你就可以在养气班听课，我们会研讨上呼吸、中呼吸、瑜伽的完全呼吸和鼻孔呼吸。屏住呼吸就好像是在自己的身体里保持生命。这仅仅是开始，是个基础，在它的基础上你能建造起你崭新的世界。通过它，你会达到六根清净。你完全可以摆脱因贪欲而带来的痛苦。"

"导师，为了精神上的安宁，我情愿放弃许多事情。"伯里莱茜说。

导师缄口不言，片刻之后，他严肃地说："那种放弃豪华的住宅、漂亮的服饰和精美的食品而跑到沙漠里的人，或许是一个最迷恋红尘的人。他唯一拥有的财产，就是自己的肉体，也许就变成他一生中最重要的东西，当他活着的时候，他也许仅仅为了自己肉体的利益而拼命挣扎，不断奋斗。实际上，六根清净并非意味着我们对自己永生的肉体能做些什么。六根清净属于思想范畴。一个人可以坐在帝王的宝座上而思想却不染纤尘，另一个人也许穿得破烂不堪却反而更加痴迷红尘。但是，当一个人具备精神上的辨别力，能深刻接受灵魂的知识的启发的时候，他的所有疑难全都会烟消云散。那些令人生厌的事情并不能使他彻底放弃活动，但是，如果能放弃活动的成果时，他就可以彻底六根清净了。"

"噢，导师，哪怕我只能够得到这些伟大知识的极小的一部分，那也是极好了的！"伯里莱茜兴奋地说。

"但凡知识，我的孩子，"他继续说，"都是精神上的一种禀赋，只有对那些精神愉悦的人，知识才如荷花一般舒展开它的花来。你从西方的老师那里可以学到艺术和科学，但是，从东方的老师这里，你将会发现智慧蕴含的秘密。也许你受到过很好的教养训练，但你还是没有受到良好的教育。只有当你被内心的真理启迪时，你才是真正地受到了教育。因为内在的真理接受固定的事实，又能把它转变成可变的事实，它能启迪良心运用知识为人类服务。但必须要通过内心，而绝非通过智力，最终才能看见神。真心实意地服务而不是去追求报酬，然后才能完全成为一个六根清净的人。"

"我愿意刻苦学习呼吸，导师，"伯里莱茜说，"我对瑜伽已有一定的了解，能体会到这是一切启蒙的基础。我懂得呼吸就是生命。"

"那也未必，"导师说，"如果你想目睹，我现在就做给你看看没有呼吸，但是还有生命。"

他拾起一面镜子交给她，说："在我停止呼吸时，把这面镜子放在我的鼻子和嘴巴面前，你仔细观察看看是否能在上面发现潮湿的痕迹。"

于是他闭上双眼，然后他的身体逐渐变得笔挺，好像石像一样坚硬。看上去他仿佛深深地陷入了一种昏迷的状态之中。伯里莱茜一边看着他，一边耐心地等待，她把手心贴近他的鼻孔。几分钟之后，她觉察到他的呼吸在她手上越来越微弱。随后让她非常震惊的是，他的呼吸竟然停止了。有节奏呼吸的迹象居然彻底没有了。她拿起镜子，在他鼻子和嘴巴前面放了片刻。镜子上果然没有一丝潮湿的痕迹。说得更确切些，正如她现在所见，呼吸已然停止，看上去他就竟像是一块石头的雕像。就在此时，她不安地看着表。漫长的十分钟过去之后，她看到了一丝呼吸，渐渐地他完全恢复了常态。导师好像有些疲惫，睁开眼睛看着她，对她微笑起来。

"这简直奇妙极了！实在太不可思议了。"她大声叫起来。

"呼吸不过是藏在重要器官里的一种更微妙力量的表现，尽管它看不见。那种奇妙的力量一旦脱离身体，呼吸也就随之停止了，结果就只能死亡。然而，通过控制呼吸，就能对这种看不见的气流进行控制。但是我要告诉你的，这是拉杰瑜伽，这是在你学习哈森瑜伽一段时间之后的基础上才能学的。那么现在呢，你看上去有些乏累了，你可以走了，明天再来，那时候你就可以开始学习了。"

听到这句话，伯里莱茜清楚，她拜见这位最不平凡的人物到现在算是告一段落了。可是，当她勉强离开的时候，她意识到，她是在离开一个杰出的还没有接触过的知识大宝库。她沿着她来时走过的那条崎岖不平的路，一步一步地走回去的时候，她觉得自己一定要走得快一点，因为现在她了解，印度的黑夜会紧随薄暮降临的，并没有像在欧洲或者美洲那样延续很久的黄昏；说得确切些，就是迅速的黑夜的降临，会使人觉得自己无助地被黑暗包围。

当她再一次走近纳格普村庄的时候，突然被神圣的拉姆特克山的旖旎风光和那耀眼的白色寺院震慑住了，这是附近所有乡下建筑中最为显著而独特的建筑，她驻足观望，凝神冥想，沉迷在远处印度人极具规矩和旋律的赞美诗的歌声中。歌声在稀薄的空气中萦绕、回荡、散开。她清楚这是拉姆特克僧侣们的歌声，他们在日暮时分集结起来，高唱宗教的圣诗。开始，他们的声音听起来恰如一阵阵低声的呢喃轻柔甜蜜，可当她走近一点时，歌声的节奏变得像极有规律地敲打着大铜鼓似的。然后，仿佛她的心脏跳动的速度发生了变化，与个伟大的追寻神的、爱好精神的国土的脉搏一致，她清楚地领悟道，这就是她能够寻找到灵魂的地方。

第七十八章　你就是神

在以后的四年里，伯里莱茜苦练瑜伽。首先是瑜伽的姿态，脊骨必须挺直，身体稳如磐石，时常，当独自一人沉思时，她本人就完全意识不到自己身体的存在。因为冥思，按照瑜伽的说法，就是六根清净。当脊骨挺直时，盘起来的静坐功夫（在脊骨连接臀部的地方成一个三角形）通过尾骨激发和上升起来，从脊椎骨到七个神经丛或知觉的中心，最后抵达神经中枢抑或大脑的百脉千瓣的玉枕关那里。当达到这种最高的知觉状态时，按照瑜伽的说法，这个人就已经成佛了或者神化了。但是，无论一个人的静坐功夫修炼程度是否达到了这最终的境界，他的知觉力会随着它的增长而扩大和提高。

伯里莱茜研究节制体内的主要生命力量、内心反省，或思维集中以及冥思。她又经常和与她一起上课的其他学生校阅笔记，一名英国男生，一名年轻而又格外聪明的印度男生以及两名印度女生。她逐步探究哈森、拉杰、卡梅、杰内拉和贝克蒂瑜伽。她悟到"婆罗门即真实，是神的最高表现，它绝对不可能被解读和表达"。《优波尼沙士》上说："婆罗门是生存，是知识，是幸福，可这并不是根本属性。不能说婆罗门是存在的。婆罗门本身就是存在。婆罗门不是聪明的或快乐的。婆罗门是绝对的知识，是绝对的幸福。"

"无限难以分割，也不可包含在有限的要领之内。

"整个宇宙随处都充满了我，在我这个永恒的形态里，我不能用感官来认知。尽管我并不在任何生物体内，但所有生物都存于我的体内。但并非说它们的肉体存于我的体内。那是我深不可测而又奇特玄妙的秘密。你必须努力弄清它的性质。我扶植一切生物并促使它们诞生，但是，我与它们在肉体上并没有任何联系。

　　"然而，如果有人膜拜我，专心致志地默念着我，时时刻刻都献身于我，我会给他提供所有，确保他的资产万无一失。甚至那些崇拜其他的神，可以虔诚地为这些神而牺牲的人，终究还是真正地在崇拜我，尽管他们已经走了一段错误的弯路。因为我是所有牺牲的唯一的享有者和唯一的神。即便如此，这种人也一定要返回尘世生活，因为他们并没有认清我的真正本质。

　　"那些为了各种神而牺牲的人，终究要回归到神那里去。那些祖先的崇拜者，终究要回归到他们的祖先那里去。那些崇拜自然界的伟力和幽灵的人，终究要回到它们那里去。因此，我的那些崇拜者最终也要回归到我这里来。"

　　一天，她的导师说："我们呼吸的每一口空气都会随着每一次脉搏的跳动告诉我们：你就是'神'，整个宇宙连同它的成千上万的太阳和月亮一起，会通过所有会讲话的东西，异口同声地大喊出来：你就是神。"

　　伯里莱茜想起自己一直喜爱的艾米莉·勃朗特美妙的诗句：

　　　　最后的诗歌

　　　　我并非胆怯，

　　　　在这俗世，世事纷扰，而没有战栗，

　　　　我抬头遥望熠熠发光的天堂，

　　　　闪耀的信仰武装了我，在这恐怖之中。

啊！神永住我心，

无所不知，无所不能的，永恒的神哪！

因为我呼吸的生命，从你身上汲取了力量。

成千上万令人感动的信仰

皆为虚无，难以描述的虚无

如同枯萎的杂草一文不值，

如大海的泡沫没有丝毫意义。

疑问唤醒了我的内心，

你永恒的手紧紧握住了我，万无一失地停留

停留在最稳固的岩石之上。

拥有了浩瀚的博爱

你的灵性让永恒的岁月生机盎然

你的恩泽遍及天下，

变换、扶持、分解、创造和抚育着万物。

地球和人类都蒸发了，

也不再有太阳和宇宙，

你却独自永生

万物都会在你的世界里长存。

没有给死亡留下余地

也没有原子，他的威力能让它消失殆尽；

你，存在和呼吸，

你，永远也不会被毁灭。

有一天，导师说："你能否找到这样的人，可他却不是你？你是这个宇宙的灵魂。如果有人来到你的门前，你就主动出去迎接他。因为大家都是一体。而你是你、我是我的想法完全是一种错觉。你的恨、你的爱、你的恐惧全都是错觉，全都是无知和幻想。"

"每一种削弱人的思想和语言都是祸害。"

"如果所有的太阳都陨落坠地，所有的月亮都化为灰烬，一个体系接着一个体系都归于毁灭，那么对于你会怎么样呢？没有丝毫影响，你就像一块磐石站立着，因为你是毁不掉的。"

导师又谈到永生："几个月之前还是太阳中的热能分子，而现在可能就在人的身体里面了。"

"没有任何事情值得大惊小怪。诸多相同的现象彼此更替，如同转动的轮子。宇宙内的一切运动，都处在连续上升和不断下降的状态之中。一个体系接着一个体系，从细小的形状中产生出来，逐渐地进化着，然后变得越来越大最后消失，似乎又回到了原点。所有生命也都如此。每种生命的表现形态产生了，最后又到原点。那么到底是什么东西消失了呢？是形态。从某种意义上说，甚至身体也是永生的。从某种意义上来看，身体和形态也都是永恒的。如何解释呢？假设我们把几只骰子掷出去。又假设骰子落下来成了这几个点子：五、六、三、四。我们又抓起骰子，一次次地掷了又掷，甚至不停地掷下去。那一定会在某个时候，相同的点子重复出现，出现的组合完全相同。

"现在，组成宇宙的原子，如同是被掷出去的骰子，合后又分，分后又合。但是，一定会有完全相同的组合重新出现，那时，你又会在这里，这个形态也会在这里，这个话题也许会再被提起，又比如这

· 386 ·

只水壶，也会再在这里出现。这种状态在过去已经重复无数次了，将来也会无休无止地重复下去。"

"从来就没有生，也无所谓死，每一颗原子都是一个有生命的东西，拥有它自身独立的生活。这些原子为了一个目的合并成群，群能显示出群的智慧和力量，只要群一直存在下去，这些群按照规则再合并和形成一个性质更复杂的个体，它就能作为高级意识形态的工具。一旦死亡降临在肉体之上，细胞就分离和分散，我们所说的腐朽就开始了。让细胞结合的力量消失不见了，细胞无拘无束地各自散开了，然后再形成新的组合。死亡仅仅是生命的一面，一种物质形态敲响毁灭的丧钟只不过是另一种物质形态产生的前奏。"

他又谈到了轮回："种子形成植物，自然，一粒沙永远不能形成一种植物。父亲形成了孩子。一团泥土永远也不能形成一个孩子，至于轮回到底是如何产生的，这倒是一个问题。种子是什么呢？种子同树木一样。未来树木的所有可能性都在种子里，形成人的全部可能性都在婴儿里，形成任何生命的一切可能性都在胚胎里。这又是什么意思呢？我们发现每一次进化都必先有一次轮回，如果没有事先的孕育，就不可能进化。目前，近代科学为我们帮了忙。根据数学上的推断，你知道宇宙间能的总量始终是恒定不变的。你无法从物质中拿走一个原子。如此看来，进化不是无中生有。那么，它到底是从哪里产生的呢？它从过去的轮回产生。孩子起源于成人，成人是孩子发育生长起来的；种子起源于树木，树木是种子发育生长出来的。生命的所有可能性都在胚胎里。现在总是变得越来越清晰了。另外再补充一点有关生命延续的初步概念。从最低级的混沌状态一直进化到一个完人，统统只有一个生命。在形态尚未形成之前，一切都已孕育在种子里了。"

有一天伯里莱茜问道："博爱如何？"

导师回答说："当你在帮助穷人时，你不可以有任何骄傲的感觉。有机会施舍应当感恩才对。这样做是因为你敬神，根本没有骄傲的理由。整个宇宙难道不就是你自己吗？值得感恩的是那里有穷人，你对他施舍，同时也能帮助你自己。是施舍的人得到祝福，而不是受施舍的人。"

她又问到了美。众多的人崇拜所有形式的美，而实际上，他们恰好就是美的奴隶。

导师回答说："在种种最低级的吸引中，都有神的爱的萌芽。梵文中神的文字之一是海立，意思就是他把所有东西全都吸引到他那里去。事实上呢，他是唯一能吸引人类心灵的。谁能真正吸引一个灵魂呢？唯有他。当你看见一个人被一张美丽的面孔吸引时，你是否觉得，真正吸引那个人的只是一些排列美观的物质分子？实际上，根本不是。在这些物质分子的背后，一定有神的影响和神的爱在产生影响。愚昧的人对此一无所知，但是有意或无意，他被那张面孔深深吸引住了。如此说来最低级的吸引全都起源于神。噢，亲爱的，没有任何一个女人，因为是她丈夫才去爱她的丈夫的灵魂，是神在里面，由于神的缘故女人才去爱她的丈夫。神就是了不起的磁铁，我们都是铁屑。我们全都经常被他吸引着，我们大家都努力想靠近他。婆罗门的面貌就是通过一切的形式和计划被反映出来。我们一直觉得我们崇拜美，但是我们崇拜的只是通过美而反映出来的婆罗门的面貌，真实就存在于事物的里面。

"拉杰瑜伽的修行者悟出，肉体存在的目的是让灵魂能够得到经验，而灵魂得到的所有经验的结果，就是让它清楚自己是永远与肉体分离的。人类的灵魂应该感悟到它永远是灵魂而不是物质，它和物质的结合是一时的，也只能是一时的。拉杰瑜伽修行者探究律己的课程要通过一系列最严格的律己方法进行，因为他从开始就悟出，整个类似实体的自然界仅仅是一种幻象而已，他应该清楚，自然界任何一种力量的体现，都属于灵魂，却不属于自然。起初，他就应该明白，一切知识和经验全都在灵魂之内，而不在肉体里面，因此，他必须马上借助从理性而来的坚信的力量从肉体的一切束缚中把自己解脱出来。

"所有的律己手段中，最自然的应该是贝克蒂瑜伽的律己方法。无须暴力，也似乎无须摆脱任何东西，也无须采取暴力把自己与任何东西分离。律己方法是容易、缓慢而顺畅的，就和我们四周的事物一样自然。一个人喜爱自己生活的城市，又开始热爱自己的祖国，于是，对他那座城市的热爱之情就平静而自然地沉淀下来。再提升一步，一旦一个人能热爱整个世界，他对祖国的热爱及他那种强烈的爱国主义就会逐渐沉淀下来，但对于他这并没有伤害，也不会有任何暴力的体现。没有切实接受教化的人容易纵情声色犬马的欢乐，当他接受了正规的教化，他就开始苦苦追求精神上的欢乐，当然他在感官上的欢乐就只能越来越少了。"

如果达到那种律己的程度，根本无须根除任何东西，截然相反的是，它是自然而然地来临的，就像一种较微弱的光线在较为强烈的光线对比下会显现得越来越黯淡，以致最终完全消失。所以，这种感官和智力上的欢乐与对神的爱不可同日而语，因此而统统暗淡无光，其光彩也消失殆尽。这种对神的爱逐渐强烈起来，采取所谓超贝克蒂的爱，就是最高的皈依形式。如果谁懂得对神的敬爱，形式就会自行灭亡，礼仪也就不再存在，书本就会弃之不用，偶像、庙宇、教堂、宗教和教派、国家和国籍，这一切狭隘的限制和束缚就会自然而然地离开他，再也没有任何束缚能限制他的自由了。一只船猛然靠近一块巨大的磁石，船上的铁钉铁条都被牢牢吸住并且连根被拔出来，于是船板散开了，无拘无束地在水中游荡。神的恩典按照同样的方式将把灵魂的铁钉铁条全都松开，于是灵魂就自由了。所以在类似对献身有辅助作用的律己方法中，没有粗暴，没有对抗，也没有束缚或局限。修行者无须压抑自己的情感，只需要竭力强化这些感情，指导它们对神的向往。

"如果摆脱表层的、虚幻的世界，在每一种物质实体中都能看到神，那样的人就能够寻觅到真正的幸福。无论如何，你都要把一切奉为神。不要企图占有。你要全心全意地去爱神。如此身体力行，你就能找到一条等同于基督教教义'你首先要寻找天国！'的道路。

"神存在于每一个人的心底，神把所有的人，都置于马雅车轮上无休无止地旋转。在神里面你完全能够找到让自己安身立命的地方，由于他的恩典你不可能找到比此处更安宁、更超于所有变化之上的至高境界。

"在一个周期或卡尔巴的末期，宇宙一片混沌，表现为一种潜在的状态，即种子状态，就这样耐心等待新一轮的创造。其凸显的时期被斯利·克里夏纳称为'婆罗门的白昼'，潜在的时期被称为'婆罗门的黑夜'。世界上的生物都受到这些循环的影响，随着每个宇宙的日夜交替变换而永远在那里生生死死交替更迭。但是，这种死亡不是回归到上帝那里去。生物只是回归到原来让它出生的那个婆罗门的力量那里去，它自始至终以难以显现的状态隐藏在那里，一直到它再显现。

"印度教坚信众多神都有自己的化身，包括克里夏纳、释迦牟尼和耶稣，而且预知还会有更多。"

> 每一个时代，我都会归来
>
> 给心地纯净的人以自由
>
> 消除罪人的罪孽
>
> 根除邪恶，弘扬正义

后来，有一天，导师对伯里莱茜讲了最后的几句话。因为他清楚，她的任务已经来了，她就要离他而去。

"现在，我已经把智慧传授给你了，它是秘密中的真正秘密，"他说，"仔细地琢磨琢磨吧。然后，你认为怎样得体你就怎样去做。因为，按照婆罗门教义来说，凡是不能被幻想迷惑的人，就能知晓我是至高无上的真实，只要想知道的就一定都能知道。因而他专心虔诚地崇拜我。

"这是我已经传授给你的一切真理中最为神圣的真理。凡是能够理解这个真理的人就能成为真正聪明的人。这样，他生命的所有目标就会逐一变成现实。"

第七十九章　皈依之路

次年，伯里莱茜和母亲游历了印度的大部分地区，因为她们都十分渴望目睹和进一步了解这个迷人的国度。她花了四年时间去探究印度哲学，已经基本了解了这个国家的人民的生活方式，她意识到这是一个被蒙骗的、被忽略的民族，她希望在回国之前能够尽可能多地了解他们的情况。

这样，她们逐步把旅程扩展到白沙瓦、拉合尔、尼泊尔、新德里、加尔各答、马德拉斯。她们游历得越远，伯里莱茜就越感到吃惊，因为这块土地竟然产生如此高尚深奥的、关于人生的宗教哲学，但同时却又可以产生如此落后、残忍和压迫人的社会制度，极少数人过着王子般的奢华生活，而亿万人民却在拼命挣扎只是为了最低限度的生活。这种令幻想彻底消失的鲜明对比让伯里莱茜根本理解不了。

在大街小巷她看见的都是一排排浑身肮脏、衣衫褴褛的乞丐，他们乞求施舍就是为了供给那些到处漂泊的僧侣，而他们就是这些僧侣的弟子。在这些地区，精神上和物质上双重匮乏的情况是十分严重的。有一个村庄，几乎所有的村民都遭受到疫病的袭击而得不到最起码的帮助和救济，只能眼睁睁看着他们走向死亡的深渊。在很多小村庄里，三十人挤在一间小房里，这是司空见惯的事，当然，疾病和饥饿也是难以避免的。但是，当房间被打开窗户时，他们却把它们一一封闭起来。

伯里莱茜觉得最糟糕的社会罪恶就是姑娘早嫁的奇异风俗。实际上，这种风俗的恶果早使大多数已经出嫁的印度姑娘的身体和精神根本没有健康可言，紧随而来的死亡与其说是一种灾难，倒不如说使她们得到了解脱。

印度低种姓贫民的悲惨境遇，促使伯里莱茜想探究它的根源所在。有人告诉她，当印度人的浅色皮肤的祖先们最早抵达印度时，他们发现了一个肤色较黑、外表粗俗的土著民族，这些人都是南方大寺院的创建者，新来的僧侣希望他们人民的血统不与当地土人的血统彼此混杂，打算极力保持纯种。因而他们宣称这个土著民族是不洁净的不能靠近的贱民，这样，从一开始，种族的仇视就成了这种难以接触的根源。

不过，还有人告诉伯里莱茜，甘地曾经这样说过：

"在印度已经不流行'不可靠近'的风俗了，虽然有较为强烈的反对，但还是很快就消失了。这种风俗很大程度上贬低了印度的人性。不可靠近的贱民甚至被看得不如畜生，哪怕是他们的影子都会亵渎神的圣誉。我谴责这种不可接触的风俗，就像我谴责那种强加在印度头上的英国方式一样强烈，甚至更强烈一些。对我而言，这种不可接触的风俗比英国对印度的统治更加让人难以忍受。如果印度保持这种不可靠近的风俗，那么，印度教就是死的，就是根本没有希望的。"

但是，伯里莱茜曾经看到过几位低种姓的年轻母亲抱着虚弱的婴儿，她们总是躲得远远的，当伯里莱茜和一位印度导师谈话时，她们若有所思而又凄凉地看着她。她不由自主地意识到，她们几个人对相貌和外表是如此敏感。事实上，其中有一两个人看着她，如果她和她的印度姊妹一样肮脏，被人忽视，与世隔绝，任何一个普通的、聪明美丽的美国姑娘都会这样看她。不过，她还听说过，曾经有五百万低种姓的贱民因为变为基督教徒而摆脱了这种糟糕的生活。

　　不仅如此，伯里莱茜还看到了很多相当可怜的孩子的情况，这些饥病交加的孩子在地上痛苦地爬来爬去。由于营养不良，缺乏关爱，再加上疾病缠身，他们变得非常羸弱和憔悴，几乎不可能再恢复健康了。这使得她在精神上感到痛苦不堪。她忽然想起了导师的信念，上帝，婆罗门是一切的存在，是幸福。果真如此，那么上帝到底在哪里呢？这种思想一直使她困惑不已。这时，她突然又产生了一种与之相反的念头，认为必须解决这种严重的问题。难道不是万能的神指导她扶助、救济、改革，一直延续到神在人间得到了改造或变换，从恶变到善吗？她真诚希望如此。

　　这些无止境的悲惨情景震撼着、折磨着伯里莱茜和她的母亲，她们终于认为到了必须回国的时间了，在美国，她们完全有更多的时间和更平静的心境去思考她们所目睹的一切，如果可能的话，也许还可以采取某种办法改变甚至根除这种普遍的悲惨境遇。

　　于是，她们回国了。在十月的一个晴朗而温暖的日子，她们乘着从里斯本开出的"哈里威号"邮船抵达了纽约港的下游，再沿着哈德逊河而上，最后停泊在第二十三大街码头。当她们和那种极为熟悉的，高耸入云的都市建筑的轮廓平行着缓慢向前航行时，伯里莱茜思考着这几年在印度耳闻目睹的一切和现在呈现眼帘的景物的鲜明对比，顿时她有些茫然。在这里到处都是整洁的街道，高大奢华的大厦以及权势、财富和各种各样的物质享受，还有吃得胖胖的、穿得考究的人们。她觉得她已经变了，但这种变化到底包含着什么，自己却知之甚少。她曾经亲眼见证过最令人难受的饥民，她一生都无法忘记。当然她的脑海里经常浮现出那些难以忘怀的自己曾经仔细注视过的表情，尤其是那些孩子的面容。然而她究竟能为他们做些什么事情呢？

　　不过，现在这里是她的祖国，是她的故乡，与世界上的其他土地相比，她更加热爱这个地方。于是，纵使那些最平凡的景物，都会令她怦然心动。比如那种没完没了的广告牌以及它们夸大其词的广告语，这广告语颜色丰富，字体硕大醒目；比如报童们洪亮的叫卖声；各式各样汽车杂乱刺耳的喇叭声，以及那种徒有其表的普通美国旅客的浮夸和显耀。

　　她们决定先在广场饭店小住几个星期，她和她母亲提着行李登上了一辆出租车，在出租车上她们有一种终于回家的开心的感觉。在旅馆安置好后，伯里莱茜第一个冲动就是尽快拜见詹姆士医生。她一直想与他谈谈考珀伍德，也谈谈她自己，还有印度以及关于过去的和她未来的所有事情。在西八十大街他住宅里的私人诊所，她得到了他那种热情而亲切的欢迎，看到他对她所谈及的旅行和经验产生了极大的兴趣，她不禁情绪高涨起来。

　　同时，他觉察到她很想了解有关考珀伍德遗产的安排。尽管他并不高兴回忆这种不能令人满意的整个事情的处理结果，但是，他觉得自己有责任尽量详尽地对她解释在她出国期间所发生的所有变化。于是，他首先告诉她，爱琳于几个月前已经病逝了。这个消息令伯里莱茜特别震惊，因为她总以为，在处理考珀伍德遗产方面，爱琳正在努力实现他的愿望。她立刻联想到医院，她了解，创办医院是考珀伍德的一个最真诚的愿望。

　　"他打算在布朗克斯修建的那所医院进展如何了？"她关切地问道。

　　"哦，那个嘛，"詹姆士大夫答道，"压根儿就没有实现。弗兰克去世后，众多法律界的贪婪者的关注点都落到了遗产上来。他们从各方面提出他们的要求，他们要求取消抵押品的赎取权，甚至为选定遗嘱的执行人而不停地起诉。价值四百五十万美元的证券宣告作废。抵押利息的账单，各种法律费用都针对这笔遗产不断增加，直至最后，遗产只剩下原有价值的十分之一。"

"画廊呢？"伯里莱茜迫切地问。

"一切都烟消云散了，都被一一拍卖啦。卖掉那座公馆来偿还税款和别的债务。爱琳被逼无奈，搬到一家公寓里去了，然后得肺炎去世了。毫无疑问，正是所有的烦恼导致了她的死亡。"

"哦，太可怕了！"伯里莱茜大声说，"如果考珀伍德知道的话，他会多么伤心！他不辞辛苦才积攒起这份家产。"

"是呀，就是如此呀，"詹姆士附和着，"但是他们自始至终都不相信他善良的愿望。喏，甚至在爱琳死后，报纸上有很多文章还把考珀伍德描述成一个社会罪犯的失败。因为按照他们的说法，他的亿万家产'仿佛一场梦似的幻灭了'。实际上，有一篇文章题目是'这一切究竟有何用'？它把弗兰克描述成为一个彻底的失败者，是的，的确有很多不友好的文章，全是根据这样一个事实——他去世后许多人在法律上合伙舞弊导致他的财产已经减少到几乎一无所有了。"

"哦，詹姆士大夫，他计划做的那些事业如此高尚，最终却落得一事无成，这简直太可怕了，不是吗？"

"是呀，除了一座坟墓和回忆以外，一切化为乌有。"

伯里莱茜接着向他叙述她在哲学方面的感悟：她意识到自己内心已然发生了变化。她曾经一度认为极其重要的东西，已经失掉了它们的魅力，比如她曾因为担忧与考珀伍德的关系而影响到自己的社会地位。她说，如今对她而言更重要的是，整个印度老百姓陷入的悲惨境遇，她把印度的情况详细地告诉他：贫穷、饥饿、营养不良、文盲和愚昧，其中大多是因为和迷信相关的宗教及社会偏见而产生的，一言以蔽之，他们对社会和科学技术的进步根本就不了解。詹姆士认真地听着，有时候插一两句，"可怕""让人吃惊"。等到她说完了，他才发表自己的观点。

"说实话，伯里莱茜，你说的一切都是印度的实际情况。但在美国和英国也并非没有社会缺陷。实际上，在这个国家，肯定也有许多的罪恶和贫穷，如果你有一天愿意跟我一起去纽约稍稍溜达一下的话，我就可以指给你看，在很多地方都有像你所叙述的印度乞丐一样贫穷的人们，还有无人问津的孩子，他们的身体和精神恢复健全的可能性几乎不存在。他们一生下来就身陷贫穷，大部分在贫穷中死亡，在他们活着的时光里，没有如我们想象中可以称得上快乐的生活。在我们的工业城市里就有贫民窟，那里的生活环境和世界上任何一个贫民窟一样悲惨。"

她安静地站在那里，百感交集地注视着考珀伍德最后的长眠之地，好像又一次听到了那位牧师洪亮的声音，就像他在举行葬礼时所讲的那样：

"主叫人归去，似水东流，也仿佛睡眠，青春如草，迅速枯槁。早晨生长，随即衰败，晚上剪刈，全都枯槁。"

可是，现在她不能像去印度之前那样想到死了。在印度，死亡被看成生命的另一面，一个物质形态丧钟敲响的同时，也就标志着另一个形态的前奏已经开始。"我们从来不生，也从来不死。"他们说。

当她踱来踱去，在坟墓石级上的一只铜壶里插放鲜花时，她沉思着，如果考珀伍德活着时候不了解，那么他现在也一定清楚了，他对一切形式的美的膜拜和孜孜以求，特别是在女子身上，只不过是追寻隐藏在一切形象后面的神的计划而已，也就是依托形象展现的神的外貌。她但愿同他在一起的时候也有这样的想法，她不由得记起了下面的话：

> 对神顶礼拜
>
> 就能征服整个世界
>
> 即使在这里，在世界上，
>
> 神也不染罪恶，神永恒不变，
>
> 除了神，我们还可以把什么地方当作家园呢？

那位导师怎样评价博爱呢？"应该对接受施舍的人感恩才对。帮助穷人的同时也就是在帮助你自己，难道整个宇宙不就是你自己吗？如果有人来到你的门前，你就应该主动出去迎接他。"

但是，如今当她扪心自问时，自己的一生当中，是否有过博爱的行为呢？她帮助别人做过什么呢？她又做过足以证明她有生活的权利的事情吗？但考珀伍德不仅曾经有过为穷人创建一所治病的医院的构想，而且他曾经尽最大努力来实现它，尽管最后计划落空了。可对她而言，自己是否有过帮助穷人的愿望呢？她认真回忆自己的一生，她不曾有过。她的整个一生，就像她所意识到的，除了过去的几年之外，全都消磨在了纵情享乐和追求虚荣的事情上。但如今她想明白了，一个人必须要为了除自己以外的一些事情而生活，一定要做一些能够使许多人满足的事情，而绝对不是为了少数人的荣华富贵而苟活，而她自己就属于这少数人之一。现在，她能帮助别人做些什么呢？

她沉思很久。

突然，她想起考珀伍德曾经想建一家医院，为什么不能创建一所医院呢？毕竟他给她留下一大笔财产，一座豪华的住宅，而且其中还荟萃了许多有价值的艺术珍品，这些东西都能让她易如反掌地得到一笔数目可观的款项，另外再加上她还能得到别人的资助。詹姆士医生就是其中之一。

这种设想实在是太好了！